Jörg Steinleitner & Matthias Edlinger

AMBACH – Die Auktion/Die Tänzerin

PIPER

Zu diesem Buch

Die Bewohner des bayerischen Örtchens Hinteröx sind sich einig: Felix Ambach, Mitte dreißig und notorisch pleite, kann nichts – außer schnitzen. Doch das zählt wenig in den Augen seines Bruders Christian, eines renommierten Kunstexperten. Für ihn ist Felix ein Versager. Und das lässt er ihn spüren, nicht zuletzt, indem er ihm die Frau ausspannt. Eines Tages reicht es Felix. Er will dem Bruder einen Denkzettel verpassen – und weiß auch schon wie: Er fälscht mehrere Heiligenfiguren des Renaissance-Bildhauers Tilman Riemenschneider und jubelt sie Christian als Originale unter. Auf einer Auktion will er die Fälschungen vor der versammelten Presse auffliegen lassen und so den Ruf des Bruders zerstören. Aber die Dinge laufen anders als erwartet. Felix zieht die Aufmerksamkeit des mysteriösen Münchner Kunstberaters Gabriel de Moño auf sich. Der unterbreitet ihm ein verlockendes Angebot, bei dem ein Aktmodell und eine Pistole wichtige Rollen spielen. Felix willigt ein, nicht ahnend, dass de Moño bereit ist, für seine dubiosen Ziele über Leichen zu gehen.

Jörg Steinleitner, geboren 1971 im Allgäu, ist Historiker und Anwalt. Als buchszene.de-Kolumnist und Autor der Anne-Loop-Krimireihe (Piper) erreicht er ein großes Publikum. Steinleitner lebt in Oberbayern.

Matthias Edlinger, 1972 in München geboren, führt Regie bei Musikvideos für namhafte Bands. Neben seiner Tätigkeit als Autor arbeitet er außerdem auch als bildender Künstler. Er wohnt in München.

Jörg Steinleitner & Matthias Edlinger

AMBACH

DIE AUKTION
DIE TÄNZERIN

Kriminalroman

PIPER
München Berlin Zürich

Mehr über unsere Autoren und Bücher:
www.piper.de
Aktuelle Neuigkeiten finden Sie auch auf Facebook, Twitter und YouTube.

Von Jörg Steinleitner liegen im Piper Verlag vor:
Anne-Loop-Reihe:
Tegernseer Seilschaften
Aufgedirndlt
Räuberdatschi
Hirschkuss
Maibock

AMBACH-Reihe:
Die Auktion
Die Tänzerin
Die Deadline
Das Strandmädchen
Die Suite
Die Falle

MIX
Papier aus verantwortungsvollen Quellen
FSC
www.fsc.org
FSC® C083411

Originalausgabe
März 2017
Piper Verlag GmbH, München/Berlin 2017
Umschlaggestaltung: Hauptmann & Kompanie Werbeagentur, Zürich
Umschlagabbildung: Hauptmann & Kompanie Werbeagentur, Zürich
Satz: Kösel Media GmbH, Krugzell
Gesetzt aus der Trump Mediaeval
Druck und Bindung: CPI books GmbH, Leck
Printed in Germany ISBN 978-3-492-31032-1

Teil 1

Die Auktion

PROLOG

Die Frau saß auf der Küchenarbeitsplatte. Aus ihrem Minirock heraus spreizte sie ihre nackten Beine in Richtung des Fensters, wo man in der Linde eine Amsel hätte singen hören können. Doch hier in der Küche waren nur die spitzen Töne zu vernehmen, die die Frau in regelmäßigen Abständen ausstieß. Sie waren lauter und lustvoller als jedes Vogelgezwitscher. Zudem vermischten sich die Töne der Frau mit jenem tieferen, aber nicht weniger enthemmten Stöhnen des Mannes, der sich zwischen ihren Beinen zu schaffen machte. Er hatte sich nicht die Mühe gemacht, Unterhose und Hose auszuziehen. Allerdings war beides bis auf Höhe der Unterschenkel hinabgerutscht. Vermutlich trug auch die Frau noch ihren Slip, vermutlich hatte er ihn nur zur Seite geschoben.

Hätte Felix Ambach sich den beiden noch weiter als bis zum Türrahmen genähert, hätte er sehen können, dass sich auf der Oberlippe der Frau winzige Schweißperlen gebildet hatten, dass ihre Wangen gerötet waren. Die Frau war vierundzwanzig Jahre alt, ihr Haar kurz und dunkelblond. Ihr leicht geöffneter Mund harmonierte perfekt mit den fein geschnittenen Gesichtszügen. Die Szene erinnerte an eine Helmut-Newton-Fotografie, aber sie war echt.

Der Mann zwischen den Beinen der jungen Frau war außer Atem. Unter seinem hellblauen Hemd verbarg sich ein kleiner Bauchansatz, den man selbst einem Mittdreißiger nicht wünschte. Dafür stand er kurz vor der Fertigstellung seiner Doktorarbeit in Kunstgeschichte, in der es um »irgendetwas mit Heiligenfiguren« ging; kein besonders erotisches Thema für einen Zweiunddreißigjährigen, aber die Erotik fand ja im Hier und Jetzt statt – auf der Küchenarbeitsplatte. Zu erwähnen bliebe, dass der Doktorand sich für unwiderstehlich hielt. Dass die Frau sich nach Sicherheit sehnte. Zwei Parameter, die einander nicht zwangsläufig widersprechen. Der Mann war Felix Ambachs älterer Bruder Christian. Die Frau war Felix' Freundin Maria.

Gewesen.

Denn direkt, nachdem Felix Ambach mit starrem Blick und vom Türrahmen der Küche aus die beiden in flagranti ertappt hatte, hatte er kehrtgemacht, die Tür mit der Glaseinfassung derart hart zugeworfen, dass das Glas einen hässlichen Riss bekommen hatte, und in grenzenloser, durch Verzweiflung und Schmerz angereicherter Wut nur zwei hilflose Worte gebrüllt: »Du Arschloch!« Seine Stimme hatte sich dabei leicht überschlagen.

Brüder kann man sich nicht aussuchen. Sie sind immer schon da. Insbesondere, wenn sie sechs Jahre älter sind, wie im Fall von Christian Ambach. Interessanterweise richtete sich Felix' Wut beinahe ausschließlich auf den Bruder, der seine Freundin in seiner Wohnung vögelte, während er nicht da war. Und nicht etwa auf seine Freundin Maria, die ja letztlich auch exakt fünfzig Prozent zur Entstehung der Situation beigetragen hatte. Vermutlich war es ein wenig Restliebe, die für diese nicht ganz gerechte Fehlleitung von Felix' Gefühlen gesorgt hatte. Eine Restliebe, die trotz des Vorfalls auf der Küchenarbeitsplatte auch die folgenden Jahre überstehen sollte. Jahre, in denen Dr. Christian Ambach sich zu einem der renommiertesten Experten für Alte Kunst – Spezialgebiet Madonnen, Marienfiguren und Putten – im deutschsprachigen Raum und Felix Ambach zu einem der am meisten bemitleideten Loser im Dorf entwickeln würde. Die Frau, Maria, würde bei jenem bleiben, der an diesem noch kühlen Frühlingstag ihre Beine gespreizt hatte, obwohl sie die Freundin des jüngeren und zweifellos attraktiveren Bruders gewesen war. Sie würde diese Entscheidung für eine solide bürgerliche Existenz an der Seite eines Mannes, den viele für ein »blasiertes Arschloch« hielten, für einen charakterlosen, selbstverliebten, überheblichen und leicht aufbrausenden Zeitgenossen ohne jedes Einfühlungsvermögen, durchaus an einigen Tagen des Jahres bereuen; an den meisten jedoch nicht. Wobei jene Tage der Reue im Laufe der Zeit immer mehr wurden im Verhältnis zu den anderen. Doch Christian zu verlassen war keine Option. Dagegen sprach schon, dass Maria ihrer Tochter Soleil eine Trennung auf keinen Fall zumuten wollte. Und war Christian wegen seines Erfolgs als Kunstsachverständiger nicht ohnehin viel auf Reisen? Boten sich einer Ehefrau ohne Existenzsorgen dadurch nicht auch in einem neu gebauten Einfamilienhaus mit mauerartiger Hecke Freiheiten?

Ihr Kontakt zu Felix blieb lose, aber er hielt. Zwangsläufig: Durch die Ehe mit Christian war sie schließlich Felix' Schwägerin geworden. Er war im Haus der Eltern im kleinen Hinteröx geblieben, war dem Vater, einem

Schreiner, bis zu dessen Tod zur Hand gegangen. Ein hart und widerwillig verdientes Brot, denn längst hatten die schwedischen Möbelhäuser die Welt der Küchenarbeitsplatten erobert und für jemanden, der geschickt mit Holz umgehen konnte, boten sich immer weniger Verdienstmöglichkeiten. Letztlich war das, was den Vater Ambach über Wasser hielt, Tagelöhnerei. Und mehr hatte Felix, obwohl zur Arbeit mit Holz außergewöhnlich talentiert, daraus auch nicht gemacht.

So lebte das Trio – Maria, Christian und Felix – aneinander vorbei, während der Vater sich beinahe zu Tode soff, um sich dann zu erhängen, und die Mutter jämmerlich an Krebs zugrunde ging. Felix brauchte nicht viel zum Leben, er schlug sich durch. Half mal hier beim Aufsetzen eines Dachstuhls, sprang mal dort ein, wenn ein alter Hof abgerissen oder saniert werden musste, oder er verlegte minderwertiges Fertigparkett in ebenso minderwertigen Fertighäusern. Eigentlich war es verwunderlich, dass Felix zu einem wurde, den sie im Dorf einen »Nichtsnutz« und »faulen Sack« nannten, denn er war vielerorts zu gebrauchen und sein Geschick in allen Spielarten des Handwerks war überdurchschnittlich. Besonders liebte Felix die Holzschnitzerei und -bildhauerei, eine für brotlos gehaltene Kunst. Zu Unrecht, wie sich im weiteren Verlauf der Ereignisse herausstellen würde. Doch dies war nicht die einzige schwerwiegende Fehleinschätzung, der die rund vierhundert Bewohner von Hinteröx unterlagen: Auch, dass sich Felix Ambach zehn Jahre, nachdem er seine Freundin mit seinem eigenen Bruder beim Liebesspiel auf der Küchenarbeitsplatte erwischt hatte, durch eine unglückliche Verkettung der Umstände immer tiefer in ein Verbrechen von beträchtlichem Ausmaß verstricken würde, ahnte im Dorf niemand. Aber ist dies nicht das Merkmal aller großen Katastrophen – dass man sie erst erkennt, wenn sie ihre mörderische Wirkung bereits entfalten?

Eins

Felix Ambach war selbst überrascht, mit welcher Wucht die schwere Axt durch die Werkstatt flog, die er seit dem Tod des Vaters allein nutzte. Beim Aufprall auf das alte Regal splitterte Holz. Bücher, Kunstbände, hölzerne Rohlinge und einige fertige Schnitzfiguren stürzten in die Tiefe. Ein gläserner und schon lange nicht mehr benutzter Aschenbecher ging scheppernd zu Bruch.

Es dauerte eine gefühlte Ewigkeit, bis sich der aufgewirbelte Staub legte, bis er aufhörte, im Gegenlicht zu tanzen. Auch außerhalb der Werkstatt war der Aufprall zu hören gewesen, ein Eichhörnchen hatte sich verschreckt auf einen Baum in Sicherheit gebracht. Jetzt war es hier draußen, vor dem Ambach'schen Hof, still. Kein Tier wagte es, die Ruhe zu durchbrechen, die in den nächsten Minuten einen so kühnen wie gefährlichen Plan gebären würde.

Felix Ambach stand schwer atmend in der Werkstatt. Sein hagerer Körper zitterte noch Sekunden – vielleicht waren es sogar Minuten – nach dem folgenreichen Axtwurf. Es war eine Mordswut, die ihn beben ließ. Doch allmählich fand sein Puls zur Ruhe. Der Sechsunddreißigjährige wischte sich die dunkelblonden halblangen Haare, die schon lange kein professioneller Schnitt mehr geformt hatte, aus der Stirn und sah sich mit seinen kühlen blauen Augen die Zerstörung im Raum an, die sein Wurf angerichtet hatte. Wäre die Axt anstatt auf ein Bücherregal auf einen menschlichen Schädel getroffen, so hätte sie diesen sauber in zwei Teile geteilt. Felix Ambach hatte keine sichtbaren Muskeln, aber Kraft. Schuld an seinem Ausbruch war ein Telefongespräch mit dem älteren Bruder gewesen. Wieder mal hatten sie gestritten. Ausnahmsweise nicht wegen Maria. Gefühle hatte Felix keine mehr für sie – jedenfalls glaubte er das. Außerdem machte der Vertrauensbruch nur einen Teil der Verachtung aus, die die Brüder füreinander hegten: Regelmäßig hatte der größere Bruder den kleineren mit Prügeln und anderen Gemeinheiten drangsaliert. Und genau genommen war Christian Ambach der Hauptschuldige daran, dass sein Bruder ein Loser geworden war. Denn eigentlich war Felix viel talentierter als er. Bereits als Bub hatte er nicht nur erstaunlich filigrane Holzfiguren geschnitzt, sondern sich auch für die Geschichte der Holzbildhauerei und ihre herausragendsten Vertreter interessiert. Aus Felix Ambach hätte ein Künstler werden können. Als Neunzehnjähriger stand er sogar kurz davor, in die Bildhauerklasse der Kunstakademie aufgenommen zu werden. Doch dann hatte Christian einen Tag vor der Abgabe Felix' Skulptur »Die Liebenden und der Klumpfüßige« zerhackt und in das Feuer des Küchenofens geworfen. Als Felix fassungslos vor den lodernden Flammen stand, sagte sein großer Bruder: »Das ist wahre Kunst. Sieh es als Performance, Felix. Ich nenne sie ›Das Scheitern des Niveaulosen‹.«

Etwas in Felix' Innerstem war an diesem Abend zu Bruch gegangen. Und er hatte ein für alle Mal begriffen: Sein großer Bruder duldete keinen König neben sich.

Aber auch die Eltern hatten Anteil an dem brüderlichen Hass, insbesondere der Vater. Er und seine Frau schenkten ihrem Erstgeborenen alle Liebe. Christian hatte seinerzeit als geplantes Kind alle Liebe und Zuwendung bekommen, zu der die Eltern fähig waren. Alle Wünsche hatten sie ihm erfüllt, soweit dies angesichts der begrenzten finanziellen Mittel möglich gewesen war. Und so konnte er den Weg des Erfolgs und der Karriere einschlagen. Heute stellte der Experte Dr. Christian Ambach in der Kunstszene etwas dar.

Felix hingegen war zur Unzeit zur Welt gekommen, wenn man es genau nahm: Seine Geburt war überflüssig gewesen. Nicht nur, dass der Vater sich gar kein weiteres Kind mehr gewünscht hatte: Sechs Jahre nach der Geburt des ersten Sohns hatte – auch wegen der Sauferei des Vaters – die Geldnot die Familie endgültig in den Würgegriff genommen.

Dass ihn der Vater lieber nicht bekommen hätte, hatte er Felix ein Leben lang spüren lassen. Und der Vater Ambach hatte diesbezüglich und deswegen eine harte Entscheidung getroffen: Weil das Geld der Familie nicht für zwei Kinder und den Alkohol reichte, wurde einzig Christian respektiert und gefördert – mit Geburtstagsgeschenken, Studium, Promotion, Ansehen und liebevoller elterlicher Zuwendung. Zwar versuchte die Mutter, gegen diese Ungerechtigkeit anzugehen, aber sie war dafür viel zu schwach gewesen. Warum die Mutter derart wenig Energie aufbringen konnte, erfuhr Felix erst viele Jahre später. Beiläufig, im Hausflur, bei einem Telefonat mit ihr. Er stand neben der Kommode mit dem alten orangefarbenen Telefon mit Wählscheibe und hörte von ihr, die vom Krankenhaus aus anrief, die niederschmetternde Diagnose.

Dieses klobige Telefon mit dem schweren Hörer hätte sich Felix just in diesem Moment des Ärgers in seine Werkstatt gewünscht. Dann hätte er seine ganze Wut am Telefonhörer auslassen können. Hätte den Hörer mit Wucht auf die Gabel donnern können. Hätte seinen Hass gleich einem Blitz durch das Telefongerät in den Boden fahren lassen können.

Stattdessen hielt er jetzt ein läppisch leichtes und für seine von der Arbeit gehärteten, außergewöhnlich kräftigen Hände viel zu kleines Plastikhandy am Ohr; und ihm blieb nichts anderes übrig, als eine lächerlich kleine Taste zu drücken, um das Gespräch mit seinem Bruder zu beenden. Ohne ein Wort des Abschieds natürlich.

Immerhin hatte er nicht das Mobiltelefon gegen die Wand geworfen – ein neues hätte er sich angesichts seiner angespannten Finanzlage unmöglich leisten können –, sondern zur Axt gegriffen und mit ihr seine Wut mittels gewaltsamen Wurfs in das alte Holzregal hineingearbeitet.

Dieses Mal war der Bruder zu weit gegangen.

War es nicht so, dass sie beide die Kinder ihrer Eltern waren? Brachte dies nicht auch mit sich, dass beide für die von der Friedhofsverwaltung in Rechnung gestellten Kosten für das elterliche Grab aufzukommen hatten?

»Hundertzwanzig Euro, Christian«, hatte er den Bruder am Telefon angefleht. »Christian, es geht nur um hundertzwanzig Euro. Das ist für dich doch ein Klacks!«

Aber der Bruder hatte auf das Prinzip verwiesen: »Ich habe vor sieben Jahren bezahlt. Jetzt bist du dran.« So machte er das immer. Ein Prinzipienreiter, ein Unmensch, fand Felix. Aber eben auch sein Bruder, auf ewig mit ihm verknüpft.

»Ich habe das Geld aber nicht. Ich bin gerade knapp bei Kasse … Und du … du … hast es doch!« Die letzten Worte hatte er nur zögerlich geäußert.

»Darum geht es nicht«, hatte der Bruder kaltschnäuzig geantwortet.

»Leih es mir, Christian!«

»Weißt du was«, hatte der große Bruder hierauf erwidert, und seine Stimme war sehr leise geworden. »Du kriegst von mir gar nichts. Weil du eine Null bist. Weil du, wenn ich jetzt bezahle, in zwei Wochen wieder auf der Matte stehst …«

»Das stimmt überhaupt nicht, ich habe dich nie angepumpt … nur jetzt – es geht um Mamas Grab.« Felix stutzte – warum hatte er »Mama« gesagt und nicht »Mutter«? Für einen Moment spürte er tiefe Traurigkeit.

»Du musst endlich einmal auf eigenen Beinen stehen, Felix. Ich kann dich nicht immer aus der Scheiße holen.«

»Christian, es gibt zurzeit keine Jobs für mich …«

»Dann geh halt auf den Bauarbeiterstrich nach München und kratz Asbest von den Wänden.«

»Und wenn ich dir nächsten Monat einfach hundertzwanzig weniger Miete überweise …?«

»Dann schmeiß ich dich raus. Endgültig. Du zahlst doch eh fast nichts für das Haus! Ich könnte es locker fürs Doppelte vermieten! Übernimm endlich mal Verantwortung für dein Leben! Wer bin ich denn? Ich bin doch nicht dein Depp. Du bist mir schon viel zu lange viel zu billig weggekommen. Hundertzwanzig popelige Euro für das Grab unserer Mutter wirst du jetzt wohl noch auftreiben können, du Versager.«

Da war es wieder, dieses Wort: Versager. Und wie in früheren Auseinandersetzungen verließ Felix auch dieses Mal die Schlagfertigkeit. Anstatt dagegenzuhalten, legte er einfach auf. Es hatte keinen Sinn, dem Bruder Paroli zu bieten. Christian war gebildet, erfolgreich, er war es gewöhnt, vor Menschen zu sprechen, es war ihm ein Leichtes, Felix das Wort im Mund herumzudrehen. Als Felix nach der Axt griff, spürte er tiefen Hass, aber auch große Hilflosigkeit. Dann kam der Wurf, potenziell Schädel spaltend. Und jetzt, beim Herausziehen der Axt aus dem Bücherregal, fiel sein Blick auf einen der Kunstbände, die aus dem staubigen Möbel gefallen waren. Die Seite, die durch den Sturz des Buchs aufgeschlagen worden war, zeigte das Schwarz-Weiß-Foto des berühmten Reliefs von den vierzehn Nothelfern, angefertigt aus Lindenholz von dem legendären Holzbildhauer Tilman Riemenschneider; im Original etwa 60 Zentimeter hoch und 120 Zentimeter breit, Entstehungszeit Anfang des 16. Jahrhunderts. Das Foto war Bestandteil eines wissenschaftlichen Aufsatzes von Dr. Christian Ambach. Zunächst fiel Felix' Blick nur auf das abgebildete Relief. Doch dann begann er den Aufsatz des Bruders zu lesen. Und was hier stand, brachte ihn auf eine Idee, die mehrere Menschen das Leben kosten würde:

> *... geht aus der vom Fürstbischof zu Würzburg verfassten Urkunde eindeutig hervor, dass der sterbenskranke Geistliche im Jahr 1494 Riemenschneider beauftragt hat, für die private bischöfliche Wohnstatt eine Serie der vierzehn Nothelfer als kleinere, einzeln stehende Statuen zu schnitzen. Bischof Rudolf II. von Scherenberg aber ist 1495 verstorben. Der Schriftwechsel zwischen*

Riemenschneider und der bischöflichen Kanzlei zeigt, dass die vierzehn Skulpturen zum Zeitpunkt des Todes von Bischof Rudolf noch nicht vollständig fertiggestellt waren – und auch nicht von dessen Nachfolger abgenommen und bezahlt wurden.

Felix nickte. Er fand den Schreibstil seines Bruders zwar langweilig, blätterte aber trotzdem um und las weiter.

Zwar verfügte Riemenschneider auch über gute Beziehungen zum neuen Fürstbischof Lorenz von Bibra. Doch dieser weigerte sich, die vierzehn Skulpturen abzunehmen. Stattdessen gab er dem Bildhauer den Auftrag zu einem Relief, das immerhin dieselben Motive und Figuren abbilden sollte.

Vieles spricht dafür, dass dies die wahre Vorgeschichte des Riemenschneider'schen Reliefs ist. Da uns das berühmte Relief bis heute in wunderbarem Zustand erhalten ist, muss angenommen werden, dass auch die für Bischof Rudolf von Scherenberg geschnitzten Nothelfer-Skulpturen noch existieren. Aber wo könnten diese Schätze verborgen sein? Fristen sie unerkannt auf einem verstaubten Dachboden in Würzburg oder anderswo in Deutschland oder Europa ein trauriges Dasein? Muss die Hoffnung sämtlicher Kunstliebhaber, einmal ihrer ansichtig zu werden, ein frommer Wunsch bleiben? Viele Fragen, keine Antworten – und letztlich steht nur eines fest: Das Auffinden der vierzehn Nothelfer käme einer kunsthistorischen Sensation gleich …

Wenn Felix später darüber nachdachte, kam es ihm so vor, als hätte das Schicksal das Buch an genau dieser Stelle aufgeschlagen. Als wäre es ein göttliches Zeichen gewesen.

Zwei

Obwohl Felix Ambach impulsiv war, machte er sich nicht sofort an die Umsetzung seines Plans. Zunächst galt es noch einer Pflicht nachzukommen, die ihm am Herzen lag und für die er Geld benötigte. Genauer gesagt: einhundertzwanzig Euro. Er riss die linke Schublade der Werkbank auf, öffnete die darin liegende Blechdose, leerte ihren Inhalt auf die Bank und griff sich aus dem Haufen verrosteter Nägel und Schrauben die Münzen heraus. Dann eilte er ins Wohnhaus und holte das in der Kaffeedose verbliebene Kleingeld. In einer seiner Hosen, in seinem ausgebeulten Lederportemonnaie und in einem Buch fanden sich noch einige kleinere Scheine, sodass er am Ende seiner Suchaktion auf hundertachtzehn Euro und zwölf Cent kam. Er war selbst überrascht. Und damit war es noch nicht getan: Die Pfandflaschen aus der hinter der Küche gelegenen Kammer brachten ihm zusätzlich knappe sechs Euro.

Es war seltsam, aber obwohl er wusste, dass die Münzen und Scheine in seiner Hosentasche sein vorerst letztes Geld waren und obwohl er keine Ahnung hatte, wovon er in den nächsten Wochen leben würde, spürte Felix mit einem Mal einen Antrieb und eine Schaffenslust, wie er sie seit Langem nicht – vielleicht sogar noch nie in seinem Leben – gefühlt hatte. Er befand sich jetzt auf einer Mission. Alles würde sich fügen. Ja, sein Bruder hatte schon recht: Jetzt war es an ihm, Verantwortung zu übernehmen. Schon bald würde Christian, das Arschloch, sehen, zu was ein Versager fähig war.

Die Ambach'sche Werkstatt lag – wie auch das direkt gegenüberliegende Wohnhaus – ziemlich abseits. Das verwilderte Grundstück grenzte rückseitig an den vornehmlich aus Nadelhölzern bestehenden Wald. Dennoch kam es manchmal vor, dass sich Wanderer aus der Stadt hierher verirrten. Oder ein neuer, des Lesens nicht sehr mächtiger Paketdienstfahrer, der das winzige Büro der Jusos im Ort einfach nicht finden konnte. Bog man im Dorf einmal falsch ab, dann landete man eben auf dem Feldweg, der zu Ambachs Hof führte. Hinter dem Haus ging der Weg in einen Forstweg über. Aber jetzt waren weder Wanderer noch Paketfahrer unterwegs. Felix passierte den Feldweg und gelangte zur Dorfstraße. Er wollte zum Rathaus, um seiner Pflicht zu genügen. Während er so ging, spürte er Zuversicht. Und anscheinend war auch das Schicksal einverstanden mit seinen Plänen, denn auf halber Strecke traf er Hubert Novak, der ihm noch Geld für die Restaurierung einer alten Holztür schuldete. Er zahlte ihm die achtzig Euro in bar.

»Firma dankt, Rechnung brauch ich keine«, meinte der Auftraggeber. »Und du … wenn du magst: Ich hab noch fünf Türen oben, vielleicht wär da ein Rabatt drin?«

»Für dreihundertfünfzig könnt ich's machen.«

»Abgemacht«, sagte Novak, die beiden besiegelten das Geschäft per Handschlag.

Direkt danach beglich Felix im Rathaus die fälligen Gebühren für das Grab der Eltern. War das typisch für einen Versager? Dass er und nicht sein reicher Bruder die Gebühren für weitere sieben Jahre bezahlte? Dass er einmal durchs Dorf ging und dabei gleich einen Job an Land zog, der ihm den Rest des Monats finanzieren würde? Felix fragte sich, warum er nicht viel früher in seinem Leben das Ruder ergriffen, Verantwortung übernommen hatte. Mit einem Plan im Kopf fiel das ja so leicht. Dass es ein skrupelloser und gemeiner Plan war, der ihm auf einmal Energie schenkte, war ihm in diesem Moment egal.

Auf dem Rückweg zupfte er, wie sonst auch auf seinem Weg zum Friedhof, einige wild wachsende Blumen vom Wegrand, um sie zu einem kleinen Strauß zusammenzufügen, doch an der nächsten Kreuzung blieb er stehen und hielt kurz inne: Natürlich war ihm der Besuch auf dem Friedhof wichtig, gerade jetzt, wo er das Grab bezahlt hatte, aber … es gab da diesen Plan, und der war wichtiger. Felix legte die Blumen auf einen der Sitze an der Bushaltestelle, vielleicht freute sich jemand aus dem Dorf darüber, dachte er.

Auch in der Schnitzwerkstatt fühlte er plötzlich, dass sich in seinem Inneren etwas geändert hatte. Er registrierte erstmals den Dreck und das Chaos in seiner Werkstatt. Jetzt brauchte er aber Ordnung. Er schnappte sich den Besen und kehrte Sägespäne und Holzstaub, zwischen die sich durch den Axtwurf auch die Scherben des Aschenbechers gemischt hatten, weg. Er räumte – das hatte er schon lange nicht mehr gemacht – die Werkzeuge an ihre Plätze: die Schnitzmesser, Meißel, Bildhauerklüpfel und Geißfüße in die Schubladen, die Hämmer und die Stemmeisen an die Wand, die Hobel auf die Ablage unter der Werkbankplatte. Nachdem er auch den

Holzstaub von der Hobelbank gepustet und den großen Ateliertisch in der Mitte der Werkstatt komplett leer geräumt hatte, spürte er keine Wut mehr, sondern nur noch die große Lust, etwas Außergewöhnliches zu schaffen. Nun legte Felix das Buch, das er mit dem Gewaltwurf aus dem Regal befördert hatte, auf den Ateliertisch und zog nach und nach weitere Bücher aus dem Regal, legte sie daneben, schlug hier eines auf, blätterte dort in einem anderen, studierte Abbildungen und las sich mitunter fest. Seiten, die ihm wichtig erschienen, markierte er jeweils mit einem Eselsohr oder bei den wertvolleren Bänden mit einem abgerissenen Zeitungsschnipsel. Erst als die Sonne hinter dem Wald verschwunden war, realisierte Felix, wie viel Zeit vergangen war, ja, dass er sie vollkommen vergessen hatte. Er stand von dem mit aufgeschlagenen Büchern und Kunstkatalogen bedeckten Tisch auf, ging zur Tür und knipste das Licht an.

»Ja, dann wollen wir mal«, sagte er mehr zu sich selbst und wurde sich im selben Moment bewusst, dass er gar kein Papier mehr hatte, das sich für die Anfertigung von Skizzen eignete. Ein Blick auf die alte Uhr, die an der Wand laut tickte, sagte ihm, dass es auch zu spät war, um noch einen Skizzenblock zu kaufen. Der Schreibwarenladen in der rund fünf Kilometer entfernten Kleinstadt hatte geschlossen, der Kramerladen von Hinteröx sowieso. Ungeduldig riss Felix einige Schubladen auf. In der untersten des Schranks, auf dem der einst von seinem Vater geschnitzte einäugige Adler stand, stieß er auf einen Stapel alter Dokumente, Briefe und aufgerissener Umschläge. Auch ein vergilbter Quittungsblock fand sich hier. Felix nahm all diese Papiere, schob die Kunstbände auf dem Ateliertisch zur Seite und legte sie dazu.

Dann griff er nach der angerosteten Blechdose mit den Stiften, wählte jenen aus, der ihm am besten für seine Zwecke geeignet erschien, und suchte vergeblich nach einem Spitzer. Nachdem er mehrere Schubladen durchstöbert hatte, griff sich Felix ein Schnitzmesser und spitzte den Bleistift an. Dann begann er auf der Rückseite einer alten Rechnung Figuren zu skizzieren.

Hätte in diesem Moment ein Fremder durch das mit Schlieren überzogene Werkstattfenster geblickt, dann hätte er zweierlei festgestellt. Erstens: Felix Ambach arbeitete konzentriert, ja sogar wie besessen. Und zweitens: Felix Ambach verfügte über zeichnerisches Talent. Ganz im Gegensatz zu seinem Bruder. Zwischendurch warf er – die Augen zusammengekniffen, die Stirn gerunzelt – immer mal wieder einen Blick in eines der aufgeschlagenen Bücher, las einige Zeilen, blätterte und murmelte unverständliche Worte. So schritt die Zeit voran. Nur einmal wurde sein Arbeitsfluss durch einen Anruf seiner Schwägerin und Exfreundin Maria unterbrochen. Das Gespräch war kurz und hinterließ in ihm ein ungutes Gefühl. Doch Felix wollte sich durch nichts – und schon gar nicht durch Gefühle – von seinem Ziel abbringen lassen. So wurde es allmählich Nacht. Felix bemerkte davon nichts. Emsig warf er eine Skizze nach der anderen auf das Altpapier. Gelegentlich zerknüllte er einen Briefumschlag mit einem gerade erst fertiggestellten Entwurf und warf ihn in die Ecke. Allen Skizzen und Zeichnungen war eines gemeinsam: Jede für sich zeigte eine altertümlich anmutende Heiligenfigur. Eine Figur aber skizzierte Felix besonders oft. Seinen vielen Versuchen nach zu urteilen, bedeutete ihm dieses Motiv besonders viel. Es zeigte einen geköpften Mann – den heiligen Dionysius, Bischof im 3. Jahrhundert nach Christus, Schutzpatron Frankreichs und seiner Hauptstadt Paris. Obwohl der Figur der Kopf fehlte, stand sie auf allen Entwürfen Felix Ambachs aufrecht. Sein abgeschlagenes Haupt trug der Bischof mit beiden Armen vor dem Bauch. Beiläufig, wie eine Kiste alter Bücher, die mal eben auf den Dachboden muss.

Diese Figur, die – so erläuterte es einer der auf dem Ateliertisch aufgeschlagenen Kunstbände – von Gläubigen seit Hunderten von Jahren bei Kopfschmerz und schlechtem Gewissen angebetet wurde, war die verstörendste, die Felix mit federleichtem Strich auf sein behelfsmäßiges Zeichenpapier warf. So faszinierend wie Felix' Kunstfertigkeit im Zeichnen war, so erschreckend war die Beiläufigkeit des Brutalen, die einige der Darstellungen kennzeichnete:

Die Hände des heiligen Pantaleon, der der Legende nach um das Jahr 305 herum nach mehreren misslungenen Hinrichtungen den Foltertod gestorben sein soll, zeichnete Felix mit an den Kopf genagelten Händen. Dem heiligen Cyriakus, Schutzpatron der Besessenen, heftete er einen Teufel ans Bein. Den heiligen Blasius zeichnete er Seite an Seite mit dem Mühlrad, unter welchem der Schutzheilige angeblich den Märtyrertod gestorben war. Den heiligen Georg skizzierte Felix Ambach mit einem kleinen, sich im Todeskampf windenden Drachen. Als Vorlage seiner Zeichnungen dienten ihm diverse Abbildungen des Original-Nothelferreliefs. Aber er fügte eben auch eigene Ideen und Details hinzu.

Felix Ambach war voller Tatendrang. Nicht einmal das kalte Licht des Baustrahlers, der viel zu grell von der Decke leuchtete, machte ihn müde. Erst als auch auf einem der letzten noch unbemalten Papiere, einem zerfledderten Briefumschlag, eine Bleistiftskizze prangte, spürte er ein Brennen in den Augen. Er schaltete das verstaubte Kofferradio ein. Musik hatte ihm noch immer Kraft gegeben. Doch jetzt gerade lief keine Musik, sondern eine Verkehrsdurchsage. Der Moderator warnte vor einem Geisterfahrer auf der A8. Kurz darauf hörte der müde Zeichner den Sprecher noch sagen: »Es ist kurz nach halb fünf.« Felix gähnte, rieb sich die Augen, starrte auf die vielen vor ihm liegenden Zettel, auf die aufgeschlagenen Bücher und Kunstbände. Ja, er war müde. Aber er wollte nicht aufhören. Nicht jetzt. Zum ersten Mal in seinem Leben hatte Felix einen Plan. Er wollte weiterarbeiten. Er musste es: eintauchen, vollständig aufgehen in der Welt der Heiligenfiguren des ausgehenden 15. und beginnenden 16. Jahrhunderts. Sich vertraut machen mit der skulpturalen Kunst der Holzbildhauer jener Epoche zwischen Spätgotik und Renaissance. Er wollte die seinerzeit gefertigten Figuren studieren, ihnen ihre Geheimnisse und Geschichten entlocken, die von Gewalt und Folter erzählten, aber auch von Rettung und Erlösung. Ein zweiter Tilman Riemenschneider wollte Felix werden. Die kunstvolle Arbeitsweise dieses Vorbilds, des großen Holzbildhauers, der von 1460 bis 1531 gelebt hatte und dessen berühmtes Relief Felix' Bruder Christian mehr interessierte als alles auf der Welt, musste ihm in Fleisch und Blut übergehen, sonst würde sein Plan nicht funktionieren.

Die Fälschungen mussten gut werden, exzellent. Felix wollte sich nicht damit begnügen, Kopien bereits bestehender Werke zu fabrizieren. Er wollte Figuren aus Holz formen, die es hinsichtlich Stil, Qualität und Ausgewogenheit mit den feinsten Skulpturen Tilman Riemenschneiders aufnehmen konnten. Die Gesichtszüge der Dargestellten sollten ebenso ausdrucksstark sein wie jene des großen Meisters – den typisch Riemenschneider'schen nach innen gewandten Blick wollte er ihnen verpassen; ihre Gewänder sollten sich durch einen ebenso reichen Faltenwurf auszeichnen. Kongenial wollte Felix sein und genau jene Lücken im künstlerischen Gesamtwerk Riemenschneiders füllen, die kunstbesessenen Idioten wie seinem großen Bruder schlaflose Nächte bereiteten. Er wollte erschaffen, was Riemenschneider an Kunst noch alles erschaffen hätte, hätte er nicht im Bauernkrieg von 1525 an der Seite der Aufständischen gekämpft, wäre er nicht gemeinsam mit den Würzburger Ratsherren, die sich an der Seite Götz von Berlichingens dem Bischof widersetzten, im Kerker der Festung Marienburg gelandet, hätte man ihn nicht gefoltert, als Künstler vernichtet und als Mensch gebrochen.

In der Ferne krähte ein Hahn, die Morgensonne stahl sich durch die am Waldrand hängenden Nebelfetzen. Die ersten Bauern stapften schlaftrunken und in stinkenden Stiefeln in Richtung ihrer Ställe, um mit dreizackigen Gabeln den Kühen frisches Heu in die Futterrinnen zu schieben. Eine Sau quiekte, die Kramerin trieb ihren Mann in den Laden. Im Nachbarort Waldham rollte sich gerade ein Mann, dessen Oberkörper mit mehreren Pin-up-Girls im Bikini verziert war, von einer jungen Frau mit Silikonbrüsten. Beide rauchten noch eine Zigarette und schliefen dann erschöpft ein.

Felix Ambach zeichnete die ganze Nacht hindurch. Da er irgendwann kein jungfräuliches Blatt mehr fand, stand er auf, riss mit der Fahrigkeit des Übermüdeten die

Schublade mit den Schnitzwerkzeugen auf, die er Stunden zuvor erst eingeräumt hatte, und schnappte sich einen Geißfuß. Dann wankte er ins Eck, wo der Kasten mit den Holzresten stand. Wenn sein Plan klappen sollte, dann musste es ihm gelingen, diesem Holz Leben einzuhauchen, ihm ein Gesicht zu verleihen. Er wusste, dass die Bildhauer seit Jahrhunderten ihre Skulpturen aus Lindenholz fertigten, weil es vergleichsweise weich war und sich gut verarbeiten ließ. Doch sosehr er in dem Kasten wühlte, er fand kein Lindenholz. Es fiel bei seinen üblichen Schreinerarbeiten, die ja eher im Bereich der Schreinerei anzusiedeln waren, zu selten an. Getrieben von der Ungeduld des Rachsüchtigen, griff er sich widerwillig ein gut ellenlanges und mehr als unterschenkelstarkes Stück Eichenholz aus dem Kasten. Er erinnerte sich daran, dass es der Rest eines Balkens war, aus dem er drei Jahre zuvor einem Städter eine Aufhängung für dessen Hängematte im Reihenhausgarten gebaut hatte. Eiche war ein wetterbeständiges Material, aber extrem hart und deshalb zum Schnitzen eher ungeeignet. Doch in dem Kasten fanden sich keine Stücke vergleichbarer Form und Größe, und außerdem fehlte Felix die Muße für eine akribischere Suche. Ausgeruht hätte er sicherlich auch nicht mit einem Achter-Geißfuß angefangen, das Holz zu bearbeiten. Aber er war ja jetzt über zwanzig Stunden wach und Holz abspalten konnte man mit dem Messer, das vorne in einer V-förmigen Klinge endete, auch. Zudem hatte er gerade vor einer Woche die Klinge geschärft, und so war der Geißfuß scharf genug, dass man damit mühelos jedem beliebigen Opfer die Halsschlagader hätte durchtrennen können. Felix rammte die Klinge wieder und wieder in das leicht vergilbte Holz. Obwohl es sich mit seiner ganzen Härte dagegen wehrte, die von seinem Behauer erdachte Form anzunehmen, schälten sich bereits nach einer guten Stunde die groben Umrisse eines stehenden Mannes in einem wallenden Gewand heraus, der in der linken Hand lässig einen Gegenstand hielt. Auch einige Zierquasten an der Kleidung wurden bereits sichtbar. Und an der rechten Seite arbeitete Felix gerade die Umrisse eines großen Schwerts hervor.

Obwohl seine Handgriffe mit der steiler in die Werkstatt fallenden Sonne kraftloser und schlampiger wurden, behielt Felix' Schaffenswut noch immer die Oberhand gegenüber seiner Erschöpftheit. Natürlich war es unsinnig, ausgerechnet ein Stück Eiche in den heiligen Dionysius, den Helfer bei Seelenleiden und Unruhe des Gewissens, verwandeln zu wollen. Das Holz war einfach zu hart. Auch wäre es angesichts seiner Müdigkeit vernünftiger gewesen, sich hinzulegen und ein paar Stunden zu schlafen. Aber Felix pfiff auf die Vernunft. Jedes Mal, wenn der einsame Schnitzer mit dem Werkzeug abrutschte, jedes Mal, wenn er sich versehentlich den Geißfuß in die Hand rammte und das aus der Wunde tröpfelnde Blut von der holzstaubigen Haut schlecken musste, fluchte er und warf einen erschöpften Blick ins Nichts. Doch diese Momente der Erschöpfung währten nur kurz, denn schon rief er sich seinen blasierten, Beifall heischenden Bruder vor Augen; stellte sich vor, wie genussvoll er – Felix Ambach – ihn, Christian, der ihm die Freundin ausgespannt hatte, demütigen würde.

Gelegentlich schweiften seine Gedanken auch ab und er dachte an die Qualen, welche dieser Dionysius, dessen Ebenbild er hier gerade schnitzte, wohl hatte ertragen müssen, als man ihn als Bischof von Paris festgenommen und geköpft hatte.

Das hatte er in den Bänden über die vierzehn Nothelfer noch einmal nachgelesen: Dionysius' erbittertster Feind war ein römischer Statthalter gewesen. Für Felix war es der Bruder. Auch wenn er oftmals an Gott gezweifelt hatte, vermutete Felix, dass es ihn gab. Das gab Kraft. »Auch ich bin bereit, ein Martyrium auf mich zu nehmen«, dachte er sich. Dieses Gefühl hielt ihn wach. Und tatsächlich: Als die Kirchturmuhr zwölf Uhr schlug, waren die Falten des Umhangs und die Konturen von Dionysius, der seinen eigenen Kopf in den Händen hielt, faszinierend genau ausgearbeitet. Doch für weitere Details reichte die Kraft dann doch nicht mehr. Sein blond geschopfter Kopf wurde schwer, seine Wahrnehmung versagte, spielte ihm Streiche – zweimal glaubte der übernächtigte Schnitzer jemanden am Fenster zu sehen, beim dritten Mal erblickte er aus dem Augenwinkel einen kopflosen Geist, was ihn dazu verleitete, wütend einen kleineren Holzklotz in Richtung des Fensters zu werfen. Hierauf zwang Felix seine Gedanken wieder zur Konzentration auf das Objekt seines Schaffens. Mit aller Kraft, die ihm noch zur Verfügung stand, bemühte er sich, den Dämon am Fenster den gelegentlich seiner Phantasie entspringenden Truggestalten zuzuordnen. Felix, der vor Müdigkeit halluzinierte, konnte ja nicht ahnen, dass er es nur allzu bald mit einem Dämon ganz anderer Art zu tun bekommen würde.

Um kurz vor eins lag der Mann, den viele für einen Loser hielten, mit der linken Wange auf der Tischplatte. Die Arme ruhten bilderrahmengleich rechts und links um den Kopf mit den verschwitzten Haaren. Eichenspäne gruben sich in die von hellen Bartstoppeln nur spärlich bedeckte Haut, der Geißfuß steckte Schaffenslust simulierend in der rechten Hand.

Drei

Etwa zur selben Zeit, in der Felix zu seinem folgenreichen Entschluss gekommen war, hatte sein Bruder gerade dreiundsechzig kunstinteressierte Frauen und Männer zum Lachen gebracht. In einem Vortrag mit dem Titel »Die Erotik in Riemenschneiders Werk« im Münchner Lenbachhaus hatte er den viel verehrten Künstler als »Gerhard Schröder seiner Zeit«, als »Schürzenjäger« und »größten deutschen Bildhauer-Filou der Epoche« bezeichnet. »Riemenschneider war nicht nur ein Künstler, der es vermochte, Holz in Brüste zu verwandeln, er war auch einer, der es im echten Leben schätzte, wenn ordentlich Holz vor der Hütte war.«

Natürlich basierte dieser Scherz auf einer wissenschaftlich eher kühnen These und war damit ein klassischer »Christian Ambach«. Aber deshalb liebte man den Experten in der Kunstwelt, deshalb verloren sich in seinen Vorträgen nicht nur ältere Herren in schwarzen Gesundheitsschuhen und vermeintlich Junggebliebene in teuren Fliegerlederjacken mit Fellkragen, sondern auch Studentinnen der Kunstgeschichte in High Heels und kurzen Röcken: Dr. Christian Ambach verstand es, einem vermeintlich trockenen Thema wie der sakralen Kunst der Renaissance Lebensnähe zu verleihen – und mitunter sogar Erotik. Kein Wunder, dass der Wissenschaftler diese Auftritte genoss.

Während er dem Publikum Zeit ließ, um seinem Witz hinterher zu lachen, nahm er die Hornbrille ab und blinzelte der Mittdreißigerin in der ersten Reihe zu, die ihm mit ihren im dunklen Rot des Blutsteins geschminkten

Lippen ein kaum sichtbares Lächeln zuschickte. Christian Ambach hatte diese Frau noch nie gesehen, aber natürlich wusste er, dass das ungewöhnliche Rot ihrer Lippen einem der ältesten Farbpigmente der Malereigeschichte entsprach. Unter Fachleuten wurde der Blutstein auch Hämatit genannt.

Kaum hatte sich das Gelächter in ein freudiges Murmeln verwandelt, schob sich Christian Ambach mit einer eitlen Handbewegung die Brille wieder auf die Nase und ergriff das Wort: »Natürlich bitte ich Sie, meine verehrten Damen und Herren, mir dieses Bonmot zu verzeihen. Ich habe keinerlei Beweis dafür, dass Riemenschneider wirklich den Brüsten der Frauen verfallen war, wie wir es heute in der derzeitigen Silikon-Valley-Epoche …« – auch hier lachte das Publikum dankbar auf – »… sind. Aber sagen wir es so: Vieles spricht dafür. Warum sollte ein Mann Bildhauer werden, wenn er nicht eine unstillbare Sehnsucht nach dem schönsten Körper der Schöpfung in sich verspürt?« Erneut zwinkerte Christian Ambach den blutsteinroten Lippen zu. »Riemenschneider jedenfalls hatte in seinem Leben mindestens vier Frauen – damit meine ich aber nur die Ehefrauen. Was bei unserem Altkanzler normal ist, deutete seinerzeit auf eine tendenziell unordentliche Lebensführung hin. Aber zurück zum Zwölfbotenaltar: Riemenschneider hat ihn im Jahr 1509 aus Lindenholz für die Pfarrkirche St. Kilian hergestellt.« Christian Ambach warf einen Blick auf die Leinwand hinter sich, auf der eine Fotografie des berühmten Werks mit den zwölf geschnitzten Aposteln zu sehen war. »Wenn Sie sich bitte auf die mittlere der drei Figuren im rechten Flügelrelief konzentrieren: Dass dieser Apostel vermutlich das Gesicht des Bildhauers trägt, haut uns jetzt noch nicht vom Sockel. Aber nun komme ich zurück zu dem vorhin von mir erwähnten Holz vor der Hütte: Betrachtet man die Rückseite dieses rechten Flügels, auf dem sich Riemenschneider ein Denkmal gesetzt hat, dann sieht man dort eine tanzende Frau. Auf einem religiösen Altarbild. Das müssen Sie sich auf der Zunge zergehen lassen, meine Damen und Herren: Riemenschneider entwirft in zutiefst christlicher Zeit ein Apostelrelief für eine Kirche und pinselt auf die Rückseite mit Kreide und Rötel die Scarlett Johansson der Bibel, nackt und tanzend! Denn, da bin ich mir sicher – und mit mir etliche namhafte Kollegen …«

Er nickte seinem langjährigen Studienfreund Maximilian Pauli in der letzten Reihe jovial zu. Der Mann mit den hellblonden Locken und den Sommersprossen nickte zurück. Wann immer er Zeit hatte, begleitete Max seinen Kumpel Christian zu dessen Vorträgen. Nicht, weil er sie inhaltlich besonders spannend fand – er kannte Christian Ambachs einstudierte Gags und Thesen zur Genüge –, sondern weil sie für ihn als Antiquitätenhändler gute Vorwände waren, um der Ehefrau zu entkommen. Max war kein idealer Ehemann. Christian Ambach sprach ohne Unterbrechung weiter: »… Die Frau, die er sich zum Motiv gewählt hat, ist die schöne Salome. Womit wir zur Grundthese meines heutigen Vortrags kommen: Die Erotik in Riemenschneiders Werk wurde bislang vollkommen unterschätzt. Salome ist die Kindfrau par excellence, die vorchristliche Lolita, die verkörperte Verführung – und in Riemenschneiders Kunst steckt wesentlich mehr Sex, als wir es jemals zu träumen wagten. Unsere Aufgabe als Ikonografen ist es, seinen Werken die Kleider vom Leib zu reißen, um die originäre Wahrheit ihrer Schönheit und erotischen Kraft zu sehen und zu spüren.«

Seine letzten Sätze hatte Christian Ambach so nachdrücklich gesprochen, dass allen klar war, dass nun ein tosender Applaus erwartet wurde. Und natürlich erfüllte ihm sein Publikum diesen Wunsch.

Nach dem Vortrag folgte das übliche Prozedere: Christian Ambach nahm Glückwünsche entgegen, beantwortete Fragen, stellte seine fulminante Fachkenntnis als Kunsthistoriker und seine außergewöhnliche Redegewandtheit unter Beweis. Sein Freund Max verabschiedete sich früh, aber deswegen war Christian nicht beleidigt, er wusste ja warum: Max trieb sich gerne in Münchens Rotlichtvierteln herum, wo er in diversen Bordellen Stammgast war. Auch mit der jungen Frau mit den roten Blutstein-Lippen wechselte Christan Ambach einige Worte, es gelang ihm sogar, ihr ins Ohr zu hauchen, dass sie während dieses Vortrags für ihn die Salome im Raum gewesen sei, doch dann drängte sich ein Mann zwischen die beiden, dessen grauer Anzug im Schulterbereich mit einer unübersehbaren Menge an Hautschuppen bedeckt war und bat den Star des Abends, ihm sein vorletztes Buch zu signieren. Es folgten weitere Huldigungen, und am Ende war die Frau mit den Blutstein-Lippen verschwunden.

Aber mit solchen verpassten Gelegenheiten hatte Christian Ambach umzugehen gelernt. Auf jedem zweiten Vortrag war eine Frau zu Gast, die er sich, während er sprach, als nackte Tänzerin vorstellte. Aber am Ende saß er dann doch wieder allein in seinem Auto und fuhr nach Hause. Diese einsamen Autofahrten, wenn die Spannung von ihm abfiel, waren die schlimmsten Momente seines Berufslebens: die Leere nach dem Glücksgefühl, das ihm die Bewunderung seiner Fans, die ja allesamt gebildet waren und aus den besten Kreisen der Gesellschaft stammten, verschaffte.

Im Auto jubelte ihm niemand mehr zu, hier galt es, den Weg zurück in sein Privatleben zu finden, welches ihm im Vergleich zu seinem schillernden Leben als Kunstexperte belanglos erschien. Natürlich genoss er es auch gelegentlich, von seiner Frau Maria bekocht zu werden – Maria war für ihre vierunddreißig Jahre durchaus noch attraktiv. Auch die gelegentlichen Fahrradausflüge mit seiner Tochter Soleil fand er ganz nett. Aber Soleil war nun zehn Jahre alt und hatte völlig andere Interessen als er – Pferderomane, Handys und Castingshows. Welches Prickeln man empfinden konnte, wenn man ein bislang übersehenes bildhauerisches Detail entdeckt oder ein Symbol entziffert hatte, dafür hatte die Zehnjährige kein Verständnis. Auch erinnerte sie ihn in ihrer Bockigkeit allzu sehr an seinen nichtsnutzigen Bruder. Und seine Frau? Natürlich teilte auch Maria seine Leidenschaft für Alte Kunst nicht, geschweige denn, dass sie ihm rhetorisch das Wasser reichen konnte. In den letzten Jahren waren sie immer häufiger wegen Kleinigkeiten aneinandergeraten. Marias Gutmenschentum ging ihm zunehmend auf die Nerven. Aber das behielt Christian für sich. Doch seine Frau war wesentlich intelligenter als er vermutete und hatte längst durchschaut, wie er über sie dachte.

Als er nun den Wagen vor dem Haus parkte, war er überrascht: Obwohl es bereits kurz vor Mitternacht war, brannte im Wohnzimmer noch Licht. War Maria noch wach?

Der spontane Moment der Freude, den er spürte, verschwand sofort, als seine Frau ihn direkt nach der Begrüßung mit einer unangenehmen Frage konfrontierte: »Findest du das eigentlich okay, wie du deinen Bruder behandelst?«

»Meinen Bruder? Was soll die Frage?«

Seine Souveränität, die er eben noch als Entertainer der Kunstwelt wie selbstverständlich an den Tag gelegt hatte, war wie weggeblasen. Zu Hause wehte ein anderer Wind. Natürlich verstand Christian Ambach auch sofort, auf welchen Sachverhalt seine Frau mit ihrer Frage abzielte. Deshalb antwortete er nicht ohne Aggression in der Stimme: »Was soll denn bitte daran nicht okay sein, dass der endlich mal lernt, dass man sich nicht immer so durchmogeln kann im Leben?«

Maria runzelte die Stirn, sah ihn an, als wäre er ein kleines Kind. »Christian, darum geht's doch gar nicht!«

»Doch, genau darum geht's«, entgegnete er genervt, während er seinen Autoschlüssel etwas energischer als sonst in der Holzschale auf der Biedermeierkommode im Flur deponierte und weiter in Richtung Küche ging. Doch Maria ließ sich nicht abschütteln und folgte ihm trotzig: »Christian, bitte! Es geht um …« Er unterbrach sie barsch: »Schön, dass du mir jetzt erklärst, um was es geht in meinem Leben, dann brauche ich ja gar nichts mehr zu sagen. Dann halte ich jetzt einfach mal den Mund und du lässt mal wieder deinen Klugscheißermonolog vom Stapel.«

»Was soll denn jetzt das bitte? Was für einen Klugscheißermonolog?« Auch Marias Tonfall hatte sich verschärft.

»Na, genau den, in dem du mir erklärst, dass wir uns das doch alles leisten können, dass es uns doch viel besser geht als meinem armen Bruder«, das »armen« betonte er mit hässlicher Verachtung, »und dass wir den armen Kleinen finanziell unterstützen müssen, und und und …« Christian holte tief Luft. »Aber soll ich dir was sagen? Ich weiß doch sowieso schon, dass du ihn heute angerufen und ihm das Geld angeboten hast.«

Schweigend blickte Maria zu Boden. Ja, sie hatte Felix heute Vormittag angerufen, nachdem sie mitbekommen hatte, wie ihr Mann ihn gestern am Telefon abgekanzelt hatte. Aber das Telefonat mit Felix war seltsamerweise anders verlaufen, als sie es erwartet hatte. Auch glaubte sie, in der Stimme ihres Exfreunds und Schwagers einen neuen Unterton vernommen zu haben. Irgendwie hatte Felix anders geklungen, so bestimmt. Und er hatte sich partout nicht von ihr helfen lassen wollen, obwohl sie wusste, dass er augenblicklich faktisch arbeitslos und damit ohne Einkommen war.

»Du wirst schon wissen, was du mit meinem Geld machst«, riss Christian sie aus ihren Gedanken und packte sie dabei an den Schultern. »Aber wenn wir so weitermachen, wird der Versager es jedenfalls nie lernen.«

Vier

»Und sonst?«, fragte Elli Zöttl mit dieser rasselnden und ungewöhnlich tiefen Stimme, die Felix an einen Märchenerzähler aus dem Fernsehen seiner Kindheit erinnerte. Vor der Besitzerin des Kramerladens lagen drei Malblöcke auf der Verkaufstheke. Elli Zöttl trug eine Schürze in psychedelischen Farben, ihr Haar war grau und zu einem Dutt gebunden, den sie mit einer Wiesenblume verziert hatte. Das hatte sie bereits vor fünfzig Jahren so gemacht, als sie in das Ladengeschäft ihrer Eltern eingestiegen war. Ihrer machtvollen Aura hatte dies noch nie einen Abbruch getan. Es gab Leute im Dorf, die behaupteten, die Elli habe das zweite Gesicht, sie könne Todesfälle voraussehen.

»Sonst nichts«, antwortete Felix mit trockener Stimme. Er hatte den ganzen Nachmittag verschlafen. Um zwei Minuten vor sechs am frühen Abend war er aufgewacht, weil ihn eine Mücke ins Augenlid gestochen hatte; ohne sich das Gesicht oder das zerzauste Haar frisch zu machen, war er aufgesprungen, hatte sich das Fahrrad geschnappt und war mit schepperndem Schutzblech zum Kramerladen gefahren. Elli Zöttl war gerade dabei zuzusperren.

»Malblöcke? ... Machst auch beim Lillifee-Malwettbewerb mit?«

Es folgte ein heiseres Lachen, und die alte Frau deutete auf das Plakat im Schaufenster des Ladens.

»Äh ... nein.« Felix Ambach überlegte kurz. Er war verschlafen, hatte Kopfschmerzen und Verspannungen, und außerdem war er kein guter Lügner. »Die sind für meine Nichte, die hat bald Geburtstag.« Er blickte verlegen zu Boden.

»Wart mal.« Die weißhaarige Frau bückte sich ächzend, zog eine Schublade auf und kramte darin. Momente später legte sie eine kleine achteckige Pappschachtel mit dem Logo des lokalen Energieversorgers auf den Tresen. »Ist zwar bloß ein Werbegeschenk, aber Wachsmalkreiden mag jedes Kind.« Wieder dieses zu laute, zu männliche Lachen.

Mit einem leisen »Danke« und einer Papiertüte mit seinen Einkäufen verließ Felix den Kramerladen. Seine Lüge bereitete ihm ein ungutes Gefühl. Wie lange hatte er seiner Nichte Soleil schon nichts mehr zu ihrem Geburtstag geschenkt? Natürlich war er auch nie eingeladen worden, was ganz sicher nicht an der Zehnjährigen lag, und auch nicht an Maria. Sondern an seinem Bruder, dem Arschloch. Aber selbst wenn sie ihn eingeladen hätten – was hätte er ihr schon schenken können, ohne Geld? Das letzte Mal hatte er ihr etwas zu ihrem dritten Geburtstag gegeben: einen selbst geschnitzten Hasen. Ob sie den mochte? Maria hatte einmal behauptet, der Hase habe einen Ehrenplatz in Soleils Regal bekommen. Wieso Ehrenplatz?, hatte er sich gefragt. Es war doch nur ein Hase aus Holz.

Felix Ambach radelte nach Hause.

Die Abendsonne verschwand schon wieder hinter dem Wald, als er erneut auf sein Fahrrad stieg. Die Schultern schmerzten von der Nacht. Wie im Wahn hatte er gearbeitet. Arme, Hände, ja sogar die Gelenke der Finger fühlten sich verkatert an, obwohl er seit Jahren keinen Schluck Alkohol angerührt hatte.

Immerhin hatte Felix Glück: Hubert Novak werkelte noch an seinem Holzspalter im Garten herum.

»Passt das, wenn ich morgen früh mit den Türen anfange?«, fragte Felix nach einer kurzen Begrüßung.

»Ja, schon.« Novak musterte sein Gegenüber kritisch. »Sag einmal, wie schaust jetzt du aus?«

»Wie …« Felix gab sich Mühe, nicht verunsichert zu wirken. »… schau ich aus?«

»Fertig«, meinte Novak trocken. »Fertig schaust du aus … also wenn du mich fragst.« Erneut zögerte er, schien zu überlegen. »Du, die Türen sind mir wichtig. Dass du mir die nicht verhunzt!«

»Ich verhunze die nicht.« Felix' Antwort klang nicht sehr überzeugend. »Also dann morgen.«

»Ja, also dann …«

Während er von Novaks Haus wegradelte, spürte Felix den Blick des Nachbarn auf seinem Rücken. Er musste zusehen, dass ihm nicht auch noch dieser die Verbundenheit aufkündigte. Felix Ambach genoss wegen seines Säufervaters keinen allzu großen Respekt im Dorf. Und dass er in den Augen der anderen nichts auf die Reihe bekam und sein Bruder ein Schnösel geworden, in die benachbarte Kleinstadt gezogen und Teil der dortigen Pseudo-High-Society geworden war, machte die Sache nicht besser. Aber Felix brauchte Novaks Auftrag. Das Geld aus der Restaurierung der Türen war unabdingbar, um das Material für die sensationellen Riemenschneider-Skulpturen, die die Welt noch nicht kannte, zu kaufen. Felix wusste zwar noch nicht, wo er derart altes Holz überhaupt herbekommen sollte, aber dass es nicht billig werden würde, das ahnte er.

Als Felix zu Hause ankam, lehnte er das Fahrrad an die Hauswand und ging direkt in die Werkstatt. Für einen Moment war er sich unsicher, ob sich an der Anordnung der Kunstbände auf dem Ateliertisch etwas verändert hatte. Aber wie verlässlich war schon seine Wahrnehmung nach dieser Nacht?

Der Holzschnitzer räusperte sich und wurde sich plötzlich seiner trockenen Kehle bewusst. Er trat zum Waschbecken, griff eines der darin stehenden Gläser heraus, spülte notdürftig den Staub ab, füllte frisches Wasser ein und trank. Das Wasser schmeckte metallisch. Die alten Leitungen – der Hof der Ambachs war eine Ruine.

Dann fiel Felix' Blick auf den heiligen Dionysius, an dem er noch in der Frühe gearbeitet hatte. Er stellte das Glas auf den Ateliertisch und nahm die Holzfigur in die Hand. Wie sich das Holz so weich in die Hand schmiegte, schien es ihm, als lösten sich seine Verspannungen. Felix hielt die unterarmlange Skulptur in der rechten Hand und fuhr ihr mit dem Zeige- und Mittelfinger seiner linken zärtlich über die Stirn, über die angedeutete Nase, das Kinn und die Mitra, die Kopfbedeckung des Bischofs. Er war zufrieden mit dem Haupt des kopflosen Dionysius. Die Figur fest im Griff, schloss er die Augen. Seine Kopfschmerzen spürte er fast nicht mehr. War dies dem heiligen Dionysius zu danken, dem man nachsagte, bei Kopfschmerzen Wunder zu wirken? Felix schüttelte versonnen den Kopf, hob die Figur an die Nase und roch daran. Der gärige Geruch der für die Eiche typischen Gerbsäure war nur noch eine Andeutung, das Holz war schon einige Jahre alt. Er wandte sich dem Buch zu, in dem die Abbildung des Riemenschneider'schen Reliefs von den vierzehn Nothelfern zu sehen war. Der heilige Dionysius stand ganz rechts vorne. Direkt hinter ihm der heilige Cyriakus, mit abgewandtem, geradezu gelangweiltem Blick. Links daneben der heilige Georg, der dem sich am Boden windenden Drachen die Lanze in den Kopf rammte. Diese drei Heiligen standen als Gruppe etwas abgesetzt von den anderen elf Figuren, die auf der linken Seite folgten: Zunächst Blasius, daneben Ägidius, Vitus, Christophorus mit dem Jesuskind auf der Schulter, Pantaleon mit den auf den Kopf genagelten Händen, Katharina, ein beeindruckendes Mannweib mit ziemlich großem Schwert, Erasmus, Barbara, Eustachius, Achatius und schließlich ganz links die Figur der heiligen Margareta. Minutenlang studierte Felix die Heiligen und nickte anerkennend. Riemenschneider war ein außergewöhnlicher Meister seiner Zunft gewesen. Der Faltenwurf der Kleider, die Gesichtsausdrücke, die Rundungen der Körper, ihre Haltungen – all dies wirkte erstaunlich lebensnah, obwohl das Relief fünfhundert Jahre alt war. Felix freute sich. Der gesamte Schnitzstil wirkte zeitlos elegant. Und die Figuren in der zweiten Reihe waren ja im Relief nur vom Kopf bis zur Brust zu sehen. Das erweiterte Felix' künstlerische Freiheit. Die Skulpturen sollten schön werden. Sein arroganter Bruder sollte nicht nur die Vorstellung lieben, dass sich in den bislang unbekannten Figuren seine Theorie von ihrer Existenz bestätigte, sondern auch die Figuren selbst. Und mit ihm die gesamte Kunstwelt.

»Morgen geht's weiter«, sagte Felix leise und zärtlich zu der Skulptur in seiner Hand und stellte sie zurück auf den Tisch. Er musste jetzt noch einiges vorbereiten. Für den Novak-Job brauchte er Werkzeug.

In den nächsten Minuten suchte er deshalb passende Schraubenzieher und Hammer. Die würde er benötigen, um die Türgriffe und Schlösser von den alten Türen zu entfernen. Auch einige Stemmeisen verschiedener Größe verstaute er im Werkzeugkasten. Außerdem legte er eine Rolle 120er Schleifpapier für die Maschine bereit und zusätzliches Schleifvlies für die schwer zugänglichen Stellen. Des Weiteren einen Stechbeitel zur Entfernung grober Lackreste und Handschuhe sowie eine Handvoll alter Lumpen. Viele Restauratoren sahen nicht sehr gepflegt aus, aber in ihrer Arbeit war Sauberkeit unerlässlich. Ein Körnchen Holzstaub im Lack konnte die Mühen vieler Stunden vernichten.

Als der Werkzeugkasten gepackt war, trug Felix ihn nach draußen zum Wagen. Auf dem Weg schnappte er sich noch die beiden Klappböcke, die an der Tür standen. Die Heckklappe des roten Fiat Multipla quietschte beim Öffnen. Im Inneren des Wagens roch es nach Lösungsmittel und insgesamt muffig. Es war nun fast dunkel.

Hastig warf Felix sein Werkzeug ins Auto, griff sich den dunkelgrünen, vom häufigen Gebrauch abgewetzten Plastik-Reservekanister und schlug die Heckklappe wieder zu. Vollgetankt hatte er den Wagen schon lange nicht mehr. Das vermied er generell. Er tankte meist nur so viel, wie es zur Erledigung des aktuellen Jobs gerade nötig war. Und für Notfälle hatte er stets einen Reservekanister mit Sprit an Bord. Die zehn Liter aus dem Kanister füllte er nun über den knickbaren Plastikschlauch in den Tank. Während es gluckerte, sog Felix die emporsteigenden Benzindämpfe ein. Sein Gesicht nahm einen genussvollen Ausdruck an. Er mochte den Geruch des Kraftstoffs, und er mochte sein Auto. Die Vorliebe für den Benzingeruch teilten sicherlich auch viele andere Menschen, jene für den 1999er Multipla eher nicht.

Der Wagen war rot und verbeult. Die Dellen stammten von den Vorbesitzern. Aber auch ohne die Blessuren erinnerte das Auto an einen deformierten Delfin aus Blech. Der knallgelbe Schriftzug »Stimmung garantiert – DJ Jaques rockt deine Partie«, der (inklusive des Schreibfehlers) auf beiden Seiten des Wagens prangte, trug auch nicht eben zu dessen Attraktivität bei.

Das Benzin war jetzt im Tank, Felix warf beim Rückweg in die Werkstatt nochmals einen kurzen, beinahe schmerzvollen Blick auf die Werbeaufschrift des Vorbesitzers, zögerte einen Moment, entschloss sich dann aber doch, sie heute nicht mehr zu entfernen. Es gab Wichtigeres zu tun: Wieder im Schuppen, griff er sich einen verkrusteten Metalltopf aus einem der Regale. An dem Topf war ein Kabel mit Schukostecker befestigt. In den Topf goss Felix etwas Wasser, bevor er einen kleineren Topf hineinstellte. Er verband den Stecker mit dem

Stromnetz und füllte in den kleineren Topf bernsteinfarbenes Granulat. Dann schüttete er die etwa doppelte Menge Wasser auf das Granulat. Knochenleim, dachte sich Felix, das klingt brutaler, als es heutzutage ist. Zu Riemenschneiders Zeit musste man zu seiner Herstellung noch echte Knochen spalten und stundenlang auskochen, damit das darin enthaltene Kollagen sich irgendwann in leimiges Glutin verwandelte. Heute konnte man das Granulat einfach kaufen, musste es zwei Stunden einweichen und dann bei siebzig Grad etwa eine Stunde lang kochen. In der Wartezeit kümmerte sich Felix, bewaffnet mit einem Lappen und einem Kanister Waschbenzin, doch noch um sein Auto. Es war jetzt ganz dunkel draußen und der Erfolg der Aktion mäßig erfolgreich. Nachdem er wie wild geschrubbt hatte, konnte man auf dem Auto noch immer vereinzelte Buchstaben des Schriftzugs lesen.

In der Werkstatt ging es nun ans Auskochen und Umrühren. Nach etwas über einer Stunde hatte er einen geschmeidigen Knochenleim hergestellt, den er jetzt mit – eigens hierfür gesammeltem – Schleifstaub mischte. Das Gesicht des Handwerkers nahm einen zufriedenen Ausdruck an. Der Kitt war so hell wie die Holzsorten, mit denen man es als Schreiner oder Restaurator üblicherweise zu tun bekam. War der Leim warm, so erinnerte er hinsichtlich Konsistenz und Farbe an Erdnussbutter. Damit würde er morgen die zahllosen Wurmlöcher in Novaks alten Holztüren füllen können. Felix verwendete ganz bewusst keinen industriell hergestellten Kitt, sondern fertigte diesen selbst an. In seiner kleinen Bibliothek in der Werkstatt bewahrte er ein Buch auf, das aus der Zeit kurz nach dem Zweiten Weltkrieg stammte. Viele der Seiten waren aus dem Bund gefallen und fleckig, aber das Buch versammelte die wichtigsten traditionellen Handwerkstechniken des Restaurators. In Zukunft würde er dieses Buch häufiger benötigen.

Nachdem er den Kitt fertiggestellt hatte, löschte er das Licht und verließ die Werkstatt. Draußen hatte sich bereits die kühle und feuchte Nachtluft übers Land gelegt. Der Holzschnitzer blieb zwischen Haus und Werkstatt stehen und lauschte. Im Dorf war es jetzt ganz still. Das Wohnhaus lag im Schatten des Mondlichts. Aber auch in dem schlechten Licht waren die quadratmetergroßen Putzstücke gut erkennbar, die sich von der Fassade gelöst hatten, der Schlitz in der Dachrinne, durch den der Mond stach, die verwitterten Fensterläden. Felix Ambach stand da und hörte nur seinen eigenen Atem. Mit einem Mal schüttelte er den Kopf, machte kehrt, betrat die Werkstatt und griff nach der Figur des Kopflosen. Dann trat er erneut ins Freie, schloss die Tür, sperrte dieses Mal aber ab. »Besuch in der Werkstatt brauchen wir ab jetzt keinen mehr.«

Im Flur des Wohnhauses blieb er vor dem einzigen Gemälde stehen, das ihm wichtig war. Es zeigte seine verstorbene Mutter als junge, attraktive Frau. Sie trug einen Bikini und posierte lächelnd am Strand einer Bucht mit sanftem Wellengang. Sein Vater hatte das Bild seinerzeit auf der Hochzeitsreise in Italien gemalt. So viel wusste Felix. Und dass sein Bruder das Bild – wie alle anderen auch – nach dem Tod des Vaters in den Schrottcontainer vor dem Haus geworfen hatte. Wenn etwas in der Familie nicht vorhanden sei, dann künstlerisches Talent, hatte er damals mit Verachtung in der Stimme behauptet. Felix hatte die Leinwand vor dem Abtransport des Containers wieder herausgeholt und aufgehängt.

Sein Blick löste sich jetzt von dem Bild, und er ging weiter in die Küche, auf der Suche nach etwas Essbarem. Er fand zwei Zwiebeln, die bereits auskeimten, eine Kartoffel und eine Dose Mais. Er schnitt die Zwiebel in Würfel und warf sie mit etwas Öl in die Pfanne. Er mischte den Mais darunter, salzte und pfefferte das Ganze, gab es auf einen Teller und stieg die Treppe hinauf nach oben in sein Schlafzimmer. Die Kartoffel ließ er auf der Arbeitsplatte liegen, den heiligen Dionysius nahm er mit.

Im Schlafzimmer angekommen, stellte er fest, dass es nach abgestandener Luft roch. Es musste bereits seit Monaten muffig riechen. Warum hatte er das nicht bemerkt? Er rümpfte die Nase, stellte den Heiligen ohne Kopf auf das Pornoheft auf dem Nachtkästchen, öffnete das Fenster und legte sich ins Bett. Mit dem großen Zeh des linken Fußes drückte er den Einschaltknopf des kleinen Fernsehers.

Die Fernbedienung war seit Langem verschollen. Bereits am ersten Löffel der Maiszwiebeln hätte er sich beinahe verschluckt: Im Fernsehen lief die Sendung »Kunst & Krempel«. Und an dem Tisch mit einer Skulptur der biblischen Eva stand ein Mann im Jackett, mit leicht angegrautem Haar und weiß-blau gestreiftem Hemd über dem Bauchansatz, der gerade erklärte: »Das ist eine wirklich sehr hübsche Skulptur. Schauen Sie, wir sehen hier die kleinen, fast kindlichen Brüste, frisch nach oben gereckt wie verbotene Früchte; die ausladende Hüfte, der kleine, dralle Bauch nach vorn dargeboten … Natürlich muss das auf jeden Betrachter wie eine Einladung zum Stelldichein wirken. Auch das Blattwerk über der Scham erinnert an die Finger einer Hand. Das weckt natürlich Phantasien der Lust.«

Das näselnde Arschloch war Felix' Bruder.

»Ich höre Begeisterung aus Ihren Worten, Herr Professor Ambach …«

»Mein notgeiler Bruder ist kein Professor, du Vollniete«, murmelte Felix, aber das hörte niemand außer dem heiligen Dionysius auf dem Nachtkästchen.

»Begeisterung ja, verehrter Herr Salzer«, erwiderte Dr. Christian Ambach in Richtung des schnurrbärtigen Moderators neben ihm, bei dem es sich vermutlich um einen Kunsthändler oder Auktionator handelte. »Aber auch nur wegen der Motivik, die letztlich ein einziges Versprechen großer Sinnlichkeit darstellt.« Christian Ambach wandte sich der Dame im Blümchenkleid zu, welche die Eva-Figur offensichtlich zur Begutachtung in der Sendung eingereicht hatte. »Betrachtet man die Details, so wird erkennbar, dass dies leider kein Riemenschneider sein kann, obwohl Riemenschneider mit seiner Eva, die uns heute im Mainfränkischen Museum betört, natürlich eine ganz ähnliche Skulptur erschaffen hat. Aber Riemenschneider arbeitet viel subtiler, filigraner; der Blick seiner Eva in der Festung Marienberg ist elegisch, klagend, gerade so, als verspüre sie ein gewisses Tremolo, eine ängstliche Vorfreude, als sehe sie einem dramatischen Ereignis …«, er zögerte kurz, »… wie ihrer … Entjungferung entgegen. Hier aber haben wir es mit einer wesentlich derberen Erotik zu tun. Diese Eva hier blickt uns direkt in die Augen, sagt: ›Nimm mich, Adam, hier und jetzt‹ …«

»… gut, Herr Professor, halten Sie es dann vielleicht wenigstens für eine Figur aus dem Umfeld Riemenschneiders?«, unterbrach der Kunsthändler den Experten. Er wirkte mit einem Mal nervös.

»Nein, das ist definitiv nicht ›Umkreis Tilman Riemenschneider‹ und noch viel weniger ›Tilman Riemenschneider und Werkstatt‹. Das können wir ausschließen. Aber ich sage es ganz offen: Für mich ist das eine hübsche, frivole Skulptur, die womöglich und durchaus offensichtlich von seiner Eva inspiriert ist.« Er drehte die Figur so, dass die Fernsehzuschauer ihre Rückseite sehen konnten. »Betrachten wir die Struktur ihres Holzes, die Maserung, die Spuren der Alterung und den Gesamtzustand, so können wir sie auf die zweite Hälfte des neunzehnten Jahrhunderts datieren.«

»Und – ist sie dann überhaupt etwas wert?«, fragte die Dame im Blümchenkleid.

»Ideell ja, aber um es offen zu sagen: Ökonomisch machen wir da keine großen Sprünge. Aber grämen Sie sich nicht. Diese Eva ist sexy. Und deshalb wird ein Sammler, der sich in sie verliebt, durchaus einige tausend Euro investieren. Oder was meinen Sie, Herr Salzer?«, wandte sich Dr. Christian Ambach an den Schnurrbärtigen.

»Ich sehe das ähnlich. Zwischen eintausend und fünftausend würde ich hier die Börse sehen.«

Mit den Worten »Ihr Idioten« stellte Felix den Teller, den er in der Zwischenzeit leer gegessen hatte, auf das Nachtkästchen, streckte seinen großen Zeh in Richtung des Fernsehers und schaltete ab. Dann knipste er auch das Nachttischlämpchen aus und fünf Minuten später war er eingeschlafen.

Fünf

»Ja, so, bist du schon da.« Novak war überrascht. Felix Ambach war einer der wenigen im Dorf, die man selten vor acht Uhr zu Gesicht bekam.

Der Mann, der im Begriff war, seinem Bruder eine Falle zu stellen und ihn damit der größtmöglichen beruflichen Katastrophe auszusetzen, zuckte mit den Schultern und meinte: »Ich habe viel Arbeit. Wo sind die Türen?«

»Magst noch einen Kaffee?«

»Ja, aber ich fang schon einmal an. Wo sind die Türen?«

»Oben, geh einfach hoch.«

Während Felix, den Werkzeugkasten in der einen, die Böcke in der anderen Hand, nach oben stapfte, sah ihm Novak kopfschüttelnd nach. Aber sein »Was ist denn mit dem los?« hörte nur der Jesus auf dem Kreuz am Ende des Hausflurs, und der erwiderte nichts, obgleich er vermutlich wusste, dass sein Schützling kurz davor war, den Pfad der Tugend zu verlassen und sich mit dem Klumpfüßigen einzulassen.

Als Novak mit der Tasse Kaffee, einem Tellerchen mit drei Zuckerwürfeln, einem Löffel und einem Plastikdöschen Milch ins obere Stockwerk kam, hatte Felix bereits eine Tür ausgehängt, sie auf einem Bock platziert und die Hobelmaschine eingeschaltet.

»Der Kaffee«, rief Novak gegen den Lärm an.

»Stell ihn da hin.« Felix deutete auf eine ausladende grüne Kommode, die mit Blumenornamenten in Weiß, Rot, Schwarz und Gelb bemalt war.

»Jetzt trink halt erst einmal, der wird doch kalt.«

»Da hin!« Felix' Stimme klang nicht so, dass Novak das Gefühl hatte, er müsse hier jetzt noch widersprechen. Erneut erstaunt den Kopf schüttelnd stellte er den Kaffee samt Zubehör wie ihm geheißen auf der Kommode ab.

Felix arbeitete konzentriert bis drei Uhr nachmittags durch. Um die Mittagszeit hatte Novak ihm angeboten, mit ihm und seiner Frau zu essen, es gebe Gulasch, aber Felix hatte nur darum gebeten, dass man ihm einen Teller auf die Kommode stellte. Er wolle keine Zeit verlieren. Er müsse um drei Uhr weg. Er habe noch anderes zu tun.

Um die genannte Zeit hatte er sämtliche Türen abgeschliffen und bereits die meisten Wurmlöcher gefüllt und verspachtelt. Auf zwei der fünf Türen hatte er auch schon weggebrochene Holzsplitter durch neu geschnitzte ersetzt. Der Farbunterschied zwischen dem alten und dem neuen Holz war noch gut sichtbar, aber Felix wusste, dass dieser Unterschied morgen, wenn er erst einmal mit dem Öl über die Tür gegangen sein würde, nicht mehr zu erkennen wäre.

Bevor er das Haus verließ, räumte er sein Werkzeug in die Kiste, fegte den Boden und trug die Kaffeetasse vom Morgen, den leeren Gulaschteller und die Flasche Wasser, die ihm Novak hingestellt hatte, nach unten in die Küche.

»Ich komme morgen wieder«, sagte er zu Novak, der in der Küche saß und Zeitung las.

»Jetzt setz dich halt her!«, forderte dieser ihn freundlich auf. »Was ist denn los mit dir?«

»Nichts ist los«, erwiderte Felix beinahe trotzig. »Ich habe eben zu tun.« Er zögerte. »Aber eine Bitte habe ich.« Der andere sah ihn erwartungsvoll an. »Könntest du mir das Geld heute schon geben? Oder wenigstens einen Teil?«

»Ach so.« Damit hatte Novak nicht gerechnet. Er blickte den Holzschnitzer an, als suche er in dessen Gesicht eine Erklärung für seine Wesensänderung. Aber er sah nur einen blassen, müden jungen Mann, der einmal zum Friseur gehen sollte. »Damit du zum Friseur gehen kannst?«, fragte er.

Ohne auf den Scherz einzugehen, setzte Felix nach: »Ein Teil würde mir reichen.«

»Ja, weil ich habe nicht so viel Geld daheim.« Novak holte sein Portemonnaie aus der Gesäßtasche seiner Jeans hervor und spähte hinein. »Reichen hundert?«

»Ich nehme, was du hast.«

»Aha.« Novak sah ihn an. »Also noch mehr, oder was? Willst in Urlaub fahren?«

»So ungefähr.«

»Gib ihm halt noch was aus der Dose«, klinkte sich Novaks Frau in das Gespräch ein, die gerade die Küche betreten hatte.

»Gut.« Widerstrebend stand Novak auf, warf Felix einen kurzen prüfenden Blick zu, wandte sich dem großen Buffetschrank neben dem Ofen zu, der noch mit Holz beheizt wurde, zog die breite Schublade auf und entnahm einer mintfarbenen Zigarrendose einen weiteren Hundert-Euro-Schein. Felix tat so, als hätte er nicht wahrgenommen, wo die Novaks ihr Geld versteckten, dabei hatte er genau gesehen, dass in dieser unscheinbaren Dose noch einige andere grüne Scheine aufbewahrt wurden.

»Da«, meinte Novak. Felix nahm das Geld, bedankte sich und wandte sich zum Gehen. »Du kommst aber schon wieder, morgen, oder?«

»Sowieso«, erwiderte Felix, aber da hatte sich die Tür bereits hinter ihm geschlossen.

Mit den zweihundert Euro fuhr Felix zuerst zur Tankstelle und machte den Tank voll. Danach suchte er einen Holzhändler auf, der auch mit Altholz handelte. Doch die Auswahl war dürftig – und Holz, das älter als zweihundert Jahre war, für ihn, der nach dem Tanken nur noch einhundertfünfzig Euro hatte, praktisch unbezahlbar.

»Für was brauchst du das Holz denn?«, wollte der Mann wissen. Er trug eine graue Arbeitshose mit großen Taschen, über seinen voluminösen Bauch spannte sich ein Hawaiihemd, seine Brust schmückte ein Lederband mit einem Indianerkopf aus grünlich oxidiertem Kupfer.

»Ach, nur so, privat.«

Der Mann im Hawaiihemd zündete sich eine selbst gedrehte Zigarette an. »Ich darf das ja eigentlich nicht sagen. Er blickte zu dem Gebäude hinüber, in dem das Büro des Holzhändlers untergebracht war. »Weil der Chef will lieber selber sein Geschäft machen, ist ja klar.« Noch ein Blick zum Büro, dessen Fenster mit Jalousien verhangen waren. »Aber wenn's bei dir privat ist … Also, Folgendes: Du musst dir irgendeinen alten Bauernhof oder eine Mühle suchen, die abgerissen wird. Oder sonst ein altes Haus, das renoviert wird. Ein altes Haus … das musst du finden. Dann kriegst du das Holz … für praktisch nix.« Er nahm einen intensiven Zug an der Zigarette, schaute noch einmal zum Büro und meinte: »Der Chef macht's auch nicht anders.«

Mit offenem Mund blies er genüsslich den Rauch aus. Ihm fehlten zwei Zähne. Bevor er einen neuen Zug nahm, spuckte er einen Tabakkrümel von der Lippe. Felix durchbrach die Stille: »Und wo wird so was abgerissen? Ich brauche das jetzt schnell … und halt schon ein Holz, das mindestens fünfhundert Jahre alt ist – so von fünfzehnhundertirgendwas, oder so.«

Der Mann schien jetzt die Lust an dem Gespräch zu verlieren. Er nahm einen weiteren Zug, drückte dann die noch glimmende Zigarette mit dem Daumen und Zeigefinger der linken Hand aus und steckte sie, ohne dabei die Miene zu verziehen, in die Hosentasche, als wäre sie ein Taschentuch. »Tja, mehr kann ich da auch nicht sagen.« Im Weggehen rief er Felix mit bereits abgewandtem Gesicht zu: »Die Mariahilfkirche in Ebratting ist meines Wissens aus dem sechzehnten Jahrhundert, aber schon klar, da kannst dir ja schlecht was abbeißen, also wahrscheinlich … also dann … Servus.«

Sechs

Am nächsten Morgen wachte Felix auf, ohne dass der Wecker geläutet hätte. Irritiert blickte er auf die Uhr. Es war halb sieben. So früh war er schon lange nicht mehr von alleine aufgewacht. Beim Kaffeekochen in der Küche riss ihn sein eigenes nervöses Fußwippen aus der morgendlichen Schläfrigkeit. Und so stand er noch früher als am Vortag bei Novak im Obergeschoss. Auf Novaks Scherze ging er nicht ein, sondern machte sich gleich an die Arbeit. Am frühen Nachmittag waren die restlichen Türen fertig. Felix kassierte sein Geld, lehnte Novaks Angebot, noch einen Kaffee zusammen zu trinken, ab und fuhr nach Hause. Er räumte das für seinen nächtlichen Plan nötige Werkzeug in den Wagen, setzte sich an den Werkstatttisch und studierte Kunstbände. Doch bereits nach wenigen Minuten sprang er wieder auf, ging ins Wohnhaus, holte die angefangene Dionysiusfigur und begann zu schnitzen. Die Arbeit lenkte ihn kurz ab. Aber seine Handgriffe waren fahrig. Und so musste kommen, was kam: Beim Verfeinern von Dionysius' Gewand rutschte Felix mit dem Geißfuß ab und rammte sich eine tiefe Wunde in die linke Hand. Mit einem lauten »Scheiße« wandte er sich dem Erste-Hilfe-Kasten zu, suchte nach einer sterilen Kompresse, fand aber stattdessen nur eine alte Mullbinde. Er wickelte sie straff über die Wunde. Dann ließ er sich auf den Stuhl zurückfallen, wischte kopfschüttelnd mit einem Lumpen das Blut von der Werkbank und zwang sich zur Ruhe. Doch bereits nach kurzer Zeit hielt es ihn erneut nicht mehr auf dem Stuhl. Wie ferngesteuert stand Felix auf, ging ins Wohnhaus und riss hektisch die Schubladen des alten Sekretärs auf. In der untersten fand er, was er suchte: eine alte Schachtel Zigaretten. Fragend sah er sie an. Obwohl sie seit Jahren in der Schublade gelegen hatte, hatte sich auf der Schachtel feiner Staub gesammelt. Vor sechs Jahren hatte Felix mit dem Rauchen aufgehört. Es war ihm schwergefallen. Seine letzte halb volle Schachtel Zigaretten hatte er quasi als Andenken aufbewahrt. Und ebendiese hielt er nun in der verbundenen Hand. Er öffnete die Schachtel, hielt sie nahe an sein Gesicht und sog die Luft tief ein. Die vertrockneten Zigaretten rochen nach nichts. Eine Weile drehte Felix die Zigarettenschachtel hin und her, dann ließ er sie wieder im Sekretär verschwinden.

Den Rest des Tages und den Abend schlug er mit hektischen, unkoordinierten Tätigkeiten tot: Er begann, die Küche aufzuräumen und Geschirr abzuspülen, das seit Wochen hier stand und auf dem sich bereits Schimmel gebildet hatte, aber nach einigen Minuten verlor er die Lust. Er suchte im Schuppen neben der Werkstatt nach altem Holz, aber dann fiel ihm ein, dass er sich in der Küche Teewasser heiß gemacht hatte, und er ging wieder ins Wohnhaus zurück. Er goss den Tee auf und vergaß, ihn zu trinken.

Um drei Uhr morgens war es endlich so weit: Felix stellte seinen Wagen an der Seite der Ebrattinger Kirche ab, die im Schatten des von der Straßenlaterne verbreiteten Lichtscheins stand. Das große Schloss der schweren Eichentür öffnete er mit einem der alten Schlüssel, die, seit Felix denken konnte, an dem verwitterten Ring an dem Nagel über dem Waschbecken in der Werkstatt hingen. Ein Überbleibsel seines Vaters, der sein ganzes Schreinerleben lang Schlüssel – wie auch vieles andere – aufgehoben hatte. »Wer weiß, ob man es einmal brauchen kann«, hatte der Vater immer wieder gesagt. Als Felix die Kirchentür aufschob, knarzte diese derart laut, dass sich mit der Schnelligkeit einer brennenden Lunte in seinem Bauch ein unangenehmes Gefühl ausbreitete. Im Inneren des Gotteshauses war es noch kühler als draußen und es roch nach Weihrauch. Felix war nie zuvor in dieser Kirche gewesen, obwohl Ebratting nur knapp dreißig Kilometer von Hinteröx, wo das Ambach'sche Anwesen vor sich hin rottete, entfernt lag. Der Eindringling zog die Tür hinter sich zu und verharrte einige Augenblicke reglos. Er lauschte in die Nacht hinein. Die schwarze Sturmmaske juckte und schränkte das Sichtfeld ein. Er schob sie nach oben. Als er das Gefühl hatte, draußen rühre sich nichts, zog er den Handschuh von der rechten Hand, tauchte den Zeige- und Ringfinger in das Weihwasserbecken, das an der Mauer direkt neben der Tür angebracht war, und bekreuzigte sich.

Vorsichtig schlüpfte er wieder in den Handschuh. Mit dem Lichtkegel der batterieschwachen Taschenlampe suchte er die Kirche nach hölzernen Möbeln und Bauteilen ab. Ob der Hawaiihemd-Typ vom Altholzhandel ihm einen guten Tipp gegeben hatte? Dass die Kirche in den Jahren 1494 bis 1498 erbaut worden war, hatte Felix in einem alten Buch seines Vaters über die Kirchen und Kapellen Oberbayerns nachgelesen. Die Ebrattinger Mariahilfkirche war bekannt für ihre spätgotische Wand- und Deckenmalerei. Auch von Holzschnitzereien aus jener Zeit berichtete das Buch.

Als Felix jedoch im Halbdunkel einen prüfenden Blick auf die Kirchenbänke warf, stellte er enttäuscht fest, dass diese höchstens fünfzig Jahre alt waren. Dieses Holz war für seine Zwecke völlig unbrauchbar. Vorsichtig schritt er den Mittelgang weiter zum Altarraum. Der Altar bestand aus Stein. Auch hier war also nichts zu holen. Er leuchtete über das Tabernakel hinweg nach oben. Für einen Moment zuckte er zusammen. Hatte sich der Jesus mit der blutigen Brust gerade bewegt? Der Eindringling schüttelte den Kopf, gerade so, als ließe sich damit die Tatsache abschütteln, dass er im Begriff war, ein Heiligtum zu schänden. Der Jesus sah alt aus, und er war an ein Kreuz genagelt, dessen Stärke und Qualität – jedenfalls soweit Felix dies angesichts des Lichts und der Entfernung beurteilen konnte – infrage kam. Er überlegte, ob er dem Jesus einfach sein Kreuz wegsägen sollte. Ein Rumpeln riss ihn jäh aus diesem abstrusen Gedanken. Hatte draußen gerade jemand einen Fensterladen geschlossen? Felix ging sofort hinter dem Altar in die Knie und knipste die Taschenlampe aus. Aber wer bitte schloss hier um drei Uhr morgens im schlafenden Ebratting einen Fensterladen? Direkt neben der Kirche lag nur das Pfarrhaus und gegenüber ein Bauernhof sowie ein hässlicher Neubau. Auf dem Land gingen die Leute früh zu Bett. Um drei Uhr morgens schlief man da, also – vermutlich.

Felix wartete eine Weile, aber draußen blieb es still. Also knipste er die Lampe wieder an und leuchtete vom Altar aus auf die gegenüberliegende Seite. Der Lichtschein war zu schwach, um bis zum anderen Ende des Raumes zu sehen, aber doch hatte er das Gefühl, als schimmerten ihm oben auf der Empore die Pfeifen der Kirchenorgel silbrig matt entgegen.

Erneut ein Rumpeln draußen. Felix hielt die Luft an, richtete die Lampe nach unten. War es nur der Wind? Sicher nur der Wind. Er spürte, dass sich sein Herzschlag beschleunigte. Sein Mund war mit einem Schlag trocken. Er konnte kaum schlucken, versuchte ruhig zu atmen. War das Ganze eine Schwachsinnsidee? Sollte er lieber abhauen? Aber wo würde er dann das Holz herbekommen?

Jetzt flackerte die Taschenlampe. Felix schaltete sie aus und lauschte. Das Rumpeln hatte aufgehört. Aber plötzlich fuhr ihm der Schreck durch die Glieder: ein schriller, langgezogener, beinahe klagender Schrei. Noch einmal, wieder lang gezogen, klagend. Felix' Magen krampfte sich zusammen. Es muss ein Vogel sein, sagte er sich. Verdammt, was tue ich hier eigentlich?

Nach zwei oder drei Minuten, die er schweigend gelauscht hatte und es still geblieben war, knipste er die Lampe wieder an und leuchtete die Wände ab: Links hingen die Bilder eines Kreuzwegs in goldenen Rahmen, außerdem stand auf einem aus der Wand hervorwachsenden Sims eine Marienfigur in türkisfarbenem Gewand mit kleinem dickem Jesuskind. Felix vermied den

Blickkontakt mit der Maria. Auf der rechten Wand der Kirche setzten sich die Stationen des Kreuzwegs fort, aber da war auch eine kleine hölzerne Kanzel. Im schwachen Licht der Lampe erkannte Felix, dass die Kanzel mit Schnitzereien verziert war: Motive aus dem Leben Jesu – Geburt, Kreuzigung, Auferstehung, auch die Jünger Jesu und Maria waren hier verewigt. Felix vergaß für einen Moment die Geräusche vor der Kirche, in seine Nervosität mischte sich das Gefühl, vielleicht doch auf dem richtigen Weg zu sein: Wenn da Schnitzereien an der Kanzel waren, dann sprach alles dafür, dass sie aus Lindenholz gemacht war. Warum auch sollten sich seine Vorgänger vor Jahrhunderten bei der Erstellung ihrer Reliefs mit Hartholz abgemüht haben?

Zielstrebig trat Felix direkt vor die Kanzel. Konzentriert betrachtete er die feine Maserung des Holzes. Es sah ganz nach Linde aus. Zudem waren die zerstreuten, kaum sichtbaren Poren regelmäßig angeordnet und die Jahresringe nur schwach abgesetzt. Felix' Herz schlug erneut schneller, dieses Mal aber vor Freude. Die komplette Kanzel schien aus reinem Lindenholz zu bestehen, Jahrhunderte alt. Und die Kanzel war groß. Das war ein riesiger Holzvorrat, geradezu ein Schatz für seine Pläne. Der Typ im Hawaiihemd hatte recht gehabt. Und das war noch nicht alles: Auch die Treppe, die zur Kanzel hinaufführte, war aus Lindenholz gefertigt.

Vorsichtig, sich Schritt für Schritt vorantastend, stieg Felix die Stufen hinauf. Doch bereits nach der vierten, fünften hielt er wieder inne.

Draußen erklang erneut der klagende Ruf. Jetzt war er sich sicher, dass es sich um einen Vogel handelte. Sicher ein Vogel. Aber klang der Schrei des Tiers nicht irgendwie panisch? Wie eine Warnung? Und auch auf der

Empore rührte sich plötzlich etwas. Ein Scharren, ein Trapsen – dann ein Trippeln. Was war das?

Mäuse, sicher waren das nur Mäuse.

Felix konzentrierte sich auf seine Atmung. Ruhig, ganz ruhig. Er kniete sich nieder und betrachtete noch einmal genau das Holz der Treppenstufen. Es war definitiv uralt – und es war Linde. »Da musst du jetzt durch, Idiot«, murmelte er sich selbst zu und nahm mit Entschlossenheit die letzten fünf Stufen zur Kanzel. Die Treppe knarzte so laut, dass er am liebsten auf der Stelle kehrtgemacht hätte. Jetzt stand er oben und blickte hinab auf die Bankreihen. Auf selber Höhe wie er selbst hing, am Hochaltar, der blutende Jesus. Direkt daneben, aber etwas niedriger, die Marienfigur. Erneut mied Felix den Blick der Skulptur. Durch die hohen, teils farblosen, teils mit roten und grünen Motiven bemalten Kirchenfenster fiel schlierig das Mondlicht in das Gotteshaus.

Felix richtete den Kegel seiner Lampe wieder auf die Kanzel. Er zählte insgesamt acht brauchbare Balken. Sie waren etwa neunzig Zentimeter lang und hatten eine Stärke von zwanzig auf vierundzwanzig Zentimeter. Und sie schienen keine tragende Funktion zu haben. Felix spürte trotz der Kälte in der Kirche plötzlich Schweiß auf der Stirn. Diese alten Balken musste er haben. Sie hatten auch den Vorteil, dass ihr Fehlen vermutlich eine ganze Weile nicht bemerkt werden würde, denn welcher Pfarrer predigte heute noch von einer Kanzel? Aber wie sollte er es anstellen? Im Auto lag seine japanische Zugsäge. Eine kleine Motorsäge hatte er auch eingepackt. Mit der Zugsäge würde er jedoch viel zu lange brauchen, und die Motorsäge war so laut, dass vermutlich nach dreißig Sekunden Sägen das halbe Dorf vor der Kirche stehen würde. Konnte er sie vielleicht herausstemmen?

Ein Stemmeisen hatte er auch im Kofferraum liegen. Felix schüttelte verzweifelt den Kopf. Das ging nicht. Das ging einfach nicht.

Doch plötzlich tauchten wieder die Bilder in seinem Kopf auf: Wie hart sein Bruder seine Freundin Maria gestoßen hatte. Wie der Küchentisch gebebt hatte. Wie hingebungsvoll Maria gestöhnt hatte. Er erinnerte sich daran, wie sein Bruder ihm, nachdem er die Schule abgebrochen hatte, gesagt hatte, er sei die größte Null, die ihm je begegnet sei. Wie er Felix' Holzfigur »Die Liebenden und der Klumpfüßige« am Vorabend der Prüfung zur Aufnahme auf die Kunstakademie im Ofen verfeuert und damit nicht nur alle seine Zukunftspläne zunichte gemacht, sondern auch sein Vertrauen in die Welt zerstört hatte. Christian war schuld daran, dass Felix kein Selbstbewusstsein hatte und aus ihm nichts geworden war. Und nicht einmal die läppischen hundertzwanzig Euro hatte er ihm geben wollen.

Felix spürte, wie blinde Wut in ihm aufstieg. Er fixierte die Jungfrau Maria und murmelte leise vor sich hin: »Ich ziehe das jetzt durch.« Er zögerte. »Und du stehst mir bei!« Er stand auf, stieg – nun gar nicht mehr vorsichtig – die knarzende Treppe hinunter, öffnete die Tür, nahm auch hier, beschwingt vom vermeintlichen Schutz der Maria oder auch vom Leichtsinn, ein viel zu lautes Geräusch in Kauf, ging zum Wagen und holte das Stemmeisen und die japanische Zugsäge.

Das Stemmeisen erwies sich als nicht völlig ungeeignet: Felix schob es in den Spalt zwischen die Balken und die Innenwand der Kanzel. Das Holz knackte erst, dann krachte es laut. Es schien sich zunächst auch von der Wand der Kanzel zu lösen. Aber sosehr er sich abmühte, es gelang ihm nicht, auch nur einen Balken herauszubrechen. Felix verstand nicht, wie hier die Bauteile zusammenhingen. Waren sie verzapft? Kurz entschlossen griff er zur Säge. Er sägte – und bereits nach einigen Minuten war klar, dass das so nicht funktionieren würde, schon gar nicht bei mehreren Balken. Er stoppte seine Bemühungen, wischte sich den Schweiß von der Stirn, blickte auf seine Armbanduhr. Es war kurz vor halb fünf. Die ersten Bauern im Dorf würden bald aufstehen und in den Stall gehen.

»Dreck.« Das Wort hallte leise in den Gemäuern der Kirche nach. »eck … eck … eck.« Es hatte keinen Sinn. Felix packte die japanische Zugsäge, stand auf, ging zurück zum Auto, legte die Säge in den Kofferraum und griff sich die kleine Motorsäge. Erst jetzt bemerkte er, dass er die ganze Zeit unmaskiert gewesen war. Schnell rollte er die Sturmmaske wieder über das Gesicht und kehrte mit der Motorsäge in die Kirche zurück. Er stieg die Treppen zur Kanzel hinauf, holte noch einmal tief Luft und zog den Anlasser. Beim dritten Zug sprang die Säge an. Der Lärm war höllisch. Aber Felix fackelte nicht lange. Mit acht gezielten Schnitten – die Sägespäne flogen in alle Richtungen – trennte er die Balken vom restlichen Holz und schlug sie jeweils mit einem beherzten Tritt heraus. Er trug sein Werkzeug und den ersten Balken zum Auto. Bei seinem zweiten Gang nahm er sechs Holzbalken mit. Als er sie verstaut hatte, realisierte er, dass es bereits dämmerte. Kurz spielte er mit dem Gedanken, den letzten Balken liegen zu lassen. Mit den sieben, die in seinem Kofferraum lagen, hatte er eigentlich genug. Aus jedem der Balken konnte er zwei Figuren schnitzen. Aber was, wenn er sich verschnitzte, wenn er versehentlich Werkstücke verhunzte? Er musste auf Nummer sicher gehen. Er brauchte das Holz. Die Figuren mussten wie aus einem Guss aussehen, alles andere wäre Wahnsinn und würde die ganze Aktion zunichtemachen.

Er betrat erneut die Kirche, blickte zum Jesus hin und bekreuzigte sich. Dann packte er den letzten Balken und wollte mit ihm die Kirche verlassen. Doch kurz bevor Felix die Tür erreichte, sprang diese plötzlich auf. Ein Mann trat ein. Felix blieb wie angewurzelt stehen. Obwohl der Mann einen hellblauen Pyjama und Hausschuhe trug, wusste er sofort, dass es der Pfarrer war. Der Blick des Geistlichen war angstverzerrt. Doch er gewann schnell wieder die Fassung und schrie los: »Um Himmels willen, was machen Sie hier?«

An den folgenden Moment konnte sich Felix hinterher nicht mehr erinnern. Totale Finsternis. Als er wieder bei sich war, lag der Pfarrer am Boden. Felix blickte auf seine Hände, die noch immer zitternd den schweren Balken umklammerten. Kopf und Gesicht des Geistlichen waren blutüberströmt. Der Mann sah furchtbar aus. Felix war schockiert. Was war hier passiert? Hatte er einen Menschen getötet? Panik stieg in ihm auf. Was sollte er jetzt tun?

Felix begriff, dass es kein Zurück mehr gab. Ihm blieb nur eine Möglichkeit. Er legte den Balken neben dem Pfarrer ab, schob den Leblosen mit beiden Händen so weit von der Tür weg, dass sie sich öffnen ließ, hob den Balken wieder auf, zog die Tür auf und stürzte nach draußen.

Auf dem Weg zum Auto sah er sich kein einziges Mal um. Er warf den Balken in den Kofferraum, stieg in den Wagen und legte die Hand an den Zündschlüssel. Doch dann hielt er inne. Nach kurzem Überlegen öffnete er die Fahrertür wieder, stieg aus, holte eine alte Zeitung und den stets gefüllten Reservekanister aus dem Kofferraum und trug beides in die Kirche. Dort stellte er den Kanister unter der Kanzel ab, zerlegte die Zeitung, zerknüllte mehrere Blätter, legte sie unter die Treppe der Kanzel, kippte Benzin darüber und zündete das Ganze an. Sofort stachen die Flammen am Holz der alten Kirchenkanzel entlang in die Höhe. Felix hustete. Es stank nach Benzin und Rauch. Ohne noch einmal zu dem Feuer zurückzublicken, hastete er zurück zum Kirchenportal. Beinahe stolperte er über den in einer erschreckend großen Blutlache am Boden liegenden Pfarrer. Das flackernde Feuer warf unheimliche Schatten an die Wände, während Felix den Mann an seinen Knöcheln ins Freie zog.

Wenig später saß der Brandstifter im Wagen und fuhr langsam und vorsichtig die schmale Dorfstraße von Ebratting entlang. Die Scheinwerfer des Wagens schaltete er erst an, als er in die Hauptstraße einbog. Er nahm die Maske ab und legte sie auf den Beifahrersitz. Wie lange würde es dauern, bis die Nachbarn die Polizei riefen? Ob der Pfarrer noch lebte? Würde die Kirche abbrennen? Was hatte er nur getan? Verzweifelt schlug Felix mit der verbundenen Hand aufs Lenkrad. Der Schmerz riss ihn aus den Gedanken. Er drehte das Autoradio an und wieder aus. Er versuchte, die Erinnerung an das angstverzerrte, blutige Gesicht des Geistlichen zu verdrängen. Er versuchte, sich einzureden, dass er lange genug ungerecht behandelt worden sei. Dass doch er nichts dafür konnte, dass der Pfarrer genau in diesem Moment …

So fuhr Felix Ambach durch den finsteren Morgen. Sein starrer Blick folgte den Fahrbahnmarkierungen der Bundesstraße. Ohne jedes Zeitgefühl. Erst das Blaulicht im Rückspiegel riss ihn aus seinem tranceähnlichen Zustand.

Sieben

Sein Herz raste. Wie aus dem Nichts war plötzlich ein Polizeiwagen im morgendlichen Nebel hinter ihm aufgetaucht. Felix verlangsamte seine Fahrt und hielt, wie es unmissverständlich von dem blinkenden Schild des Streifenwagens gefordert wurde, auf dem nächsten Parkplatz. Hinter ihm stiegen die beiden Polizisten aus. Er konnte ihre Silhouetten trotz des Zwielichts gut in den Rückspiegeln erkennen. Nervös verfolgte er jede ihrer Bewegungen. Der Fahrer des Polizeiwagens knipste gerade eine Taschenlampe an und näherte sich langsam. Der andere kam von der Beifahrerseite. Felix sah sich instinktiv im Auto um. Auf dem Beifahrersitz lag die Sturmmaske. Der Polizist mit der Lampe war jetzt fast an der Fahrertür angekommen. Mit einer ungelenken Handbewegung wischte Felix die schwarze Maske vom Beifahrersitz in den dunklen Fußraum, da klopfte der eine Beamte schon an die Scheibe der Fahrertür. Langsam kurbelte Felix sie nach unten. Erst als der Beamte die Taschenlampe senkte, konnte er ihn sehen. Er wirkte schmächtiger als sein Kollege. Aber sein Gesicht hatte etwas Furchteinflößendes. Es wirkte auf unheimliche Weise deformiert.

»Grüß Gott, Führerschein und Fahrzeugpapiere«, begann der Schmächtige den Dialog. Der andere hatte das Fahrzeug umrundet, hielt nun auch eine gleißend leuchtende Taschenlampe in der Hand, baute sich neben seinem Kollegen am offenen Fenster auf.

Während Felix nervös in der Gesäßtasche nach seinem Geldbeutel suchte, leuchtete der kräftigere Beamte mit seiner Taschenlampe ins Wageninnere. Felix dachte an den schrecklichen Anblick des Pfarrers in seinem Blut.

»Äh, hier«, stammelte er. Der schmächtige Polizist studierte im Licht der Lampe die Dokumente. Felix' Blick wanderte von den Händen des Beamten hoch in dessen Gesicht. Und jetzt erschrak er erneut: Etwas stimmte nicht mit diesem Gesicht. War es verformt? Trug der Mann eine Maske?

Der Polizist musterte Felix und ging dann mit den Papieren zurück zum Polizeiwagen. Ein Schwertransporter raste vorbei. Dann war es wieder ruhig. Felix' Kopf arbeitete auf Hochtouren: Sollte er alles gestehen? Dann würde er vielleicht mit einem blauen Auge davonkommen. Aber wenn der Pfarrer tot war ... Sollte er versuchen, sich das Stemmeisen auf der Rückbank zu schnappen? Wenn er schnell wäre, könnte er es vielleicht schaffen und einen der Polizisten niederschlagen. Aber was wäre mit dem anderen? Der dicke Polizist stand nun allein am Wagen.

Felix versuchte seine Panik zu verbergen. Er schloss die Augen und versuchte, ruhig zu atmen, ein und aus. Schließlich kehrte der Beamte mit der finsteren Maske zurück.

»Aussteigen«, befahl er. Felix schluckte, ihm wurde schlecht, er tastete mit der Hand nach dem Türgriff. »Sie wissen, warum wir Sie anhalten?«

»Ehrlich gesagt, nein.« Felix fröstelte. Als er die Tür aufdrückte, spürte er, dass er zitterte. Dann stand er draußen, vor den Beamten. Kein Gefühl in den Beinen. Die beiden musterten ihn.

»Haben Sie was getrunken?«, fragte der Polizist mit dem unheimlichen Gesicht. Erst jetzt erkannte Felix seinen Irrtum: Ein dunkelroter, asymmetrischer Fleck zog sich von der Stirn bis unter die Wangenknochen. Es war keine Maske, sondern ein Feuermal.

»Um die Uhrzeit sicher nicht«, entgegnete Felix selbstbewusst.

»Und was machen Sie so früh?« Der Schmächtige leuchtete ihm direkt ins Gesicht. Er kniff die Augen zusammen.

»Ich bin Handwerker ...«, stammelte Felix, »... und auf dem Weg zu einem Auftrag. Ich muss heute zehn Türen restaurieren. Wenn ich nicht in aller Herrgottsfrühe anfange ...«

»Schon klar« unterbrach ihn der Polizist. Felix atmete für einen Moment erleichtert auf.

»Machen'S einmal den Kofferraum auf, bitte.«

Jetzt ist es aus, dachte Felix. Unsicheren Schritts ging er zum Kofferraum. Die Polizisten folgten ihm. Er öffnete die Klappe, die beiden leuchteten hinein. Felix folgte aufmerksam den Lichtkegeln der beiden Taschenlampen. »Gott sei Dank habe ich gestern den Job beim Novak erledigt, so sieht das hier halbwegs realistisch aus«, dachte er sich. Links standen seine Arbeitsböcke, graue Decken verbargen die Balken aus der Kirche – oder schaute da einer unter der Decke hervor? Würden die Polizisten ihn bemerken? Obenauf lagen die Motorsäge, die japanische Zugsäge und sein großer Werkzeugkasten.

»Wo fahren Sie denn jetzt hin?« Das war der Kräftigere.

»Zum ... nach ... also da bei München.«

»Also da bei München ..., soso«, wiederholte der Beamte und leuchtete Felix direkt ins Gesicht.

»Dachau, da habe ich jetzt einen Auftrag. Deshalb bin ich so früh, weil ... wegen der Fahrt. Das liegt ja ganz auf der anderen Seite von München. Und der Verkehr …«

»Und der Verkehr, soso.«

»Und was soll das für ein Auftrag sein?«, mischte sich jetzt der andere Polizist in das Gespräch ein.

»Wie gesagt, Restaurierung. Alte Sachen. Ich bin wirklich nur ein Schreiner, also Restaurator, auf dem Weg zur Arbeit.« Felix' Stimme hatte etwas Flehendes.

»Jetzt komm, Thomas, lass uns zur Sache kommen«, schaltete sich der Kräftige wieder ein. »Ich brauch einen Kaffee.«

»Okay, und wo ist Ihre Schreinerei?«, hakte der Polizist mit dem roten Fleck im Gesicht nach.

»Ach, die ist in …« Felix spürte Schweiß auf der Stirn, er räusperte sich.

»Komm jetzt, Thomas …«, unterbrach der nettere Polizist ungeduldig.

»Die ist in Hinteröx.« Felix hätte sich in die Hand beißen können. Warum hatte er das nur gesagt?

»Eine Schreinerei Ambach in Hinteröx?«

»Jetzt komm, Thomas, ich brauch einen Kaffee«, drängelte der kräftige Polizist. »Komm zur Sache.«

Der Hagere zögerte. Felix rutschte das Herz in die Hose. Was meinte der Dicke mit »Komm zur Sache«?

»Also gut, Herr Ambach«, meinte der Schmächtige unwirsch und sah ihn ernst an. »Dann will ich Ihnen mal sagen, warum wir Sie angehalten haben. Punkt eins: Auch Schreiner, die früh aufstehen, brauchen zwei funktionierende Rücklichter.« Felix sah den Polizisten verständnislos an. Ungeduldig erklärte der Schmächtige: »Ihr rechtes Rücklicht funktioniert nicht. Und wenn ich ehrlich bin, ist das jetzt auch das kleinere Problem.« Felix stockte erneut der Atem. »Das größere Problem, Herr

Ambach, das ist der abgelaufene TÜV. Sie sind schon über vier Monate drüber. Wir können Sie so eigentlich nicht weiterfahren lassen. Außerdem sind das sechzig Euro Bußgeld und ein Punkt.« Er rieb sich das von dem roten Feuermal großflächig eingerahmte Auge und meinte. »Zahlen Sie bar oder per Überweisung?« Felix gelang es nicht, den Blick von dem Feuermal zu nehmen. Die Ränder des Zeichens waren nach unten hin unscharf ausgefranst wie lodernde Flammen. Er dachte an die brennende Kirche. »Wenn Sie bar bezahlen, dann lassen wir Sie jetzt noch weiterfahren. Ausnahmsweise.« Felix bezahlte mit drei Zwanzig-Euro-Scheinen und erhielt eine Quittung. »Also, Wiederschauen, und melden Sie sich dann bitte umgehend mit der Bestätigung der neuen HU bei den Kollegen in der nächstgelegenen Dienststelle, gell.«

Die Polizisten stiegen in ihren Wagen und fuhren los. Felix atmete auf. Doch nach ein paar Metern stoppte der Polizeiwagen und kam im Rückwärtsgang wieder zurück. Ihm wurde es schwindlig. Die Scheibe auf der Beifahrerseite fuhr herunter. Der dicke Polizist fragte: »Kennen Sie die Stangel Gitti?«

Felix schüttelte verwirrt den Kopf.

»Die Tochter vom alten Stangel? Vom Hof an der Hinterleute?« Ohne auf Felix' irritierten Blick zu reagieren, fuhr der Dicke fort. »Die ist so meine Preisklasse.« Er lächelte. »Ist meine Ex. Kommt auch aus Hinteröx. Deshalb.«

Felix schluckte. Dann endlich schaltete er: »Ach so, die Gitti vom Stangel-Hof, ja, ja. Die kenne ich natürlich schon. Aber die ist nicht mehr in Hinteröx, glaube ich.«

Der Dicke sah ihn einen Moment lang ungläubig an. Und meinte dann, plötzlich in einen kumpelhaften Ton verfallend: »Na ja, nix für ungut. Wenn du sie siehst, dann sagst du ihr einen schönen Gruß vom Thannhauser Erwin.« Er machte eine grüßende Handbewegung, sagte »Servus« und fuhr ab.

Felix sah dem Wagen nach, wie er wieder auf die Autobahn fuhr. Dann blickte er auf den Bußgeldbescheid, begann plötzlich sehr stark zu zittern, machte ein paar Schritte an die Böschung und übergab sich würgend auf die Wiese neben der Straße.

Fünfzehn Minuten später stand Felix im Shop der nächstgelegenen Autobahnraststätte und bezahlte eine Packung Zigaretten. Den ersten Zug nahm er aber erst im Auto. Es tat gut. Er hatte ganz vergessen, wie angenehm betäubend Nikotin wirken konnte.

Acht

Nach dem Vorfall mit den beiden Polizeibeamten war Felix sich sicher, dass die Ermittler der Mordkommission schon bald bei ihm vor der Tür stehen würden. Deshalb versteckte er, kaum war er zu Hause, die Balken aus der Kirche zwischen dem anderen alten Holz, das in dem Schuppen neben der Werkstatt lagerte. Dann legte er sich ins Bett und fiel sofort in tiefen Schlaf. Aber albtraumhafte Bilder von dem mit eingeschlagenem Schädel auf dem Kirchenboden liegenden Pfarrer und der brennenden Kanzel rissen ihn bereits gegen zehn Uhr wieder hoch. Auch im wachen Zustand wurde er das verzerrte Gesicht des Geistlichen nicht los. Deshalb schleppte er sich in die Küche, setzte Kaffee auf und schaltete das Radio ein. Womöglich wurde in einer

Nachrichtensendung bereits über den Überfall auf den Ebrattinger Pfarrer berichtet? Doch die Elf-Uhr-Nachrichten gingen zu Ende und keine Meldung wurde durchgegeben. Felix nahm den Kaffee mit in sein Zimmer, ließ sich erneut ins Bett fallen und schaltete den Fernseher ein. Auch im dritten Programm kam keine Meldung im Zusammenhang mit der Gewalttat. Zwischendurch dämmerte Felix weg. Tieferen, erholsameren Schlaf fand er jedoch nicht. Am Nachmittag um vier Uhr endlich – er kochte gerade wieder Kaffee in der Küche – stockte ihm das Blut. Der Sprecher verlas folgende Nachricht:

»Brandanschlag auf Ebrattinger Kirche. Pfarrer im Koma: Der Pfarrer der Ebrattinger Mariahilfkirche ist in der vergangenen Nacht einem furchtbaren Verbrechen zum Opfer gefallen. Bislang unbekannte Eindringlinge schlugen ihn mit einem schweren Gegenstand bewusstlos und setzten Teile der Kirche in Brand. Aufgefunden von der Organistin, wurde der Geistliche mit schweren Kopfverletzungen ins nahe gelegenen Unfallkrankenhaus eingeliefert. Der schwer verletzte Pfarrer schwebt in Lebensgefahr. Momentan kämpfen die Ärzte um sein Leben. Über mögliche Motive der Täter kann nur gemutmaßt werden. Die Kriminalpolizei zieht sowohl eine religiös motivierte Tat als auch Vandalismus in Betracht …«

Felix schaltete das Radio aus und stierte an die Wand. Was war nur in ihn gefahren? Er hatte einen Plan geschmiedet, um seinen Bruder fertigzumachen, um sich an ihm für all die Erniedrigungen der vergangenen Jahre zu rächen. Und jetzt hatte er selbst etwas viel Schlimmeres getan, als er es seinem Bruder jemals zutrauen würde.

Er hatte einem Menschen, dazu noch einem unschuldigen Pfarrer, den Schädel eingeschlagen. Sollte er sich der Polizei stellen? Tatsächlich zog er diese Möglichkeit für einen Moment in Erwägung. Aber wem wäre damit gedient? Der Mann würde keine Sekunde schneller aus dem Koma erwachen.

Felix zündete sich eine Zigarette an und ging hinüber in die Werkstatt. Er griff sich den ersten Balken und teilte ihn mit seiner Kappsäge eilig in der Mitte durch. Genauso verfuhr er mit den anderen sieben. Als Nächstes begradigte er die Unterseiten der gekürzten Teile mit der Handsäge, damit die sechzehn Rohlinge einen stabilen Stand hatten. Erst jetzt bemerkte Felix, dass er vergessen hatte, sich Schuhe anzuziehen. In Strümpfen stand er im Sägemehl. Kopfschüttelnd blickte er an sich herab. Unmöglich konnte er jetzt und in diesem Zustand mit den Schnitzarbeiten beginnen. Die Ereignisse hatten ihn mitgenommen. Außerdem schmerzte seine linke Hand. Beim Wechseln des Verbands sah Felix zum Fenster hinaus: Eine getigerte Katze schlich durch die Wiese. Dankbar für die Abwechslung, bestaunte er, wie elegant sich das Tier durch das hohe Gras bewegte. Die Katze fühlte sich unbeobachtet, schnupperte mal verträumt an einer Blume, nur um im nächsten Moment ruckartig in Deckung zu gehen und etwas mit ihrem Blick zu fixieren, das für Felix unsichtbar blieb. Dann sprang sie in einem hohen Bogen auf den Kies. Er konnte nicht erkennen, ob ihre Jagd erfolgreich gewesen war, aber im nächsten Moment galt die Aufmerksamkeit der Katze schon wieder etwas anderem. Sie rieb sich an einem der von der Sonne aufgewärmten Reifen des Fiats.

Minuten später saß er hinter dem Steuer seines Wagens und fuhr durch Hinteröx. Die Zöttls stritten wild gestikulierend vor ihrem Laden miteinander. Vor der Kirche stand ein kleiner Junge und weinte. Felix fuhr weiter. Über ihm kreiste ein Raubvogel auf der Suche nach Beute. Felix Ambach verließ das Dorf und erreichte nach wenigen Minuten das Gewerbegebiet des Nachbarorts Waldham. Auf dem Parkplatz vor dem Discount-Supermarkt rührte sich etwas. Zunächst hielt Felix den Menschenauflauf für eine Spontanparty einiger Schüler. Jedenfalls stand da ein knappes Dutzend Leute im Kreis; und irgendetwas in ihrer Mitte sorgte für Belustigung. Das Johlen und die rhythmischen Anfeuerungsrufe waren sogar durch die geschlossenen Autofenster zu hören. Am liebsten wäre Felix einfach weitergefahren, aber eine unerklärliche Eingebung brachte ihn dazu, den Parkplatz anzusteuern.

Als er den Wagen direkt neben den jungen Leuten stoppte und sich das Dutzend Menschen teilte, sah er, wer den Anlass für die Ausgelassenheit der Jugendlichen gegeben hatte: ein Mann mit Seitenscheitel und dicker Brille, der auf den ersten Blick normal wirkte. Natürlich erkannte Felix ihn sofort. Es war Georg Seefellner. Wegen seines etwas sonderbaren Aussehens und seiner mitunter kindlichen Art war Seefellner in der Gegend bekannt. Gerade wirkte er ziemlich hilflos: Das Jeanshemd des jungen Mannes war besprenkelt mit gelblich-nassen Flecken, die im Licht der Sonne glitzerten. Auch in seinem Haar klebten Dotter und Eiweiß. Georg Seefellner verzog keine Miene. Die Jugendlichen lachten. Einige hielten Eierkartons in den Händen. Gerade holte der Jugendliche mit dem »Babo«-Shirt zum Wurf aus. Entschlossen öffnete Felix die Fahrertür, stieg aus und schlug die Tür heftig zu. Die Jugendlichen und auch Georg drehten sich überrascht zu ihm um.

Felix machte einige große Schritte in Richtung der Teenager und rief: »Schluss jetzt!« Er war selbst überrascht von seinem entschiedenen Tonfall, die Jugendlichen glotzten überrascht. »Lasst's den Deppenschorsch in Ruhe!«

Jeder in der Umgebung nannte Georg Seefellner den »Deppenschorsch«. Das war nicht böse gemeint. Georg war einfach ein wenig zurückgeblieben.

»Was willst denn du?« Der Jugendliche mit der Baseballmütze sah Felix angriffslustig an. »Der Schorsch will tanzen. Und wir helfen ihm dabei. Oder, Schorsch?«

Seefellner setzte an, etwas zu sagen, brach aber nach einigen unverständlich gestotterten Silben wieder ab. Währenddessen packte der Typ mit dem »Babo«-Shirt ihn von hinten an der Hose und zog sie mit einem heftigen Ruck nach unten. Jetzt war Seefellners nackter Hintern entblößt. Lautes Gelächter.

Felix zögerte nur einen Moment. Dann öffnete er die Tür zur Rückbank seines Wagens und holte das Stemmeisen heraus. Als er es umklammerte, spürte er die Wunde in seiner Hand. Entschlossenen Blicks hielt er dem Rädelsführer die Waffe unter die Nase. Dessen eben noch überhebliche Visage wurde bleich.

»Also noch mal«, sagte Felix in ruhigem Tonfall: »Die Party ist vorbei. Schluss jetzt!«

Jetzt grinste Georg Seefellner über beide Ohren. Seine Hose hing ihm noch immer in den Kniekehlen.

Nachdem Felix ihn aufgefordert hatte, sich wieder anzuziehen, klappten die Jugendlichen enttäuscht ihre Eierkartons zu und verzogen sich. Felix nickte Seefellner zu und legte das Stemmeisen in den Wagen. Doch der Mann, der eben noch gedemütigt worden war, nahm schon keine Notiz mehr von ihm, sondern ging singend und etwas seltsam mit der Hüfte wackelnd zu seinem umgefallenen Bonanza-Rad, an dessen Sitzrücklehne mit Gummibändern und Schnüren ein Kassettenrekorder angebracht war. Die Melodie, die Seefellner sang, erinnerte Felix entfernt an »TNT« von ACDC. Mitleidig den Kopf schüttelnd stieg er in sein Auto.

Beim Kfz-Meisterbetrieb Schaller empfing man Felix Ambach nicht gerade mit offenen Armen. Zum einen war es nach siebzehn Uhr, zum anderen hatte der alte Schaller schon Felix' Vater nicht leiden können und verhielt sich entsprechend. Trotzdem hatte Felix sein Auto noch nie woanders reparieren lassen. Man war zwar unfreundlich, aber die Preise waren erträglich.

»Heut geht nix mehr«, grunzte der alte Schaller auf Felix' Bitte hin, den Wagen für den TÜV herzurichten. »Seit zwei Minuten ist Feierabend.«

»Und morgen?«, fragte Felix unterwürfig.

»Morgen ... Aber jetzt lass einmal schauen ...« Der alte Schaller umrundete den Fiat musternd, öffnete die Fahrertür und ließ sich auf den Fahrersitz fallen. Direkt danach schüttelte er den Kopf. »So ein Saustall.« Felix versuchte einen neutralen Gesichtsausdruck zu behalten. »Was hast du denn da alles für ein Gelump herumliegen?«, meinte Schaller belustigt und beugte sich zum Fußraum des Beifahrersitzes hinab. Mit einem Mal nahm Felix alle Handlungen wahr, als liefen sie in Zeitlupe ab. Er wusste, was der Kfz-Meister gerade entdeckt hatte, aber er konnte ihn nicht mehr aufhalten. Nach einem kurzen Moment tauchte der Kopf mit der Halbglatze wieder auf. Schaller grinste und hielt ihm mit seiner rechten Hand, die von der Arbeit des Tages noch ölverschmiert war, triumphierend die schwarze Sturmmaske entgegen. Felix starrte auf das zusammengeknüllte Stück

Stoff und wurde kreidebleich. Der Anblick der Maske rief sofort wieder die Bilder von dem blutverschmierten und schmerzverzerrten Gesicht des Pfarrers in sein Gedächtnis.

»Da, fang!« Der Ruf und der Wurf des alten Schaller holten Felix ruckartig in die Realität zurück. Reflexartig griff er nach der schwarzen Kopfbedeckung.

»Was schaust jetzt so saudumm? Wirst die Strickmütze schon brauchen können auf dem Heimweg, es soll heut noch einmal kalt werden, sagt der Wetterbericht.«

Felix bedankte sich und trat gehetzt und zu Fuß den Heimweg an. Das war knapp gewesen.

Stunden später stand Felix Ambach in seinem Garten. Vor ihm prasselte ein kleines Feuer. Inmitten der Glut und der Holzscheite verschwanden die letzten Fasern einer Sturmmaske und eines verkohlten Handschuhpaars. Die Beweismittel lösten sich in Rauch auf.

Neun

Als am nächsten Morgen um acht Uhr das Telefon im Flur klingelte, war sofort wieder alles da: der blutende Pfarrer, die Polizeikontrolle, die Sturmmaske in der Hand des Kfz-Meisters Schaller. Felix streckte sich, spürte entsetzliche Verspannungen. Er richtete sich auf. Aber ehe er aufstehen konnte, stoppte das Läuten. Kurz herrschte Stille. Dann klingelte es erneut. Wer rief ihn um diese Uhrzeit an? Felix verspürte überhaupt keine Lust, sich mit wem auch immer zu unterhalten. Er hatte in den letzten vierundzwanzig Stunden vielleicht einen Mann getötet, die Polizei war hinter ihm her und sein Rücken schmerzte. Das Klingeln stoppte wieder. Und ging dann erneut los. Dieses Mal stand er auf, stieg die Treppe zum Flur hinab und hob ab.

»Felix Ambach.« Seine Stimme klang rau, als hätte er gesoffen.

»Felix, ich bin's, Maria.« Er hörte sofort, dass seine Schwägerin weinte.

»Was ist?«

»Es ist ...«, stammelte sie, »es ist ... Ich glaube, Christian betrügt mich.«

Felix war keine Sekunde überrascht. Vielmehr war er sich hundertprozentig sicher, dass sein Bruder die Ehefrau betrog. Er sagte: »Das kann ich mir nicht vorstellen. Wie kommst du denn da drauf?«

»Er ...« Maria schnäuzte sich. »Ich ... Ich habe Kondome in seinem Handschuhfach gefunden.«

»Ja, und?«

»Felix! Wir brauchen keine Kondome!« Sie schluchzte auf. Felix schwieg betreten. Heulend presste Maria hervor: »Außerdem haben wir sowieso schon seit einem halben Jahr nicht mehr miteinander geschlafen.«

»Die sind sicher alt, die Kondome.« Felix' Entgegnung klang halbherzig. Tief in seinem Inneren war er wütend: Wieso sollte er sich den Mist anhören? Hatte sich Maria nicht vor Jahren von ihm getrennt, um mit seinem Bruder eine Familie zu gründen? Sollte sie mit ihren Problemen doch alleine klarkommen! Das war ihm doch scheißegal! Es fiel ihm schwer, ihr zuzuhören. In Gedanken war er wieder in der brennenden Kirche von Ebratting.

»Die sind nicht alt, Felix! Die sind neu. Ich habe das

Verfallsdatum angeschaut. Die halten noch fast fünf Jahre! Im Internet heißt es, dass Kondome maximal fünf Jahre halten. Felix, diese Kondome sind nagelneu.« Marias Stimme klang jetzt fester. Und sie schob noch ein vorwurfsvolles »Ich bin doch nicht blöd!« hinterher.

»Ach so«, sagte Felix.

»Ach so?«, äffte Maria ihn nach. »Mehr fällt dir dazu nicht ein? Was soll ich denn jetzt machen?« Auf diese Frage wusste er keine Antwort. Er schwieg. »Felix?«

»Ja.«

»Was soll ich tun?«

»Maria, ich habe selber so einen Haufen Probleme, dass ich …«

»Was hast du für Probleme?«, unterbrach sie ihn.

»Das … darüber … kann ich nicht sprechen.«

»Sicher nicht?« Ihre Stimme bekam einen fürsorglichen Klang.

»Nein.« In Felix' Bauch entstand ein seltsames Gefühl.

»Felix, es tut mir leid, dass ich dich da jetzt einfach so überfallen habe. Es war doof von mir, dich anzurufen …« Die beiden schwiegen.

»Hast du heute schon Radio gehört?« Maria versuchte, das Gespräch am Laufen zu halten.

»Nein, du hast mich aus dem Bett geholt. Wieso?«

»Da haben welche die Kirche von Ebratting angezündet …« Felix schnappte nach Luft. Er fühlte sich, als hätte ihn jemand mit einem Elektroschocker berührt. Maria fuhr fort. »… und haben den Pfarrer zusammengeschlagen und … fast umgebracht.« Sie schien einen Moment nachzudenken. »Unser Leben ist nicht mehr sicher.«

»Der Pfarrer – lebt er noch?« Felix versuchte, die Frage möglichst desinteressiert zu stellen. Allerdings wusste er nicht, was er sich nun eher wünschte: dass der Pfarrer noch lebte – dann war er selbst immerhin kein Mörder. Oder dass der Geistliche tot war, dann fiel der Pfarrer als ein Zeuge, der ihn verraten konnte, weg.

»Ja, er lebt noch. Aber er liegt im Koma.« Felix atmete auf.

Maria schnäuzte sich. »Das sind doch Kranke, die so was machen.«

»Ja, Kranke«, wiederholte Felix und legte ohne ein weiteres Wort auf. Erst hinterher bemerkte er, dass er sich gar nicht verabschiedet hatte. Er stand unter Schock. Nach unendlichen Minuten überwand er seine Lähmung und ging hinüber in die Werkstatt.

Dort kramte Felix den Ton hervor und stellte eine Schale Wasser neben das Modelliergerüst. Daneben legte er mehrere Abbildungen des Riemenschneider-Reliefs mit den vierzehn Nothelfern und seine Skizzen. Er begann, aus dem feuchten Ton ein Modell für die erste Holzfigur zu formen. Felix wollte nicht freihändig drauflos arbeiten, dazu waren die Figuren zu wichtig, sondern erst Vorlagen aus Ton erstellen. Zunächst hatte er mit dem Gedanken gespielt, die Figuren der Reihe nach, so wie sie auf dem fünfhundert Jahre alten Relief, das seinem Bruder so viel bedeutete, zu sehen waren, zu entwerfen. Aber dann hatte er sich doch zu einer anderen Vorgehensweise entschlossen: Zum einen war ihm die Figur des heiligen Dionysius bereits ein wenig vertraut. Zum anderen waren viele Details des kopflosen Heiligen auf dem Relief gut zu erkennen, da er in der ersten Reihe stand. Ja, er würde seinem Bruder etwas Schönes zurechtschnitzen.

In den nächsten Stunden bemerkte Felix gar nicht, wie die Zeit verstrich. Nach und nach verwandelte er den

Ton in einen heiligen Dionysius, dessen Körperhaltung jener des Heiligen auf dem berühmten Relief auf beeindruckende Weise ähnelte. Auch den strengen Gesichtsausdruck des abgeschlagenen Kopfs und den Faltenwurf des Gewandes empfand Felix nach.

Felix arbeitete konzentriert und gönnte sich – obwohl er müde war – kaum Pausen. Seine Umgebung blendete er dabei völlig aus. Er hatte nur noch Augen für den Ton, das Wasser, das Tuch, den heiligen Dionysius. Und so bemerkte er viel zu spät, dass das Knirschgeräusch auf dem Kies vor der Werkstatt von einem bremsenden Auto herrührte. Felix hob den Blick: Es war ein Polizeiwagen.

Hastig warf er ein altes Tuch über die Tonskulptur. Aber da waren noch die Balken. Sie lagen neben der Werkbank auf dem Holzboden. Felix gab ihnen einen heftigen Tritt, doch obwohl sofort ein stechender Schmerz seine Zehen durchzog, hatten sich die Balken keinen Millimeter bewegt. Durchs Fenster beobachtete er die Polizisten, wie sie sich der Werkstatt näherten. Eilig riss er einen zusammengefalteten Pappkarton hinter einigen an der Wand lehnenden Holzbrettern heraus und warf ihn über die Balken. Dann wandte er sich zur Tür, öffnete sie, trat schnell hinaus und zog sie mit einem »Grüß Gott« zu.

Das unheimliche Feuermal auf dem Gesicht des einen Beamten beseitigte jeden Zweifel: Bei den beiden Polizisten handelte es sich um jene, die ihn am Morgen nach der Tat kontrolliert hatten.

»Grüß Gott, Herr Ambach.« Felix wich dem Blick des schmächtigen Mannes aus. »Das Auto – ich habe es schon in der Werkstatt«, stammelte er. »Beim Schaller.«

»Ach so, ja«, meinte jetzt der Dicke. »Deswegen sind wir nicht da.« Felix blickte ihn an. Angst stieg in ihm auf. »Wie wir Sie da kontrolliert haben …« Der Polizist musterte ihn. »Wo sind Sie da noch einmal hingefahren?«

»Zum …« Felix spürte, dass seine Stimme belegt war. Er räusperte sich. »Nach … also …« Was war nur mit seinem Hirn los? Ihm fiel nicht mehr ein, was er den Polizisten erzählt hatte. Wo war der Kunde, den er zu besuchen behauptet hatte? Fürstenfeldbruck – oder Dachau? Die Polizisten schwiegen und warteten. »Fürstenfeldbruck«, presste Felix heraus.

»Sicher?« War da Häme in der Stimme des Schmächtigen mit dem Feuermal? Oder nur Desinteresse?

Felix riss sich zusammen. Mit fester Stimme sagte er: »Schon. Das war ein Kunde in Fürstenfeldbruck.«

»In der Nacht war es noch einer aus Dachau.« Der Satz des Schmächtigen versetzte Felix in Panik. Wieso grinste der Typ ihn so an? Täuschte er sich oder hatte er plötzlich ein Teufelsgesicht?

»Ach so, ja, kann sein. Es war so spät … äh … früh … Warum ist das so wichtig?« Felix roch den für Angstschweiß typischen säuerlichen Geruch. Es war sein eigener.

»Wo ist er jetzt, der Kunde?« Das war der Dicke.

»In Fürstenfeldbruck. Aber ursprünglich, da haben die in Dachau gewohnt, deshalb.« Felix war sich nicht sicher, ob diese Erklärung eine gute Idee war.

»Und wer ist der Kunde?«

»Warum ist das so wichtig?« Felix spürte, dass er sich in eine Sackgasse verrannt hatte.

»Weil in der Nacht ein Verbrechen passiert ist, Brandstiftung, Mordversuch. Deswegen. Wer ist denn dieser Kunde, bei dem Sie gewesen sein wollen?«

Felix' Kopf arbeitete auf Hochtouren. Wen kannte er

in Fürstenfeldbruck? Was konnte er sagen? Ihm fiel niemand ein. Er schwieg. Es war aus.

»Kann es sein, dass Sie gar nicht nach Fürstenfeldbruck zu Ihrem Dachauer Kunden gefahren sind?« Der Schmächtige mit dem Feuermal sah ihn mit einer Freundlichkeit an, die Felix ihm unmöglich abnehmen konnte. Wieder das Bild des blutenden Pfarrers in seinem Kopf. Das Feuermal im Gesicht des Mannes schien sich langsam zu bewegen. Ohne Zweifel, die roten Flammen begannen hypnotisch zu wabern. Felix wurde schwindelig. Er starrte den Schmächtigen an und stammelte wie ferngesteuert: »Ich war auf dem Weg zur Familie Maier in Fürstenfeldbruck.« Felix ließ keine Pause entstehen, damit der Polizist nicht noch eine unangenehme Frage stellen konnte. Er kniff die Augen fest zusammen. Als er sie wieder öffnete, schien plötzlich wieder alles normal. Das Schwindelgefühl war weg. Das Feuermal bewegte sich nicht mehr. Da kam ihm eine Idee: »Wir gehen jetzt kurz rüber in die Küche und dann mach ich uns einen Kaffee und dann können Sie mir gerne weitere Fragen stellen.« Ohne die Reaktion der Polizisten abzuwarten, ging Felix über den Hof hinüber zum Haus. Beim Öffnen der Tür drehte er sich um, sagte: »Kommen Sie …«, und verschwand im Haus.

In der Küche hatte er die kleine Espressomaschine bereits auseinandergeschraubt, als die beiden Beamten eintraten. »Nehmen Sie Platz.«

Keiner der Polizisten reagierte auf die Aufforderung. Vielmehr scannten sie die Küche mit kritischen Blicken.

»Wir brauchen den vollen Namen und die Adresse, damit wir das überprüfen können«, sagte der Mann mit der Pigmentstörung fast entschuldigend.

»Ist Ihnen in der Nacht etwas Ungewöhnliches aufgefallen?«, hakte der Dicke nach und studierte dabei ein Bild an der Wand, auf dem Felix und sein Bruder Christian als Kinder, gemeinsam mit den noch jungen Eltern, zu sehen waren.

»Das sind meine Eltern, mein Bruder und ich.« Felix bemühte sich darum, souverän zu klingen. »Was meinen Sie mit ›was Ungewöhnliches‹?« Er hielt während dieser Gegenfrage den Kopf gesenkt. Die Frage nach der Adresse hatte er noch nicht beantwortet. Eine Adresse hatte er nicht zu bieten. Felix war dankbar, als der Dicke auf seine Frage antwortete.

»Auffällig schnell fahrende Fahrzeuge zum Beispiel? Oder sonst irgendwelche Besonderheiten? Eine brennende Kirche? Ein blutender Pfarrer mit eingeschlagenem Kopf?«

Felix schluckte. »Nein, mir ist nichts aufgefallen.«

Er war sich nicht sicher, ob die beiden Männer ihm glaubten. Sicher war er sich lediglich, dass mit dem Dicken etwas nicht stimmte. Als er ihn genauer beobachtete, machte er eine beunruhigende Entdeckung: Der Körper des Mannes verformte sich. Kaum merklich wurde er immer dicker – wie ein Ballon, der aufgeblasen wurde. Felix' Aufmerksamkeit wurde nicht einmal von der auf dem Herd zischelnden Kaffeemaschine gestört. Obwohl das Hemd schon zu platzen drohte, meinte der Polizist ungerührt: »Dass Sie zufällig gar nicht nach Fürstenfeldbruck gefahren sind, sondern von Ebratting kamen, das kann nicht sein, oder?«

Mit einem Mal quoll Fleisch durch die Lücken im Hemd des Polizisten, das Blubbern der Kaffeemaschine verwandelte sich in ein bedrohliches Zischen. Der Druck stieg.

»Ebratting«, krächzte Felix. »Jetzt warten Sie einmal –

wo liegt denn noch einmal Ebratting?« Er wandte sich den Polizisten zu. »Das ist doch bei … ach so, haha …« Er lachte verlegen, nahm direkten Blickkontakt mit dem dicken Polizisten auf, der wie eine misslungene Knetfigur völlig außer Form geraten war, »jetzt versteh ich, warum Sie das fragen: Wegen dem Pfarrer, oder?«

»Sie meinen den Pfarrer, den Sie umgelegt haben?« Die Frage des Schmächtigen kam sehr schnell. Felix sah ihn erschrocken an. Sein Herz schlug wie wild.

»Und jetzt schauen wir uns einmal Ihre Werkstatt an«, sagte der Kleinere kichernd. Felix war geliefert. Ohne dass er sich daran erinnern konnte, das Wohnhaus verlassen zu haben, standen sie plötzlich zu dritt in der Werkstatt. Der mittlerweile ohrenbetäubende Lärm der tosenden Kaffeemaschine blieb jedoch. Der Dicke war jetzt eine unförmige Masse, man konnte gerade noch seinen Kopf erkennen, aus allen Öffnungen der Kleidung quoll Fleisch. Oder war es feuchter Ton? Unförmig waberte der »Tonmann« auf der Stelle. Jetzt trat der kleine Polizist direkt vor Felix und packte ihn am Kragen. »Wir wissen alles, Felix Ambach!«

Felix sah die einzelnen Poren des Feuermals, dann begann sein Kopf zu vibrieren, sodass Felix nicht mehr scharf sehen konnte. Hektisch schaute er sich nach den Balken um. Er musste kämpfen. Das war der einzige Ausweg. Doch so gerne Felix einen Sprung zu den Kanthölzern gemacht hätte, sein Körper gehorchte ihm nicht mehr. Er war gelähmt. Alle Muskeln waren angespannt, aber er bewegte sich kein bisschen.

»Du wirst deiner gerechten Strafe nicht entkommen«, sagte der schmächtige Polizist – und dann ging sein ganzer Kopf in roten Flammen auf.

Felix versuchte krampfhaft, seinen Fuß vom Boden zu

heben, aber es fühlte sich an, als wöge sein Bein eine Tonne. Auch seinen Kopf konnte er nicht mehr drehen. So sah er nur noch aus dem Augenwinkel, wie das dicke Tonmonster in Polizeiuniform zu einer Axt griff. Das Monster lachte blubbernd, es klang, als würde es ersaufen. Dann holte es zum Schlag aus. Felix wunderte sich, wie schnell und schmerzlos alles ging: Mit einem einzigen Hieb trennte die Gestalt Felix' Kopf vom Rumpf. Der Kopf landete auf dem Werkstattboden, lautlos.

Felix schreckte auf. Schweißgebadet blickte er sich um. Vor ihm auf der Arbeitsplatte stand die Tonskulptur des heiligen Dionysius. Er fuhr herum. Außer ihm war niemand in der Werkstatt.

Zitternd kramte er in seiner Hemdtasche nach der fast leeren Schachtel Kippen. Erst mit der Zigarette, die er sich dann anzündete, stellte sich ein wenig Erleichterung ein. So saß er etwa fünf Minuten. Dann stand er auf, packte alle Balken bis auf einen und trug sie in den Schuppen neben der Werkstatt. Er ging wieder hinaus, holte die an der Schuppenwand lehnende Leiter und trug auch sie in den Schuppen. Dann kletterte er zu dem kleinen, von unten nicht sichtbaren Dachboden des Schuppens. Hier oben versteckte er die Lindenholzbalken. Die Bilder des Albtraums wurde er dennoch nicht los.

Zehn

Nachdem er im Laufe der folgenden Nacht das tönerne Modell des Dionysius fertiggestellt hatte, legte sich Felix für mehrere Stunden schlafen. Als er erwachte, sah er sich benommen um. Draußen war es hell. Der Wecker zeigte elf Uhr morgens an. Er spürte das Bedürfnis, Maria anzurufen und sich dafür zu entschuldigen, dass er grußlos aufgelegt hatte. Stattdessen stand er auf, zog sich an und ging in die Werkstatt. Er zündete sich eine Zigarette an, griff sich den Lindenholzbalken, den er nicht im Schuppen versteckt hatte, und spannte ihn in den an der Werkbank fest verankerten Schraubstock. Zwar war er es gewohnt, seine Schnitzfiguren mit der Figurenschraube an der Werkbank zu befestigen, aber Felix hatte keine Ahnung, ob die Holzbildhauer des 16. Jahrhunderts derartige Vorrichtungen benützt hatten. Ihm war klar, dass eine Figurenschraube an der Unterseite der Skulptur Spuren hinterlassen würde, die jeder Experte sofort erkennen könnte. Nein, Felix wollte der Figur zunächst einen Holzsockel lassen, den er dann, kurz vor Fertigstellung, einfach absägen würde.

Nachdem er sich davon überzeugt hatte, dass der Rohling auch bei kraftvoller Bearbeitung nicht einen Millimeter wackeln würde, legte er die sogenannten höchsten Punkte – damit meint der Bildhauer die exponiertesten Stellen – der Skulptur an. Hierfür nahm er am Tonmodell mit einem Brett Maß und übertrug die Form auf das Holz. In diesem ersten Arbeitsschritt ging es ihm nur um eine Annäherung an die endgültige Figur; darum, die am weitesten vom Kern der Skulptur entfernten Punkte festzulegen und die zwischen ihnen liegenden Holzflächen mithilfe eines Holzklüpfels und eines gröberen Hohleisens wegzunehmen. Felix kam auf diese Weise den Tiefen der Figur näher. Nach und nach nahm sie mit jedem seiner vorsichtigen Schläge auf den Klüpfelhammer eine kantigere und flächigere Form an. Von dem heiligen Dionysius war jedoch noch nichts zu erkennen. Felix wusste genau, dass eine zu frühe Festlegung auf ein Detail, eine Bewegung, einen Faltenwurf, einen der Kardinalfehler in der Holzbildhauerei darstellte. Der Holzbildhauer brauchte Geduld, um sein Werk zu vollbringen. Ein falscher Schlag konnte die Arbeit vieler Stunden zerstören, denn was einmal dem Holz genommen worden war, konnte ihm nicht mehr zurückgegeben werden, es sei denn, man war bereit zu pfuschen.

Nachdem die Grundflächen feststanden, legte Felix die markanten Punkte der Figur des heiligen Dionysius fest: Hier würde der kopflose Hals sitzen; darunter die Hand, die den leblosen Kopf mit der Mitra hielt. Links daneben legte er den Griff eines Schwerts an und weiter unten noch den Abdruck eines Knies, über das sich das weite Gewand nach unten abzeichnen sollte.

Immer wieder schaute er prüfend zu seinem Modell aus Ton, immer wieder nahm er Maß und staunte, wie viel Holz er oben frei lassen musste, von der Stelle vor der Brust, wo die Hand den abgetrennten Kopf halten sollte, bis zum Hals.

Im Laufe der Zeit wurden die Werkzeuge, mit denen Felix sich an der Figur zu schaffen machte, immer feiner. Auch wechselte er sie immer öfter. Mitunter absolvierte er nur wenige Schläge mit dem einen Eisen, um dann zum nächsten zu greifen. Akribisch achtete er darauf, dass er nicht zu viel wegnahm. Die vollkommene Dreidimensionalität der Figur strebte er in diesem Arbeitsschritt natürlich noch nicht an. Behutsam schnitzte er sich von vorn nach hinten. Immer wieder trat er einen Schritt zurück, betrachtete das Stück Holz aus einiger Entfernung und versuchte, die Figur des Dionysius zu erkennen. Schließlich steckte sie ja längst in dem uralten Balken drin. Felix musste sie nur noch freilegen. Zwischendurch Kaffee trinkend und rauchend ging er Schritt für Schritt voran. Dabei leistete ihm das Tonmodell wertvolle Dienste. Die größte Mühe verwendete er auf den Gesichtsausdruck des Enthaupteten und den Faltenwurf seines Gewands. Denn dies waren die unverwechselbaren Zeichen der künstlerischen Meisterschaft Tilman Riemenschneiders gewesen. Die Gesichter seiner vor einem halben Jahrtausend erschaffenen Skulpturen erzählten Geschichten. Die Falten der von ihm geschnitzten Gewänder fielen, als wären sie aus echtem Stoff. Für den laienhaften Betrachter war eine Falte nur ein Knick. Aber Felix wusste, dass sein Bruder dieses komplexe Element bei seinen wissenschaftlichen Untersuchungen besonders genau studieren würde: Eine Falte unterlag Gesetzmäßigkeiten, sie musste den Regeln der Anatomie, der Physik, der Schwerkraft gehorchen. Fand sich hier ein Widerspruch, konnte sie unmöglich einem Meister wie Riemenschneider zugeschrieben werden, sondern war vermurkst. Felix war sich sicher: Ob sein Plan aufgehen würde oder nicht, das würde sich am Faltenwurf und den Gesichtern der Schnitzfiguren entscheiden.

Je länger Felix arbeitete, umso mehr vergaß er alles um sich herum und umso fließender wurden seine Bewegungen und Schläge. Umso regelmäßiger wechselte er vom Hämmern zum Schleifen, vom Eintauchen des Schleifsteins in die Schüssel mit Wasser zum Abstreifen der Eisen an dem alten, speckigen Leder.

Am dritten Tag war Felix übermüdet, aber der Dionysius war ihm ein Vertrauter geworden. Doch jetzt waren die letzten Schnitte zu machen, und die waren die schwersten. Denn jeder, der die Kunst des Meisters aus Würzburg kannte, wusste, dass es neben dem Faltenwurf und der Mimik einer Figur der letzte Schnitt sein musste, der ihr die typisch Riemenschneider'sche Freiheit und Energie, Kühnheit und Frische verlieh. An einem echten Riemenschneider durfte nicht geschmirgelt, gefummelt oder poliert werden. Für einen echten Riemenschneider brauchte der Fälscher Mut, ja, er musste auf gewisse Weise waghalsig sein. Und so schenkte Felix dem Dionysius ein Gesicht und einen Faltenwurf, der in dieser kühnen Weise seit fünfhundert Jahren keinem Holzbildhauer mehr gelungen war. Nach dem letzten mutigen Schnitt, der der technisch anspruchsvollen Krümmung des nach unten gezogenen Mundwinkels der Skulptur galt, legte Felix das Schnitzeisen weg, verließ die Werkstatt und schlief einen ganzen Tag und eine ganze Nacht. Dann stand er auf, holte seinen Wagen in der Autowerkstatt ab, fuhr mit den TÜV-Unterlagen zur Polizeidienststelle in der Stadt und legte sie einem gelangweilten Beamten auf den Tresen.

Beim Verlassen des Gebäudes kreuzte Felix' Weg den der Kriminalbeamtin Ute Dukaz. Wäre er nicht sosehr mit seinen Gedanken beschäftigt gewesen, hätte er registriert, dass Ute Dukaz Mitte dreißig war, dass ihre langen, dunklen Haare mal einen vernünftigen Haarschnitt vertragen könnten und dass sie ein paar Kilo zu viel auf den Rippen hatte. Aber Felix nahm Ute Dukaz überhaupt nicht wahr. Er ahnte nicht, dass er sie und ihren Partner Toni Glaser – mit seiner blonden Vokuhila-Frisur und dem Schnurrbart, den Chucks, der Jeans, den karierten Landhausstilhemden und dieser gewissen Tendenz zu einer Energydrink-Abhängigkeit – zu einem späteren Zeitpunkt kennenlernen würde. Und zwar unter weit unangenehmeren Umständen als im Rahmen einer verpassten HU-Untersuchung – denn das Spezialgebiet von Ute Dukaz und Toni Glaser waren Mordfälle. Ganz aktuell fahndeten sie nach dem Mann, der versucht hatte, den Pfarrer von Ebratting zu töten. Soeben hatten die Ärzte des Krankenhauses sie informiert, dass der Geistliche aus dem Koma erwacht war. In der Hoffnung, dass er vernehmungsfähig war, machten sich die beiden Kriminalbeamten eilig auf den Weg ins Hospital.

Von alldem wusste Felix nichts. Er fuhr, erleichtert über die Tatsache, dass das TÜV-Problem aus der Welt war, von der Polizeidienststelle nach Hause. Ein Problem jedoch blieb: Er war pleite. Natürlich hätte er sich intensiv um Arbeit kümmern können – irgendein Handwerksmeister oder Landwirt brauchte immer einen Handlanger. Aber längst war Felix derart besessen von dem Gedanken, ein monumentales Schnitzwerk zu schaffen, mit dem er seinem Bruder all die Erniedrigungen heimzahlen konnte, dass er sich außerstande sah, sich jetzt auch noch um Profanes wie Broterwerb zu kümmern. Es musste Geld her, aber auf andere Weise. Ihm kam eine Idee.

Kurz nachdem die Kirchenglocken am Sonntag den Beginn des Gottesdienstes eingeläutet hatten, stand Felix auf dem Grundstück der Novaks. Er wusste, dass die beiden – wie immer – die Messe besuchten. Durch den Schuppen drang Felix ins Haus der Novaks ein und suchte direkt die Küche auf. Dort holte er die mintfarbene Dose aus dem Buffet und öffnete sie. Er griff das Bündel Geldscheine heraus und überschlug die Summe: rund tausend Euro. Felix nahm sich zweihundertdreißig Euro, der Diebstahl sollte nicht auffallen. Und außerdem handelte es sich ja genau genommen gar nicht um einen Diebstahl: Felix wollte sich das Geld quasi nur leihen und es später zurückzahlen.

In den folgenden zwei Monaten lebte Felix nach einem ganz bestimmten Rhythmus: Mit täglichen Dehnübungen am Morgen hielt er sich fit. Er aß wenig, trank viel Wasser, las vor seinen Gängen in die Werkstatt stets eine Passage über einen der vierzehn Nothelfer. Pro Tag erlaubte er sich zehn Zigaretten. Mehr gab die Haushaltskasse nicht her. Nachmittags gönnte er sich zwei frische Äpfel mit einer großen Tasse Kaffee, und dann arbeitete er bis spät in die Nacht. Sobald eine Figur fertig war, wandte er sich der nächsten zu. Am Ende hatte er zwölf der vierzehn Schutzheiligen fertiggestellt. Zwei weitere – den heiligen Erasmus und den Blasius – vollendete er nur zur Hälfte. So würde die Geschichte von Riemenschneiders geplatztem Auftrag nach dem Tod des Bischofs die Glaubwürdigkeit der plötzlich aufgetauchten Heiligenfiguren noch verstärken. Nachdem er die Skulpturen in Zeitungspapier gewickelt und in einem Karton verpackt hatte, fand Felix zum ersten Mal seit Langem wieder Zeit, einen Blick in den Badezimmerspiegel zu werfen. Was er sah, war ein veränderter Mann: Ihm war ein Bart gewachsen, dunkler als sein Haar, und sein Gesicht war noch schmaler geworden.

Elf

Maximilian Paulis Freunde, von denen es nicht wenige gab und zu denen auch Dr. Christian Ambach zählte, nannten den Kunsthändler schlicht Max. Das Auffälligste an diesem Max Pauli, der ein attraktiver Mann war, waren seine blonden Locken. Sie verliehen ihm ein jugendlicheres Aussehen, als es seine vierundvierzig Jahre hätten vermuten lassen. Max Pauli war glücklich verheiratet und ging regelmäßig in den Puff. Er vertrat die Auffassung, dass es nichts gab im Leben, was nicht mit Geld zu kaufen war. Er hatte Spaß am Handeln mit allem und jedem. Die kleine Kunsthandlung Pauli betrieb er, weil es ihm Freude machte – Geld verdienen musste er nicht. Max Pauli hatte geerbt, und zwar üppig. Der etwas hochtrabend klingende Name »Kunsthandlung Pauli« beschönigte die Tatsache, dass Max Pauli vornehmlich wertlosen Plunder wie alte Teedosen, Puppenwagen sowie Glasschalen, Porzellan und Silberbesteck unbekannter Hersteller und unbekannten Alters an Touristen verkaufte, welche die oberbayerische Kleinstadt für einen Wochenendausflug aufsuchten. Max Pauli konnte wunderbar mit solchen Touristen umgehen. Er war charmant, er war redegewandt, er war geschäftstüchtig.

Als Georg Seefellner die Tür zur Kunsthandlung Pauli öffnete und das hierauf zwangsläufig folgende, noch von echten Glöckchen stammende Klingeln ertönte, hatte Max Pauli gerade – und zwar genau in dieser Reihenfolge – an sein Golf-Handicap, seinen nächsten Besuch in der Münchner Oper und das teuflisch junge Callgirl gedacht, das er nach der Oper treffen würde. Blöderweise sahen diese jungen Dinger oftmals derart billig aus, dass man sie nicht mit ins Konzerthaus nehmen konnte, ohne aufzufallen. Aber besser nach der Oper als gar kein Sex.

Max Pauli musste kein Menschenkenner sein, um zu sehen, dass mit dem jungen Mann, der eben seinen Laden betreten hatte, etwas nicht stimmte: Georg Seefellner trug einen dunkelblauen Samtanzug, der einen Betrachter unweigerlich an eine Kommunionsfeier denken ließ und aus dem er längst herausgewachsen war. Aber Max Pauli stammte aus einer Familie, die in der Stadt einen Ruf zu verlieren hatte, und so hatte er es sich angewöhnt, zu jedem freundlich zu sein, der seine Kunsthandlung betrat – und wenn es ein Landstreicher, ein Idiot, ein Zeuge Jehovas oder eben ein dicklicher Mensch mit Nickelbrille und zu kleinem Kommunionsanzug war.

Georg Seefellner lächelte ihn verlegen an und sagte: »Grüß Gott.« Max Pauli erwiderte den Gruß und erkundigte sich, was er für den Neuankömmling tun könne.

»Ich habe ...« Bereits nach diesen zwei ersten Wörtern wurde Seefellner die Luft knapp, er war aufgeregt. »... ich habe ... eine Frage.« Max Pauli betrachtete den jungen Mann mit den dicken Brillengläsern und dem akkuraten Seitenscheitel, der offensichtlich geistig etwas zurückgeblieben war, mit freundlichem Interesse. »Dann frag.« Für einen Moment hatte er überlegt, ob er den vielleicht Dreißigjährigen hätte siezen müssen, aber das war ihm dann doch zu abwegig vorgekommen.

»Ob, ... ob ich Ihnen was zeigen darf.« Der Deppenschorsch stotterte immer, wenn er nervös war.

»Kommt drauf an, was«, meinte Max Pauli, zupfte sich eine Fluse vom Poloshirt – eine Marotte von ihm –

und ließ sie unauffällig in Richtung seiner Markenjeans und der teuren braunen Lederschuhe fallen, die gewisse Leute wohl für stilvoll hielten.

»Ich hab's draußen. Auf'm Bo… Bo… Bonanza-Fahrrad, also, mit Anhänger. Ich hätt lieber ein Motorrad, aber da m… mm… muss man sparen.« Jetzt hatte er das Wichtigste herausgepresst, seinen Kopf gehoben und sah Max Pauli zutraulich an. Der hob fragend die Schultern und zog die Augenbrauen hoch. »Ich hol's.«

»Warum? Was willst du mir denn zeigen?«

»Geschäft«, erwiderte Seefellner. »Es geht ums Geschäft.« Dann kicherte er verlegen.

Max Pauli befürchtete, dass ihm der junge Kerl gleich einen Sack schmuddeliger Kuscheltiere oder einen Stapel selbst gemalter Bilder in die Kunsthandlung tragen würde. Deshalb wollte er gerade anbieten, mit ihm hinauszugehen, um sich die Sachen draußen anzusehen. Hatte man die Leute mal im Haus, bekam man sie nicht mehr raus. Da betrat eine sehr junge Frau den Laden, die exakt seinem Beuteschema entsprach: gepflegt, guter Vorbau, volle Lippen, Augen wie Scheinwerfer, blond gefärbtes Haar. Nachdem Seefellner die Frau kurz und mit offenem Mund angestarrt hatte, verließ er unverständliches Zeug brabbelnd den Laden.

Max Pauli dagegen trat der höchstens Zwanzigjährigen mit einem »Guten Tag« in seiner geschmeidigsten Tonlage entgegen.

»Hi, Süßer, hier bin ich.« Max Paulis Gesichtszüge nahmen auf diese Aussage der Blondine hin einen fragenden, ja beinahe verwirrten Ausdruck an. Die junge Frau hatte lange künstliche Wimpern, sie trug einen Minirock, der kürzer war als eine 16er Blende, er hätte sie gerne sofort in der kleinen Küche hinter dem Ladengeschäft gebumst, aber dies entsprach nicht seinem Stil. »Du bist doch auch bei Charlene's Angels?« Sie war auf ganz dezente Weise billig, was sie nur noch anziehender machte.

»Ich ... bei ... was – wie meinen Sie?« Mitsamt seiner Eloquenz verlor Max Pauli einen Gutteil seiner Souveränität, die ihn sonst im Umgang mit Menschen auszeichnete. Natürlich war ihm Charlene's Angels ein Begriff, schließlich organisierte er sich über diese Escortagentur regelmäßig junge, willige Frauen.

»Sie?«, fragte die Frau spielerisch, trat ganz dicht zu ihm hin, nahm seine Hand und führte sie für einen Kuss an ihre Lippen. Auf seinen Handknöcheln verblieb ein rosaroter Fleck. »Sag doch ›du‹.« Max Paulis Herzschlag beschleunigte sich. Was, wenn jetzt ein Stammkunde das Geschäft betrat – oder noch schlimmer: seine Frau?

»Ich weiß nicht ... Sie müssen ... eine Verwechslung ...«

»Eine Verwechslung, du bist ja süß.« Sie griff mit ihrer noch freien Hand in Richtung seines Hosenladens und streichelte beiläufig darüber. Er bekam eine Erektion.

In diesem Moment rumpelte Georg Seefellner mit einem Umzugskarton gegen die Glastür am Eingang. Mit Mühe gelang es ihm, die Tür aufzudrücken. Die Frau ließ von Max Paulis Hosenladen ab und begutachtete die Porzellanlöwen auf dem Regal.

Seefellner glotzte erst die hübsche Frau an, knallte dann aber den Karton auf den Boden und hielt sich schützend die Hände vor die Brille.

Maxi Pauli sah zu Seefellner und dem Karton, dann zu der Blondine, dann wieder zu Seefellner und zurück zu der Blondine. Er war ratlos. So etwas war ihm noch nicht passiert.

»Ich … ich …«, meinte er beinahe flüsternd zu der Frau. »Ich habe Sie nicht bestellt.« Er räusperte sich. »Ich komme gleich wieder zu Ihnen …«

Das Callgirl sah kurz auf und wandte sich dann wieder – Interesse heuchelnd – den zwei alten Plüschdackeln der Firma Steiff zu, die in dem Regal vor ihr standen.

Max Pauli widmete nun seine Aufmerksamkeit wieder Seefellner, der wie angewurzelt an der Stelle des Ladens stehen geblieben war, an der er den Karton abgeworfen hatte. Er hatte die Hände von den Augen genommen und beobachtete nun im Gegenlicht des Schaufensters wie gebannt die schöne Fremde. Seine Wangen waren knallrot, er kicherte verlegen.

Mit den Worten »Was wolltest du mir zeigen?« bückte sich Max Pauli zu dem Karton und klappte ihn auf. »Vermutlich kann ich Ihnen ohnehin nicht weiterhelfen.« Doch da hatte er sich gehörig getäuscht. In dem Karton lagen übereinander gestapelt und in Zeitungspapier verpackt mehrere von Hand geschnitzte Holzskulpturen.

»Die sind saualt«, erläuterte Seefellner. Diese Auskunft wäre nicht nötig gewesen. Bereits anhand der zuoberst liegenden Skulptur, die Max Pauli sich herausgegriffen hatte, hatte er gesehen, dass es sich hier nicht um wertlosen Trödel handelte. Die Skulptur stellte den heiligen Georg dar, der mit dem Drachen kämpfte. Max Pauli sah, dass die Figur alt war und dass derjenige, der sie geschnitzt hatte, sein Handwerk beherrscht haben musste. Die Gesichtszüge des Heiligen waren fein konturiert bis hin zu den kleinen Augen, der Faltenwurf seines Rocks, der die Oberschenkel unter dem Harnisch bedeckte, war außergewöhnlich präzise gearbeitet.

Auch wies die Figur die für sehr alte Stücke typische Patina auf. Wenngleich sich Max Pauli mit sakraler

Kunst nur bedingt auskannte, ging er davon aus, dass er diese Figuren mit an Sicherheit grenzender Wahrscheinlichkeit würde weiterverkaufen können. Vielleicht waren sie sogar richtig was wert.

Jetzt ließ die Blondine einen Seufzer vernehmen und näherte sich den beiden am Boden knienden Männern. Als ihre nackten Beine zwischen Seefellner und Max Pauli zum Stehen gekommen waren – die Frau schaute auch in den Karton –, roch der Kunsthändler den Duft von Kokosmilch. Seefellner schielte nach oben und sah, dass die Frau einen nahezu durchsichtigen Slip trug. Sie war rasiert. Sofort riss der Deppenschorsch von Hinteröx den Kopf herum und wandte den Blick wieder den Skulpturen im Karton zu. Er schluckte, fasste sich und sagte dann einen Satz, der sich ein wenig auswendig gelernt anhörte: »Die sind alt und ich habe die auf'm Dachboden gefunden und … in einer alten Holztruhe, die war zugenagelt … und ich hab sie mit einer Beißzange aufgemacht und ich will die verkaufen. Ob Sie sie kaufen wollen, die Figuren?«

Obwohl die nach Kokosmilch duftenden Beine des Callgirls Max Paulis Sinne stark beanspruchten, siegte in diesem Moment der Kunsthändler in ihm über den Genießer von zügellosem Sex mit jungen Frauen. Er sagte: »Da können wir schon ins Geschäft kommen. Was willst du denn dafür?«

»Also … so ungefähr … also … möglichst viel«, war Seefellners Antwort.

Max Pauli legte die Figur des heiligen Georg beiseite und griff eine weitere heraus. Es war ein Mann mit einem leicht geschwungenen Holzstock und einem Kind auf der Schulter. Vermutlich der heilige Christophorus mit dem Jesuskind. Der Gesichtsausdruck des Säuglings ließ

Pauli für einen Moment erschaudern, er hatte etwas Fratzenhaftes, Diabolisches. Aber auch diese Figur war von filigranster Machart. Nachdem der Kunsthändler einen kurzen Blick darauf geworfen hatte, hob er eine weitere Figur heraus und noch eine und noch eine. Bis er alle vierzehn neben sich auf den lieblos restaurierten Bauerntisch gestellt hatte. Versonnen betrachtete er die Heiligen. Zwei schienen nicht ganz fertig zu sein. Aber alt sahen sie alle aus. Sehr alt.

»Einen kleinen Moment bitte«, entschuldigte sich Pauli bei dem Mann im Samtanzug und ging hinüber zu seiner alten Registrierkasse. Er öffnete das Schubfach, griff hastig ein paar Scheine und wandte sich der Blondine zu. »Vielen Dank. Es war mir ein Vergnügen, mit Ihnen Geschäfte zu machen, Frau …«

»Babette«, antwortete das Mädchen vorwurfsvoll.

»Gut, Babette – auf Wiedersehen«, meinte Pauli nicht unfreundlich und drückte der Escortdame das Geld in die Hand. Diese betrachtete es verdutzt.

»Aber …« Doch Pauli ließ sie nicht weitersprechen, sondern schob sie, vorsichtig mit beiden Händen ihre Oberarme greifend, aus dem Laden. Dabei bemühte er sich, die Luft anzuhalten, um nicht noch mehr von ihrem Geruch betört zu werden.

Doch Babette war noch nicht fertig mit ihm. Vielmehr zog sie eine Visitenkarte zwischen ihren Brüsten hervor, die sie Pauli reichte: »Ruf mich doch mal an, Schatzi. Ich weiß aus unseren Stammdaten, dass du ein Premium-Kunde bist. Und wenn du mich direkt buchst und nicht über Charlene's Angels – dann wird's billiger und …«, sie machte einen Kussmund, »… schöner. Bis bald!« Dann drehte sie sich um und stöckelte eleganten Schritts davon.

Seefellner glotzte der Blondine mit offenem Mund hinterher. So etwas hatte er noch nie erlebt. Er musste sich zwingen, ihr nicht einfach hinterherzugehen, aber dann erinnerte er sich daran, dass er einen Auftrag zu erledigen hatte.

Als Seefellner den Laden verließ, hatte er die Frau bereits vergessen. Mit fünfzehn Hundert-Euro-Scheinen im Brustbeutel radelte er zurück nach Waldham, sang etwas von einer »Black Betty« und war ausgelassener Stimmung: Dass der Typ im Laden tatsächlich diese alten Schrottfiguren von dem netten Mann vom Supermarktparkplatz für so viel Geld gekauft hatte, das hätte er nicht gedacht. Der nette Mann war ein Genie. Wie blöd manche Menschen waren! Tausendfünfhundert Euro für Schrott aus dem Dachboden. Und das Beste an dem Geschäft – die Hälfte durfte er selber behalten, das hatte ihm der nette Mann versprochen. »Whoa Black Betty, Ram a Bam«, sang Seefellner fröhlich vor sich hin. So viel Geld auf einmal hatte er noch nie besessen. Das musste gefeiert werden.

Zwölf

Felix saß in der Küche und starrte auf das Mobiltelefon in seiner linken Hand. Die Finger der anderen Hand trommelten unrhythmisch auf der verkratzten Holzlehne des alten Sessels herum. Das Trommeln begann, ihn selbst zu nerven. Ungeduldig drehte er das Handy in der Hand hin und her, schaltete es aus und wieder an, überprüfte, ob er ausreichend Netz hatte: zwei Balken, wie immer. Am Empfang konnte es also nicht liegen. Wieso meldete sich Seefellner nicht? Er sollte Felix anrufen, wenn er von der Übergabe der Figuren zurück war. So war es abgemacht. Es war schon nach acht, Max Paulis Antiquitätengeschäft musste längst geschlossen haben. Aber Felix' Telefon blieb still. Erst als er eine Weile nicht auf die Tastatur gedrückt hatte und das Licht des Displays wieder erloschen war, wurde Felix bewusst, dass er im Dunkeln saß. Er stand auf und schaltete die Lampe an der Decke an. Warum zur Hölle rief Seefellner, dieser Depp, nicht an?

Die Diskokugel über der Bar stand still, aus den Boxen hämmerte ein Bon-Jovi-Klassiker. Georg Seefellner schien den Song zu kennen, denn jetzt löste er sich von der aus uralten und dem Klang nach schrottreifen Lautsprechern bestehenden Wand und wippte langsam in Richtung Bar. Dort hielt er sich mit beiden Händen am Tresen fest und lallte ein »Schlllsll« in Richtung der Barfrau. Diese gab ihm, ohne dabei von ihrer Illustrierten aufzusehen, einen Schlüssel, an dem ein großes, durch viele Hände speckig gewordenes Stück Holz befestigt war. Auf die eine Seite des Bretts hatte jemand mit einem Edding und in krakeliger Schrift »WC« geschrieben, auf die andere »Boxenstopp«, so hieß die Bar im Gewerbegebiet von Waldham. Seefellner torkelte nach draußen und dann um das Gebäude herum. Hier befand sich die Toilette, aber die meisten Männer urinierten lieber gegen die Rückwand des Ladens; das ging einfach schneller.

Natürlich hätte sich in diese Absteige niemals ein Tourist verirrt. Alle, die hier verkehrten, hatten einen Eintrag im polizeilichen Führungszeugnis oder standen kurz davor; man bekam auch Gras von passabler Qualität. Diesbezüglich war Hans Bicker, genannt »Bikini«, der Ansprechpartner erster Wahl. Er saß an seinem Stammplatz vor dem Spielautomaten. Seine Freundin Kelly Christ war ebenfalls da. Kelly hatte eine Vergangenheit als Prostituierte. Dem Straßenstrich war sie dank Bicker entkommen, die Marotte mit den wechselnden Perücken aber hatte sie beibehalten. Ihren Oberkörper zierten zwei beachtliche Silikonimplantate, die ihr in einer Schönheitsklinik in Prag eingebaut worden waren. Die Operation hatte Bikini finanziert, vornehmlich mit minder schweren ungesetzlichen Aktionen in den Bereichen Betrug und Einbruch. Gerade spielte sie am Reißverschluss von Georg Seefellners Hose herum. Denn natürlich hatten Kellys und Bikinis Sensoren gleich gemeldet, dass beim Deppenschorsch heute etwas zu holen war. Der »Spasti« hatte Geld, woher auch immer. Und so zögerte Kelly nicht. Sondern setzte sich gleich nach seiner Ankunft zu ihm und knöpfte ihre Bluse etwas auf. Der sonst gefährlich eifersüchtige Bikini hatte nichts gesagt. Die beiden waren nicht nur im Bett ein Dreamteam.

Energisch band sich Felix den zweiten Schuh zu. Er hatte jetzt lange genug gewartet. Monate hatte er damit verbracht, zwölf vollständige und zwei halb fertige Heilige aus Holz zu erschaffen – und schließlich die Skulpturen Georg Seefellner anvertraut. In der Hoffnung, dass es diesem – quasi als Strohmann – gelingen würde, sie dem Antiquitätenhändler Pauli als echte alte Figuren zu verkaufen. Natürlich hatte er dem Deppenschorsch nicht erklärt, dass sie den Figuren eines der größten Bildhauermeister aller Zeiten nachempfunden waren und dass, würden diese Fälschungen durchgehen, die Kunstwelt in gewaltigen Aufruhr versetzt würde. Für derartige Erklärungen war der Deppenschorsch einfach zu beschränkt.

Dachte man länger darüber nach, konnte man auf die Idee kommen, dass er auch zu beschränkt war, um einem Antiquitätenhändler in einer bayerischen Kleinstadt ein paar Figuren zu bringen und zu erzählen, er habe sie auf dem Dachboden gefunden. Wenn der Idiot sich bis jetzt nicht gemeldet hatte, war die Aktion wohl schiefgelaufen. Felix ärgerte sich. Vielleicht war dieser wunderbar einfache Plan doch nicht so schlau gewesen. Aber er, Felix, hätte die Figuren ja schlecht selbst in den Laden bringen können. Viel zu auffällig wäre das gewesen. Max Pauli war einer der besten Freunde seines Bruders. Der hätte ihn doch sofort erkannt! Schließlich war er früher öfter bei den Ambachs zu Besuch gewesen. Außerdem wusste Pauli vermutlich auch, dass Felix schnitzen konnte. Mit ihm selbst als Überbringer der Figuren hätte das niemals funktioniert. Hat es so allerdings auch nicht, dachte Felix, schnappte sich seine blaue Jacke von der Garderobe und verließ das Haus.

Während er mit dem Auto auf dem Weg zu Georg Seefellner im drei Kilometer entfernten Waldham war, spielte er nochmals durch, was schiefgelaufen sein konnte. Möglichkeit eins: Seefellner hatte die Kunsthandlung Pauli gar nicht aufgesucht. Möglichkeit zwei: Seefellner hatte die Kunsthandlung aufgesucht, aber Pauli hatte die Figuren als Fälschungen entlarvt. Möglichkeit drei: Er hatte sie sich gar nicht angeschaut und den Wert nicht erkannt. Und Möglichkeit vier: Seefellner hatte nichts oder zu wenig für die Figuren bekommen und nun ein schlechtes Gewissen, weil er Felix kein Geld bringen konnte. Am unwahrscheinlichsten erschien Felix jene Variante, dass sich Pauli nicht für die Figuren interessiert hatte. Dafür waren sie einfach zu gut gemacht.

Als er vor Seefellners Haus parkte, beschlich ihn ein ungutes Gefühl: Innen brannte kein Licht, und Seefellners Bonanza-Rad war auch nicht zu sehen. Felix stieg aus, öffnete die Gartentür und näherte sich dem Gebäude, einem schmucklosen Bau aus den Fünfzigerjahren. Nichts rührte sich. Er spähte durch die Fenster im Erdgeschoss, er lauschte. Vergebens. Seefellner war offensichtlich nicht zu Hause. Als Felix gerade wieder den Garten verließ, trottete ein Mann mit Hund den Gehsteig entlang. Er sah aus wie ein Rentner. »Grüß Gott, kann man helfen?«

»Mir? Nein, nein, ich suche nur den Schorsch.« Der Pudel, der einen ziemlich betagten, fast schon räudigen Eindruck machte, schnüffelte an Felix' Schuhen.

»Aha, und da geht man gleich hinein, obwohl niemand da ist, oder was?« Der Alte musterte ihn kritisch. »Sie sind doch nicht von der Familie, oder?«

»Nein bin ich nicht, ich habe dem Schorsch nur ein bisschen geholfen, gestern – und jetzt wollte ich noch einmal vorbeischauen, bei ihm.« Felix fühlte sich in die Defensive gedrängt.

»Ich kann ihm ja was ausrichten, wenn ich ihn sehe«, bot der Mann an. Felix empfand dieses Hilfsangebot als aufdringlich. »Sie waren noch gleich?«

»So wichtig ist es auch wieder nicht. Ich schau einfach ein anderes Mal wieder vorbei.« Felix drehte sich um. »Schönen Abend noch.« Er stieg ins Auto und wurde das Gefühl nicht los, dass der neugierige Nachbar gerade versuchte, sich sein Nummernschild einzuprägen. Doch da erbrach sich der Hund röchelnd auf den Asphalt, und das mit dem Nummernschild hatte sich aller Wahrscheinlichkeit nach erledigt.

Im Auto grübelte Felix vor sich hin: Natürlich hatte er nicht damit rechnen können, dass alles exakt nach Plan verlaufen würde. Der Deppenschorsch als Bote war ein Risiko gewesen. Aber ein begrenztes, eines, das er hatte eingehen müssen. Das Verkaufen von Holzfiguren im alten Stil war keine Straftat. Wohlweislich hatte Felix sie weder signiert noch mit einem Stempel oder anderen Zeichen versehen, die auf Riemenschneider verwiesen – zumal der berühmte Bildhauer zu keiner Zeit eine »sculpsit«-Signatur verwendet hatte. Daher waren die von Felix angefertigten Figuren keine Fälschungen im strengen juristischen Sinn. Von der Polizei hatte Seefellner nichts zu befürchten. Es war ohnehin fraglich, ob der Zurückgebliebene überhaupt schuldfähig war. Außerdem: Was auch immer schiefgelaufen war, Felix konnte jetzt sowieso nichts mehr daran ändern. Auf der Heimfahrt verloren sich seine Gedanken in der Müdigkeit. Da klingelte das Handy. Sofort riss es ihn aus der Lethargie, er hob wie elektrisiert ab. Rief Seefellner doch noch an! Aber am anderen Ende der Leitung hörte er eine andere Stimme, es war Maria.

»'Tschuldige Felix, dass ich so spät anrufe, aber ich wusste einfach nicht, wen ich sonst anrufen soll.«

Felix runzelte die Stirn, klemmte sich das Telefon zwischen die linke Schulter und das dazugehörige Ohr, so hatte er beide Hände zum Lenken frei – es ging gerade in eine lang gezogene Kurve. »Wieso? Ist es wegen den Kondomen? Hast du ihn darauf angesprochen?«

»Nein, nein, das nicht, bei uns ist soweit alles in Ordnung …«, Maria machte eine kurze Pause und schob dann hinterher, »… soweit. Aber der Max, du weißt schon, der vom Trödelladen, hat vorhin bei uns angerufen, und dann ist der Christian total komisch geworden. Eigentlich hat er ja gerade der Soleil beim Mathelernen geholfen, weil die morgen eine Klassenarbeit hat. Aber das hat den Christian plötzlich nicht mehr interessiert. Der ist aufgesprungen, hat den Schlüssel gepackt und ist raus aus der Wohnung. Er müsse zum Pauli in den Laden oder so. Und jetzt ruft er mich vor fünf Minuten an und sagt, er komme später oder vielleicht erst morgen früh.«

Felix war sich unsicher, was für eine Antwort Maria von ihm erwartete: »Ja und? Was ist daran so schlimm?«

»Na, wir wollten heute eigentlich zusammen zu Abend essen, das ist schlimm! Und ich hab extra eingekauft und gekocht, und jetzt sagt der mir einfach so ab. Sie hätten was zu feiern, hat er gesagt. Und feiern tut dieser Max doch am liebsten mit Nutten. Der spinnt doch!«

Marias Stimme war brüchig. Sie war wirklich aufgebracht. Felix jedoch konnte seine Freude nicht ganz unterdrücken.

»Der Christian geht nicht zu Nutten. Das glaub ich nicht. Ist doch schön, wenn's was zu feiern gibt.« Felix lächelte, als er in die Straße zu seinem Haus einbog.

Der Deppenschorsch gluckste. Er konnte sich nicht erinnern, wann er das letzte Mal so besoffen gewesen war. Besoffen und glücklich. Das Geschäft mit den Holzfiguren hatte ihn in einen anderen Mann verwandelt. Es war kaum zu glauben, aber er war jetzt beliebt. Besonders bei Frauen. Erst die Blondine mit dem kurzen Minirock im Trödelgeschäft – hatte die ihn nicht ganz schön wild angeschaut mit ihren Riesenaugen? Und jetzt diese brünette Kelly mit den großen Hupen, die auf seinem Schoß saß und ihm ein Cocktailglas zum Trinken an den Mund hielt.

»Und noch einen Schluck für die Mami«, sagte sie gerade lachend. Seefellner gefiel das. Sein Herz galoppierte, er hatte einen Ständer, und die Frau erlaubte ihm sogar, ihren Po zu betatschen – der war rund und hart wie ein Fußball, einfach geil. Ihre Brüste hatte sie fast freigelegt, er durfte sein Gesicht dazwischenstecken – diese Dinger waren der Hammer –, und jetzt ließ sie ihn mit einem Strohhalm aus dem Cocktailglas trinken. Mit dem Kopf zwischen den Titten, die rochen wie Vanillepudding oder so was, aber natürlich waren die Dinger viel härter als Pudding. Das Leben war schön, also jedenfalls, wenn es so lief wie gerade.

Dann zog die Kelly seinen Kopf wieder aus ihrem Ausschnitt und küsste ihn auf die Lippen. Verdammt, er musste aufpassen, dass er nicht kam, hier und jetzt, unter dem Tisch, in der Hose.

»Gibst du uns noch einen aus, Süßer?« Wie verliebt ihn die Kelly anschaute. Eine echte Traumfrau wie aus dem Fernsehen. Und ihr Bekannter, dieser Bikini, saß da drüben und schaute zu und machte nichts. Lächelte der sogar ein bisschen? Wahnsinn, was Geld aus Menschen machen konnte. Echt Wahnsinn.

Als der nächste »Sex on the beach« kam, nahm Kelly Christ Seefellners Kopf zärtlich, aber bestimmt in beide Hände und drückte ihn nach unten zwischen ihre Schenkel. Während Seefellner dort wegen all der erdigen Gerüche beinahe vor Glück verrückt wurde, holte sie routiniert ein Fläschchen aus ihrer Handtasche und kippte einige Tropfen in das Cocktailglas. Es handelte sich um eine hohe Dosis Gamma-Hydroxybuttersäure, allgemein bekannt als K.o.-Tropfen. Seefellner bemerkte davon nichts. Sie spürte, wie er versuchte, seine Nase in Richtung ihrer Schamlippen zu drücken. Kelly holte tief Luft. Bald würde sie es hinter sich haben. Seefellner roch modrig, sein Hemd war am ganzen Rücken nass geschwitzt. Sie tauschte einen angewiderten Blick mit Bikini. Der prostete ihr aufmunternd zu: Whiskey Cola.

»Jetzt komm mal wieder hoch«, sagte sie so laut, dass er es trotz der Musik hören konnte. Seefellner tauchte wieder auf. Sie schob ihm das Glas hin.

»Erst küssen«, forderte er. Sie gab ihm einen Kuss. Als er ihr die Zunge in den Mund schieben wollte, fasste sie ihm in den Schritt.

»Nicht«, stöhnte er auf. »Gehen wir raus?« Er sah sie verliebt an.

»Hey, hey, wir haben doch eben erst einen neuen Cocktail bekommen!« Sie zwinkerte ihm zu, beförderte elegant den Strohhalm aus dem Glas und ließ ihn auf den Fußboden fallen. »Wir wollen doch nicht den guten Cocktail verkommen lassen, oder?« Sie hob das Glas an seine Lippen. »Trink, Schorsch, für mich …« Sie nahm Seefellner das Glas erst wieder weg, als er die Hälfte des Inhalts getrunken hatte. Dann küsste sie ihn gleich noch einmal auf die Lippen und legte ihren Mund ganz nah an sein Ohr. »Komm, jetzt trink leer, dann zahlen wir, und dann gehen wir raus und …«

Seefellner zog den Kopf zurück und sah sie an. »Du – mit mir?«

Sie nickte und lächelte ihn an. »Aber erst austrinken.«

»Du auch … du auch«, drängte er und hielt ihr das Glas entgegen.

Sie wehrte das Glas mit einer sanften Handbewegung ab und drückte ihm ihre Brüste entgegen. »Schorsch, ich vertrag doch nichts! Jetzt trink, du verträgst doch viel mehr als ich.« Sie kiekste, simulierte ein Lallen. »Wenn ich zu besoffen bin, dann kann ich doch nicht mehr ... Meine Muschi ist ... sooo ... heiß ...«

Seefellner griff zum Glas und trank es mit einem Zug leer. »So«, sagte er auffordernd, rülpste leise und stand vom Barhocker auf.

Es war das Krächzen eines Vogels, das Georg Seefellner am nächsten Morgen erwachen ließ. Sein Schädel fühlte sich an, als steckte ein Messer darin. Er lag unter einem Busch. Bei dem Versuch, sich umzudrehen, raschelten Blätter und es kitzelte und stach ihn etwas am Hintern. Seefellner stellte fest, dass seine Hose fast in den Kniekehlen hing. Auch seine Unterhose war heruntergerutscht und fühlte sich feucht an. Das, was da kitzelte und stach, waren Ameisen. Seefellner rappelte sich hastig auf und zog die Hose hoch. Wo war er? Wie war er hierhergekommen? Hatte er mit diesem Superweib geschlafen? Er sah sich um. Der Busch, unter dem er anscheinend genächtigt hatte, befand sich hinter dem Parkplatz des Boxenstopp. Alles war ruhig. Seefellner wandte sich seinem Bonanza-Rad zu, das noch an der Rückseite der Kneipe lehnte, da fiel sein Blick auf den Boden. Dort lag sein Brustbeutel. Er bückte sich, hob ihn auf, öffnete den Reißverschluss. Das Fach, in dem er gestern die eintausendfünfhundert Euro für die Holzfiguren verstaut hatte, war bis auf ein paar Münzen leer. Erneut spürte Seefellner das Messer im Kopf. Ein Zittern durchfuhr seinen Körper, er beugte sich nach vorn und übergab sich.

Dreizehn

»Und wer, sagst du, hat dir diese Figuren gebracht?« Dr. Christian Ambach schüttelte fassungslos den Kopf. Er beugte sich über den Tisch in Max Paulis Antiquitätenladen, auf dem der heilige Dionysius und die anderen Heiligenfiguren standen. Dann nahm er den Heiligen, der seinen abgeschlagenen Kopf in den Händen trug, und hielt ihn nur wenige Zentimeter vor die zusammengekniffenen Augen.

»So ein Halbbehinderter von sonst wo. Der hat die Dinger auf dem Dachboden gefunden.« Max Pauli rieb sich die Stirn, es war schon spät. »Meinst du denn, die sind was wert?«

»Ob die was wert sind?« Christian Ambach wandte seinen Blick von der Heiligenfigur ab und sah Max Pauli ernst an. »Das will ich meinen.«

»Und wie viel?«

Der Kunstexperte stellte sich direkt unter das Licht der Deckenlampe, drehte den Dionysius und studierte die Rückseite der Skulptur. Nachdem er auch noch schweigend die Unterseite genauer angesehen hatte, stellte er die Figur zurück auf den Tisch, fuhr mit den Fingern der rechten Hand vorsichtig über die Falten des Gewands und schüttelte ungläubig den Kopf. »Das kann doch nicht sein, das wäre ja …«

Max Pauli gähnte. »Na, was jetzt, Christian? Ich habe fünfzehnhundert investiert. Die krieg ich doch wieder, oder?«

Christian Ambachs hierauf folgendes Lachen klang verrückt. Aber er fasste sich und sagte ergriffen: »Max, ich will hier jetzt nichts beschreien. Aber schau mal …« Er trat mit dem Dionysius zu seinem Freund und hielt ihm die Skulptur hin. »Siehst du, wie fein das alles geschnitzt ist, wie das Gewand hier fällt? Schau mal, wie die Nase gearbeitet ist, die Lippen, die Wangenknochen und die Augen. Als ob sie dich anschauen.« Er stellte den heiligen Dionysius wieder auf den Tisch und griff sich eine andere Figur. »Schau dir die Locken im Bart vom Christophorus an. Oder da …« Er deutete auf die Skulptur mit dem Schwert. »Dieser Schwung in dem Kleid der heiligen Katharina, diese Anmut, diese Raffinesse, das ist doch der Wahnsinn!« Er blickte auf. »Maximilian Pauli, was du hier stehen hast, ist eine kunsthistorische Sensation.« Er überlegte kurz. »Ich hab dir doch mal diesen Riemenschneider-Band geschenkt. Hast du den zufällig im Laden?«

Pauli hob die Augenbrauen. »Du meinst …?«

»Hol ihn!«

Der Antiquitätenhändler verschwand kurz in einem Hinterraum des Ladengeschäfts und kehrte mit einem großformatigen Bildband zurück. Der Kunstexperte schob einige Figuren mit der gebotenen Vorsicht zur Seite, nahm Pauli den Band aus der Hand und schlug ihn auf dem Tisch auf. Schnell hatte er die Seite gefunden, auf der ein großes Foto mit dem Relief der vierzehn Nothelfer zu sehen war.

Die beiden Männer starrten abwechselnd auf das Foto und auf die vor ihnen positionierten Holzskulpturen, die im Licht des Antiquitätenladens längliche Schatten warfen. Nach einer Weile fragte Pauli leise: »Du meinst, dass diese Figuren vom Riemenschneider sind, also vom echten?«

Ihre Blicke kreuzten sich. »Ja, warum denn nicht?«

So energisch, wie Christian Ambach jetzt sprach, wirkte er beinahe ein wenig wütend. »Was sage ich denn seit Jahren – Jahrzehnten – auf meinen Vorträgen? Es gibt eine Urkunde, aus der klar hervorgeht, dass Tilman Riemenschneider diesen Auftrag von Bischof Rudolf II. von Scherenberg erhalten hat. Das ist ein Fakt. Und Fakt ist auch, dass ebendieser Auftraggeber 1494 gestorben ist. Die vierzehn Nothelfer, die er bei Tilman Riemenschneider in Auftrag gegeben hat, hat er also selbst nicht mehr abnehmen *können*. Und sein kirchlicher Nachfolger, Bischof Lorenz von Bibra, hat die einzelnen Skulpturen wohl nicht abnehmen *wollen*. Deswegen hat Riemenschneider auch nicht alle vierzehn Skulpturen vollendet, sondern sie in dem Zustand gelassen, in dem sie zum Todeszeitpunkt von Rudolf II. waren. Statt der einzelnen Figuren hat der neue Bischof dem Riemenschneider dann den Auftrag für dieses Relief gegeben. Und was haben wir hier?« Christian Ambach hob die Figur eines Heiligen hoch, die zwar bereits die Grundform einer Skulptur hatte, aber offensichtlich nicht vollendet worden war. »... einen heiligen Achatius, der uns vor allen Übeln beschützen soll – und der nicht ganz fertig geschnitzt wurde.« Er stellte den Mann mit der altertümlichen Kopfbedeckung zurück und griff nach einer Skulptur mit pausbäckigem Gesicht, die wegen ihrer langen Haare auch eine Frau hätte sein können. »Und ebenso wenig fertig ist der hier. Das ist der heilige Vitus, der Schutzpatron der Apotheker und Theaterleute.« Er sah Pauli an. »Das passt doch alles zusammen!«

»Und du meinst, diese Skulpturen sind wirklich so alt?«

»Schau sie dir doch an!« Christian Ambach kniete erneut nieder und zeigte auf die heilige Barbara. »Schau mal, das Holz, die Patina, der Staub im Riss, das Speckige, da – da sind sogar Ausbleichungen, die hat lange im Licht gestanden ... das ist doch alles Jahrhunderte alt!« Er blickte zu seinem Freund auf. »Max, du machst mir mit diesem Fund das größte Geschenk meines Lebens.« Ehrfürchtig fuhr er fort: »Die vierzehn Nothelfer des Tilman Riemenschneider!« Er dachte nach und schob dann noch leiser hinterher: »Das ist ein Ding, Max. Das ist ein Riesending. Das wird um die Welt gehen. Und du verdienst eine Stange Geld, das sage ich dir. Eine Stange ...«

»Und was machen wir jetzt?« Max Pauli sah seinen Freund mit großen Augen an.

»Du sperrst diese Skulpturen jetzt erst einmal weg. In den Tresor ...«

»Da passen die doch gar nicht rein.«

»Dann halt in einen Raum, der sicher ist. Oder, nein – weißt du was: Ich nehme sie mit nach Hause zu mir. Ich nehme sie mit. Ich pass auf sie auf, Max, ich pass auf sie auf wie auf meine Töchter, ach was: besser! Und wenn ich sie mit nach Hause nehme, dann habe ich sie auch gleich da. Gleich morgen schau ich sie mir noch genauer an. Wenn das Licht besser ist. Dann schreibe ich ein Gutachten. Dann sprechen wir mit ein paar Auktionshäusern. Da suchen wir uns das interessanteste Angebot raus. Der Stettner in München könnte der Richtige sein. Der ist nicht zu groß, der hat Ahnung von Alter Kunst, der macht das. Dann setzen wir da eine Versteigerung an und dann ...« Er zögerte, sein Gesicht nahm einen beinahe genießerischen Ausdruck an. »... erst dann informieren wir die Presse, pünktlich zum Tag der Versteigerung. Erst dann. Max, das machen wir strategisch. Und du wirst reich.« Leiser fügte er noch an: »Und ich berühmt.«

Pauli sah den Freund, der fast ein wenig pathetisch geworden war, staunend an. »Wie viel sind die denn jetzt wert?«

»Unbezahlbar. Max, die sind unbezahlbar. Fünfhundert Jahre und dann noch von Riemenschneider – überleg mal, Max! Wo waren die die ganzen fünfhundert Jahre? Nicht in einem Museumsarchiv, nicht bei einem Privatsammler, nicht in einem Depot – sondern auf einem Dachboden. Unglaublich! Und ich habe es geahnt. Ich habe es immer geahnt, dass es sie gibt.« Er blickte zu Boden. Pauli war sich nicht sicher, ob der Freund nicht gleich vor Rührung weinen würde. »Und ein Behinderter hat sie dir gebracht, Max, stimmt das?« Er wurde lauter. »Stimmt das?«

»Ja.«

»Das ist wirklich unglaublich. Unglaublich.«

»Und wenn es eine Fälschung ist?«

»Eine Fälschung! In der Qualität?« Christian Ambachs Stimme wurde laut. »Also, Max, ich bitte dich. Für wen hältst du mich? Ich erkenne einen echten Riemenschneider. Da stimmt alles – schau dir doch die Formensprache an, die Kunstfertigkeit der Arbeitsweise, das Material, das wunderbare alte Material! Wozu beschäftige ich mich denn seit Jahren mit solchen Skulpturen?« Er schüttelte den Kopf. Er war enttäuscht von seinem Freund. »Eine Fälschung …« Ruckartig wandte er dem Freund das Gesicht zu. »Ganz unter uns: Du, mein Lieber, hast selbst das allergrößte Interesse daran, dass es *keine* Fälschung ist. Die Museen werden sich um diese Serie reißen. Max, wenn du die verhökert hast, dann kannst du dir hier jeden Tag eine ganze Fußballmannschaft Mädels herbestellen.«

Max Pauli lächelte.

Vierzehn

Felix sah sich um, ein prüfender Blick nach allen Seiten. War der Nachbar mit dem Hund wieder unterwegs, der ihn schon am Vortag an Georg Seefellners Haus angesprochen hatte? Die Luft schien rein zu sein. Er klingelte und wartete. Seefellner war auch an diesem Morgen nicht ans Telefon gegangen. Was war los mit dem Kerl? War es ein Fehler gewesen, ausgerechnet einen Behinderten mit dem Job zu betrauen? War er aufgeflogen? Felix wollte genau wissen, was passiert war: Ob es dem Dorftrottel gelungen war, die Figuren zu verkaufen. Einiges sprach dafür, denn offensichtlich hatten Christian und Max Pauli etwas zu feiern. Aber natürlich konnte dies auch völlig andere Gründe haben. Bei einem geistig Zurückgebliebenen wie Seefellner konnte man nie wissen. Außerdem wollte Felix seine Hälfte vom Erlös. Die zweihundertdreißig Euro, die er sich bei Novak »geliehen« hatte, waren so gut wie aufgebraucht.

Als sich im Haus auf das erste Läuten hin nichts rührte, drückte Felix noch einmal länger die Klingel. Er sah sich nervös um. Er musste um jeden Preis verhindern, dass ihn noch einmal jemand an Seefellners Haus sah. Der Plan konnte nur funktionieren, wenn die Spur der Figuren zu Seefellner führte und auch dort endete. Wenn herauskam, dass Seefellner sie nicht aus dem Dachboden hatte, sondern von einem Holzschnitzer, dann würde die Sache schneller auffliegen als ein Schwarm Krähen.

Das Auto hatte Felix vorsorglich drei Straßen weiter geparkt. Als auch auf das zweite Klingeln keiner die Tür öffnete, drückte er die Klinke vorsichtig nach unten – und erschrak: Die Haustür war nicht abgeschlossen! Felix trat ein und zog die Tür gleich wieder hinter sich zu. Alles möglichst geräuschlos. Er hatte einen muffigen Geruch im Haus erwartet. Doch es duftete nach Lavendel. Im Flur standen drei Paar Schuhe, allesamt in ungefähr derselben Größe und fein säuberlich aufgereiht. Weiter hinten erblickte er eine Bank, von der aus ihn eine ansehnliche Sammlung Plüschtiere anglotzte, fünfzehn oder zwanzig mochten es schon sein – Hunde, Seefellner schien besonders Hunde zu mögen.

Felix lauschte, alles war still, sein Herzschlag beschleunigte sich. »Schorsch? Ich bin's«, rief er leise, »Felix«. Anstatt einer Antwort vernahm er jetzt ein verhaltenes Wimmern. Es kam aus dem hinteren Teil des Hauses. Durch das Halbdunkel des Flurs tastete sich Felix langsam dem Geräusch entgegen. Er ließ zwei fast identisch aussehende Plüschdackel links liegen. Er spürte ihre Blicke. Hier, das musste die Küchentür sein. Das Wimmern wurde lauter. Die Küchentür, angelehnt. Vorsichtig schob Felix sie auf. In der Küche saß Seefellner in gebückter Haltung auf einem klapprigen Campingstuhl neben dem Kühlschrank.

Fast eine Minute verging, ehe Seefellner vom Küchenboden aufblickte. »Ich w… w… weiß n… n… nichts. Nichts weiß ich … w… wirklich«, stotterte er, senkte aber den Kopf sofort wieder.

»Hast du die Figuren verkauft, gestern?« Felix bemühte sich um einen freundlichen Tonfall. Aber sogar dies schien Seefellner zu irritieren. Während der mit der linken Hand über seinen linken Unterschenkel zu schubbern begann, fragte Felix: »Oder hat der Pauli die Figuren nicht gewollt?«

»Nhh.« Mehr kam nicht von Seefellner. Er fuhr fort, sich zu kratzen. Vermutlich Neurodermitis, dachte Felix. Seefellner, der offensichtlich allein lebte, war eine arme Sau. Aber für Mitleid hatte Felix keine Zeit. Die entscheidende Frage war: Was genau war in der Kunsthandlung Pauli passiert? Sanft legte er seine Hand auf die Schulter des Dorftrottels. »Jetzt erzähl mal, Schorschi. Was ist passiert?«

»Die Figuren sind verkauft«, presste Seefellner hervor.

»Gut.« Felix atmete auf.

Dann begann der Deppenschorsch wieder zu wimmern. »Aber sonst … sonst weiß ich nix … nix mehr.«

»Aber das ist doch die Hauptsache«, meinte Felix. Er bemühte sich, fröhlich zu klingen. »Dass die Figuren jetzt beim Pauli sind … Das ist doch gut …«

Plötzlich riss Seefellner den Kopf hoch und starrte Felix grübelnd an. Wieder vergingen Sekunden. Dann hörte er auf, sich mit der fleischigen Hand zu kratzen, und schlug sich freudig auf den Schenkel. »Ha! Jetzt weiß ich wieder. Ich bin heute im Gebüsch aufgewacht!«

»Im Gebüsch?« Felix runzelte die Stirn. Jetzt erst bemerkte er, dass Seefellner mit seiner anderen Hand einen ledernen Brustbeutel umklammerte, der um seinen Hals hing.

»M… hm.« Seefellner nickte zustimmend. »Hinterm Stopp.« Der Mann im Campingstuhl zog Rotz in der Nase hoch. Felix empfand einen Anflug von Ekel. »Im Gebüsch hinterm Stopp … da.«

Felix beschlich ein ungutes Gefühl. Er wusste, was für Typen im Boxenstopp verkehrten. »Soso, im Stopp warst du. Hast du da was erzählt? Ich meine … von den Heiligenfiguren?« Alles in Felix' Kopf fühlte sich auf einmal dumpf an, die Gedanken schwirrten unsortiert und wirr umher. Seefellner sah ihn verunsichert an. »Ich hab nix … hab ich erzählt.« Felix wartete. Konnte er dieser Aussage trauen? Kam noch was nach? Es kam noch was nach: »Alles … also alles fühlt sich an wie Watte.«

»Wie Watte?«

»Watte im Kopf.« Seefellner lächelte. »Und Busen.« Er griff mit beiden Händen nach imaginären Brüsten.

»Weiß irgendwer was von den Heiligenfiguren?« Felix sah zum Fenster. »Verdammt, ich habe dir gesagt, dass du niemandem etwas davon erzählen darfst.« Er stockte, schaute wieder prüfend zu Seefellner. »Hast du im Boxenstopp was erzählt?«

»Nö.«

»Sicher?«

Seefellner machte ein zustimmendes »Mh … hm«, das nicht sehr verlässlich klang.

Felix schüttelte den Kopf, holte tief Luft und atmete geräuschvoll wieder aus. Dann fragte er: »Und was war vorher? Ich meine: beim Pauli in der Kunsthandlung?«

»Der hat die Figuren genommen, hab ich doch schon gesagt. Und …« Seefellner rieb sich den Kopf, gerade so, als hätte er Kopfschmerzen.

»Und was?« Felix wurde ungeduldig.

Die Antwort kam verhalten, fast leise. »Das Geld ist weg.«

»Wie viel hat er dir gegeben, der Pauli?«

»Viele große Scheine, glaub ich.«

Felix spürte für einen Moment Erleichterung. »Das ist schon mal gut.« Er dachte nach. »Und wo ist das Geld jetzt?«

»Weiß nicht«, sagte Seefellner kleinlaut. »Gute Getränke gab es auch im Stopp, die waren so bunt, richtig bunt … und da war auch noch das Geld da.«

»Aha, du hast also gefeiert und dann hat dir jemand die Kohle aus der Tasche gezogen.« Felix sah Seefellner eindringlich an. »War es so, Schorsch?«

»Ich glaub, da war eine heiße Frau ...« Seefellner dachte nach. Dann schüttelte er den Kopf. »... oder die Frau war beim Pauli ... ohne Unterwäsche ... und Brüste ...« Seefellners Versuch, sich zu erinnern, wirkte verzweifelt. Felix fühlte ein gewisses Unbehagen, während er dem vor sich hin Stammelnden lauschte. Das Geld war wohl weg. Damit konnte Felix gerade noch leben, denn dass Pauli die Figuren angenommen hatte, dass Christian schon Bescheid wusste und er deswegen bereits in Champagnerlaune war, war wichtiger. Was aber, wenn Seefellner im Vollrausch jemandem vom Verkauf der Heiligenfiguren erzählt hatte?

Der Deppenschorsch stand mit abwesendem Blick auf und ging hinüber zur Küchenarbeitsplatte. Dort nahm er sich eine bereits geschälte, angebissene Banane und schlang sie mit zwei hastigen Bissen hinunter.

»Hast du jemandem von den Figuren erzählt?«

»Hab Durst«, entgegnete Seefellner und befüllte sich ein stumpfes Cognacglas mit Wasser aus der Leitung.

Jetzt reichte es. Felix ging zielstrebig zu dem Irren hinüber, in dessen Hals gerade noch und ohne ein sichtbares Schlucken der letzte Rest Wasser verschwand. Er packte ihn bei den Schultern und sah ihm fordernd in die Augen. Dann sprach er sehr langsam und sehr laut. »Hast du was erzählt?«

»Nix.« Seefellner wich dem Blick aus. Er nahm den Brustbeutel ab, gab ihn Felix und meinte: »Hier.« Felix öffnete den Reißverschluss des Brustbeutels und sah hinein. Ein trauriger Anblick. Mit den wenigen Münzen hätte ein Fünftklässler am Pausenverkauf mit viel Glück eine Brezn und einen Kakao kaufen können. Felix gab Seefellner den Brustbeutel zurück.

Bevor er die Küche verließ, fiel sein Blick auf den Zettel, auf dem er Seefellner seinen Namen und die Telefonnummer notiert hatte. Felix nahm das Papier, zerknüllte es und steckte es in die Hosentasche. Beweismittel würde er nicht mehr liegen lassen. Dann bläute er dem Deppenschorsch ein letztes Mal ein, dass er niemandem ein Sterbenswörtchen von ihm und den Figuren erzählen dürfe, sonst würde er ihn auf das Geld verklagen. Wenn Seefellner aber dichthalte, dann könne er mit einem blauen Auge davonkommen. Was genau davon bis in Seefellners Hirn vordrang, darüber war sich Felix nicht sicher.

Wieder zu Hause angekommen, holte er ein altes Stofftaschentuch aus der Kommode im Flur, legte es über die Sprechmuschel des Telefonhörers und führte mehrere Telefonate mit verstellter Stimme. Er gab sich als Pressevertreter aus. Danach wusste er, dass der Pfarrer noch lebte und im Kreiskrankenhaus lag. Weitere telefonische Auskünfte wurden ihm verweigert. Dennoch war Felix erleichtert: Der Mann war nicht gestorben und damit war er selbst kein Mörder. Doch je länger Felix darüber nachdachte, umso unwohler fühlte er sich: Wenn der Pfarrer bei Bewusstsein war – konnte er dann nicht auch eine Beschreibung von Felix liefern, die die Polizei früher oder später zu ihm führen würde? Felix bekreuzigte sich.

Bikini trug wegen der Hitze nur Boxershorts und zog die Jalousien nach unten. Die Räume, die sie offiziell als Büro angemietet hatten, lagen in einem heruntergekommenen Sechzigerjahrebau in Waldham. Er blickte zu

Kelly hinüber, die auf den Monitor ihres Laptops starrte. »Und?«

»Es haben schon wieder zwölf Idioten bestellt und überwiesen«, sagte sie eher beiläufig und biss in ein Fertigsandwich von der Tankstelle. Mit vollem Mund fuhr sie fort: »Ich meine trotzdem, wir sollten uns noch mal um den Deppen von neulich kümmern.«

»Scheißdreck«, erwiderte Bikini, der durch die Schlitze der verbogenen Aluminiumjalousie den leeren Parkplatz vor dem Gebäude beobachtete. »Da ist doch nichts zu holen, der Typ hat nichts, der hat einfach nur Glück gehabt und Plunder vom Dachboden verscherbelt.«

»Kann schon sein, dass bei dem Deppen selber nichts zu holen ist. Aber wenn ich das richtig verstanden habe, dann hat er den Plunder ja von irgendeinem netten Schreiner bekommen.« Das »netten« betonte Kelly verächtlich. »Und vielleicht ist bei dem ja was zu holen.« Langsam drehte Bikini seinen Kopf zu Kelly. Jetzt hatte sie seine ganze Aufmerksamkeit.

Fünfzehn

Das Auktionshaus Stettner konnte mit internationalen Topadressen wie Sotheby's und Christie's nicht mithalten. Aber als in dritter Generation geführter Familienbetrieb war es ein verlässlicher Partner für Sammler und Kunstbegeisterte weit über München hinaus. Zudem hatte man sich insbesondere im Bereich der Alten Kunst im Lauf des vergangenen Jahrhunderts einen exzellenten Ruf in der Szene erarbeitet. Claus E. Stettner hatte erst vor einigen Jahren die Leitung des Hauses übernommen – der Vater war überraschend an einem Herzinfarkt verstorben. Mit seinem vollen, braunen Haar und dem faltenreichen Gesicht wirkte er deutlich älter als die fünfundfünfzig Jahre, die das Geburtsdatum in seinem Personalausweis nahelegte. Claus E. Stettner war ein höflicher Mensch und hatte zwei Laster: Das eine war Kokain – damit versuchte er den Seelenstress, den die völlig unerwartete Übernahme des Auktionshauses nach dem Tod des Vaters verursachte, zu kompensieren. Des Weiteren stand er auf kulinarische Erotik. So liebte er es, wenn seine Frau heiße Schokolade von seiner Haut leckte oder er von ihrem Körper frisches Obst genießen durfte. Im Auktionshaus Stettner wussten alle Mitarbeiter mehr oder weniger gut über die Vorlieben des Chefs Bescheid. So auch der Experte für Alte Kunst bei Stettner, Dr. Roderick Wiedeking, bei dem vor allem auffiel, dass er das Wort »sozusagen« sehr häufig – manche fanden: »unerträglich häufig« – einsetzte. Wiedeking war achtunddreißig, er hatte Archäologie, Kunstgeschichte, Philosophie, Altgriechisch und noch einiges andere studiert, was unter Erfolgsmenschen als brotlose Kunst galt, seine Stirnglatze wurde von einem grauen Haarkranz umrahmt und die meisten im Auktionshaus hielten ihn für langweilig. Ganz verkehrt war dies nicht – Dr. Roderick Wiedeking hatte nicht nur keinerlei Interesse an kulinarischer Erotik, er war auch sonst ein eher asexueller Typ. Was er vor allem liebte, war die Kunst. Die letzte Praktikantin im Auktionshaus hatte den dicken Mann mit der Hornbrille einen »Kunstnerd« genannt und lag damit – auch wenn dies keine schöne Bezeichnung für einen Mann mit großem Wissen über die schier unendlichen Weiten der Kunstwelt ist – vermutlich goldrichtig.

Dr. Christian Ambach und der etwas verwahrlost wirkende Wiedeking kannten sich noch aus ihrer gemeinsamen Zeit als Doktoranden. Da Wiedeking zwar auf Alte Kunst spezialisiert war, sich bei Stettner allerdings um das gesamte Segment von der Antike bis ins 19. Jahrhundert kümmern musste, kam es doch regelmäßig vor, dass er auf die Expertise seines ehemaligen Kommilitonen zurückgriff – vier Expertenaugen sahen mehr als zwei. Man war nicht befreundet, aber der freie Kunstexperte und der Angestellte des Auktionshauses respektierten sich.

»Guten Morgen, Kollege«, meldete sich Wiedeking, als Christian Ambachs Nummer auf dem Display des Telefons aufschien.

Christian Ambach grüßte mit einem »Guten Morgen« zurück, er bemühte sich, jeglichen triumphierenden Tonfall aus der Stimme herauszuhalten, was ihm jedoch nur bedingt gelang. Aber Wiedeking war Kunst- und kein Menschenkenner, und so bekam er von der unterdrückten Aufregung des Anrufers gar nichts mit. Christian Ambach wählte seine Worte mit Bedacht: »Ich habe hier etwas, das für dich interessant sein könnte.« Er wartete auf eine Reaktion des Kollegen, hörte diesen aber nur schwer atmen. »Gestern hat mich mein Freund Max Pauli – du weißt schon, der Kunsthändler – zu sich gerufen, weil ihm ein Kunde vierzehn Holzskulpturen angeboten hat. Es sind die vierzehn Nothelfer. Sie sind holzsichtig und sehr alt.« Beim Luftholen spürte Christian Ambach, dass ihn jetzt doch die Nervosität etwas übermannte. Denn mit der Aussage, die er nun gegenüber dem Experten des Auktionshauses Stettner treffen wollte, würde er eine Kette von Kausalitäten in Gang setzen, welche ihn schlagartig weltberühmt machen würde –

zumindest in jenem elitären Kreis der Liebhaber Alter Kunst. Und davon gab es nicht wenige. Insbesondere Sammler aus Asien und den Ländern der ehemaligen Sowjetunion waren in den vergangenen Jahren dazu übergegangen, sakrale europäische Kunst des ausgehenden Mittelalters und der Frühen Neuzeit als solides Investment anzusehen, weil der Markt der Modernen Kunst vollkommen überhitzt war. Die sakrale Kunst dagegen war erst im Begriff, wieder sexy zu werden. Das Interesse der Öffentlichkeit hielt sich in Grenzen, und man konnte bei moderaten Preisen und – im Verhältnis zu den wenigen Cézannes, Giacomettis und Picassos, die auf den Markt kamen – mit kleinem Risiko einsteigen. Dadurch boten sich gewaltige Wertsteigerungschancen.

Christian Ambach holte also Luft und sagte mit leicht flattriger Stimme: »Ich glaube, es handelt sich um echte Riemenschneider.«

Hätte er seinen Kollegen Wiedeking in diesem Moment beobachten können, so hätte er gesehen, wie jener sich nervös einige Haarschuppen von seinem dunkelblauen Pullunder wischte. So hörte er nur ein Räuspern und folgende zehn, unaufgeregt gesprochene Wörter: »Aha, echte Riemenschneider, das wäre dann ja sozusagen eine Sensation.« Wiedeking ließ sich nicht anmerken, ob er das, was Christian Ambach ihm eben verkündet hatte, für vollkommenen Unsinn hielt, oder ob er ihm glaubte. Als Mitarbeiter eines Auktionshauses hatte er es gelernt, diplomatisch zu sein und jeden potenziellen Einlieferer eines Kunstwerks zunächst einmal ernst zu nehmen. Und was ihm alles für Einlieferer gegenübergestanden hatten! – Da war vom Bauern bis zum Zuhälter und Vorstandsvorsitzenden eines DAX-Konzerns schon alles dabei gewesen. Wiedeking hörte also weiter aufmerksam zu.

»Es stimmt wirklich alles. Hundertprozentig. Der Stil, die Gesichtsausdrücke, die Faltenwürfe der Gewänder, das Material – und die Motive und Körperhaltungen ähneln eklatant den Nothelfern von dem Riemenschneider-Relief im Mainfränkischen Museum in Würzburg, das du so gut kennst wie ich.«

Natürlich war Wiedeking Christian Ambachs Theorie bekannt, wonach es irgendwo noch die Skulpturen geben müsse, die der vielleicht bedeutendste deutsche Holzbildhauer aller Zeiten seinerzeit im Auftrag des zu früh verstorbenen Bischofs Rudolf II. von Scherenberg angefertigt hatte. Schließlich kam Christian Ambach bei jeder möglichen und unmöglichen Gelegenheit auf diese Theorie zu sprechen. Wiedeking hatte bislang geglaubt, dass diese Skulpturen in irgendeinem der vielen Kriege der vergangenen fünfhundert Jahre verschwunden waren. Er hatte es sogar für denkbar gehalten, dass irgendein Landwirt die Dinger im Ofen verheizt hatte. Sie waren einfach verschollen. Wenn nun aber Christian Ambach die Skulpturen plötzlich gefunden hatte, dann wollte Wiedeking nicht derjenige Experte sein, der sich ein solches Filetstück der Kunst entgehen ließ. Deshalb sagte er: »Wir sind interessiert. Wann kannst du – sozusagen – vorbeikommen?«

»Gleich!«, rief Christian Ambach. Jetzt konnte er seine Begeisterung nicht mehr bändigen. War er nicht auf dem besten Weg, sich in den Annalen der Kunstgeschichte zu verewigen? »Das Gutachten habe ich schon geschrieben. Ich drucke es noch aus und setze mich ins Auto. In spätestens einer Stunde bin ich da, Wiedeking.«

Nachdem Wiedeking das Telefon wieder in die Ladestation hatte plumpsen lassen, trat er zum Fenster und schaute eine Weile den durch die Maxvorstadt schlendernden Passanten zu. Man turtelte, man schob Kinderwagen, man telefonierte, vor allem aber glotzte man auf das Display seines Smartphones, und von Kunst hatte die ganze dumme Welt keinen blassen Schimmer. Dann verließ Wiedeking den Raum, den er sich mit einer etwas anstrengenden Kollegin, die gerade Urlaub in der Toskana machte, teilte, und betrat das Büro des Chefs, es lag nur zwei Türen weiter.

Claus E. Stettner zündete sich gerade eine Zigarette an. Diesen Vorgang wollte er nicht unterbrechen, und so hob er auch nicht den Blick.

»Haben Sie sozusagen in einer Stunde Zeit, Herr Stettner?«

Die Zigarette glühte auf. Stettner hob den Kopf. »In einer Stunde? Schlecht. In einer Stunde treffe ich mich mit dem Kulturreferenten.«

Wiedeking schnaufte, zuckte mit den Schultern, drehte sich um und meinte im Hinausgehen: »Na ja, wenn es dann sozusagen wirklich ein Riemenschneider ist, dann können Sie sich das dann sozusagen ja auch noch am Nachmittag anschauen.«

»Wie bitte?«, rief da Claus E. Stettner, »ein echter Riemenschneider?«

Einen Termin mit dem Kulturreferenten einer kulturell bedeutenden Stadt wie München sagt man nicht leichtfertig ab. Doch in diesem Fall sah Claus E. Stettner keine andere Möglichkeit.

Sechzehn

Mit griesgrämig gerunzelter Stirn trank Hubert Novak den Rest des vor ihm stehenden Weißbiers aus. Dann stellte er das leere Glas auf der Tischplatte ab, wischte sich den Schaum vom Bart und öffnete erneut die mintfarbene Zigarrendose. »Das gibt's doch nicht«, murmelte er kopfschüttelnd. Dann nahm er alle Scheine aus der Dose, befeuchtete Daumen und Zeigefinger der rechten Hand und zählte laut: »Siebenhundertachtzig, siebenhundertneunzig, achthundert, achthundertzehn …« Novak verstand die Welt nicht mehr. Verzählt hatte er sich nicht, das war nach dieser erneuten Überprüfung klar. Also fehlte Geld. Eine krumme Summe. Rund zweihundertdreißig Euro. Wer machte denn so etwas? Ein gewöhnlicher Dieb? Der hätte doch einfach alle Scheine eingesteckt. Nein, ein gewöhnlicher Dieb war hier nicht am Werk gewesen.

Felix Ambach kehrte pfeifend mit dem Fahrrad vom Einkaufen zurück. In der Tasche, die an seinem Lenkrad baumelte, befanden sich drei Packungen Toastbrot, zwei Packungen billigste Fleischwurst und drei Tuben Tomatenmark. Das musste mindestens für diese und die nächste Woche reichen. Zum Glück war Felix kein Gourmet. Essen war Nahrungsaufnahme. Nicht mehr und nicht weniger.

Novak stand mit der Zigarrendose in der Hand in der Stube, seine Frau, die auf dem Sofa lag, hörte ihm verschlafen zu. »Sag mal, und du bist dir sicher, dass du kein Geld rausgenommen hast? Also, ich meine – nur weil du doch neulich gesagt hast, dass dir diese neuartige multifunktionale Küchenmaschine viel Arbeit abnehmen würde? Kann es nicht sein, dass du das Geld genommen …«

»Depp!« Die Stimme seiner Frau durchschnitt den Satz. »Hubert, das ist doch albern! Wenn ich was von dem Geld genommen hätte, könnte es dir erstens egal sein, weil das immer noch *unser* Geld ist, und zweitens hättest du dann vielleicht die Küchenmaschine auch in der Küche gesehen. Oder glaubst du, die verstecke ich für besondere Anlässe hinterm Sofa?«

Hubert Novak war eigentlich klar gewesen, dass seine Frau das Geld nicht genommen haben konnte, aber er musste sichergehen. Zweihundertdreißig Euro waren zweihundertdreißig Euro.

»Ja, ist ja gut, hast ja recht«, sagte er und setzte sich neben sie auf das Sofa, worauf sie liebevoll den Arm um ihn legte und meinte: »Hast dich bestimmt verzählt, wahrscheinlich fehlt gar nichts.« Novak wünschte, dass es so wäre, aber er hatte einen Verdacht. Zu seiner Frau sagte er: »Kann schon sein.«

Zwei Scheiben Toastbrot und dazwischen zwei Scheiben Fleischwurst. Felix biss in den Doppeldecker und sah sich in der Werkstatt um. Er verspürte Tatendrang, er hatte Lust, etwas zu schaffen. Seit er die vierzehn Skulpturen verpackt und Seefellner gebracht hatte, war er nicht mehr in der Werkstatt gewesen. Warum eigentlich nicht? Hier fühlte er sich wohl, hier war er mächtig, hier konnte er sich mit Jahrhundertkünstlern wie Tilman Riemenschneider messen. Er schlang den letzten Bissen des Wurstbrots hinunter und begann mit einem Handbesen Staub und Sägespäne von den Arbeitsplatten zu fegen. Eine Stunde später war die Werkstatt aufgeräumt. Die Werkzeuge lagen alle auf ihrem Platz, Felix zündete sich eine Zigarette an, rauchte mit Genuss. Dann öffnete er die Tür, trat nach draußen und zuckte erschrocken zusammen: Am Zaun stand ein Pärchen, beide drehten sich schnell weg, als sie ihn sahen.

»Grüß Gott, kann ich helfen?« Warum zum Teufel wurde er nervös? Das waren doch nur zwei ganz normale Spaziergänger … Auf seinen Zuruf hin stoppte die Frau, sie war Mitte zwanzig, rothaarig, und wandte sich ihm zu. Sie wirkte verunsichert, als hätte er sie bei etwas ertappt. Auch der Mann – er war etwas älter – drehte sich widerstrebend um.

»Nein, nein«, antwortete die Frau. Ihre Brüste unter dem knappen Top standen unnatürlich nach vorn. Felix vermutete, dass sie operiert waren. »Wir machen nur einen Spaziergang.« Der Mann neben ihr – er war unspektakulär gekleidet, strahlte aber eine Gefährlichkeit aus, die sich Felix nicht erklären konnte – schien sich für die offene Tür zu Felix' Werkstatt zu interessieren.

Der ging in die Offensive und deutete hinter sich. »Ich restauriere Möbel, Türen und so. Meine Schreinerwerkstatt …«

»Alles klar«, erwiderte die Frau mit den künstlichen Brüsten. »Wenn wir mal Türen brauchen, kommen wir zu dir.« Dann wandte sie sich mit den Worten »Komm, Bikini!« ihrem Begleiter zu, ergriff seine Hand, und kurz darauf waren die beiden in Richtung Dorf verschwunden. Felix schaute ihnen nachdenklich hinterher: Sein Haus stand am Ende eines Wegs. Danach kam nur noch der Wald. Waren sie wirklich nur zufällig hier vorbeigekommen? Mit einem unguten Gefühl ging Felix zurück in die Werkstatt.

Siebzehn

Im Auktionshaus Stettner starrten sechs aufmerksame Augen auf vierzehn Holzskulpturen, von denen zwei von ihrem Schöpfer nicht ganz vollendet worden waren. Die drei Männer – Claus E. Stettner, sein Experte für Alte Kunst, Dr. Roderick Wiedeking, und der Kunstsachverständige Dr. Christian Ambach – standen schweigend vor den Kunstwerken. Die Stimmung im Raum schwankte zwischen andächtig und angespannt. Nur gelegentlich knarzte eine Diele des in der Gründerzeit erbauten Gebäudes, dann nämlich, wenn einer der Herren das Gewicht verlagerte. Ansonsten war lediglich das rasselnde Ein- und Ausatmen zu hören, das durch Stettners Kettenraucherlunge entstand – und natürlich die Fahrzeuge, die sich draußen im dichten Stadtverkehr des späten Vormittags durch das Münchner Pinakothekenviertel schoben.

Die Begutachtung der vierzehn Nothelfer bedeutete für Stettners Herz eine extreme Belastungsprobe. Seine Nase juckte, vermutlich vom Koks. Ohne die Droge wäre er diesem spektakulären Fund nicht gewachsen gewesen. Der Chef des Auktionshauses spielte mit seinem Leben: »Fünf bis zehn Millionen, sagen Sie, Herr Dr. Ambach?« Er hatte den Satz praktisch geflüstert.

Auch Christian Ambach sprach leise und konzentriert. »Wie gesagt, das ist nur eine Schätzung, ein Mindestpreis. Da ist noch viel Phantasie drin. Das kann noch viel höher gehen.«

»Sensationell ... sozusagen ... sensationell.« Auch Dr. Roderick Wiedeking raunte mehr, als dass er sprach, auch er wirkte ergriffen. Erneut knarzte die Diele. Wiedeking nahm den heiligen Georg und hielt ihn ins Licht. Musterte durch die dicken Gläser seiner Brille und mit zusammengekniffenen Augen die Maserung des Holzes, die Konturen, die Patina. »Kaum zu glauben, dass das – sozusagen – auf einem privaten Dachboden so lange unentdeckt geblieben ist.« Er drehte die Figur ein Stück weiter. »Dass keiner den Wert erkannt hat ... Zweifellos virtuos ... sozusagen .... virtuos geschnitzt ...«

»Wenn Sie mal hier schauen, Kollegen«, klinkte sich jetzt Christian Ambach ein: »Wie sorgfältig die Augen ausgeführt sind, sogar die Lider sieht man bis ins kleinste Detail.«

»Zauberhaft, wahrhaft zauberhaft, sozusagen.« Wiedeking war überwältigt.

»Und Sie meinen, die sind echt? Wirklich echt?« Mit weit aufgerissenen Augen starrte Stettner Christian Ambach an. Sein Herz stach, er hätte besser einen Arzt rufen sollen, aber hier gab es jetzt kein Zurück.

»Die sind echt«, antwortete Christian Ambach – nun plötzlich in normaler Zimmerlautstärke. »Ich habe es immer gesagt, dass es diese vierzehn Figuren geben muss. Sie wissen das. Und hier sind sie nun. Hier sind sie ...« Er fuhr sich mit einer etwas eitlen Handbewegung durchs Haar.

Stettner nickte hektisch und ging um den Tisch herum, ohne die Augen von den Skulpturen zu lassen. Sollte sich dies alles bewahrheiten – und danach sah es aus –, dann würden diese vierzehn Heiligen zum Geschäft seines Lebens. Zwanzig bis dreißig Prozent der fünf bis zehn Millionen Euro würden in seiner Tasche landen. Das Ganze würde ihm eine bis drei Millionen Euro Provision bringen. Und das war konservativ geschätzt. Vielleicht lief die Sache ja noch wesentlich besser. Der Deal würde ihn zum Millionär machen, so viel war sicher. Euphorie! Erneut spürte er einen stechenden Schmerz in der Brust. Er atmete tief ein und vorsichtig aus. »Weiß der Herr Pauli, was er da gekauft hat?«

»Ja und nein«, erwiderte Ambach und bemühte sich um einen sachlichen Tonfall. »Ich habe ihm natürlich gesagt, dass er da etwas Kostbares im Laden hat. Aber ich habe selbst erst heute früh, als ich mir die Figuren in Ruhe angesehen habe, die unglaubliche, ja epochale Dimension dieses Funds begriffen. Ich kann mich an keinen vergleichbaren Fall erinnern. Die Versteigerung der Riemenschneider-Maria mit Kind vor einigen Jahren – und Sie alle wissen von welcher Größenordnung wir hier sprechen – war gegen diese ganze Heiligenserie ein kleiner Fisch.« Alle drei Männer erinnerten sich in der Tat an diesen Deal, der von einem Konkurrenten Stettners abgewickelt worden war. Rund eine Million hatte der seinerzeit erlöst. Auch die Maria von damals war wie aus dem Nichts in der Szene aufgetaucht. Sie entstamme süddeutschem Privatbesitz, hatte es geheißen.

Wiedeking hielt noch immer die Figur des heiligen Georg in den Händen. Plötzlich entfuhr ihm ein leises, widerwilliges Knurren. Er schüttelte den Kopf und suchte den Blick des Chefs. Dann sah er Christian Ambach kurz an, senkte den Blick und meinte schließlich: »Und was meinst du zu den Rissen, Herr Kollege?«

»Ja, die Risse, Herr Dr. Ambach, was sagen Sie zu den Rissen, die sind mir auch schon aufgefallen«, unterstützte ihn Stettner ohne Rücksicht auf das wichtigste Organ seines Körpers.

Christian Ambach hatte mit dieser Frage gerechnet. Natürlich waren auch ihm die feinen Risse aufgefallen. Jede der Figuren wies welche auf.

Genauso gut wie die beiden anderen Männer im Raum wusste auch er, dass ein erfahrener Holzbildhauer Mittel und Wege kannte, um zu verhindern, dass solche Risse im Laufe der Zeit die von ihm geschaffene Skulptur verschandelten. Der Holzbildhauer vor fünfhundert Jahren hatte diesbezüglich nicht anders gearbeitet als sein Kollege im 21. Jahrhundert: Beide verwendeten frisches, noch feuchtes, ja lebendiges Holz. Beide wussten, dass dieses Holz im Laufe der Jahre beim Trocknen Risse bekommen würde. Und beide hatten Mittel, dies zu verhindern, indem sie beispielsweise die Figuren nach ihrer Fertigstellung von hinten aushöhlten, um die Spannung aus dem Holz zu nehmen. Die vierzehn Heiligen, die vor den drei Männern auf dem Tisch standen, hatten – bis auf die beiden unfertigen Exemplare – solche Aushöhlungen an ihren Rückseiten. Natürlich hatte auch Christian Ambach sich gefragt, warum das Holz trotzdem an manchen Stellen gerissen war. Das entsprach zweifellos nicht der Norm. Und schon gar nicht der Arbeitsweise eines Tilman Riemenschneider, des vielleicht bedeutendsten Holzbildhauers aller Zeiten.

»Die Risse sind ungewöhnlich, das ist richtig.« Er schenkte erst Stettner und dann Wiedeking einen offenen Blick. »Um es ganz ungeschminkt zu sagen: Eine direkte Erklärung habe ich dafür auch nicht. Aber wenn wir die Schriftstücke studieren, aus denen sich die ungefähren Umstände der Entstehung dieser Figuren mutmaßen lassen, dann sehen wir, dass bereits diese Umstände ungewöhnlich waren.« Als spräche er zu sich selbst, als müsse er vor allem auch sich selbst überzeugen, fuhr er fort: »Der ursprüngliche Auftraggeber, Fürstbischof Rudolf II., starb; der Nachfolger, Fürstbischof Lorenz von Bibra, wollte sie nicht – vielleicht hat Riemenschneider sie in eine Ecke gestellt, ehe er sie aushöhlte … und jeden Gedanken an sie verdrängt, weil er sich über die viele Arbeit, die er und seine Gesellen vergeblich in sie investiert hatten, geärgert hat. Vielleicht standen die Figuren so ein paar Jahre in einer dunklen Ecke der Werkstatt, vergessen … verdrängt …«

»Und bekamen Risse«, unterbrach ihn Stettner. Erleichtert versuchte er, mit Wiedeking Blickkontakt herzustellen, doch der starrte ins Leere, während er fragte: »Und warum sind die Figuren dann – sozusagen – *trotzdem* hinten ausgehöhlt?« Erst jetzt hob er den Kopf und schaute zu Christian Ambach.

Der zuckte mit den Schultern, bemühte sich, den Gelassenen zu geben. Hier, genau in dieser Thematik, lag der Schwachpunkt der ganzen Angelegenheit. »Vielleicht weil die Entstehung der Risse nach ein paar Jahren von Riemenschneider oder seinen Nachfolgern doch noch bemerkt worden ist und man dann noch nachträglich versucht hat zu retten, was zu retten war.«

»Ja, so könnte es gewesen sein.« Stettner paffte. Das Herz! Seine Gedanken vollzogen Bocksprünge. Warum dachte er gerade jetzt an seine Frau mit Erdbeermousse zwischen den Schenkeln? Hier ging es um Geld, viel Geld. Er riss sich zusammen. Er wünschte, dass die Figuren echt wären.

»Ohne Infrarotspektroskopie können wir damit nicht an die Öffentlichkeit gehen. Das ist das, was ich – sozusagen …«, Wiedeking räusperte sich, »… sagen würde.«

»Gut, gut, dann machen wir das.« Stettners Stimme klang mit einem Mal maschinenhaft. Er sah Christian Ambach nervös an. »Sie stehen doch zu Ihrer Meinung, Herr Dr. Ambach? Das Risiko gehen wir doch ein, müssen wir doch eingehen, oder? Besser jetzt als dann, wenn die Schildkröte schon den Kopf aus dem Panzer gestreckt hat … Ich meine, wir wollen doch alle nicht … geköpft werden … das wollen wir doch nicht, oder – also … öffentlich?«

Bei der spektroskopischen Untersuchung handelte es sich um eines der Verfahren, die verhältnismäßig zuverlässig Auskunft über das Alter eines aus Holz hergestellten Kunstwerks geben konnten. Die Spektroskopie beruhte auf einer physikalischen Analyse der Molekülstruktur des Holzes einer Skulptur. Eine solche Untersuchung war keineswegs Standard. Gemeinhin verließen sich die Auktionshäuser auf die Gutachten ihrer erfahrenen Kunsthistoriker; Gutachten, die vor allem auf der genauen Inaugenscheinnahme der alten Schätze beruhten. In Streitfällen und bei besonders wertvollen Gegenständen jedoch griff man auf die Mittel der Naturwissenschaft zurück.

Christian Ambach fühlte sich durch die Forderung nach einer physikalischen Untersuchung angegriffen, aber es gelang ihm, seinen verletzten Stolz zu verbergen. Es ging hier ja wirklich um viel Geld. »Ich bin mir ganz sicher, dass diese Figuren echt sind. Alle Fakten sprechen doch dafür! Nichtsdestotrotz bin ich mit allen notwendigen technischen Untersuchungen einverstanden. Auch einer dendrochronologischen Untersuchung oder per Radiokarbonmethode würde ich mich nicht widersetzen.«

»Und Ihr … also, Herr Pauli, wäre damit auch einverstanden?« Stettner drückte seine Zigarette aus und vergaß, sich eine neue anzuzünden.

»Der Pauli vertraut mir. Und wenn ich ihm sage, dass diese Untersuchungen aus meiner Sicht Sinn machen, dann wird er sich da nicht in den Weg stellen.«

»Beteiligt dich der Herr Pauli eigentlich am Erlös?« Mit dieser Frage schaltete sich Wiedeking wieder in das Gespräch ein.

Christian Ambach verzog das Gesicht, schüttelte den Kopf. »Darüber haben wir noch überhaupt nicht gesprochen. Ich verstehe deine Frage auch gar nicht. Ich denke, wir sind uns einig, dass, sollten diese Figuren echt sein – und sie sind es ja –, wir es hier mit einem Kunstfund zu tun haben, dessen Wert in Geld nicht aufzuwiegen ist. Das hier ist das achte Weltwunder.« Christian Ambach sah Stettner direkt in die Augen. »Es ist in unser aller Interesse, dass diese Figuren echt sind.«

Nur wenige Minuten später ließ sich Dr. Christian Ambach auf den Fahrersitz seines Wagens fallen. Er war derart erschöpft, dass er sich außer Stande fühlte, gleich loszufahren. Wiedeking zog sich etwa zur selben Zeit einen bequemen Drehstuhl mit Kunstlederbezug an den Tisch mit den Skulpturen, schob den Lupenaufsatz auf seine Hornbrille und beschäftigte sich so ausgiebig mit der Holzstruktur und den sonstigen Feinheiten der heiligen Barbara, dass er die Geräusche, die sein Chef mithilfe mehrerer Bananen, Schokosoße und einer Flasche Eierlikör seiner spontan einbestellten Ehefrau auf dem Sofa in seinem Büro entlockte, gar nicht hörte. Claus E. Stettner traf die Gattin nur in Sonderfällen zum Tête-à-Tête im Büro. Aber die vierzehn Nothelfer waren ein Sonderfall.

Achtzehn

Auf dem schlichten Schemel in der Werkstatt sitzend, dachte Felix noch eine Weile über die merkwürdigen Zaungäste nach. Dann entschied er sich für die wahrscheinlichste Version: Diese beiden unseriösen Kreaturen hatten vermutlich wirklich nur einen Spaziergang gemacht. Er schaltete das Radio ein und hatte plötzlich seinen Bruder im Kopf. Wie es aussah, hatte er angebissen. Der stille Triumph, den Felix in seinem Herzen spürte, vermengte sich mit einem mulmigen Gefühl in der Magengegend. Würde Christian wirklich auf die Fälschungen hereinfallen? Hatte er, Felix, sauber genug gearbeitet? Kein Detail verhunzt? Felix hatte sich alles genau überlegt: Käme es zur Versteigerung der Figuren als echte Riemenschneider-Kunstwerke, würde er genau in dem Moment, in dem der Hammer zugunsten eines Bieters gefallen wäre und es für seinen Bruder kein Zurück mehr gäbe, aufstehen und verkünden, dass Christian Ambach entweder ein Betrüger oder ein schlechter Gutachter sei. Die vierzehn Heiligen habe nicht Riemenschneider vor fünfhundert Jahren in Würzburg geschnitzt, sondern er, Felix Ambach, ein Holzschnitzer ohne Ausbildung. Und er habe nur ein paar Monate dafür gebraucht.

»… der Zustand des vor Monaten einem mörderischen Überfall zum Opfer gefallenen Pfarrers von Ebratting hat sich im Laufe der vergangenen Tage merklich gebessert …« Das Radio riss Felix aus den Gedanken. Hastig stand er auf und drehte lauter. »… laut Auskunft des Chefarztes Dr. Beinheim wurde der aus dem Koma erwachte Pfarrer bereits von der Polizei vernommen und konnte erste Hinweise auf die Tatnacht geben. Es geht ihm den Umständen entsprechend gut. Doch eine Rückkehr an den Ebrattinger Altar in absehbarer Zeit ist laut Dr. Beinheim ausgeschlossen. Die Angehörigen der Kirchengemeinde Ebratting werden noch eine Weile ohne seine beliebten Predigten auskommen müssen.«

Felix lauschte wie gelähmt. Dass der Pfarrer überlebt hatte, wusste er. Aber würde der Geistliche eine Beschreibung abliefern, die die Polizei auf direktem Weg zu ihm führte? Durch die Sturmmaske konnte er ihn unmöglich erkannt haben. Aber wenn er sein Auto gesehen hatte?

Der Radiobericht endete, es lief wieder Musik. Felix holte tief Luft und atmete hörbar aus. Um sich zu zerstreuen, griff er sich einen Band aus dem Bücherregal und schlug ihn auf. Da waren Holzskulpturen aus allen Epochen der Kunstgeschichte versammelt. Neben alten Meistern wie Riemenschneider und Ignaz Günther fanden sich auch Abbildungen moderner Kunstwerke: Felix blätterte, ausgehend von den Skulpturen der Antike, den Katalog durch und blieb erst bei Paul Gauguins »Jeune tahitienne« hängen. Kaum zu glauben, was da stand: Diese Büste einer Frau, um deren Hals Ketten aus Korallen und Muscheln hingen, war vor einigen Jahren für gut elf Millionen Dollar versteigert worden. Felix blätterte weiter. Die »Katze« von Ernst Ludwig Kirchner war im Verhältnis zu Gauguins junger tahitianischer Schönheit von gröberer Machart. Auf der nächsten Seite kam der »singende Mann« von Ernst Barlach. Die Formensprache dieser moderneren Figuren war schlichter als die der Riemenschneider-Arbeiten. Schlichter, aber auch schöner, fand Felix. Er blätterte von Ernst Barlach zurück zu

Kirchner und studierte noch einmal die Katze. Man musste schon genauer hinsehen, um hier eine Katze zu erkennen. Das Kinn war fast gerade, die Stirn über dem linken Auge stand gleich einem Horn nach oben ab. Aber es war unverkennbar eine Katze. Auf derselben Seite war – wesentlich kleiner – eine weitere Skulptur Kirchners abgebildet: die der »Tänzerin Gerda«. Felix schmunzelte. Die Tänzerin hatte einen frechen Gesichtsausdruck und zu kurze Beine. Sie sah lustig aus. Dieser Kirchner gefiel ihm. Felix' Handy klingelte. Ein Blick auf das Display sagte ihm, dass es sein verhasster Bruder war. Was wollte denn der jetzt von ihm? Felix beschloss, den Anruf zu ignorieren, und versuchte, sich wieder auf die Tänzerin Gerda zu konzentrieren. Aber keine dreißig Sekunden später klingelte das Telefon erneut. Widerwillig drückte Felix die Taste mit dem grünen Hörer. »Ja?«

»Na, du Null, ich bin's!« Felix hörte sofort, dass sein Bruder bester Laune war. »Bist du da? Ich bin schon in Hinteröx und komme gleich kurz vorbei.« War da Wut in der Stimme? Felix durchfuhr ein Schreck. Hatte Christian den Betrug aufgedeckt?

»Wieso? Also … ich meine, was willst du?«

»Ja, was jetzt: Bist du da?«

»Ja.«

»Also, bis gleich.«

Felix sprang auf, sah sich in der Werkstatt um. Lag hier noch irgendetwas Verräterisches? Dann klingelte erneut das Handy: Als er den Namen auf dem Display las, spürte Felix, dass ihm heiß wurde: »Novak heim«!

»Scheiße.« Felix ließ das Telefon klingeln und schob fahrig und mit beiden Händen alle Skizzen, die er für die gefälschten Heiligen angefertigt hatte und die am linken Eck der Werkbank lagen, zusammen. Mit den Blättern in der Hand ließ er einen hilflosen Blick über die gesamte Werkstatt gleiten. Der Papierkorb war voll. Wohin damit? Mit einem energischen Tritt öffnete er die Werkstatttür und sah sich hektisch draußen um. Als der Deckel der Papiertonne zufiel, knirschten schon die Reifen von Christians Auto auf dem Hof. Felix ging auf den Wagen zu. Er musste unbedingt verhindern, dass der Bruder in die Werkstatt ging. Dr. Christian Ambach öffnete die Fahrertür und stieg aus. Schon stand Felix vor ihm. Schweißgeruch hing in der Luft, Felix verzog das Gesicht – es war sein eigener. Der Bruder schaute ihn überheblich an. Aber er lächelte. »Na? Grüß dich.«

»Grüß dich.« Der Händedruck fühlte sich an wie ein Frontalcrash.

Nachdem sie einander kurz gemustert hatten, fragte Felix: »Wieso kommst du? Was willst du?«

»Also, erstens wollte ich dich darauf vorbereiten, dass ich beruflich einen ziemlichen Knaller zünden werde. Ich werde ...« Felix bäumte sich innerlich auf. Das Triumphierende in Christians Stimme war unerträglich. »... Geschichte schreiben.« Der Bruder wartete einen Moment, welche Wirkung seine Worte bei Felix hervorriefen. Der bemühte sich um einen erstaunten Gesichtsausdruck und sagte leise: »Aha.«

»Und weil du mein Bruder bist, sollst du als einer der Ersten davon erfahren.« Mit welch gütigem Tonfall Christian dies verkündete. Als ob er sich jemals um seinen kleinen Bruder geschert hätte! Felix hätte kotzen können. »Schließlich sind wir eine Familie.«

Dieser Heuchler. Felix musste sich beherrschen, nicht handgreiflich zu werden.

Christian sprach weiter: »Also, damit du Bescheid weißt: Es gab einmal den Holzbildhauer Tilman Riemenschneider. Der ist meines Erachtens der beste Holzschnitzer der Welt.« Felix konnte es nicht fassen: Sein Bruder hielt ihn ganz offensichtlich für einen ungebildeten Volltrottel! Aber er hielt den Mund. »Und ich habe vierzehn Skulpturen von diesem Riemenschneider entdeckt, die seit Jahrhunderten verschollen waren. – Damit du dir vorstellen kannst, was das bedeutet: Das ist ungefähr so, als ob ich das Bernsteinzimmer entdeckt hätte.« Da Felix ihn immer noch schweigend anblickte, wechselte Christian in einen lässigeren, scheinbar beiläufigen Tonfall: »Das ist alles. Das wollte ich dir sagen. Weil diese Entdeckung von mir mächtig Wirbel machen wird ... Nur, falls hier demnächst ein paar Leute von der Presse auftauchen oder so ... und schauen wollen, wo der bedeutende Kunsthistoriker Dr. Christian Ambach seine Kindheit verbracht hat und so weiter, du weißt schon. Die brauchen ja immer solche Geschichten ...« Christian warf einen blasierten Feldherrnblick in die Ferne.

Felix senkte den Kopf. »Der bedeutende Kunsthistoriker Dr. Christian Ambach«, dachte er sich. Die Presse würde sich ganz sicher für diesen »bedeutenden Kunsthistoriker« interessieren, aber die Story, die dabei herauskäme, würde dem Bruder höchstwahrscheinlich nicht so gut gefallen. Felix unterdrückte ein Grinsen, nahm eine Zigarette aus der Packung und zündete sie an.

»Gut.« Christian schien nachzudenken. »Es wäre also gut, wenn du, wenn die Presseleute kommen, wenn du dann ... also ... vielleicht nicht rauchen ... und einigermaßen freundlich sein könntest ... und so.« Felix spürte, dass sein Bruder ihn wieder musterte. »Und was Vernünftiges anziehen und so, könntest du auch. Und aufräumen. Also ich meine: nur für den Fall.« Er griff mit der linken Hand in die vordere Hosentasche und zog einen Hundert-Euro-Schein heraus. »Da, kauf dir was Ordentliches zum Anziehen.« So schnell, wie er den Schein bei der Hand hatte, war Felix sich sicher, dass er diese Geste vorbereitet hatte.

Felix war so verdutzt, dass er nur ein leises »Ja klar« erwiderte und den Schein einsteckte. Von weiter her drang das Rattern eines Traktors an seine Ohren. Dann zuckte er zusammen. Aus der Werkstatt ertönte der Klingelton seines Handys. Felix stellte sich taub.

»Dein Handy«, meinte Christian.

»Ja, ich hör's.«

Das Telefon klingelte weiter. Für Felix fühlte es sich an wie Folter. »Noch was?«

»Willst du nicht ans Telefon gehen?«

»Später.« Felix rieb sich die Stirn, sie war schweißnass.

Christian schüttelte missbilligend den Kopf. »Also, um jetzt noch einmal deutlich zu werden. So was wie jetzt geht zum Beispiel gar nicht, wenn ich demnächst berühmt bin … Und der Fokus der Öffentlichkeit dann auf unserer Familie liegt, also auch auf dir – da musst du schon ran ans Telefon. Also, das geht gar nicht … so klingeln lassen und nicht hingehen.« Er sah ihn eindringlich an. »Felix, du hängst da jetzt mit drin, verstehst du?«

Felix war fassungslos. Sein großer Bruder behandelte ihn wie ein Kind! Empört erwiderte er deshalb: »Jetzt lass mal bitte die Kirche im Dorf, Christian. Wen interessieren denn bitte deine verstaubten, alten Heiligenfiguren?«

Das hätte er besser nicht gesagt, denn es folgte eine überbordende Erklärung der kunsthistorischen These Dr. Christian Ambachs; einer These, die besagten Fund zu einem epochalen Ereignis mache und so weiter und so fort. Als das Telefon erneut klingelte, meinte Christian energisch: »Ich geh da jetzt hin!« Und schon war er auf dem Weg zur Werkstatt. Felix eilte ihm hinterher, versuchte, ihn mit Händen fest- und mit Worten aufzuhalten, aber der Bruder schüttelte sich los. Kurz darauf standen beide in der Werkstatt. Christian hatte bereits das Handy am Ohr und sagte: »Ja, einen Moment, hier ist er«, und reichte es mit wichtigtuerischem Blick weiter an Felix.

»Ja, hallo, Felix Ambach hier.« Felix war außer Atem.

»Servus, Felix, da ist der Novak Hubert.«

Felix schoss das Blut in die Wangen. »Oh, grüß dich, Hubert. Du, mein Bruder ist gerade da … Äh, kann ich dich … äh … zurückrufen?«

Erst als Felix aufgelegt hatte, konnte er sich wieder auf seinen Bruder konzentrieren und stellte fest, dass der begonnen hatte, in der Werkstatt herumzuschnüffeln. Lag da noch irgendetwas herum, das seine Fälscherei verraten konnte? Felix suchte die Werkbank, die Regale, das Holzlager im Eck, das Waschbecken mit den Augen ab, er zitterte, er konnte keinen klaren Gedanken mehr fassen.

»Gut, gut, hast endlich mal aufgeräumt hier drin?«, sagte der Bruder.

»Ja?«

»Das ist doch mal ein Anfang.« Christians gönnerhafter Tonfall war unerträglich.

»Noch was ganz anderes: Da gibt's doch dieses Bild, das der Vater von der Mutter gemalt hat, als sie noch jung war. Du weißt schon, das Bild, das im Flur hängt, die Mutter im Bikini.«

»Ja?«

»Das hätte ich gern.«

»Nein!« Diese Antwort gelang Felix sehr schnell und mit einem Mal auch wieder sehr selbstbewusst.

Christian sah ihn böse an. »Wie, nein?«

»So wie ich es sage: Das Bild kriegst du nicht. Das ist *mein* Bild. Wieso willst du das denn jetzt plötzlich? Du hast dich dafür doch nie interessiert! Die ganzen Bilder vom Vater haben dich nie interessiert.« Felix liebte dieses Bild. Es zeigte die Mutter zu einer Zeit, als sie und der Vater noch glücklich gewesen waren, eine Zeit, die Felix nicht kannte, weil er zu spät geboren worden war.

»Das will ich dir sagen, wieso ich das jetzt will«, knurrte Christian. Felix hätte dem arroganten Bruder gerne mit der Faust ins Gesicht geschlagen. »Ich möchte so eine Art Ahnengalerie aufbauen. Auch wegen meinem Erfolg jetzt. Und da ist dieses Bild elementar. In meinem Büro soll es hängen – mit anderen Fotos und Bildern, die meine Familiengeschichte dokumentieren. Ich möchte der Welt zeigen, woher der Kunstsinn in meiner Familie kommt. Da brauche ich das Bild.« Weil Christian sah, dass sein Bruder den Kopf schüttelte, blaffte er ihn nun regelrecht an: »Jetzt pass einmal auf, Bruder. Das hier …« Er machte eine ausholende Handbewegung. »Das alles hier gehört doch sowieso mir. Du kannst ja nicht einmal diese Mini-Miete bezahlen, die ich von dir verlange. Und das Bild hat doch für einen Loser wie dich überhaupt keinen Wert! Was willst du denn damit? Wen willst du denn damit beeindrucken?« Er schüttelte den Kopf. »So etwas macht man, wenn man Erfolg hat, nicht wenn man halb obdachlos ist – capito?«

Christian verließ die Werkstatt, ging ins Haus, eilte den Flur entlang und nahm das besagte Bild von der Wand. Felix folgte ihm, schockiert von der Dreistigkeit des Bruders. Entschlossen stellte er sich ihm in den Weg. Wütend funkelten die Brüder einander an. High Noon. Kurz sah Felix vor seinem inneren Auge den niedergeschlagenen Pfarrer. Doch er hielt sich zurück. Christian schubste ihn zur Seite. »Du hast einfach keinen Mumm«, murmelte er noch im Hinausgehen.

Felix blickte dem Wagen nach wie ein Feldherr, der wusste, dass der Feind gerade den entscheidenden Fehler der Schlacht begangen hatte.

Genüsslich drückte er seine Zigarette an der Schuhsohle aus.

Neunzehn

Vor dem Auktionshaus Stettner in der Münchner Maxvorstadt herrschte Gedränge. Mehrere Kamerateams hatten es eilig, noch vor Beginn der Versteigerung ins Innere des Gebäudes zu gelangen. Im Foyer hingen vierzehn bedruckte Stofffahnen von der Decke, jede von ihnen zeigte ein Foto der von Felix Ambach geschnitzten Schutzheiligen. Zwei Studentinnen in weißem Hemd und schwarzer Schürze sammelten leere und halb volle Sektgläser von den Stehtischen ein. Die letzten Gäste strömten durch die Flügeltüren in den Auktionssaal, der gleich nebenan lag. Mitten im sich leerenden Foyer stand ein drahtiger Mittdreißiger, bekleidet mit einer farblosen Outdoorjacke, einer Armeehose und hellbraunen Trekkingsandalen. Er unterhielt sich mit Claus E. Stettners Sekretärin. Er wirkte aufgebracht.

»Jetzt hören Sie endlich auf, Herr Blank. Sie kriegen

kein Interview, das ist doch völliger Quatsch, was Sie da behaupten!«

Der Mann gestikulierte wild. »Aber das muss doch jemandem aufgefallen sein! So blind können Sie doch gar nicht sein! Diese Heiligen – das sind doch alles Fälschungen; Scheinheilige sind das – das ist doch sonnenklar!«

Er blickte sich hektisch um, deutete auf die Abbildung des heiligen Eustachius in der Rüstung, die auf der Fahne direkt neben ihm prangte, und riss energisch am Stoff. Die Sekretärin sah sich kurz im Raum um – sie waren praktisch allein und niemand von Relevanz würde ihr Gespräch mitkriegen –, da verschärfte sie den Tonfall: »Ein letztes Mal, Herr Blank: Seien Sie froh, dass wir Sie nicht rausschmeißen. Machen Sie hier ein paar schöne Fotos und benehmen Sie sich anständig. Ihre Verschwörungstheorien – und den ganzen Scheiß – will keiner hören. Wir sind heute zum Feiern hier. Und jetzt Schluss, es geht gleich los!«

Auf die verächtliche Handbewegung der Blondine reagierte Stefan Blank mit einem resignierten Kopfschütteln, folgte dann aber doch der Anweisung. Der streitbare Journalist nahm seinen Kamerarucksack von der Schulter und wandte sich den Schwingtüren zum Auktionssaal zu. Es war rappelvoll. Besucher, die keinen Sitzplatz mehr bekommen hatten, standen an der linken Seite und an der Wand, die dem Pult des Auktionators direkt gegenüberlag. Sogar im Mittelgang knieten Menschen, die sich für Kunst – und Geld – interessierten. Solch große Aufmerksamkeit hatte das Auktionshaus Stettner in seiner bald hundertjährigen Geschichte noch nie erfahren.

Blank kämpfte sich durch den Mittelgang bis in die

dritte Reihe vor, doch dort zuckte er erschrocken zurück und stieß einen kurzen, stumpfen Schrei aus. Der Zwergspitz, der ihm den Schreck eingejagt hatte, hob gelangweilt den Kopf. Vor Hunden hatte Blank eine Heidenangst, seit er als Kind vom Schäferhund seiner Tante gebissen worden war. Nachdem er sich von dem Schock erholt hatte, drängelte er sich weiter bis in die erste Reihe durch, wo Plätze für die Presse reserviert waren. Dort angekommen, musste er jedoch feststellen, dass auch hier alles besetzt war. So begann er, die hier Sitzenden der Reihe nach zu fragen, ob sie wirklich Medienvertreter seien, er sei nämlich einer – »freischaffend und unabhängig, keine Lügenpresse also«. Blank hatte bereits sechs Kollegen befragt, darunter die Berichterstatter der Frankfurter Allgemeinen Zeitung, der Süddeutschen Zeitung, der Bild-Zeitung und des Spiegels, da räumte eine unscheinbare Frau im Kostüm ein, lediglich privat und nicht als Vertreterin eines Pressemediums hier zu sein. Sie versuchte sich zunächst dem Ansinnen des Reporters zu widersetzen, doch Blanks Ruppigkeit war derart skrupellos, dass die Frau grimassierend das Feld räumte. Blank warf den Kollegen einen triumphierenden Blick zu, der nicht erwidert wurde. Man kannte ihn, aber beliebt war Blank nicht.

Felix Ambach hatte bereits vor dem Auftritt des Journalisten auf seinem Platz gesessen. Doch von der vorletzten Reihe aus hatte er die von Blank ausgelöste Unruhe gar nicht mitbekommen. Rechts neben Felix saß eine junge Frau in engen Jeans, die eine Studentin hätte sein können, links von ihm ein Mann, der mit seinem langen weißen Bart und der viel zu weiten Strickjacke wie der liebe Gott oder ein russischer Dissident aus längst vergangener Zeit aussah. Es roch unangenehm. Der Dissident hatte wohl einen fahren lassen. Felix rutschte ein wenig von ihm ab. Die Studentin roch besser.

Felix war extra spät gekommen, er wollte um jeden Preis einem Gespräch mit dem Bruder aus dem Weg gehen. Doch diesbezüglich hatte er sich ganz umsonst Sorgen gemacht: Dr. Christian Ambach hatte an diesem Tag beileibe Wichtigeres zu tun, als sich mit seinem Loser-Bruder abzugeben. Er schüttelte Hände im Dutzend, flirtete mit attraktiven Frauen in Chanel-Kostümen und weniger attraktiven in Escada-Kleidern, stieß mit Menschen an, die das Charisma der Mächtigen und Erfolgreichen umgab, und lächelte sich mit scheinbar schwereloser Leichtigkeit durch den gesamten Auktionssaal. Felix war sich nicht sicher, ob Christian ihn überhaupt bemerkt hatte. Typisch für das »Arschloch« war auch, dass er natürlich Maria und Soleil zu Hause gelassen hatte. Würde ein Mensch, der halbwegs normal tickte, zum wichtigsten Event seiner Karriere nicht auch seine Frau und seine Tochter mitnehmen?

Der Mann, der Felix vor der Auktion im Foyer ansprach, war um die fünfzig, trug einen Pferdeschwanz und kam ihm seltsam vertraut vor, obwohl er sich sicher war, ihm nie zuvor begegnet zu sein. Er sagte bloß diese beiden Sätze: »Wenn Sie Ihrem Bruder nur einen Denkzettel verpassen wollen, dann machen Sie, was Sie geplant haben. Wenn Sie ihn wirklich vernichten wollen, dann stehe ich Ihnen zur Verfügung.«

Alarmiert wirbelte Felix herum, doch der Mann war in der Menge verschwunden. Er musste sich verhört haben, dachte er und betrat, noch etwas benommen, den Auktionssaal.

Max Pauli hatte Felix schon gesehen, aber der saß zum Glück viel weiter vorn und auf der anderen Seite des Publikums. Dann zerriss ein Gong Felix' Gedankengänge, fast wie in der Schule, nur dass nun wirklich alle Gespräche verstummten. Carl E. Stettner und Dr. Christian Ambach betraten die Bühne, Applaus brandete auf. Der Leiter des Auktionshauses und der Kunstexperte genossen die Ovationen, das war unschwer zu erkennen. Aber Christian Ambach zupfte auch nervös an seiner Krawatte herum. Als der Applaus leiser wurde, ergriff Claus E. Stettner das Wort: »Sehr geehrte Damen und Herren, ich freue mich, Sie im Namen des Auktionshauses Stettner und seiner Mitarbeiter willkommen zu heißen und danke Ihnen für Ihr zahlreiches Erscheinen …«

Die weiteren Begrüßungsworte waren schlecht zu verstehen, weil sie von den penetranten Geräuschen der Kameras übertönt wurden und die Fernsehredakteure und Kameraleute der einzelnen Teams sich unnötig laut darüber stritten, wer von wo aus filmen durfte.

Aber besonders wichtig fand Felix dieses Begrüßungsblabla ohnehin nicht. Er konzentrierte sich auf den großen Moment. Seinen großen Moment. Die letzten Tage hatte er intensiv genutzt, um sich auf den Auftritt, das spektakuläre Finale vorzubereiten. Er hatte sich die Sätze, die er in wenigen Augenblicken sagen würde, aufgeschrieben, er hatte sie vor dem Spiegel geübt und mehrere Tage am genauen Wortlaut gefeilt. Der Text sollte ihm ganz automatisch von den Lippen gehen. Sein Plan sah vor, nach dem letzten Hammerschlag des Auktionators aufzustehen und Folgendes zu sagen: »Guten Tag, meine Damen und Herren, bitte entschuldigen Sie, dass ich an dieser Stelle die Versteigerung unterbreche. Mir bleibt keine andere Wahl. Bei den Figuren, die soeben versteigert wurden, handelt es sich nämlich um Fälschungen.« Hier würde er eine kleine Pause machen, um sich auch die Aufmerksamkeit der letzten noch Unaufmerksamen zu sichern. »Die vierzehn Figuren, die Sie hier sehen, sind weder fünfhundert Jahre alt, noch hat sie Tilman Riemenschneider gefertigt. Ich habe diese Figuren gemacht.« Und mit einem selbstbewussten »Vielen Dank!« würde er sich wieder auf seinen Stuhl setzen und die Reaktionen abwarten. Felix war noch nicht häufig auf Auktionen gewesen. Er konnte nicht einschätzen, wie ein renommiertes Haus wie Stettner mit einer derartigen Katastrophe umgehen würde. Sicher war er sich aber, dass seinem Bruder die Kinnlade herunterfallen würde. Und darauf freute er sich schon.

Natürlich hatte Felix auch über die Konsequenzen seines Plans nachgedacht; nicht nur über jene, die Christian, sondern auch jene, die ihn selbst betrafen. Er war sich der Möglichkeit bewusst, dass er für die Rache an seinem Bruder im Gefängnis landen konnte. Aber das war es ihm wert. Felix hatte nichts zu verlieren. Und was hatte er nicht bereits alles geopfert? Es gab kein Zurück. Wie ein Film zogen die Bilder der Vergangenheit vor seinem inneren Auge vorüber: der blutüberströmte Pfarrer, leblos auf dem Kirchenboden; Hubert Novaks mintfarbene Gelddose mit den vielen Scheinen (ja, er würde Novak das Geld zurückbringen, aber heimlich); Maria, wie sie lustvoll stöhnend von seinem Bruder auf der Küchenarbeitsplatte genommen wurde; das Gemälde mit der Mutter im Bikini, das ihm Christian mit seiner gutsherrlichen Art einfach weggenommen hatte; das erniedrigende Gespräch, in dem der Bruder sich geweigert hatte, die Hälfte der Gebühren für das elterliche Grab zu übernehmen …

Ein bellender Husten aus der letzten Reihe riss Felix aus den Gedanken. Auf der Bühne sprach noch immer Claus E. Stettner, neben ihm Christian mit geröteten Wangen. Konnte es nicht endlich losgehen? Felix sah sich um. Der Verrückte aus dem Foyer war nirgends zu sehen. Woher wusste der von seinem Plan? Erneut ließ Felix seinen Blick durch den Raum schweifen: Neben der Studentin saß ein älterer Herr mit grauem Zuhälterbart und Trachtenhut, noch eins weiter eine attraktive Dame in gepunkteter Abendgarderobe. Felix beschloss, sich nicht mehr von dem seltsamen Angebot des Fremden irritieren zu lassen. In der Reihe hinter ihm knisterte der noch immer hustende Mann ein Bonbon aus der Verpackung. Felix war genervt. Ein paar Leute in diesem Saal sahen derart verwahrlost aus, als wären sie nur hier, um ein Glas Gratissekt abzustauben. Was dagegen sprach, dass es sich um Obdachlose handelte, war die Tatsache, dass die meisten unter ihnen blaue Karten mit Bieternummern und den immerhin dreißig Euro teuren Auktionskatalog, den man am Eingang hatte erstehen können, auf dem Schoß liegen hatten. So auch der schräg rechts vor Felix sitzende Reinhold-Messner-Typ mit seinen braunen Lederschuhen, dem Tweedsakko und der Cordhose. Direkt daneben hatte eine Art Franz-Josef-Strauß-Inkarnation Platz genommen, die just mit einer energischen Bewegung der rechten Hand eine Ladung Schuppen aus dem grauen Haar fegte. Die Studentin und Felix gingen in Deckung und lächelten einander zu. Weiter drüben eine jüngere Frau mit langen schwarzen Haaren und ebensolcher Lederjacke, die Felix an Uma Thurman in »Pulp Fiction« erinnerte, auch sie hatte eine

Bieterkarte. Unglaublich, wer sich alles für Alte Kunst zu interessieren schien. Insgesamt machten jedoch die Herren im Rentenalter die Mehrheit im Saal aus; Männer, die bevorzugt lederne Joggingschuhe zu Wildlederjacken trugen oder braune Fliegerjacken zu seidenen Halstüchern und Designerbrillen.

Während Claus E. Stettner sprach, hatten sich zwei Mitarbeiter des Auktionshauses an dem Computer links von der Bühne niedergelassen. Die Haut des einen war von gepflegter Solariumbräune, seine Gesichtszüge erinnerten Felix an den Darsteller von Superman; der andere, auch bartlos und im Anzug von der Stange, sah eher konservativ aus, Typ Sparkassenangestellter. Auf der rechten Seite hatten bereits vier elegant gekleidete, etwas gouvernantenhaft wirkende Damen hinter der weiß gestrichenen hüfthohen Holzwand Platz genommen. Sie waren Mitarbeiterinnen des Hauses – jede eine Expertin für einen speziellen Bereich der Kunst – und würden in wenigen Minuten die telefonischen Gebote entgegennehmen. Zwei von ihnen wiesen die vor ihnen stehenden Namensschilder als promovierte Wissenschaftlerinnen aus. Felix spürte ihre kühlen Blicke. Es war gerade so, als würden diese vier Damen mit den gestrengen Frisuren jeden einzelnen Menschen im Saal erfassen. Felix dachte unversehens an Dominas. Und zwar, obwohl diese vier Frauen rein gar nichts Sexuelles ausstrahlten. Vermutlich war es die Arroganz des mit Geld gepaarten Wissens über einen sehr speziellen Bereich des Lebens. Die vier scannten den Saal nach Geldmenschen ab, das war offensichtlich.

Nun kam Claus E. Stettner endlich zum Ende seines Vortrags: »Und somit übergebe ich das Wort an den Entdecker ...« Stettner schaute erwartungsvoll ins Publikum und ließ eine künstliche Pause entstehen. »... den Vater dieser ... kunsthistorischen Sensation ...« Wieder eine Kunstpause. »... unseren geschätzten Kollegen, Herrn Doktor Christian Ambach.«

Den Namen versuchte Stettner so in die Länge zu ziehen, wie es der weltbekannte Michael Buffer vor Boxkämpfen zu tun pflegte. Es gelang ihm nicht. Dennoch war der Saal einen Sekundenbruchteil später von Applaus erfüllt. Felix klatschte höflich mit. Er war bereit für diesen Kampf, und er würde seinen Bruder umhauen, wenn auch erst in der zwölften Runde.

Während Dr. Christian Ambach nach einem kurzen Räuspern seinerseits die Anwesenden begrüßte, nahm der Videobeamer die Arbeit auf und warf das erste Bild auf die Leinwand, die rechts vom Auktionspult von der Decke hing. Es war ein Foto der vierzehn Schnitzfiguren; darunter Abkürzungen für vier Währungen: EUR, USD, CHF, GBP. Trotz des immer größeren Einflusses der chinesischen und russischen Kunstsammler auf dem Weltmarkt spielten weder Yuan noch Rubel eine Rolle. Auf dem milliardenschweren Kunstmarkt wurde in Westwährung gehandelt. Hinter jeder der vier Währungen stand eine Null – noch.

Felix studierte die Gesichtszüge seines Bruders. Es war erstaunlich: Christian wirkte kein bisschen verspannt. Vielmehr kam er ihm wie gelöst vor, während er den Anwesenden die kunsthistorische Sensation erläuterte: »Viele Jahre habe ich auf diesen Tag hingearbeitet. Genauer gesagt, seit ich im bischöflichen Diözesanarchiv zu Würzburg auf ein Schriftstück aus der Kanzlei des seinerzeitigen Bischofs Lorenz von Bibra gestoßen bin, in dem er gegenüber dem Holzbildhauer Tilman Riemenschneider die Annahme der Bestellung seines

Vorgängers, Fürstbischof Rudolf II. von Scherenberg, ablehnt. Seit diesem Tag war mir klar, dass es neben den Nothelfern des bekannten Riemenschneider-Reliefs, das im Mainfränkischen Museum zu bewundern ist, noch weitere Figuren geben muss. Und ich habe viele Jahre gesucht und gebangt, ob mir mein Wissenschaftlerleben noch diese Genugtuung …«

Felix verdrehte die Augen. Der Pathos, den sein Bruder an den Tag legen konnte, widerte ihn an. Auch andere im Saal schien das Gerede nur begrenzt zu interessieren. Vor allem ging es hier um Geld, um viel Geld, und um ein im Vergleich zu Staatsanleihen oder Aktien inflationssicheres Investment. Vor Felix begann ein kleiner dicker Glatzkopf leise auf Russisch zu telefonieren. Auch die Presseleute, die kurz geschwiegen hatten, nahmen ihre Auseinandersetzungen wieder auf, während Dr. Christian Ambach erklärte, dass er für die Provenienz der Figuren seine Hand ins Feuer lege. »Diese phantastisch erhaltenen Holzskulpturen haben nach unserer derzeitigen Erkenntnis seit Beginn des Ersten Weltkriegs in dieser hölzernen Kiste gelegen, in der man sie fand.« Felix glaubte seinen Ohren nicht zu trauen: Was erzählte sein Bruder hier von einer Kiste? Hatte Seefellner die Figuren nicht in dem Karton zu Pauli gebracht? Aber Felix sollte sich noch mehr wundern, denn nun verkündete sein Bruder, die Kiste sei in einem geheimen Keller unter der Marienkapelle von Beutelsbrunn gefunden worden. Felix konnte es nicht fassen: Warum verbreitete Christian diese offensichtlich erfundene Geschichte? Gehörte das Lügen zum Geschäft mit der Alten Kunst dazu?

Nachdem er die stilistische Feinheit der Skulpturen und ihren außergewöhnlich guten Erhaltungszustand gewürdigt – und noch zweimal betont hatte, dass er für ihre Echtheit einstehe, nickte Dr. Christian Ambach dem neben ihm stehenden Claus E. Stettner zu und verließ unter Applaus die Bühne, um sich auf einem Ehrenplatz niederzulassen, direkt bei den Damen, die die Telefongebote entgegennehmen sollten. Ein unscheinbarer, nicht sehr großer bärtiger Mann im dunklen Anzug betrat nun von der linken Seite her die Bühne und stellte sich neben das Pult des Auktionators, welches Claus E. Stettner einnahm. Felix war sich nicht sicher, ob es sich um einen Notar handelte oder lediglich um eine Art Protokollführer. Stettner wischte sich noch einmal mit einem Stofftaschentuch über die Stirn, zwinkerte – der Stress stand ihm allerdings ins Gesicht geschrieben – seiner Frau, die weiter hinten im Saal stand, zu, und sagte, sichtlich um Sachlichkeit bemüht: »Ich bitte Sie um Verständnis, dass wir diese einzigartige Serie von vierzehn Heiligenfiguren zunächst ausschließlich en bloque anbieten. Dies geschieht auf ausdrücklichen Wunsch von Herrn Doktor Christian Ambach. Wir sind uns bewusst, dass sich hier im Saal sicherlich etliche Bieter befinden, für die es attraktiv wäre, auf eine einzelne Figur zu bieten. Doch unser Gutachter und Sachverständiger, Herr Doktor Christian Ambach, dem wir diesen exzeptionellen Fund ja auch zu verdanken haben, sieht in dieser Sammlung ein singuläres kunsthistorisches Denkmal; und mit dieser Einschätzung ist er nicht allein. Bei den vierzehn Nothelfern von Riemenschneider handelt es sich um ein Denkmal, das nicht auseinandergerissen werden darf oder jedenfalls nicht auseinandergerissen werden sollte.«

»Fälschung!«, rief plötzlich ein Mann aus der ersten Reihe. Es war der Journalist Stefan Blank. Ein Raunen ging durch den Saal. Felix erstarrte. Wie gelähmt stierte er nach vorn. Was war das für ein Idiot? Alle schauten wie gebannt auf den Auktionator, gespannt, wie er mit der Situation umgehen würde.

Doch Stettner machte gar nichts Aufsehenerregendes, er fuhr einfach fort: »So haben wir uns auf folgende Vorgehensweise – die im Übrigen für unser Auktionshaus einen Verzicht zugunsten der Bewahrung dieses Kulturguts bedeutet, weil wir mit der Versteigerung einzelner Figuren vermutlich wesentlich mehr erlösen könnten – geeinigt …« Felix atmete auf. Der Zwischenrufer blieb still. Ihn schien der Mut verlassen zu haben. »Zunächst wird also auf alle vierzehn Nothelfer-Figuren in Serie geboten. Sollte sich hier kein Gebot finden – was ich mir nicht vorstellen kann –, dann werden wir Gebote auf einzelne Figuren zulassen. So besteht die theoretische Möglichkeit, dass auch kleinere Gebote zum Zuge kommen.« Stettner warf noch einmal einen Blick über die im Saal versammelten Kunstliebhaber und Schaulustigen. Einige schauten wie hungrige Haifische. »Meine sehr verehrten Damen und Herren, liebe Kunstliebhaber, ich rufe hiermit also auf: ein Ensemble von vierzehn Heiligenfiguren, genannt ›Die Nothelfer‹, gefertigt von Tilman Riemenschneider und/oder Werkstatt Riemenschneider, jedenfalls aber und/oder Umfeld Riemenschneider, vermutlich Anfang sechzehntes Jahrhundert, ausführlich erläutert im vorliegenden Katalog; Provenienznachweis und schriftliches technisches Gutachten sowie Echtheitszertifikat, erstellt von Herrn Doktor Christian Ambach, liegen vor. Sie, meine Damen und Herren, konnten sich von der Echtheit und Qualität der Kunstwerke hier in unseren Räumen in der gesamten vergangenen Woche ein Bild machen – und ich hoffe, das haben Sie auch getan.« Der Auktionator seufzte und holte noch einmal tief Luft. Felix streckte sich, um den Zuschauerraum überblicken zu können. »Wir beginnen mit fünf Millionen Euro. Und steigern zunächst in Millionenschritten. Mindestgebot also fünf Millionen Euro.« Sofort ging vorn rechts ein Arm mit der Bieterkarte Nummer 310 hoch. Felix konnte nicht erkennen, wer der Bieter war – aber er spürte plötzlich ganz deutlich seinen eigenen Herzschlag. »Fünf Millionen Euro bietet die 310.« Es folgte ein Bieter auf der linken Seite. »Sechs Millionen …« Felix' Herz hämmerte so laut, dass er der Studentin neben sich einen kurzen Blick zuwarf, aus Angst, sie könnte es auch hören. Aber die lächelte ihm nur verschwörerisch zu. Nun schaute der Auktionator auf den vor sich stehenden Laptop und sagte: »Hier habe ich sieben Millionen im Internet.« Er sah auf, erneut hob der erste Bieter die Karte: »Acht Millionen Euro.« Felix sah, dass eine der Damen an den Telefonen den Arm hob. Er konnte es nicht fassen: War das, was er da geschnitzt hatte, wirklich so viel Geld wert? Stettner fragte: »Ja, Frau Dr. Kasptschak? Sie haben ein Gebot über neun Millionen?« Die Dame nickte. Vermutlich hatte sie eben eine Order aus Asien oder den Vereinigten Staaten bekommen. Felix warf einen hektischen Blick auf den russischen Dissidenten neben ihm. Erneut ging vorne rechts der Arm mit der Bieternummer 310 nach oben. Ein Gemurmel ging durch die Reihen, als Stettner »zehn Millionen« sagte.

»Unglaublich«, flüsterte Felix nur für sich, aber die Studentin neben ihm nickte und erwiderte ein: »Ja! Wahnsinn!«

Sie ergriff, ohne zu fragen, Felix' Hand. Er ließ es geschehen, entzog sie ihr aber wieder, als Claus E. Stettner sagte: »Zehn Millionen für die vierzehn Nothelfer von

Tilman Riemenschneider.« Der Auktionator hob den Kopf und suchte den Saal ab. Eine der Frauen an den Telefonen winkte. Stettner fragte: »Elf Millionen am Telefon?« Die Frau nickte. »Elf Millionen am Telefon. Wer bietet mehr?«

In der ersten Reihe, im Umfeld des Bieters mit der Nummer 310, entstand eine Unruhe. »Sind Sie noch dabei?«, erkundigte sich Stettner in Richtung des Mannes und wartete. Felix war klar, dass sein Auftritt nun nur noch Sekunden bevorstand. Die große Abrechnung. Der Knock-out. Das berufliche Ende seines Bruders.

»So eine Möglichkeit wird es in den nächsten hundert Jahren nicht mehr geben.« In Stettners Stimme war ein leises Zittern zu vernehmen.

Felix versuchte, ruhig zu bleiben, bemühte sich, seine Atmung zu kontrollieren. Wenn er jetzt gleich aufstand, durfte seine Stimme nicht flattern. Sie musste fest klingen, ruhig und selbstbewusst. Andernfalls würde ihm niemand Glauben schenken. Niemand. Die Unruhe vorn in der ersten Reihe nahm zu. Der Russe vor ihm telefonierte jetzt wieder. Dann geschah das Unfassbare: Die Bieterkarte mit der Nummer 310 ging erneut hoch.

»Zwölf Millionen bietet die Nummer 310.« Stettner wischte sich mit dem Taschentuch über die Stirn und wechselte einige Worte mit dem bärtigen Mann neben ihm. »Zwölf Millionen also. Noch weitere Gebote?« Er überblickte den Saal. »Zwölf Millionen ...« Er griff nach dem Hammer. Gleich würde Felix aufstehen und seinen Bruder vernichten, gleich war es so weit. »... zum Ersten, zwölf Millionen zum ...«

»Dreizehn Millionen am Telefon«, rief die Dame von der rechten Seite. Felix' Magen krampfte sich zusammen.

»Dreizehn Millionen am Telefon«, wiederholte Stettner und blickte nun wieder zu dem Mann in der ersten Reihe. Felix schaute zu seinem Bruder hinüber. Der thronte dort wie der blasierte König der Kunst – nicht ahnend, dass sein kleiner Bruder ihn in wenigen Sekunden von diesem Thron stoßen würde. Christians Gesicht zeigte widersprüchliche Gefühle. Felix erkannte Euphorie, aber auch Erleichterung. Sein Bruder fühlte sich sicher.

»Dreizehn Millionen zum Ersten«, sagte Stettner, den Hammer hatte er noch immer in der Hand. »Dreizehn Millionen zum Zweiten und … dreizehn Millionen …« Felix schluckte, holte tief Luft, »… zum Dritten.«

Bamm. Der Hammer fiel. Die Stunde der Wahrheit war gekommen. Die Abrechnung. Jetzt war Felix dran. Er stand nicht einfach nur auf, nein, er zelebrierte den Moment, wie der mehrfache Weltfußballer des Jahres Cristiano Ronaldo den Anlauf vor einem Freistoß. Mit breiten Schultern und stolz erhobenem Haupt bewegte er sich langsam nach oben. Seinen Bruder zerstören, das macht man nicht mal eben so. Man braucht all seinen Mut, seinen Willen, man muss es wirklich wollen. Felix wollte es.

Doch fand er sich nur Sekunden später auf der Sitzfläche seines Stuhls wieder. Warum, wusste er nicht. Er hatte es nicht getan. Die Studentin lächelte ihn an. Felix lächelte nicht zurück. Er stand unter Schock. Die Geräusche um ihn herum, die Bilder, alles, was es im Saal wahrzunehmen gab, verwaberte zu nebelhaften Schlieren. Träumte er schon wieder? Ausgeschlossen. Das hier war real. Trotzdem sah Felix Farbstreifen, er hörte die Töne so gedämpft, als tauchte er unter Wasser. Einige Zuschauer hatten sich nach ihm umgedreht, jetzt aber wieder das Interesse verloren, weil vorne die Presse ein

Blitzlichtgewitter zündete. Er hatte es verbockt. Was war nur los mit ihm? Er drehte sich um. Hinter ihm saß der Mann aus dem Foyer. Felix erlebte alles in Zeitlupe. Doch die Worte, die er hörte, vernahm er klar und deutlich: »Ich freue mich, Felix, dass Sie sich für mich entschieden haben.« Felix nahm das Äußere des Fremden jetzt genauer wahr: Seine Oberlippe zierte ein dunkler Schnurrbart, der schmal und gerade war wie ein mit dem Lineal gezogener Strich. Die Augen des Mannes waren schwarz, ihn umgab ein Duft von Sandelholz. Sein Wesen hatte etwas Dunkles und Gewalttätiges, strahlte aber auch Hoffnung und Wärme aus. Felix hatte nur einen Gedanken im Kopf: Woher kannte der Fremde seinen Namen?

Teil 2

Die Tänzerin

Eins

»Für alle Fälle.«

Mit diesen knappen Worten und einem freundlichen Lächeln überreichte Gabriel de Moño Felix Ambach den Colt – um mit verstörender Beiläufigkeit anzufügen: »Du musst wissen, Felix, bei unserem Geschäft geht es um viel Geld. Wir haben nicht nur Freunde da draußen.« Zögerlich nahm Felix den Colt M1911 entgegen. Er wollte seinen Bruder vernichten.

Eigentlich war sein Racheplan genial gewesen: Christian die von ihm, Felix, gefälschten Riemenschneider-Figuren unterjubeln, warten, bis der Bruder seine Entdeckung des vermeintlichen Kunstschatzes an die große Glocke hängt, und ihn dann auf der glanzvollen Auktion der Figuren vor versammelter Presse blamieren. Alles war nach Plan gelaufen – bis zum Ende der Auktion, bis zu dem Moment, in dem Felix wie gelähmt sitzen geblieben war und seinen Einsatz verpasst hatte. Bis zu dem Moment, in dem Gabriel de Moño ihm zu dieser Entscheidung gratuliert hatte und eine verhängnisvolle Beziehung ihren Anfang nahm.

Gabriel de Moño war Halbspanier, weshalb er Wert darauf legte, dass man seinen Namen mit der Betonung auf der zweiten Silbe aussprach. Sein Deutsch war lupenrein. Lediglich bei den s-Lauten stieß seine Zunge an die makellosen und eine Nuance zu weiß aufgehellten

Zähne, wodurch ein seltsames Zischeln entstand. Den Vornamen Gabriel hatte er selbst gewählt – in seiner Geburtsurkunde stand noch »Hans-Peter«. Doch dieser Allerweltsname entsprach nicht dem Image, mit dem er sich als Berater in der Kunstszene etabliert hatte. Hier waren Originalität und Extravaganz gefragt. Gabriel de Moño durchschaute die Mechanismen. Der Mittfünfziger mit dem gepflegten Pferdeschwanz und dem von Willy »Mink« DeVille inspirierten Schnurrbart war ein Exzentriker. Zum Anzug mit Einstecktuch leistete er sich gerne einmal die stilistisch fragwürdige Exaltiertheit eines ultralangen Ohrrings – eine große Kreole oder mehrere in Silber gefasste seltene Federn, die ihm fast bis auf seine Schulter herabhingen, waren seine Lieblingsschmuckstücke. Außerdem war Gabriel de Moño ein grenzenloser Hedonist. Die Genüsse des Lebens steigerte er allzu oft bis ins Orgiastische. Aufrichtige Liebe empfand er, wenn überhaupt, nur für die Kunst. Seit über dreißig Jahren bewegte er sich mit der Geschmeidigkeit einer Raubkatze auf dem Kunstmarkt. Er beriet, kaufte und verkaufte, er kannte alle wichtigen Protagonisten in allen Winkeln der Erde. Er handelte mit jeder Art von Kunst, besonders gerne aber mit Skulpturen. Denn hier ließen sich Falsifikate weit schwerer nachweisen als im Bereich der Malerei. Bevorzugt schloss er Deals über Fälschungen ab – hier waren die Gewinnmargen einfach größer. Aber um seine Glaubwürdigkeit zu wahren, fädelte er auch immer wieder Geschäfte mit echten Kunstwerken ein. So genoss Gabriel de Moño keinen exzellenten, aber doch einen passablen Ruf. Die meisten Werke, die er an wohlhabende Käufer vermittelt hatte, waren der Fälschung vollkommen unverdächtig geblieben. Dass doch hin und wieder hinter vorgehaltener

Hand von Betrug gesprochen wurde, hatte nichts mit seiner Person zu tun, sondern mit der schlichten Tatsache, dass es praktisch unmöglich war, jeglichen Zweifel an der Echtheit eines älteren Kunstwerks auszuräumen. Nicht wenige Experten gingen davon aus, dass ein Drittel der sich im Umlauf befindlichen Kunstwerke Fälschungen waren.

Wie alle Big Player hatte natürlich auch Gabriel de Moño von der kunsthistorischen Sensation Wind bekommen, die vom kleinen, aber renommierten Auktionshaus Stettner vor ungefähr einer Woche verkündet worden war: Die vierzehn von Tilman Riemenschneider um das Jahr 1500 herum aus Lindenholz geschnitzten Nothelfer-Skulpturen, von deren Existenz bislang vor allem ein Kunstexperte überzeugt war – Dr. Christian Ambach –, seien wieder aufgetaucht und stünden zur Versteigerung an. Diese Meldung hatte Gabriel de Moño geradezu elektrisiert. Nachdem er in der ZEIT von der Auktion gelesen hatte, war ihm sofort klar, dass sie Millionen einbringen würde, mindestens fünf, vielleicht sogar mehr. Und so hatte er – wie auch die anderen Interessenten – die Möglichkeit zur Vorbesichtigung genutzt und die Heiligen im Auktionshaus in Augenschein genommen. Zur Unterstreichung ihrer Echtheit hatte Stettner sowohl das Gutachten Dr. Christian Ambachs, des Experten für Madonnen, Marienfiguren und Putten, ausgelegt, als auch das Faksimile eines Schreibens des Fürstbischofs Rudolf II. von Scherenberg aus dem Jahr 1494 sowie einen Brief seines Nachfolgers Fürstbischof Lorenz von Bibra aus dem Jahr 1495.

Gabriel de Moño hatte die Dokumente studiert und Christian Ambachs Theorie insgesamt für schlüssig gehalten. Auch die vom Auktionshaus angestellten technischen Analysen des Materials hatte er zur Kenntnis genommen. Sie sprachen dafür, dass die Kunstwerke aus dem ausgehenden 15. beziehungsweise beginnenden 16. Jahrhundert stammten. Und dennoch, das signalisierte ihm sein siebter Sinn, war mit den Figuren etwas faul. Zwar waren sie, was die Bildhauerkunst anging, von vollendeter Machart. Und wenn man die Fotografien des Nothelfer-Reliefs aus dem Mainfränkischen Museum, die Stettner auch ausgestellt hatte, im direkten Vergleich betrachtete, so ließen sich die Parallelen nicht von der Hand weisen. Zudem waren die zur Versteigerung anstehenden Skulpturen nicht völlig identisch mit den Figuren des Reliefs; um plumpe Kopien der bekannten Riemenschneider-Arbeit handelte es sich jedenfalls nicht. Auch dies sprach für ihre Echtheit.

Aber es gab auch Merkmale, die Gabriel de Moño missfielen: Da waren zum einen die Risse, welche das Holz dieser plötzlich und wie aus dem Nichts auf dem Kunstmarkt aufgetauchten Figuren aufwies. Hätte nicht gerade ein Meister wie Riemenschneider Vorkehrungen gegen solche Risse getroffen? Zum anderen hatte Gabriel de Moño die Geschichte, die Claus E. Stettner und sein Auktionsteam von der Herkunft der Kunstwerke verbreitet hatten, nicht überzeugt: Die Figuren hätten sich in einer Kiste befunden, welche in einem geheimen Keller unter der Marienkapelle von Beutelsbrunn entdeckt worden sei. Diese Provenienz hielt Gabriel de Moño für ein Märchen. Aber er hatte auch nicht die Absicht gehabt, die Figuren zu ersteigern, sondern gehofft, auf der Auktion den Mann zu treffen, der sie erschaffen hatte. Und seine Hoffnung hatte sich erfüllt.

Zwei

Wie es gekommen war, dass er direkt im Anschluss an die Auktion neben diesem eindrucksvollen Mann mit dem dünnen Schnurrbart und den langen grauen, nach hinten gegelten Haaren auf dem Beifahrersitz eines nach Leder und Sandelholz duftenden Jaguar saß, das konnte sich Felix nicht mehr genau erklären. Die Zweifel, die ihn in dem Moment im Auktionshaus übermannt hatten, in dem er um den Preis einer hohen Strafe wegen Betrugs Rache an seinem Bruder hatte nehmen wollen, waren übermächtig gewesen. Felix war, auf seltsame Weise erleichtert, sitzen geblieben. Es fühlte sich für einen kurzen Moment richtig an, nicht das Wort zu erheben. Dann vernebelten sich seine Gedanken. Felix' Erinnerung setzte wieder ein, als Gabriel de Moño – der Wagen stand noch in einer Parkbucht unweit des Auktionshauses – sagte: »Du hast Talent, Jüngelchen, teuflisch Talent.« Felix starrte den Mann an, der die Demütigung seines Bruders verhindert hatte. Auch Gabriel de Moño fixierte ihn mit seinen schwarzen Augen, in denen Felix sein Spiegelbild sah.

»Was wollen Sie von mir?« Felix fühlte sich unwohl, obwohl er dem Fremden auch irgendwie dankbar war. Denn obwohl Felix seinen Plan nicht vollendet hatte, fühlte er sich tatsächlich befreit. Er hatte sich nicht als Fälscher geoutet, ihm drohte keine Gefängnisstrafe. Lediglich der Zwischenfall mit dem Pfarrer, den er beim Beschaffen des Holzes für seine Figuren niedergeschlagen hatte, verblieb als bedrohlich dunkler Schatten.

»Gabriel de Moño. Sag Gabriel zu mir.« Zögerlich ergriff Felix die ihm entgegengestreckte Hand. Sie fühlte sich angenehm warm an, der Händedruck war kräftig und bestimmend. Im Kontrast zu dem einladenden Lächeln wirkten seine dunklen Augen wie ein Spiegel, der jeden Blick, den man in de Moños Seele zu werfen versuchte, zurückwarf. Felix wandte für einen Moment den Blick ab, um sich dem unangenehmen Gefühl zu entziehen. Ihm wurde schwindlig. Was war mit seinem Kreislauf los? Vor seinem inneren Auge irrlichterte es. Unversehens flackerten Szenen der »Höllenfahrt der Verdammten« auf, wie der Riemenschneider-Zeitgenosse Hans Memling sie in seinem Triptychon gemalt hatte: Feuer, verzweifelte Gesichter und nackte Leiber, die von schwarzen Teufelswesen in die Hölle gezerrt wurden.

Gabriels Stimme holte Felix zurück in die Gegenwart: »Alles in Ordnung? Beruhig dich. Du bist in Sicherheit. Du kannst mir vertrauen.«

Das Schwindelgefühl verflüchtigte sich. Felix fand zurück in die Realität. »Was wollen Sie von mir?«

»Ich bin Kunstberater. Wir sollten zusammenarbeiten. Dein Talent ist weit mehr wert als dreizehn Millionen. Auf so jemanden wie dich habe ich seit Jahren gewartet. Du bist ein Genie!«

»Ich … ich … weiß nicht, von was Sie sprechen«, stotterte Felix.

Gabriel de Moño runzelte die Stirn, als betrachtete er mit liebevollen Augen ein Kind beim Spielen. »Du brauchst dich vor mir nicht zu verstellen, Jüngelchen. Ich weiß Bescheid. Ich war bei Seefellner.« Die Erwähnung des Mannes, den man in der Gegend nur den »Deppenschorsch« nannte und den Felix als Strohmann benutzt hatte, um die Holzskulpturen dem Antiquitätenhändler Max Pauli – einem Freund seines Bruders – unterzujubeln, versetzte Felix einen Stich. Er schluckte mehrmals schnell und heftig, um die Trockenheit in seinem Mund zu bekämpfen. Er musste jetzt cool bleiben.

»Ich weiß wirklich nicht, wovon Sie sprechen.«

»›Du‹«, sagte sein Gegenüber. »Sag ›du‹ zu mir, Felix. Wir sind ab jetzt Partner.«

Felix schüttelte den Kopf.

»Ich mache dich reich«, setzte Gabriel de Moño nach und nahm einen genüsslichen Zug aus seiner E-Zigarette.

Felix schüttelte erneut abwehrend den Kopf.

»So reich, dass du dir alles kaufen kannst, was du willst. Ich wiederhole mich: Dein einzigartiges Talent ist Millionen wert.«

Felix schüttelte weiter den Kopf. Er war zu keinem klaren Gedanken fähig. Fahrig suchte er mit der rechten Hand nach dem Türgriff. Als de Moño das hilflose Manöver erkannte, legte er Felix seine rechte Hand auf den Oberschenkel. Felix spürte erneut die durchdringende Wärme. Was ging hier vor sich? De Moño fuhr fort: »Natürlich habe ich die Fälschungen sofort erkannt. Aber …« Wieder dieser seltsame, alles durchdringende Blick. »… sie sind gut … verdammt gut!«

»Wieso Fälschungen?« Felix war sich der Lachhaftigkeit seiner Gegenwehr bewusst. Aber was sollte er tun? Er saß in der Falle. Jeder Fluchtversuch war sinnlos. Felix zog seine Finger wieder vom Türgriff zurück.

Gabriel de Moño nahm die Hand von Felix' Oberschenkel und wechselte in einen vorwurfsvollen Ton: »Felix! Was soll das? Warum lässt du mich so hängen? Ich bin dein Freund! Ich mache dich reich!«

Obwohl die Hand nicht mehr auf seinem Schenkel lag,

glaubte Felix sie noch immer zu spüren. Der sonderbare Fremde war in einen beinahe flehenden Ton verfallen. Felix war klar, dass dieser Gabriel de Moño hier eine Show abzog, die Mitleid erregen sollte. Dennoch fiel es ihm schwer, sich der Wirkung der Worte zu entziehen.

»Ich weiß wirklich nicht, wovon Sie sprechen.« Er wandte den Blick ab und schaute nach vorn.

»Jetzt pass mal auf, mein Freund. Das ist hier keine Oper. Unsere Lebenszeit ist zu kostbar, als dass wir hier noch lange Arien aneinander vorbeiquatschen. Ich war bei Seefellner.« Felix spürte, wie sein Hemd am oberen Rücken und unter den Achseln nass wurde von seinem Schweiß. Angstschweiß. »Keine gute Idee, Seefellner als Strohmann zu benutzen. Zweihundert Euro haben gereicht, um ihn zum Sprechen zu bringen.

»Ich …«, stammelte Felix.

»Sei still«, fuhr ihm Gabriel de Moño dazwischen. »Seefellner ist ein Risiko.« Sein Tonfall wurde wieder freundlicher. »Es ist mir ein Rätsel, weshalb Stettner und dein Bruder nicht auch mal genauer bei diesem Seefellner nachgefragt haben.« Er schüttelte sanft den Kopf. Die Silberglieder des Ohrrings klimperten kaum hörbar, die daran befestigten Federn bewegten sich sanft. »Ich verstehe nicht, wie die auf diese schwache Legende mit der verschollenen Kiste aus der Kapelle gekommen sind. Das ist doch vollkommener Blödsinn! Dein Bruder muss vor lauter Begeisterung, dass seine Theorie sich bestätigt hat, das Denken eingestellt haben. Und Stettner …?« Gabriel de Moño blickte nachdenklich zum linken Seitenfenster hinaus, wo gerade ein südländisch aussehender Jüngling in weißem Hemd und Kellnerweste vorbeieilte. »Die Gier …«, murmelte er geistesabwesend, »… bei Stettner ist es vermutlich die blanke Gier …«

Felix sah zu de Moño hinüber und ertastete, während er sprach, erneut den Türgriff des Jaguar: »Ich weiß wirklich nicht, wovon Sie sprechen. Ich fühle mich nicht gut. Ich steige jetzt aus.«

Doch genau in dem Moment, in dem er die Tür aufdrücken wollte, sagte de Moño freundlich: »Meinetwegen. Ist deine Entscheidung. Aber dann bin ich leider gezwungen, dich auffliegen zu lassen.«

Felix dachte kurz nach – seine Hand umklammerte immer noch den Hebel, der die Tür des Jaguar öffnen sollte – und entgegnete dann fast schon triumphierend: »Damit können Sie mir nicht drohen. Ich wollte doch sowieso sagen, dass das Fälschungen sind. Ich wollte mich an meinem Bruder rächen, um nichts anderes ging es mir.«

»Rache!« Verächtlich zog de Moño die Mundwinkel nach unten. »Wie primitiv. Lassen wir doch deinen Bruder seinen Erfolg feiern! Soll er doch! Und währenddessen ziehen wir etwas anderes auf. Etwas viel Größeres.« Der Kunstexperte zögerte. »... jedenfalls, was das Fälschen angeht. Nach jemandem wie dir suche ich schon lange ... sehr, sehr lange. Wir sind das perfekte Team ...«

Gegen seinen Willen fühlte Felix sich geschmeichelt. Sein Pulsschlag beschleunigte sich.

Konnte das funktionieren? Warum nicht? Bis vor einer halben Stunde war Felix nicht bewusst gewesen, wie viel Geld auf dem Kunstmarkt umgesetzt wurde. Dreizehn Millionen für ein paar Figuren, die *er* geschnitzt hatte. Warum sollte das nicht noch einmal funktionieren? War das die Chance, sein Leben grundlegend zu verändern? Felix bemerkte gar nicht, dass seine Hand den Griff des Wagens längst wieder losgelassen hatte.

»Du und ich, Felix. Wir rollen den Kunstmarkt auf. Wir werden reich.« Er sah Felix in die Augen und sprach mit einem beinahe liebevollen Singsang in der Stimme: »Ich verstehe, dass du zögerst. Du kennst mich ja gar nicht. Aber lass es uns doch so machen: Ich gebe dir Zeit bis übermorgen. Dann komme ich zu dir, und wir reden noch einmal in Ruhe.«

Er reichte Felix die Hand, dieser schlug wie hypnotisiert ein, stieg aus, wankte mehr, als dass er ging, zu seinem Wagen.

Auf der Rückfahrt überlegte Felix, ob er das Angebot annehmen sollte. Als er das Ortsschild von Hinteröx passierte, stand sein Entschluss fest: Auf keinen Fall würde er mit Gabriel de Moño zusammenarbeiten. Das Risiko war ihm viel zu groß. Warum sollte er sich in die Hände eines wildfremden Mannes begeben, der ihm noch dazu nicht ganz geheuer war?

Als Felix auf den Weg zu seinem Haus abbog, verkrampften sich unwillkürlich seine Finger am Lenkrad, sodass die Knöchel weiß hervortraten. Den Mann vor seiner Haustür erkannte er schon von Weitem: Es war Hubert Novak.

Drei

Novak war nicht der Einzige, der auf Felix gewartet hatte. Im Gebüsch kauerte ein Mann. Aber den sahen Felix und Novak bei ihrer wortkargen Begrüßung nicht. Novaks Blick war ernst. Er kam direkt zur Sache. »Folgendes: Ich wollte fragen, ob es sein kann, dass du dir …

also, kürzlich, weil du einer der wenigen bist, die wissen, wo wir unser Geld aufbewahren … Da wollte ich fragen, ob du vielleicht dir da etwas … hm, wie soll ich sagen … ausgeliehen hast?«

Klar hatte Felix sein Geld genommen. Von irgendwas hatte er ja leben müssen, während er die Figuren gefälscht hatte. Diese Gedanken sprach er allerdings nicht laut aus. Stattdessen mimte er den Unwissenden und antwortete mit ruhiger Stimme. »Wie meinst du?«

»Es fehlen zweihundertdreißig Euro in der Dose. Kann es sein … Also, ich würde das nicht an die große Glocke hängen, wenn du das jetzt … also, ich weiß ja, dass du immer ein bisschen knapp bei Kasse bist, aber …«

Felix schüttelte zögerlich den Kopf. »Ich weiß wirklich nicht, was du meinst, Hubert. Ich habe dein Geld nicht.« Er spürte, wie Novak seine Mimik genau studierte. »Ich schwöre es bei meiner Mutter: Damit hab ich nichts zu tun, ehrlich.« Auf diesen Satz hin verzog Novak das Gesicht, als hätte er in etwas Saures gebissen. Er zögerte kurz und verließ nach knapper Verabschiedung den Hof. Erst jetzt nahm Felix wahr, wie angespannt die meisten Muskeln seines Körpers waren. Ich muss das Geld zurückbringen, war der einzige Gedanke, zu dem er fähig war.

Der im Gebüsch kauernde Hans Bicker, den alle nur »Bikini« nannten, konnte sich keinen Reim auf das Zusammentreffen der beiden Männer machen. Was genau gesprochen worden war, hatte er nicht verstehen können. Um Geld schien es zwar schon gegangen zu sein, aber Bikini war sich ziemlich sicher, dass das hier nicht sein nächster großer Coup werden würde. Vielleicht war es wirklich schwachsinnig gewesen, diesen arbeitslosen

Loser ins Visier zu nehmen. Sich zwischen Brombeersträuchern zu verstecken war definitiv schwachsinnig. Das stellte Bikini fest, als er beim Verlassen seines Verstecks mit den Dornen kämpfte, in denen sich sein schwarzes Hochglanzsakko verheddert hatte. Dennoch grübelte sein Kleinganovenverstand noch eine Weile darüber nach, ob und wo bei diesem Felix Ambach für ihn und seine Freundin Kelly Christ Geld zu holen sein könnte. Die Inspektion des Grundstücks, die er eine halbe Stunde zuvor durchgeführt hatte, hatte nichts zutage gebracht, das auf fette Beute hätte schließen lassen können: ein heruntergekommenes Haus, eine unverschlossene Wohnungstür. Drinnen hatte er auch nichts von Wert gefunden. Im Gegenteil: Das Mobiliar war derart abgenutzt, dass Bikini fast überlegt hatte, dem Mann noch etwas Geld dazulassen. Ein alter Röhrenfernseher von der Größe einer Autofelge! War das sein Ernst? Genervt wegen der verschwendeten Zeit, humpelte Bikini zu seinem etwas weiter in Richtung Kirche abgestellten Wagen. Einige Stacheln hatten sich in seiner Anzughose verfangen und stachen ihn bei jedem Schritt.

Felix schloss, wie die meisten Bewohner im Dorf, die Haustür nie ab. Bei ihm gab es nichts zu holen. Kaum hatte Novak den Hof verlassen, spürte Felix, wie müde er war. Die Begegnung mit Novak hatte ihn angestrengt, aber noch mehr die Auktion. Im Schlafzimmer streifte er die Schuhe ab, schaltete den Fernseher ein und legte sich auf die Couch. Seine Gedanken wanderten zu Gabriel de Moño. Vielleicht sollte er doch mit diesem Kunstberater zusammenarbeiten. Dann konnte er zumindest Novak heimlich das gestohlene Geld wieder in die Schachtel legen. Das wäre schon mal ein Anfang. Während er darüber sinnierte, übermannte ihn die Müdigkeit. Nach wenigen Minuten schlief er tief und fest.

Die Versteigerung im Auktionshaus Stettner hatte alle Erwartungen übertroffen. Im Büro hatte sich eine kleine Feiergemeinde festgetrunken. Claus E. Stettner prostete gerade seiner beschwipsten Frau zu, eine Mitarbeiterin des Hauses lachte etwas zu laut und der angestellte Experte des Auktionshauses, Dr. Roderick Wiedeking, vertilgte mit Freude die übrig gebliebenen Häppchen. Der Kaviar schmeckte zwar etwas säuerlich, aber der Champagner neutralisierte den merkwürdigen Geschmack.

Dr. Christian Ambach stand leicht beschwipst etwas abseits in einer Ecke des Raums. Mit einer Hand hielt er sein Handy ans Ohr, die andere umklammerte ein leeres Glas. »Schatz, bitte! Wir sind alle aus dem Häuschen und in Feierlaune, das geht schon noch eine Weile, hier. Außerdem kann ich jetzt eh nicht mehr fahren …«

Was seine Frau Maria hierauf entgegnete, spiegelte sich in Christian Ambachs Mimik wider. Er verdrehte die Augen und streckte sein leeres Sektglas auffordernd seinem alten Schulfreund Max Pauli entgegen. Eine Flaschenneigung später war das Glas wieder voll, der Schaum des Champagners floss über Christian Ambachs Hand.

»Prösterchen«, schrie Pauli etwas schrill durch den Raum und stieß mit jedem Glas an, das er finden konnte. Dann ließ er sich neben Claus E. Stettner in einen Sessel fallen und nahm einen großen Schluck, direkt aus der fast leeren Magnumflasche. Natürlich lief bei diesem Manöver jede Menge des teuren Gesöffs daneben. »Jetzt kommen Sie! Mir können Sie doch sagen, wer den Zuschlag gekriegt hat. Ich hab die Figuren schließlich entdeckt.« Sein Selbstbewusstsein hatte durch die Versteigerung gigantischen Zuwachs gewonnen. Max Pauli war seit heute Millionär. Sensationslüstern sah er den Chef des Auktionshauses an. Pauli fühlte sich absolut berechtigt zu erfahren, wer dreizehn Millionen Euro für die Figuren hingeblättert hatte. Schließlich war er hier und heute der mit Abstand wichtigste Mann – er hatte doch die Figuren angekauft! Stettner lächelte zwar, aber er schwieg. Stattdessen ergriff Roderick Wiedeking, der sich gerade ein weiteres Kanapee in den Mund schob, schmatzend das Wort: »Das ist sozusagen ein Betriebsgeheimnis. Jemand, der so viel zahlt, der möchte halt nicht, dass er morgen gleich wieder Opfer eines Einbruchs wird, oder Schlimmeres. Mord, sozusagen.«

Max Pauli war nicht zufrieden mit dieser Antwort, auch wenn sie ihm natürlich schlüssig erschien. Lieber hätte er später bei seinem Date mit der Escortlady damit geprahlt, dass irgendein Scheich oder Oligarch von ihm persönlich Statuen im Wert von dreizehn Millionen Euro gekauft hatte, aber ein geheimnisvoller Käufer konnte sicher auch Eindruck schinden.

Dr. Christian Ambach hatte sein Telefonat mittlerweile beendet. Seine Frau Maria war nun zwar endgültig sauer auf ihn, aber dafür würde er nun in München übernachten und sich feiern lassen. Bis um zwanzig Uhr waren die zehn Magnumflaschen Champagner geleert, und die letzten Gäste verließen nach und nach die Räume des Auktionshauses.

Claus E. Stettner – auch er neuerdings um einige Millionen reicher – ließ sich gemeinsam mit seiner Frau im Taxi nach Hause chauffieren. Er beabsichtigte noch einige Leckereien von ihrem Körper zu schlecken. Max Pauli war mit »Jacqueline, 20, entdecke meine aufregenden Piercings im Feuchtbiotop« verabredet. Christian Ambach hingegen ließ es sich an dem Tag, der die Krönung seines bisherigen Schaffens als Kunsthistoriker darstellte, nicht nehmen, den Rest der Gesellschaft zu einem vermeintlich spontanen, in Wahrheit aber seit zwei Wochen geplanten Umtrunk ins Schumann's einzuladen, seit jeher die Lieblingsbar der Münchner High Society. Der Rest der Gesellschaft, das waren einige hochmotivierte und attraktive Kunstgeschichtsstudentinnen, eine Handvoll Pressevertreterinnen und mehrere wohlhabende Kunstsammler aus seinem Bekanntenkreis.

Roderick Wiedeking hätte auch mitgehen können, aber er zog die Gesellschaft von Kunst derjenigen von Menschen vor und verabschiedete sich kurzatmig und mit einem leichten Schlag auf der Zunge. Zu Hause hatte er Kunstwerke – darunter hochwertige Kopien von Pierre Bonnards »Mann und Frau«, von Pierre-Auguste Renoirs »Figuren in einem Garten« und dem »Pinkelnden Tod« von Max Klinger. Er liebte diese Gemälde. Für ihn bildeten sie die einzig lebenswerte Welt ab. Doch ehe er sich ihrer Betrachtung hingeben konnte, musste er sich einer unangenehmen Überraschung stellen: Vor der Haustür erwartete ihn »die Witzfigur von Journalist«, die bereits vor Stunden die Auktion gestört hatte. Der Mann hatte lauthals die wertvollen Riemenschneider-Skulpturen als Fälschungen bezeichnet! Beinahe hätte Wiedeking ihn gar nicht gesehen, so farblos war seine ganze Erscheinung. Einem Stadt-Chamäleon gleich, verschmolz der ungesunde, betongraue Teint des Journalisten mit der Wand des Sechzigerjahrebaus in Sendling, in dem Wiedekings Zweizimmerwohnung lag.

Der Journalist stand unter Stress, das bemerkte Wiedeking gleich, nachdem er den Lichtschalter gedrückt hatte, um das Türschloss des Mietshauses besser zu treffen. »Tag, Stefan Blank mein Name, freier Journalist. Ich schreibe eine große Story …« Der Mann verhaspelte sich. »… investigativ … über die gefälschten Riemenschneider-Figuren, die heute versteigert wurden. Undund …«, stotterte er, »… ich würde hiermit gerne offiziell um ein Interview mit Ihnen anfragen, weil Sie sind doch der Experte bei Stettner, oder?«

Wiedeking wusste nicht, ob die gestelzte Ausdrucksweise oder die Menge an Kaviarhäppchen, die er sich eben noch einverleibt hatte, schuld an seiner Reaktion waren. Auf jeden Fall kotzte er in der nächsten Sekunde dem Journalisten ansatzlos vor die Füße. Erschrocken sprang Blank einen Schritt zurück. Wiedeking wischte sich mit einem Tempotaschentuch, das er seinem Mantel entnahm, den Mund ab, lallte noch beiläufig »Gut' Nacht, sozusagen« und schloss die Haustür auf.

»Herr Doktor Wiedeking! Ein Interview!« Stefan Blank war völlig außer sich. »Die Presse hat ein Anrecht darauf, die Hintergründe dieses Millionendeals zu erfahren. Sie haben die vierzehn Skulpturen für echt erklärt …«

Wiedeking drehte sich noch einmal schwankend von der halb geöffneten Haustür zu Stefan Blank um, schob ihn mit einer Hand vom Fußabstreifer hinunter – dies fiel ihm leicht, da er, der Bierbäuchige, wesentlich schwergewichtiger als der zwar drahtige, aber auch zierliche Wadlbeißer war –, sodass der Journalist mit seinen Trekkingsandalen aus Versehen in das Erbrochene trat. Wiedeking hatte das keineswegs beabsichtigt, also würgte er hervor: »Bitte, Herr … mir ist … sozusagen … nicht gut … der Kaviar. Alle Anfragen …«, er stieß auf,

»… bitte offiziell an das Haus. Ich bin jetzt privat und mag meine Ruhe, sozusagen.« Dann trat er einen Schritt zurück und schloss vor dem mit einem erschütterten Gesichtsausdruck in der Kotze stehenden Journalisten für seine leisen Verhältnisse laut die Milchglastür.

»An das Haus habe ich doch bereits eine Anfrage gestellt!« Gegen die verschlossene Tür sprechend, nahm Stefan Blanks Stimme etwas Giftiges, ja Terrierhaftes an. »Aber da redet ja *auch* niemand mit mir!« Mit einem Mal roch der Journalist das Erbrochene, es war ein fischig-säuerlicher Geruch; er verzog die Nase und blickte an sich hinunter. Angeekelt trat er einen Schritt zurück und stampfte die Füße auf, als wäre die Kotze Schnee, den man von den Schuhen abschütteln konnte. »Scheiße.« Das Hauslicht erlosch. »Scheiße, Scheiße, Scheiße!« Blank stand jetzt im Dunkeln. Er verharrte einen Moment, drehte sich dann um und verschwand in Richtung der Großmarkthallen. Auf dem Weg murmelte er – dies mehr zu sich selbst –: »Euch werde ich es zeigen, euch Scheinheiligen!« Wenige Zeit später würde Blank unter genau diesem Namen einen Blog starten, um den seiner Ansicht nach größten Fälschungsskandal, der die Kunstwelt je erschüttert hatte, publik zu machen.

Am Morgen nach der Auktion fühlte Felix sich ruhelos, leer und ausgehöhlt. Seine Ruhelosigkeit rührte von dem Gefühl her, er müsse Novak das Geld so schnell wie möglich in seine Schatulle zurücklegen. Aber woher sollte er es nehmen? Die innere Leere dagegen hatte von ihm Besitz ergriffen, weil er plötzlich kein Ziel mehr vor Augen hatte. So ausgefüllt die vergangenen Monate durch die konzentrierte, ja beinahe manische Arbeit an den Fälschungen gewesen waren, so hohl und nutzlos fühlte er sich jetzt, da er nichts mehr zu tun hatte. Hilflos telefonierte er einige Schreiner ab, denen er in den letzten Jahren immer mal gegen wenig Geld und schwarz geholfen hatte. Aber wie es der Teufel wollte: Gerade jetzt konnte niemand Unterstützung brauchen. Felix beschloss, einen Zettel am Schwarzen Brett beim Kramerladen aufzuhängen. Eilig schrieb er in Druckbuchstaben folgenden Text auf ein Blatt Papier: »Sie brauchen Hilfe bei Ihren Schreinerarbeiten in Haus und Garten? Geschickter Handwerker kümmert sich um alles.« Darunter notierte er seinen Namen und seine Handynummer und machte sich mit dem Fahrrad und vier Reißnägeln in der Tasche auf den Weg. Als er den Zettel an dem Brett neben der Tür zum Kramerladen festpinnte, trat Martin Zöttl aus dem Geschäft. Der überflog den Aushang und meinte – er war ausnahmsweise guter Laune: »Hast' schon gehört: Der Ebrattinger Pfarrer ist jetzt wieder aus dem Krankenhaus.« Dieser Satz hatte auf Felix etwa die gleiche Wirkung, wie wenn er seine Finger kurz in eine Steckdose gesteckt hätte. Er zuckte, taumelte, der Kramer packte ihn am Arm, aber nach einigen Sekunden fing sich Felix wieder. »Was war jetzt das?«, erkundigte sich Zöttl besorgt.

»Kreislauf«, presste Felix hervor, »ich hab's in letzter Zeit mit dem Kreislauf.«

»Ich seh's. Du bist käseweiß. Komm einmal herein.« Zöttl zog den Wehrlosen ins Innere des Geschäfts.

»Was ist?«, röhrte die Kramerin mit ihrer Männerstimme hinterm Verkaufstresen hervor.

»Der wäre fast umgefallen, der hat einen Kreislauf, der braucht ein Bier.«

Als der alte Zöttl Felix bereits durch die Tür, die vom

Laden in den Wohnteil des Hauses führte, gezogen hatte, rief seine Frau garstig hinterher: »Ja, ja, und du hast wahrscheinlich auch einen Kreislauf, oder? Brauchst wahrscheinlich auch ein Bier!«

In der Küche, die vollständig mit Nut-und-Federholz vertäfelt war, drückte Zöttl Felix auf die Eckbank, ging zum Kühlschrank, holte zwei Bier hervor, stellte sie auf den Tisch und öffnete die erste Flasche. Ehe er die zweite öffnen konnte, machte Felix eine schwache, abwehrende Handbewegung und sagte: »Lass zu, ich mag kein Bier jetzt. Mir geht's schon wieder.«

»Bloß eine Flasche«, versuchte ihn der Kramer zu überreden.

»Ich trink doch keinen Alkohol.« Felix' Tonfall hatte etwas Entschuldigendes. Zwar zog man im Dorf bei jeder Gelegenheit über die Trunksucht seines verstorbenen Vaters her, aber wenn einer gar keinen Alkohol zu sich nahm, dann fand man das auch ungehörig, ja auf gewisse Weise sogar asozial.

»Bier ist doch kein Alkohol!«, meinte Zöttl empört. »Das ist ein Grundnahrungsmittel!« Im Laden läutete die Klingel, vermutlich ein Kunde. »Magst ein Spezi?« Auf dieses Angebot ließ Felix sich ein. Er wollte unbedingt herausfinden, was der Kramer über den Pfarrer wusste. Hierauf angesprochen, erhob sich der Alte, ging in den Flur, holte eine Zeitung, setzte sich wieder an den Tisch mit der Eckbank und schlug den Artikel auf. Sofort war Felix hellwach. In dem Bericht stand, dass der Pfarrer den Anschlag wohlbehalten überstanden und einige vielversprechende Hinweise auf den Täter geliefert habe: »Das Opfer hat eindeutig erklärt, dass es sich nur mit einem einzelnen Täter konfrontiert gesehen habe. Dennoch hält die Kripo es nach wie vor für möglich, dass das

Verbrechen von einer Bande verübt wurde. Bezüglich des Aussehens des Täters teilt die Polizei mit, dass es sich laut Aussage des Pfarrers um einen etwa 1,85 Meter großen Mann gehandelt hat, der während des gesamten Vorgangs eine schwarze Sturmhaube aufhatte. Die Erstellung eines Phantombilds ist daher nicht möglich. Der Mann trug dunkle Kleidung, die der Pfarrer leider nicht genauer zu beschreiben in der Lage ist.«

Nachdem Felix den kompletten Text gelesen hatte, atmete er auf und lehnte sich zurück. Weder handelte es sich bei ihm um eine Bande, noch war er 1,85 Meter groß. Und dunkle Kleidung trugen viele. Mit dieser Personenbeschreibung konnten die lange nach ihm suchen.

Der alte Zöttl hatte sein Bier bereits zu Dreivierteln leer getrunken. »Das mit dem Pfarrer scheint dich ja ganz schön zu interessieren, ha?« Dies war scherzhaft flachsend gemeint, aber Felix zuckte wieder zusammen. »Nein, nein«, stotterte er wie ertappt, »... also, nicht mehr als irgendwas anderes.«

»Schon gut«, meinte der Alte, »hier rührt sich ja sonst nicht viel. Ich finde das mit dem Pfarrer ja auch spannend. Aber jetzt trink erst einmal.«

Felix trank eilig seine Flasche leer und ließ kurz darauf einen etwas unzufriedenen Kramer zurück. Der hatte sich von seiner Großzügigkeit mehr Gesellschaft erwartet. Aber Felix wollte nur nach Hause, in seine eigenen vier Wände. Obwohl der Zeitungsartikel ihm kurz Mut gemacht hatte, fühlte er sich nun mit einem Mal von allen Seiten umzingelt.

Zur selben Zeit studierten Ute Dukaz, sechsunddreißig, und ihr acht Jahre jüngerer Kollege Toni Glaser die Fotografie eines Reifenabdrucks. Den beiden Ermittlern der

Mordkommission war klar, dass die Täterbeschreibung des Pfarrers sie nicht auf direktem Weg zu dem Mann führen würde, den eine Boulevardzeitung zwischenzeitlich als »Kirchenmörder« bezeichnet hatte. Aber möglicherweise der Abdruck des Autoreifens.

»Die KTUler sagen«, erläuterte Kriminalkommissar Glaser seiner Chefin, die heute wieder ein für ihre opulente Figur tollkühn tief ausgeschnittenes Top trug, »dass das 185/65/15er-Reifen sind, mit Reifenindex 88H. Die passen auf genau fünf Fahrzeuge – den Dacia Logan, den Fiat Multipla, den Fiat Punto, den Fiat Grande Punto und die neueren Modelle vom Audi A1. Das ist ein bisschen dünn. Sollen wir daraus jetzt noch eine Fahndung machen?«

Ohne den Kollegen anzusehen, antwortete Ute Dukaz: »Ich fürchte fast, dass das unsere einzige Chance ist.«

»Oder verschrecken wir damit den Täter, der sich jetzt gerade vielleicht sicher fühlt, weil wir mit so einer ungenauen Beschreibung rausgegangen sind?« Nachdem Toni Glaser die Frage gestellt hatte, öffnete er mit einem Zischen die Dose seines dritten Energydrinks an diesem Tag. Ute Dukaz rümpfte die Nase. Sie konnte den süßlichen Geruch nicht ausstehen. Ganz zu schweigen von dem künstlichen Geschmack. Aber sie war eine tolerante Person. So tolerant, dass sie ihrem Mann sogar erlaubte, im Garten hinter dem Haus einige Marihuanapflanzen zu halten. Sie standen unauffällig neben dem Gewächshaus, in dem er seine Bonsais züchtete. Sie schüttelte den Kopf. »Ich verstehe das bis heute nicht. Warum bricht jemand in eine Kirche ein und nimmt nichts Wertvolles mit? Was hat der Täter da gewollt? Warum schlägt er den Pfarrer halb tot und fackelt die Kirche ab? Das ergibt doch überhaupt keinen Sinn! Und wieso sägt jemand vorher Balken an, um sie dann anzuzünden?«

»Jetzt bitte nicht wieder dieses Thema!« Toni Glasers Stimme nahm einen genervten Ton an. »Das haben wir jetzt doch schon hundertmal durchgekaut.« Er ließ das Blatt mit dem Abdruck des Autorreifens mit einer ausschweifenden Bewegung auf den Bürotisch segeln. »Entweder er hat vorher die Balken herausgesägt, weil sie eine rituelle Bedeutung haben, oder er will aus ihnen irgendetwas bauen …«

»Und was baut er daraus? Das ist doch Quatsch! Dafür schlag ich doch nicht jemanden halb tot!«, unterbrach ihn Ute Dukaz.

»Ich habe jetzt keine Lust mehr auf dieses Gespräch, Frau Dukaz. Das Problem ist, dass wir dazu einfach noch zu wenig wissen. Auch wenn der Pfarrer nur von einem Täter spricht, ist es durchaus möglich, dass sich in der Kirche noch andere Komplizen aufgehalten haben. Der Pfarrer war ja nicht richtig drin in der Kirche; er hatte keine Möglichkeit, sich in Ruhe umzusehen. Das ist alles nur Spekulation.« Er zögerte einen Moment und sagte dann: »Sollen wir die Fahndung nach den Reifen jetzt raushauen oder nicht?« Toni Glaser nahm einen Schluck aus der Dose. Er war genervt. Er hasste Mutmaßungen.

»Wir geben eine Fahndung an alle Polizeidienststellen in Bayern raus, aber nur intern. Die sollen bei Fahrzeugkontrollen Profile abgleichen. Denn wenn unser Täter mal spitzbekommen hat, dass wir nach seinen Autoreifen suchen, dann fährt der in die Werkstatt und lässt sich einfach neue montieren.« Sie sah den jüngeren Kollegen an und dachte beim Anblick seiner Vokuhila-Frisur, dass sie noch lieber mit ihm zusammenarbeiten würde, wenn er einen vernünftigen Haarschnitt hätte. Den blonden

Schnurrbart fand sie gar nicht so schlimm. »Ich glaube, ich brauche mal wieder einen Friseurtermin«, sagte sie jetzt und hoffte, dass Toni Glaser diesen Wink mit dem Zaunpfahl verstehen würde. Doch der meinte bloß: »Aber Sie waren doch erst letzte Woche. Die Haare sind doch gut.« Ute Dukaz hob etwas ratlos die Schultern. Natürlich war ihre Frisur tipptopp. Ihr Aussehen war ihr eben wichtig. Es war ihr unerklärlich, wie so ein netter, sympathischer und vor allem erwachsener Mann herumlaufen konnte wie ein Halbstarker aus den Achtzigern. Davon abgesehen mochte sie Toni allerdings wirklich. Er war ein Kollege mit Sachverstand und wurde oft wegen seines speziellen Äußeren unterschätzt. Außerdem war er einer der wenigen männlichen Kollegen, dem jegliche Art von Chauvinismus fremd war. Sie mochte es, dass er sie penetrant weiter siezte, obwohl sie ihm schon vor über einem Jahr das Du angeboten hatte. Die einzige Grenzüberschreitung, die er sich kürzlich erlaubt hatte, war die Bemerkung, ob sie vielleicht vom Vorabend noch bekifft sei. Das war schon ziemlich frech gewesen, aber bei Kriminalkommissar Glaser eben die absolute Ausnahme. Natürlich hatte sie am Vorabend mit ihrem Mann ein bisschen Wasserpfeife geraucht. Aber dass Toni Glaser das sofort bemerkte, sprach eben auch für seinen Spürsinn. Obgleich es ihn natürlich rein gar nichts anging.

Vier

Gabriel de Moño war ein zuvorkommender Mensch. Nicht nur hinsichtlich seines ausgesucht höflichen Benehmens, sondern auch im wörtlichen Sinne: Er kam Menschen zuvor und überraschte sie damit nicht selten. Und so stand der Kunstvermittler, der unter allen Zweiflern die Fälschung am eindeutigsten durchschaut hatte, nicht erst, wie angekündigt, zwei Tage nach der Millionenauktion bei Felix im Hausflur, sondern bereits am Abend des Folgetags. Damit erwischte er Felix vollkommen auf dem falschen Fuß, denn der hatte gerade begonnen – frustriert von seiner Auftrags- und Geldlosigkeit –, sich am Waschbecken seines Badezimmers mithilfe eines zwölf Jahre alten Männermagazins zu erleichtern. Als Felix die Schritte im unteren Geschoss hörte, packte er schnell seinen Penis wieder in die Unterhose und zog die Jeans hoch. Für Händewaschen blieb keine Zeit mehr.

»Oh, Sie sind es«, sagte er, als er Gabriel de Moño im Halbdunkel erkannte. Der war gerade im Begriff, die erste Stufe der Holztreppe zu nehmen. »Bleiben Sie unten, ich komme schon.« Felix eilte die Treppe hinunter.

Gabriel hielt ihm die Hand hin, Felix zögerte, sah kurz auf seine eigene Hand, schlug dann aber ein. Es war seltsam: Gabriel de Moño die Hand zu geben fühlte sich an wie gestreichelt zu werden.

»Guten Abend«, sagte de Moño mit sanfter Stimme. »Ich hoffe, ich störe nicht.« Er sah nach oben. »Es riecht nach Sex. Sind wir allein?«

»Wir gehen in die Küche«, antwortete Felix schnell

und ging voraus. Dort knipste er das Licht an, bot dem Besucher einen Stuhl an und ging zum Waschbecken, um sich dann doch die Hände zu waschen. Während er sie einseifte, glaubte er zu spüren, dass Gabriel de Moño lächelte. Als er sich mit einem Ruck umdrehte, sah ihn der Kunstberater zwar freundlich, aber keineswegs belustigt an.

»Hast du nachgedacht, über uns, Felix?«

Felix ging zum Kühlschrank, öffnete ihn und suchte nach etwas, das er seinem Gast anbieten konnte. Vergeblich. Er schloss ihn wieder. »Wollen Sie ein Glas Leitungswasser? Ich ... ich ...«, er räusperte sich verlegen, »habe vergessen, einkaufen zu gehen.«

»Habe ich mir schon gedacht«, antwortete Gabriel de Moño und zauberte mit einem Lächeln eine Flasche Weißwein unter dem Tisch hervor. Felix wunderte sich, er hatte die Flasche gerade eben, als sie sich die Hand gegeben hatten, gar nicht gesehen.

»Ich mache sie für *Sie* auf, weil ...«

»... du keinen Alkohol trinkst, ich weiß«, unterbrach ihn de Moño. »Aber hier habe ich noch etwas.« Der Kunstberater zog eine weitere Flasche unter dem Tisch hervor. »Rot wie Pfarrersblut ...« Er lächelte liebenswürdig. »Ich hoffe, du magst Kirschsaft.«

»Lieber als Wein.«

Felix entkorkte die Weißweinflasche, die zu seinem Erstaunen perfekt gekühlt war, und schraubte den Deckel vom Kirschsaft ab. Ohne hinzusehen, spürte er, dass Gabriel de Moño prüfende Blicke durch die Küche schweifen ließ, den Zustand des Gemäuers und damit Felix' Lebensstandard einschätzte. Wobei es hier nicht viel zu schätzen gab. Ein Blinder konnte sehen, dass die Zeiten, in denen es hier jemandem gut gegangen war, viele Jahre zurücklagen. Felix fühlte sich ausgeliefert. De Moño zog aus seiner linken Hosentasche ein Taschentuch und putzte das Glas, das Felix ihm für den Wein hingestellt hatte.

»Hast du nachgedacht«, griff er die Frage von gerade eben wieder auf. »... über unsere Zusammenarbeit?« Felix nahm das zischelnde »s« genau wahr, er sah ihn an. In dem Moment, in dem seine Augen jene Gabriel de Moños trafen, übermannte ihn ein verstörendes Gefühl. Er fürchtete, in einem schwarzen Meer unterzugehen. Felix riss den Blick von ihm los und fixierte das Fenster. Die Sonnenstrahlen wechselten gerade ins Rot des Abends. Obwohl er sich von den schwarzen Augen dieses Mannes gelöst hatte, fühlte er sich noch immer von dessen Aura gefangen. War es ein Zufall, dass Gabriel de Moño den Kirschsaft eben mit Pfarrersblut verglichen hatte? Woher wusste er, dass Felix keinen Alkohol trank?

»Der Pfarrer ... ähm ... Woher weißt du, dass ich keinen Alkohol trinke?« Felix erschrak. Die Frage platzte einfach so aus ihm heraus.

Gabriel de Moño reagierte sofort: »Gut, sehr gut – du duzt mich, das ist ein gutes Zeichen, Felix.« Er nahm einen Schluck von dem Weißwein und seufzte genießerisch: »Ah ... du magst wirklich nicht probieren? Ein 2011er Sancerre von Henri Bourgeois, kein ganz teurer Wein, aber genau das Richtige für den Sonnenuntergang. Ich liebe diesen Wein.« Er ließ einige Sekunden verstreichen. Dann sagte er: »Ehrlich gesagt, Felix, bin ich etwas überrascht, in welch ärmlichen Verhältnissen ein Mann wie du lebt. Ein Mann mit so großem Talent.« Wieder hörte Felix dieses zischelnde »s« in den Worten seines Gasts. »Du könntest Millionär sein. Stattdessen trinkst du Leitungswasser und ...« Er sah sich um. »... dir blättert der Putz von den Wänden.« Keine Spur von Verachtung in seinen Worten.

»Ich mache mir nichts aus Geld.« Felix konzentrierte sich auf das vor ihm stehende Glas mit Kirschsaft.

»Trink, nur zu«, forderte Gabriel de Moño ihn auf. Felix nahm einen Schluck. Der Saft war gut. Er schmeckte kraftvoll und stark nach Kirsche. Von derart aromatischem Kirschsaft hatte er noch nie gekostet. »Schmeckt er dir, der Saft? Der ist gut, nicht wahr?«, sagte de Moño. Es klang weder triumphierend noch überheblich, nur freundlich, mitfühlend, verständnisvoll.

»Ja«, murmelte Felix.

Dann schwiegen beide eine Weile. Schließlich durchbrach der Besucher, der Felix immer unheimlicher wurde, die Stille: »Mensch, Felix, du bist sechsunddreißig. Das ist zu jung, um sich im schönsten Abendrot in einem versifften Bad einen runterzuholen.« Felix verschluckte sich auf diesen unspektakulär dahingesagten Satz hin und räusperte sich. Gabriel de Moño sprach weiter: »Du gehörst raus, in die weite Welt! Du bist ein Künstler, ein Genie, du verdienst es, geliebt zu werden, von allen.« Felix wagte einen Blick in de Moños Gesicht. Wieder spürte er die Wärme, die von dem Mann ausging. »Hier.« Mit zwei raschen, aber durchwegs geschmeidigen Bewegungen hatte de Moño in die Innentasche seines schwarzen Jacketts gegriffen und ein schlankes Bündel Geldscheine in die Mitte des Tischs gelegt. Vorsichtig, mit liebevoller Eleganz. »Für dich.« Neugierig studierte er Felix' Blick. Der starrte auf das Geld. Es war viel Geld. Zehn, zwölf Hundert-Euro-Scheine. Felix dachte an Novak. Mit drei dieser Scheine konnte er die »Scheißangelegenheit« aus der Welt schaffen, die ihm seit Tagen im Magen lag. Ohne, dass er aufflog – und vor allem würde er endlich dieses schlechte Gewissen los sein, das ihn plagte, weil er jemanden bestohlen hatte, der selbst nicht viel hatte. »Sieht gut aus, oder?« Auch dies sagte Gabriel de Moño, ohne nur einen Funken Siegesgewissheit durchblicken zu lassen, die Felix' natürlichen Trotz, seine Gegenwehr hätte wecken können. In Felix' Hirn blitzten Zerrbilder wie Sternschnuppen durch den Nachthimmel. Erscheinungen, Szenen nahmen Gestalt an, wurden konkret. Er sah sich, wie er das Geld in die mintfarbene Büchse in Novaks Küche zurücklegte; er sah sein eigenes Haus von außen, aber plötzlich mit frischem Anstrich; er sah eine junge Frau, die in einem Sommerkleid auf seinem Bett lag; er sah das Grab seiner Eltern, auf dem Blumen in allen Farben blühten … Doch da griff Gabriel de Moño erneut nach seinem Glas; und diese kurze Bewegung, die genau genommen nichts mit den Bildern in Felix' Kopf zu tun haben konnte, führte dazu, dass plötzlich andere Bilder auftauchten: der Pfarrer, zappelnd und vor Schmerz stöhnend in einer Lache aus Blut auf dem Kirchenboden, um ihn herum ein Meer aus Flammen, schwarz und rot und gelb und lodernd. Dann verschwand der Pfarrer und Felix sah Christian, wie er seine Exfreundin Maria auf dem Küchentisch nahm, wie sie immer lauter unter seinen Stößen stöhnte. Christian zog zurück, sah ihn an, doch Felix hatte nur Augen für Marias rot leuchtendes Geschlecht. Er schüttelte den Kopf, als könnte er damit die Bilder vertreiben, und sah nun einen Mann, den er schon einmal gesehen zu haben glaubte. Aber er konnte das Gesicht nicht erkennen, der Mann bedeckte es mit seinen Händen. Mit einem Mal ergriff ein Schauer von Felix Besitz, denn irgendetwas sagte ihm, dass dieser Mann, der ihm in seiner Schreckensvision erschien, tot war und dass er, Felix, auf verhängnisvolle Weise mit diesem Toten verbunden war. War er es am Ende selbst?

»Siehst du, und all dies bist du los, wenn wir zusammenarbeiten«, riss ihn Gabriel de Moño aus seinen Wahrnehmungen. »Nie wieder Angst, nie wieder Probleme.« Felix war verunsichert. Hatte er erneut laut gesprochen, oder war es Zufall, dass de Moño mit seiner Rede scheinbar Bezug auf die Bilder nahm, die in Felix' Kopf entstanden waren? Der Kunstberater sprach leise, aber melodisch weiter und holte Felix in die Realität zurück. »Stattdessen Geld, Liebe, Glück ...« Apathisch langte der Angesprochene nach dem Kirschsaftglas und trank es in einem Zug leer. Dann griff seine Hand nach den Scheinen auf dem Tisch, zählte sie durch – es waren eintausendfünfhundert Euro –, und eine Stimme fragte Gabriel de Moño: »Und was muss ich dafür machen?«

Die Stimme war seine eigene.

Fünf

Stefan Blank saß vor seinem Laptop. Eben hatte er ein erstes Bild auf seinen frisch eingerichteten Tumblr-Blog »die_ SCHEINHEILIGEN« hochgeladen, das Claus E. Stettner lachend auf der Bühne zeigte, im Hintergrund war eine Projektion des heiligen Christophorus zu sehen. Das Foto hatte er eigenhändig auf der Nothelfer-Auktion geschossen, und es sah dank moderner Digitaltechnik ganz passabel aus. Darunter schrieb Blank in Großbuchstaben »ALLES FALSCH« und fügte als Beschreibung des Bilds folgenden Text in das dafür vorgesehene Feld ein:

Seit Jahren kursieren Fälschungen auf dem Kunstmarkt, und das trotz besseren Wissens sogenannter »Experten«. Warum ist das so? Wer zieht im Hintergrund die Strippen? Im aktuellen Fall handelte es sich um gefälschte Skulpturen der vierzehn Nothelfer, die in München im Auktionshaus Stettner veräußert wurden. Ich war live dabei, um die Verantwortlichen vor Ort knallhart zur Rede zu stellen. Doch auf meine hartnäckigen Nachfragen nach den Riemenschneider-Fälschungen und den offensichtlich falschen Gutachten bekam ich keine Antwort. Wieder mal! Aber keine Angst, liebe Leser, ich werde mich davon nicht abschrecken lassen, sondern der Sache auf den Grund gehen. Folgt mir bis dahin zahlreich und teilt diesen Eintrag, damit wir nicht länger für dumm verkauft werden.

Mein Ziel ist die Entlarvung der hohen Herren, die hier im großen Stil Betrug begehen. Ich werde nicht ruhen, ehe ich herausgefunden habe, wer die Figuren gefälscht hat und wer noch in dieses dreiste Komplott verwickelt ist. Ich werde den ganzen Ring auffliegen lassen. Seien Sie unbesorgt: Stefan Blank bleibt dran.

Er war zufrieden. Sein Blog war online. Blank nahm einen Schluck Kaffee aus der Tasse mit dem Radio-Gong-Logo. Aber er schmeckte nicht. Das Zimmer roch noch immer nach Kotze. Blank hatte das Profil seiner rechten Trekkingsandale zwar schon mehrfach mit Deo besprüht, aber der säuerliche Geruch war hartnäckiger als gedacht. Blank öffnete das Fenster der Dachgeschosswohnung und stellte die Schuhe nach draußen auf das Fensterbrett. Der Geruch in der Wohnung besserte sich sofort merklich. Auf seine Lieblingsschuhe musste der selbst ernannte Investigativjournalist heute verzichten.

Blank schlüpfte in ein Paar abgetragene Funktionsschuhe und packte seine Reportertasche. Er fühlte sich voller Tatendrang. Digitalkamera, Mikrofonaufsatz für das Smartphone und Laptop wanderten in den olivgrünen US-Armee-Rucksack. Dann schulterte er den Rucksack und überprüfte sein Outfit, indem er selbstbewusst vor dem Spiegel posierte. Er neigte den Kopf und überlegte: War das T-Shirt mit der Aufschrift »Hände weg von unseren Kindern« zu subversiv?

Obwohl Blank der festen Überzeugung war, dass das T-Shirt ein starkes Statement gegen Kindesmissbrauch war, gab es andere Menschen, die ihn deswegen in Verbindung mit der rechten Szene brachten. Das waren natürlich meist linke Bartträger, Gutmenschen und Ausländer, aber er sollte bei seinem bevorstehenden Termin nichts riskieren. Er wollte niemanden provozieren. Schließlich brauchte er gleich volle Kooperation. Nein, das T-Shirt entsprach zwar seiner Meinung, war aber jetzt nicht hilfreich. Er legte den Rucksack ab, zog das Shirt aus und ging mit nacktem Oberkörper zu seinem Kleiderschrank aus Pressspan und öffnete die Schiebetür. Er zog einen verbogenen Metallbügel heraus, auf dem ein hellblaues Jeanshemd hing. Damit ging er in die Küche, stellte das Bügelbrett auf und begann zu bügeln.

Jetzt fühlte er sich fast bereit, seine Informantin zu treffen. Da es sich um eine Frau handelte, beschloss er, sein glattes braunes Haar noch in Form zu bringen. Mittels Plastikkamm und dem preiswerten Gel aus dem Drogeriemarkt zog er einen akkuraten Seitenscheitel. Dann wusch er sich die Gelreste von den Händen.

Etwa zwanzig Minuten später saß Blank wie vereinbart in einem Café in der Hauptbahnhofsgegend, das zu einer jener seelenlosen Franchiseketten gehörte. Es dominierten billige Loungemöbel, bezogen mit dunkelbraunem Kunstleder, der Rest des Ladens war in hellbrauner Holzoptik gehalten. Vor ihm stand ein Mineralwasser mit einer Scheibe Zitrone. Die Tischplatte klebte unangenehm, aber Blank war vorbereitet. Er zog unauffällig eine Packung Sagrotantücher aus der Seitentasche seines Rucksacks und säuberte den Bereich, auf dem er seine Hand ablegte, besonders sorgfältig. Er hasste Schmutz. Nach weiteren zehn Minuten betrat seine Kontaktperson den Laden und setzte sich zu ihm an den Tisch.

»Blendend sehen Sie aus, schön, dass Sie Zeit haben für mich, ist ja nicht einfach in der Schwangerschaft?«, strahlte Blank die blonde Mitarbeiterin des Auktionshauses Stettner an. Die übergewichtige Buchhalterin fühlte sich auf den Arm genommen.

»Ich bitte Sie! Haben Sie das Geld dabei?«

»Schwangere Frauen haben immer so eine tolle Ausstrahlung. Die strahlen so von innen heraus.« Es entstand eine peinliche Stille. Blank hatte für Komplimente einfach kein Talent. Die Situation wurde von dem Kellner entschärft, der die Bestellung der Frau – »Kakao mit Sahne und eine Cola light, bitte« – freundlich entgegennahm und wenige Momente später an den Tisch brachte. Blank wartete, bis der Mann sich wieder hinter den Tresen verzogen hatte und sich gelangweilt seinem Smartphone widmete. Dann zog er unauffällig einen Umschlag aus seinem Rucksack und legte diesen auf den Tisch.

»Zweihundert hatten wir ausgemacht, oder?«

»Genau«, sagte die Frau, schlürfte den Kakao durch den Strohhalm und steckte den Umschlag diskret in ihre schwarze Handtasche. Blank sah sie erwartungsvoll an, aber die Dame schien sich nicht sonderlich für ihn zu interessieren, sondern schlürfte ohne abzusetzen weiter, bis der Kakao leer war. Erst als der Strohhalm gurgelnde Geräusche in der sich am Boden sammelnden Schlagsahne machte, hörte sie auf zu saugen und blickte den Journalisten an. Beiläufig sagte sie:

»Also, der Name, den Sie wissen wollen, lautet Heribert Kranich.« Dann blickte sie wieder auf den Tisch und widmete sich der Cola light. Zweihundert Euro für einen Namen, das war eine Stange Geld. Gerade für jemanden wie Blank, der sein Geld hauptsächlich mit dem Umschreiben von Agenturmeldungen für Onlinemagazine verdiente – natürlich unter Pseudonym. Er wollte sich schließlich nicht seinen Ruf als kritischer Journalist versauen lassen. Aber Blank arbeitete nach der Devise: »Wer ein Omelett will, muss ein Ei zerschlagen.«

Unerwartet fuhr die Frau fort: »Der Mann hat die Figuren wohl für die katholische Kirche erworben. Auf diesem Zettel finden Sie alle Informationen, die ich finden konnte.«

»Die Kirche!«, entfuhr es dem überraschten Blank etwas zu laut. Der ganze Fall wurde immer sensationeller. Mit einem lapidaren »Die Rechnung übernehmen Sie?« stand die Frau auf und verließ das Café.

Blank nickte höflich. »Selbstverständlich, Ehrensache.« Aber er blieb noch kurz sitzen und blickte auf den Zettel. Alles deutete darauf hin, dass er hier tatsächlich etwas Großem auf der Spur war. Einer Sensation: Da kaufte die Kirche doch tatsächlich völlig überteuerte Fälschungen – fünfhundert Jahre, nachdem die Originale von ihren eigenen Vertretern in Auftrag gegeben worden waren. Eine unerhörte Geschichte, die für Aufsehen sorgen würde, da war sich Blank sicher. Die Prunkbauten des Bischofs von Limburg, die Geldgeschäfte des Vatikans mit der Mafia – alles Makulatur: Er, Stefan Blank, den alle unterschätzten, war just in diesem Moment dabei, den nächsten großen Kirchenskandal zu enthüllen.

Auf dem Zettel, den ihm die Frau überreicht hatte, stand »Heribert Kranich«, ein Name, der ihm nichts sagte, eine Bankverbindung und eine seltsam anmutende Anschrift. Er wäre kein guter Investigativjournalist gewesen, wenn er nicht sofort gewusst hätte, was es zu tun galt: Er musste herausfinden, was sich hinter der dubiosen Bezeichnung »Institut für Kunst und Kultur« verbarg.

Nachdem Blank die Rechnung beglichen hatte – inklusive dreißig Cent Trinkgeld –, ging er nach Hause, wusch sich die Hände mit antibakterieller Seife und verfasste ohne zu zögern seinen zweiten Blogeintrag:

> Sensation! Wer steckt dahinter? Ich habe herausgefunden, wer die gefälschten Skulpturen gekauft hat: Die Kirche war's!!! Wer sonst? Aber sofort drängen sich brisante Fragen auf: Was hat die Kirche davon? Geldwäsche? Steuerbetrug? Seien Sie unbesorgt: Stefan Blank bleibt dran.

Er versah den Textblock noch mit den Hashtags #Kirche, #Betrug, #Skandal, #Nothelfer, #Fälschungen und #StefanBlank und klickte dann auf »Posten«.

Danach surfte er zur Entspannung noch ein wenig über die klassischen Nachrichtenseiten, um sich auf den aktuellen Stand des Weltgeschehens zu bringen. Auf der Seite der ZEIT sprang ihm eine kurze Notiz ins Auge: Während er sie las, wurde ihm erst kalt, aber dann stieg der Ärger derartig heftig in ihm hoch, dass es ihn nicht mehr auf dem Stuhl hielt. Blank tigerte in seinem Zimmer herum, zerknüllte eine Zeitung, pfefferte einen Locher gegen die Wand, der eine hässliche graue Kratzspur im Putz hinterließ, und trat schließlich die Tür seines windigen Kleiderschranks aus den Angeln.

Da stand es – schwarz auf weiß:

> *Das Mainfränkische Museum in Würzburg freut sich mitzueilen, dass demnächst der Öffentlichkeit die lange Zeit verschollen geglaubten vierzehn Nothelfer-Skulpturen präsentiert werden können. Die Figuren wurden vor rund fünfhundert Jahren von dem begnadeten Holzbildhauer Tilman Riemenschneider in seiner weltberühmten Werkstatt gefertigt. Nach ihrer Wiederentdeckung wurden sie von der katholischen Kirche auf einer Kunstauktion ersteigert. Nun werden sie erstmals im Rahmen einer opulenten Sonderausstellung gezeigt.*

Die vermeintliche Exklusivinformation, für die Blank eben noch viel Geld bezahlt hatte, war seit einer Stunde online.

Sechs

Es war verrückt: Hätte Felix nicht die halbe Flasche Wein, den Colt M1911 und das Bündel Hundert-Euro-Scheine mit seinen eigenen Händen anfassen, betasten, wiegen können – er würde Gabriel de Moños Auftauchen für einen Traum, für eine Halluzination halten. Doch das Geld lag auf dem Tisch, daran gab es nichts zu deuteln. Auch die Pistole war da – und die Flasche Sancerre stellte er in den Kühlschrank.

Nachdem Felix sich die Tausendfünfhundert, die ihm der Kunstberater angeboten hatte, genommen hatte, war der kurz darauf verschwunden mit den Worten: »Ich denke, damit sind wir einen großen Schritt weiter. Ich komme morgen wieder«. Felix hatte wie in Trance durch das Fenster beobachtet, wie dieser auf merkwürdige Weise sympathische und doch so zwielichtige Mensch in seinem Jaguar vom Hof gerollt war. Eine ganze Weile noch hatte er hinausgeglotzt, auf die Stelle, wo die Scheinwerfer des Wagens im Dunkel der Nacht zuletzt zu sehen gewesen waren. Dann hatte er sich wieder an den Tisch gesetzt und erneut das Geld gezählt. Es war unfassbar. Es waren noch immer tausendfünfhundert Euro! Ein Batzen Geld. Und es würde mehr werden, hatte de Moño versprochen. Würde es wirklich mehr werden? Oder würde sich Felix nur noch tiefer in verbrecherische Machenschaften verwickeln? Sofort verdrängte er diesen Gedanken. Das konkrete Nachdenken über die Zusammenarbeit mit de Moño bereitete ihm ein unangenehmes Gefühl. Deshalb bemühte er sich, sein Sinnieren auf etwas anderes zu konzentrieren:

die Novak-Angelegenheit. Es war an der Zeit, sie aus dem Weg zu räumen.

Felix blickte auf die Uhr an der Wand: Es war nach neun. Keine gute Zeit für seinen Plan, dem Auftraggeber, an dem ihm sehr gelegen war, das heimlich entwendete Geld ebenso heimlich wieder unterzujubeln.

Felix' Magen knurrte. Reflexartig versuchte er auch diesen Gedanken zu verdrängen. Doch dann fiel ihm ein, dass er ja Geld hatte. Genau genommen war er für seine Verhältnisse sogar reich. Für einen Moment überlegte er, jetzt noch ins Dorfwirtshaus zu gehen und sich dort seit Langem wieder einmal etwas richtig Gutes zu essen zu gönnen. Aber er verwarf diese Idee sofort wieder. Im Dorfgasthof ein Gericht zu bestellen und mit einem Hundert-Euro-Schein zu bezahlen, war viel zu auffällig. Die Stammtischler würden sofort Verdacht schöpfen. Felix verwarf den Gedanken, stand auf und öffnete den Kühlschrank. Es roch nach abgestandener Kälte, und das grelle Weiß des leeren Kühlschranks wurde nur durch einen kleinen Klumpen rosafarbener Fleischwurst durchbrochen. Auch wenn ihm an seiner Ernährung nicht viel lag, freute er sich trotzdem, beim nächsten Einkauf mehr Auswahl zu haben. Deshalb konnte er diesen einen Abend ruhig noch einmal genauso verbringen wie die vielen anderen in den vergangenen Monaten. Also stopfte er sich die Wurst, die an ihren Rändern schon dunkelrot, trocken und hart wurde, in den Mund, stieg kauend nach oben und legte sich ins Bett. Morgen war Sonntag und damit ein guter Tag. Denn sonntags gingen alle im Dorf, die etwas auf sich hielten, in die Kirche, auch Novak. Das war Felix' Chance.

Um genau zehn Minuten nach zehn brach Felix auf. Das Läuten der Kirchenglocken, das den Beginn des Gottesdiensts signalisiert hatte, war längst verklungen. Er schwang sich auf das Fahrrad und radelte los. Er fühlte sich befreit. In der Brusttasche seines Hemds knisterten drei der Scheine, die ihm sein neuer Geschäftspartner hinterlassen hatte. Er würde sich großzügig zeigen. Bei Novaks angelangt, bog er von der Dorfstraße ab, umrundete das Haus, stieg ab und lehnte das Rad an die grob verputzte Wand neben der rückseitigen Tür. Aus dem Nachbargarten drang Hühnergegacker an sein Ohr. Ansonsten lag das Dorf still in der Landschaft. Es nieselte. Felix schaute sich um, ob ihn jemand aus einem der umliegenden Häuser oder Gärten beobachtete. Als er das Gefühl hatte, dass die Luft rein war, wandte er sich der Haustür zu und drückte die Klinke. Ein Schreck durchfuhr ihn: Die Tür war verschlossen. Damit hatte er nicht gerechnet. Zwang ihn dies zu einem »richtigen« Einbruch? Das ging zu weit. Ging es zu weit? Schließlich kam er in lauterer Absicht.

Er drehte sich hastig um und scannte erneut die Fenster der Nachbarhäuser. Dann betrachtete er das Schloss. Es war mindestens dreißig Jahre alt und kein Sicherheitsschloss, aber es war doch so konstruiert, dass er ohne Gewaltanwendung keinen Erfolg erzielen würde. »Scheiße«, zischte er leise und trat einige Schritte zurück, um am Haus hinaufzublicken: Ein Fenster im ersten Stock war gekippt, die anderen waren verschlossen. Die Vorhänge rührten sich nicht. Sollte er die ganze Sache abblasen? Novak das Geld ganz offiziell zurückgeben? Er schüttelte den Kopf. Ja, er wollte das schlechte Gewissen loswerden. Aber nein, er wollte keine direkte Konfrontation mit Novak. So wie er sich das Geld geliehen hatte, so sollte es auch wieder zurück in die mintfarbene Dose.

Felix beschloss, das Haus einmal zu umrunden. Leider waren alle Fenster verschlossen.

Einer Eingebung folgend blickte Felix unter verschiedene Blumentöpfe und einen schweren verwitterten Holzblock, fand jedoch auch hier keinen Hausschlüssel. Lediglich eine Spinne suchte fluchtartig Schutz im nahegelegenen Kiesbett. Wäre auch zu einfach gewesen, dachte er sich und ging zurück auf die andere Seite des Hauses. Als er eigentlich gerade aufgeben wollte, fiel ihm neben der Tür ein großer, aber unbepflanzter Blumentopf ins Auge. Er hob ihn sanft an und – war das möglich: Da lag doch tatsächlich ein Schlüssel. Wie auf dem Präsentierteller! Er warf nochmals einen prüfenden Blick auf die Nachbargrundstücke. Nichts. Alle waren in der Kirche.

Er steckte den Schlüssel vorsichtig in die Haustür. Er passte. Mit einem Mal beschleunigte sich Felix' Puls. Ohne sich noch einmal umzudrehen, öffnete er die Tür, trat in das Halbdunkel des Flurs und zog hastig die Tür wieder zu. Obwohl er dies bei aller Eile vorsichtig tat, gab die Tür ein Knarzen von sich. Felix schluckte – und lauschte. Im Haus war alles still. Noch einige Schritte, dann wäre da die Küche. Und die Schulden wären bezahlt. Wenn er Novak sogar dreihundert Euro in die Dose legen würde, quasi als Zinsen und Wiedergutmachung, könnte der sich wirklich nicht beklagen.

Vorsichtig setzte Felix einen Fuß vor den anderen und ging zur Küchentür. Sie war angelehnt. Er hielt die Luft an und drückte sie auf. Erleichtert stellte er fest, dass diese Tür nicht knarzte, sondern beinahe geräuschlos aufging. Er atmete auf: Auf dem Küchentisch standen noch die beiden Tassen und Teller, von denen die Novaks vermutlich bis vor einer halben Stunde gefrühstückt hatten. Auch ein offenes Marmeladenglas und Butter standen da, Fliegen schwirrten herum. Die Kaffeemaschine blubberte. Aber die Novaks waren in der Kirche. Zum Glück. Schnell trat Felix zur Kommode und zog vorsichtig die Schublade auf, in der das Geld sein musste. In dem Augenblick, in dem Felix nach der mintfarbenen Dose griff, erklang vom Hausflur her erst ein Rumpeln, dann Schritte, dann ein Schlag gegen die Tür, die Tür flog auf, ein Mann stand da – mit einem schwarzläufigen Jagdgewehr aus braunem Holz im Anschlag. Es war Novak. Und er schrie los: »Ha! Hab ich dich, du Sauhund! Hab ich's mir doch gedacht, dass du das bist!« Novaks vor Aufregung geröteter Kopf lugte aus einem dunkelblauen Frotteeschlafanzug mit grünen Bündchen an Ärmeln und Hosenbeinen hervor. Der absurde Anblick wurde von seinen braun-grau karierten Hausschuhen abgerundet, in denen er sich Felix Schritt für Schritt, die Flinte im Anschlag, näherte.

Felix zitterte. Er zweifelte nicht daran, dass Novak bei einer überraschenden Bewegung seinerseits schießen würde. »Hubert, servus, du bist ja da!« Etwas Klügeres brachte er in diesem Moment nicht zusammen.

»Ja, ich bin da!« Novak verzog grimmig das Gesicht, nickte, senkte aber das Gewehr nicht. Jetzt stand er nur noch einen halben Meter vor Felix. »Und wie ich da bin, Burschi!«

»Ich … ich …«, stammelte Felix. »Ich bin da … zum … das Geld … das Geld …« Felix realisierte, dass das nicht gut aussehen konnte, wie er da stand, in der Küche des anderen, mit dessen geheimer Geldschatulle in der Hand. Sehr vorsichtig und langsam stellte er deshalb die

Dose wieder in die Schublade. Er wollte die drei Scheine aus der Brusttasche holen. Doch diese Bewegung verunsicherte Novak.

»Halt! Keine Bewegung!«, schrie er – und: »Hände hoch!«

Felix streckte widerstrebend die Hände nach oben. »Ich hab das Geld. Ich geb es dir zurück, Hubert. Ich hab es dabei. Ich habe es mir doch nur leihen wollen.«

»Ja, ja, leihen wollen, von wegen! Den Rest wollt'st du dir holen! Weißt du was? Wir rufen jetzt die Polizei. Und dann wirst du schon sehen, was passiert, mein Lieber, wirst schon sehen.« Novak ging wieder einige Schritte zurück, bis er an dem Schränkchen neben der Küchentür ankam. Er griff sich das darauf liegende kabellose Telefon. Das Gewehr ließ er die ganze Zeit auf den vermeintlichen Dieb gerichtet.

Hatte Felix bislang nur Angst gehabt, dass Novak ihn in seiner Wut erschießen könnte, so wurde ihm nun klar, dass es fast genauso schlimm wäre, wenn die Polizei wegen des verfluchten Diebstahls Ermittlungen gegen ihn aufnehmen und anfangen würde, sein Leben zu sezieren. Wahrscheinlich würde man binnen kürzester Zeit herausfinden, dass er der gesuchte »Kirchenmörder« war – und vermutlich würde man ihm sogar die Fälschungen nachweisen können. Felix sah sich bereits im Gefängnis. Er musste kämpfen. Jetzt.

»Hubert, glaub mir! Ich hab hier in der Brusttasche dreihundert Euro.« Felix machte mit dem Kinn eine hilflose Kopfbewegung in Richtung seiner linken Brust. »Wenn ich die Hände runternehmen darf, dann hol ich das Geld raus. Es ist für dich.«

Doch Novak hatte die drei verhängnisvollen Tasten bereits gedrückt.

»Hubert!«, schrie Felix. »Leg auf! Ich hab das Geld! Plus Zinsen. Du kriegst von mir siebzig Euro Zinsen! Das sind ein Haufen Prozent!« Novak hatte auf Lautsprecher geschaltet, deshalb konnte Felix nun, obwohl er laut und verzweifelt schrie, das Freizeichen hören. »Ich habe es mir bloß geliehen, es war saudumm, aber ich war in einer ausweglosen Lage, es war mir peinlich, dich um Geld zu bitten. Leg auf, bitte!« Er zögerte. »Wir im Dorf müssen doch zusammenhalten!«

Als am anderen Ende eine Frauenstimme zu hören war, legte Novak unvermittelt auf. Das Gewehr aber behielt er immer noch oben. Misstrauisch fixierte er Felix.

»Darf ich die rechte Hand runternehmen und das Geld rausholen?«

Novak nickte. »Wenn da was ist …«

Felix zitterte mit der rechten Hand die drei Scheine aus der Brusttasche und hielt sie unsicher in Richtung des metallenen Gewehrlaufs. Novak, immer noch im Schlafanzug, kam ihm zwei Schritte entgegen, griff das Geld mit seiner Linken und warf einen prüfenden Blick darauf.

»Dreihundert.«

»Sag ich doch.«

»Und warum machst du das so deppert? Wie ein Einbrecher? Was soll denn das?« Weiter kam er nicht, denn ein röchelnder Husten übermannte seinen Körper. Felix begriff: Novak war krank und deshalb nicht in der Kirche gewesen. Felix sah ihn an, nahm nun langsam auch die linke Hand herunter und lockerte sich verlegen die Schultern. Aus Novak brach noch ein vorwurfsvolles »Das ist doch nicht normal!« hervor. Dann stellte er das Gewehr weg.

Sieben

Den Rest des Tages fühlte Felix sich wie abgekoppelt von seinen Gefühlen. Wie in Trance war er von Novak nach Hause zurückgekehrt und hatte sich ins Bett gelegt. Doch es war ihm nicht gelungen, einzuschlafen. Also war er wieder aufgestanden und hatte sich einen Kaffee gekocht. Aber die Ruhe, den Kaffee im Sitzen zu trinken, hatte er auch nicht. Ziellos ging er aus dem Haus und betrat die Werkstatt. Ohne die Gegenstände, die sich dort befanden, wirklich wahrgenommen zu haben, tigerte er wieder nach draußen und kramte im Schuppen herum. Er machte einige Schritte in Richtung Wald, aber dann empfand er den aufkommenden Wind als zu kühl. Er kehrte wieder ins Haus zurück und legte sich noch einmal ins Bett. Jetzt fiel er in einen traumlosen Schlaf. Plötzlich schreckte er auf. Wie lange hatte er geschlafen? Benommen wankte er in das ehemalige Schlafzimmer seiner Eltern. Sperrte, als wäre er ferngesteuert, den Kleiderschrank auf. Schon seit Jahren hatte er da nicht mehr hineingesehen. Kaum hatte er die Tür geöffnet, blitzten in seinem Gedächtnis Bilder aus der Vergangenheit auf. Die Kleider seiner Mutter verströmten für ihn noch immer einen Duft von Geborgenheit. Er ergriff den Ärmel des gelben Sommerkleids, das sie am liebsten getragen hatte, und führte den Stoff nah an seine Nase. Trotz all der Jahre hing in den Kleidern noch immer der Geruch von Seife und dem einfachen, nach Rosen riechenden Duftwasser. Vor seinem inneren Auge tauchten Szenen aus seiner Kindheit auf, die sich in seinem Gehirn festgebrannt hatten: seine Mutter, die sich schützend vor ihn stellt, als sein Vater ihn mal wieder verprügeln will; seine Mutter lachend und tröstend; seine Mutter, wie sie ihm als Elfjährigem anerkennend über den Kopf streicht, nachdem er ihr eine Zeichnung geschenkt hat. Schließlich seine Mutter im Krankenhaus, auf dem Sterbebett, wie sie sich mit letzter Kraft bei ihm entschuldigt, dass sie so eine schlechte Mutter gewesen sei.

Felix begann zu schluchzen. Er war traurig, aber auch befreit. Er schloss den Schrank wieder, und auf dem Weg in die Küche begann er zu weinen. Dort ließ er sich auf den Stuhl fallen und wischte sich mit der Hand die Tränen aus dem Gesicht. Diese Traurigkeit war einfach mächtiger als er. Hätte er sich im Spiegel betrachtet, hätte er verquollene Augen gesehen, gerötete Lippen. Wäre er in der Lage gewesen, klar zu denken, seine Situation zu analysieren, so hätte er zu dem Schluss kommen können, dass es nicht Verzweiflung allein war, die seine Seele durchschüttelte, sondern auch Wut. Wut auf die Ungerechtigkeit des Lebens. Wut auf das Alleinsein. Wut auf dieses verkorkste Leben, das er bislang geführt hatte. Ein Leben, das eigentlich auch glücklich hätte verlaufen können: Damals, als er und Maria sich liebten, ein Paar waren. Marias Zärtlichkeit, ihre Zuneigung hatten ihm Selbstvertrauen gegeben und Mut gemacht. Sogar das hatte ihm Christian genommen.

Felix versank in Trauer, Selbstmitleid, Wut. Er nahm weder das Untergehen der Sonne wahr noch die Person, die seine Küche betrat. Erst als sich zwei Hände auf seine Schultern legten und begannen, seine verspannten Muskeln zu massieren, realisierte Felix, dass er nicht mehr allein war. Eigentlich hätte er sich umwenden müssen, um zu sehen, wer dieser Mensch war. Aber er war schwach, und die Kraft, die von diesen Händen ausging, war zwar sanft, aber gleichzeitig so durchdringend, dass sich Felix ihnen ganz hingab. Jetzt massierten sie seine Kopfhaut. Genussvolle Schauer durchliefen ihn. War das ein Traum? Seine Traurigkeit verschwand, und ein wohliges Gefühl breitete sich in ihm aus. Erst als die Hände begannen, ihn von den Schultern in Richtung Brust zu streicheln, wurde ihm bewusst, dass er nicht träumte. Welche Frau massierte ihn da gerade? War Maria gekommen? Er drehte sich vorsichtig um und zuckte zusammen. Hinter ihm stand Gabriel de Moño. »Was …?«, schrie er. »Was soll das?«

De Moño blickte ihn amüsiert an. »Mein Jüngelchen ist verzweifelt, es weint … Was tue ich? Ich stehe zu ihm, helfe ihm.« Der Kunstberater umrundete den Tisch und setzte sich Felix gegenüber.

»Ich will das nicht.« Felix' Worte klangen wie die eines trotzigen Kindes. De Moño runzelte die Stirn. »Entschuldige bitte. Ich wollte dir helfen, nichts weiter. Hast du heute schon etwas gegessen?«

Felix entfuhr ein trotziges »Ja«, aber er korrigierte es sofort, bellte ein »Nein« hinterher. Natürlich war er hungrig.

»Dann lass uns essen gehen. Es wird Zeit für einen atmosphärischen Wechsel.«

»Ja, aber nicht hier im Dorf.« Felix warf de Moño einen feindseligen Blick zu.

»Ich möchte nicht mit Ihnen in unserem Wirtshaus gesehen werden. Das gibt nur Gerede. Ihr Jaguar auf dem Hof reicht schon völlig.«

»Gefällt dir der Jaguar nicht? Sollen wir uns einen anderen Geschäftswagen kaufen?«

»Nein!« Felix war empört.

»Also, natürlich gehen wir nicht im Dorf essen. Keine Sorge. Wir gehen zu einem Italiener in Haidhausen.«

»In München?« Felix' Frage klang kraftlos. Dennoch stand er auf und wandte sich zur Tür. »Von mir aus.« Vielleicht tat ihm ein Ortswechsel jetzt wirklich gut. Etwas Abstand. Irgendwohin zu fahren, wo ihn niemand kannte.

»Eine Bitte noch«, sagte Gabriel, und seine Stimme hatte etwas Flehendes. Felix sah ihn fragend an. »So kannst du doch nicht essen gehen!« Mit einem arrogant wirkenden Blick musterte er Felix von oben bis unten. »In … dieser … Arbeitskleidung …«

Felix blickte an sich hinunter. Er trug eine Jeans und eine Trainingsjacke, die nicht neu, aber relativ sauber waren. »Das sind doch ganz normale Klamotten? Was gibt's daran denn auszusetzen? Ich habe nichts anderes.«

»Gut, wenn du keine andere Hose hast«, de Moño rümpfte die Nase, »aber diese Turnjacke …«

Minuten später saß Felix auf dem Beifahrersitz des Jaguar. Es roch angenehm nach Sandelholz, und Felix trug einen dünnen, braunen Wollpullover, der zwar unter den Achseln Löcher hatte, aber sonst von Gabriel für gut befunden worden war. Felix nahm sich vor, nicht die Arme zu heben. De Moño hatte angemerkt, dass er hinsichtlich Felix' Garderobe einigen Handlungsbedarf sehe. Nun steuerte er den Wagen mithilfe seines Navigationssystems auf direktem Weg zu dem Restaurant in München.

Felix war noch nie bei einem so noblen Italiener gewesen. Es gab zwar auch Pizza, aber ohne Felix zu fragen, bestellte de Moño mehrere Gerichte, darunter Bruschette Casa, einen Salat mit gegrillten Scampi, frische Avocados, gefüllt mit Krabbencocktail, Austernpilze vom Grill auf Rucola, Kirschtomaten und Parmesan, ein sogenanntes Duetto di Fantasia, hinter dem sich Vitello tonnato und ein Carpaccio verbargen, sowie Rinderlende mit Steinpilzen und Gorgonzola, die in der Speisekarte als Costata con porcini e gorgonzola bezeichnet wurde, und eine Fischplatte mit Lachs, Zander, Scampi, Tintenfisch sowie Königskrabben am Spieß. Zum Trinken orderte er bei den Kellnern, die ihn durchwegs mit »Dottore« ansprachen, eine Flasche Bianco di Custoza, ein edlerer Weißwein stand leider nicht auf der Karte, sowie eine Flasche San Benedetto ohne Kohlensäure.

Obwohl Felix Appetit auf eine ganz gewöhnliche Pizza gehabt hätte, stürzte er sich auf jedes einzelne Gericht. Er fühlte sich, als hätte er seit Wochen nichts gegessen. Und alles schmeckte phantastisch. Während der Mahlzeit herrschte Schweigen, lediglich unterbrochen durch die Erklärungen, die de Moño von sich gab, wenn wieder eine Platte oder ein Teller mit einem neuen Gericht serviert wurde. Nach den Antipasti kam der Kunstberater mit geschmeidiger Stimme zur Sache: »Nun sag mal: Was wollen wir als erstes gemeinsames Projekt angehen?«

Felix' Gesicht, das wegen des opulenten Mahls ohnehin einen gesunden Farbton angenommen hatte, wechselte nun in ein kraftvolles Rot. Er sah sich um, ob die Gäste an den anderen Tischen etwas gehört hatten. Aber sowohl ihre Gesichter als auch das anhaltende Klappern ihres Bestecks beruhigten ihn. Dennoch sagte er: »Hör mal zu, Gabriel: Müssen wir das hier im Restaurant besprechen?«

De Moño nahm erfreut zur Kenntnis, dass Felix ihn nicht gesiezt hatte, er unterdrückte ein Schmunzeln. »Du hast recht, Felix. Natürlich erfordert unser Handwerk höchste Diskretion. Dann wollen wir aber nachher auf dem Weg zur Vernissage darüber reden.«

»Vernissage?« Felix blickte irritiert von seinem köstlichen Fischteller auf.

»Ja, also natürlich nur, wenn du möchtest. Hier in der Gegend gibt es eine angesehene Galerie, die heute Porträts von drei New Yorker Künstlern zeigt; nette Leute, viel Inspiration und exquisite Weine.« Gabriel bemerkte seinen Fauxpas und ergänzte schnell:

»Also – Wasser und andere Getränke gibt es selbstverständlich auch. Und außerdem würdest du mir eine riesige Freude machen, wenn du mich begleitest. Ich müsste da auch noch die eine oder andere Hand schütteln, wenn du verstehst, was ich meine. Wie sieht's aus, Partner?«

Felix überlegte nicht lange, auch wenn er noch nie auf einer Vernissage gewesen war und nicht wusste, was ihn erwarten würde. Mit einem Mal spürte er eine unerklärliche Lust auf neue Erlebnisse, und so willigte er ein. Nach dem Espresso kam die Rechnung. Gabriel bezahlte und gab ein außerordentlich hohes Trinkgeld. Dann verließen die beiden das Restaurant und fanden sich nach einem kurzen Spaziergang in einer Galerie in einem Haidhausener Hinterhof wieder.

Die Bilder in dem geräumigen, etwas aseptisch wirkenden White Cube zeigten allesamt Porträts nackter Frauen. Wie sich herausstellte, handelte es sich bei den Porträtierten um bekannte amerikanische Pornodarstellerinnen. Die Bilder strahlten Erotik aus, aber für Felix' Geschmack waren sie zu vulgär. Im Mund einer der porträtierten Damen steckte ein fleischfarbener Plastikdildo. Felix las das Schild daneben: »›Jenna giving head‹, 15 000 Euro.« Er schüttelte den Kopf.

»Möchte mal wissen, welcher Depp für diesen billigen Schund so viel Geld bezahlt.«

Unter diesem und dem Großteil der anderen Werke klebten rote Punkte, die signalisierten, dass die Bilder bereits einen Käufer gefunden hatten. Gabriel lachte über den ehrlichen Kommentar seines Partners und reichte ihm ein großes Glas Mineralwasser. Er selbst trank Prosecco. Sie stießen an.

»Wie recht du hast, alles ein bisschen vorhersehbar und so neunzigerjahremäßig. Erinnert an Jeff Koons, findest du nicht?«

Felix dachte darüber nach, wer noch mal Jeff Koons war, und musterte die Leute in der Galerie. Unter ihnen waren sowohl gepflegte Anzugträger und Ladys in Abendkleidern als auch Männer mit Vollbart, die mit ihren Kapuzenpullis, Baseballmützen und weißen Turnschuhen aussahen, als würden sie einem kreativen Beruf nachgehen. Eine Frau mit Modelfigur trug ein Ringelstrumpfhose und Biker Boots, vielleicht war sie Filmemacherin oder Modedesignerin. Dann gesellte sich ein dicker, etwa vierzigjähriger Mann zu Gabriel und Felix. Er war in bunte Gewänder gehüllt und wedelte sich mit einem Fächer Frischluft zu. Er begrüßte Gabriel überschwänglich mit zwei Küsschen auf die Wangen, flötete ihm ins Ohr, wie blendend er wieder aussehe, und wandte sich dann interessiert Felix zu. »Hallo, hallo … Wen haben wir denn da?«

»Das ist Felix, ein guter Freund und meine Muse«, erklärte Gabriel.

Felix war irritiert, deshalb brachte er nur ein schüchternes »Ja, hallo, Felix« hervor.

»Felix? Ich dachte schon, du bist Hugo, so schnucklig, wie du aussiehst«, entgegnete der Dicke in femininem

Singsang und tätschelte Felix sanft am Oberarm. Felix fühlte sich unwohl. Doch der Mann sagte: »Ich bin Gunther von Kleist, Unternehmer und Kunstsammler.«

Gabriel verabschiedete sich kurz von den beiden, um einen neuen Prosecco zu organisieren. So stand Felix inmitten der Pornogemälde allein mit dem Fremden. Wer war Hugo? War er Gabriels Freund? Was waren Gabriel und dieser Gunther von Kleist für Paradiesvögel?

»Und was machst du sonst so? Auch sammeln? Oder eher selber malen? Hm …« Gunther von Kleist betrachtete Felix von oben bis unten. »… ich tippe eher auf Letzteres.«

Felix war ratlos. Was sollte er denn jetzt antworten? Sollte er behaupten, dass er Holzbildhauer war? Aber verriet er damit nicht bereits zu viel? Verlegen stammelte er: »Nein, nein, wir sind Freunde, wir haben uns auf einer Auktion kennengelernt.«

»Ach, interessant, wo denn?«, fragte der Dicke neugierig. Er erinnerte Felix an eine riesige bunte Hummel aus einem japanischen Manga.

»Äh … also …«

Weiter kam Felix mit seinem Gestottere nicht, denn zum Glück war de Moño mit den Getränken zurück und erlöste ihn: »Ach, weißt du, Gunther, das war total witzig: Felix und ich sind uns zufällig auf der Riemenschneider-Versteigerung bei Stettner über den Weg gelaufen. Er hat Humor und das Herz am rechten Fleck.« Er sah Felix liebevoll an. »Ich habe ihn gerne um mich, weil er so einen anderen, so einen faszinierend normalen Blick auf die Kunstwelt hat.«

»Ich bin beeindruckt«, sagte der Sammler, der Felix jetzt musterte wie ein Schmetterlingsfänger, der gerade ein besonders seltenes Exemplar gefangen hatte.

»Ja, ja«, pflichtete de Moño bei. »Er sagt einfach umwerfend ehrlich, was er empfindet. Und das ist selten geworden, nicht wahr? Zum Beispiel das Key Piece dieser Ausstellung, ›Jenna giving head‹, da vorn. Da sagt er doch vorhin zu mir: ›Sieht aus wie aus einem billigen Porno aus den Achtzigern – und das soll Kunst sein?‹ Völlig überteuert findet er den Quatsch und fragt mich, welcher Idiot dafür fünfzehntausend Euro zahlt.« Hierauf lachten beide gackernd auf. Felix wunderte sich. Aber er lächelte höflich. Nach einer kurzen Pause, in der keiner der drei etwas sagte, blickte Gunther von Kleist plötzlich betreten zu Boden und sagte mit zusammengekniffen Zähnen: »Bis später, Gabriel, ich muss dann mal wieder«, und verschwand.

»Hab ich jetzt was Falsches gesagt?«, fragte Felix.

»Nein, nein! Nur weil der fette Idiot das Bild gekauft hat, wird er die Wahrheit wohl noch vertragen können, oder?«

Felix wäre vor Scham am liebsten im Erdboden versunken, er hatte den Mann nicht beleidigen wollen.

»Ich schlage vor, du siehst dich jetzt mal alleine um; ich muss noch mit ein paar wichtigen russischen Sammlern ein bisschen smalltalken. Falls dich jemand fragen sollte: Du bist ein Freund von mir, und du arbeitest als Schreiner. Ganz einfach. Falls die noch mehr wissen wollen, kannst du einfach ein bisschen was über deine Arbeit erzählen. Aber bitte nicht lügen! Okay?«

»Glaub schon«, meinte Felix »Aber jetzt geh ich erst mal vor die Tür und rauch eine.«

»So machen wir's. Und danach sprechen wir über unser Projekt, nicht wahr?«

Felix zog sich gleich drei Zigaretten hintereinander rein. Allmählich gewöhnte er sich an die merkwürdigen

Leute. Anscheinend fiel er auch gar nicht negativ auf. Gelegentlich streiften ihn Blicke, aber niemand interessierte sich ernsthaft für ihn. Obwohl hier jeder jeden zu kennen schien, sah man von ihm und einer Handvoll anderer Gäste ab, die sich ebenfalls allein durchschlugen. Sein Blick fiel durch die Schaufenster nach innen. Gabriel stand mit zwei Anzugträgern und drei Frauen in kurzen Röcken, knappen Tops und hohen Schuhen zusammen. Offensichtlich kannten sie ihn, und er genoss ihren Respekt. Gabriel lächelte in einem fort, verteilte Küsschen und stieß mal mit diesem, mal mit jenem Besucher an. Nach einer halben Stunde gesellte er sich zu Felix nach draußen und bat um eine Zigarette, weil der Akku seiner E-Zigarette leer war. Außer ihnen war jetzt niemand im Innenhof, das Partyvolk zerstreute sich. Den Rauch ausblasend begann Gabriel: »Ich schlage vor, dass wir uns mit deinem nächsten Werk einer anderen Epoche zuwenden; einer, für die sich das entsprechende Material leichter besorgen lässt. Dein Riemenschneider ist zweifellos exzellent gearbeitet, aber das Holz ist eine Schwachstelle.« Felix nahm einen Schluck aus seinem Wasserglas. Wusste de Moño von Felix' Einbruch in die Kirche? Und wusste er dann auch, dass er es war, der den Pfarrer beinahe umgebracht hatte? In seinem Bauch breitete sich schon wieder ein unangenehmes Gefühl aus. De Moño schien dies nicht zu bemerken, denn er fuhr mit gedämpfter Stimme fort: »Ich schlage vor, wir nehmen einen Künstler, der berühmt ist, aber in dessen Werk seine Arbeit als Holzbildhauer nicht im Vordergrund steht. Was hältst du von Ernst Ludwig Kirchner? Er ist einer der wichtigsten Vertreter des Expressionismus und hat die ›Brücke‹ mitbegründet.«

Felix war irritiert. Just in diesem Moment hatte er selbst an Kirchner gedacht, an dessen Skulptur der »Tänzerin Gerda«, auf die er vor Tagen beim Schmökern in einem Kunstband gestoßen war. Wie war es möglich, dass de Moño nun ausgerechnet auf Kirchner kam? Hatte er, Felix, unvorsichtigerweise den Band über die Geschichte der skulpturalen Schnitzkunst aufgeschlagen in der Werkstatt liegen gelassen? Konnte es sein, dass Gabriel dort gewesen war? Konnte der Kunstberater Gedanken lesen? Oder war alles nur ein merkwürdiger Zufall?

Gabriel schien zu spüren, dass in Felix' Kopf die Gedanken kreisten, deshalb fragte er: »Ist etwas nicht in Ordnung mit Ernst Ludwig Kirchner?« Er lehnte sich zurück und blickte in den Nachthimmel. Dann schaute er wieder zu Felix. »Ich meine, wir sind da flexibel. Wir können auch über andere Holzbildhauer nachdenken. Das ist kein Problem. Ich traue dir alles zu.«

»Nein, nein.« Felix machte ein nachdenkliches Gesicht. »Ich mag Kirchner.« Felix versuchte, sich zu konzentrieren.

»Ich weiß nicht, wie gut du Kirchners Werk kennst, er hat nicht wenige Frauenskulpturen aus Holz geschnitzt. Vor allem auch nackte Frauen.« De Moño stellte sein leeres Glas auf einem Fensterbrett ab. »Es mag Geschmackssache sein, aber – wie du siehst – nackte Frauen verkaufen sich gut. Deshalb …«

»Kirchner ist kein Problem für mich«, sagte Felix schnell und war erstaunt, wie selbstbewusst er klang. Dann verstummte er, da ein großer Schwung Gäste die Vernissage verließ und an ihnen vorbeitorkelte. Drinnen war die Musik verstummt, das Personal räumte leere Flaschen und Gläser ab. Felix fühlte sich wehmütig, schade, dass das Fest schon vorbei war. Es tat ihm gut, unter Leute zu kommen. Vielleicht war es gar keine so schlechte Entscheidung gewesen, sich mit Gabriel de Moño zusammenzutun. Wie aufs Stichwort hakte sich dieser jetzt beschwipst bei ihm ein und sagte: »Und jetzt noch auf einen Absacker in den Bayerischen Hof, ich hab nämlich noch ein Geschenk für dich.«

Auf dem Weg zum Auto war de Moño ungewöhnlich schweigsam. »Felix, ich bin zu besoffen zum Fahren, kannst du mein Kätzchen bis zum Bayerischen Hof fahren?«, war der einzige Satz, den er auf dem ganzen Weg sprach.

»Logisch«, meinte Felix begeistert und saß wenige Minuten später das erste Mal in seinem Leben am Steuer einer Luxuskarosse.

In der halb gefüllten Hotelbar lief gedämpfter Jazz. Der Service war überaus zuvorkommend. Das schummrige Licht und das exotische Flair beeindruckten Felix. Gabriel hatte für sie eine kleine, abgelegene Nische ausgewählt und für sich einen Wodka Feige und für Felix einen Virgin Caipirinha bestellt. »Keine Sorge, der ist alkoholfrei«, hatte er fürsorglich erklärt. Nachdem sie angestoßen hatten, lächelte Gabriel: »Schau mal, ich habe was für dich dabei.« Er zog aus der schlanken ledernen Aktentasche, die er neben sich auf die gepolsterte Bank gelegt hatte, einen Tablet-Computer. Nach Sekunden des Tippens und Wischens reichte er ihn Felix. Der Bildschirm zeigte eine unbekleidete Frau aus Holz mit breiten Hüften und leicht hängenden Brüsten, unter dem Bild stand »Kirchner, Ernst Ludwig: ›Stehende‹«.

»Schau weiter«, forderte er Felix auf. »Da kommen noch mehr Kirchner-Skulpturen.« Er wischte sich durch ein Dutzend weiterer Kunstfotografien, darunter »Tänzerin mit gehobenem Bein«, »Tänzerin Gerda«, »Weibliche Figur«, »Eva. Weibliche Aktfigur«, »Liegende«, »Akrobatenpaar«, »Tanzende«, »Stuhl I mit großem Akt« und »Erna Kirchner«.

Felix blickte auf. »Die Tänzerin mit dem gehobenen Bein kenne ich.«

Das schien de Moño zu freuen: »Meine Vorstellung ist nun, Felix, dass du nicht eine dieser Skulpturen *kopierst*, sondern dass du dir zwei aussuchst und aus ihnen eine dritte kreierst, die sowohl Merkmale der einen als auch Merkmale der anderen aufweist.« Felix spürte, dass es ihn in den Fingern juckte. Was de Moño ihm da vorschlug, war aufregend, spannend – und künstlerisch anspruchsvoll. Der Mann mit dem südländisch klingenden Namen fuhr fort: »Also, zum Beispiel eine Frauenfigur, in der Pose der ›Tanzenden‹, aber nicht im selben groben Stil wie diese Figur ist, sondern im feineren der ›Tänzerin Gerda‹.«

Felix wischte sich die »Tänzerin Gerda« auf das Display, verkleinerte das Bild und holte sich Kirchners »Tänzerin« daneben. Beide waren nackt, aber die »Tänzerin« hatte ihren rechten Arm angewinkelt und drückte mit der Hand in Richtung ihrer Brust. Außerdem blickte sie vom Betrachter aus nach rechts oben. Die »Tänzerin Gerda« dagegen hatte beide Hände an den Kopf gelegt, ihre Augen waren geschlossen und sie formte ihre Lippen zu einem Kuss, oder so, als würde sie pfeifen. Die »Tänzerin Gerda« hatte Kirchner vollständig holzsichtig gestaltet, das heißt, ohne jeden Farbauftrag. Bei der »Tänzerin« hatte er die Schamhaare und das Haupthaar sowie Lippen und Augen dunkel eingefärbt. Gemeinsam war beiden Figuren etwas Kokettes in Haltung und Gesichtsausdruck.

»Und was erzählst du den Leuten, wo diese Skulptur herkommt?« Felix sah vom Tablet auf.

»Das lass meine Sorge sein, Jüngelchen. Du machst deinen Job und Engel Gabriel macht seinen.« Er lächelte. »Wann fängst du an?«

Anstatt die Frage zu beantworten, fragte Felix: »Wie viel Geld bekomme ich dafür?«

In diesem Moment kam der Kellner an den Tisch. Er servierte die nächste Runde Drinks und verschwand wieder. Gabriel ergriff erneut das Wort: »Wir machen fifty-fifty. Natürlich nach Abzug der Kosten. Du bist der Künstler und ich … bin dein Diener.« Auf de Moños Gesicht breitete sich ein strahlendes Lächeln aus. »Ich liebe diese Vorstellung, Felix. Ich sage es ganz offen: Ich liebe sie.«

Acht

Dr. Christian Ambach wunderte sich, wer am Samstagnachmittag bei ihm an der Tür klingelte. Maria war mit einer Freundin zum Shoppen gegangen, und er hatte ihre Tochter Soleil vor über einer Stunde mit einer Packung Erdnussflips vor dem Fernseher geparkt, damit sie ihm nicht auf den Keks ging. Genervt stemmte sich der Zweiundvierzigjährige aus dem bordeauxroten Ohrensessel in der Bibliothek, legte seine Hornbrille auf den Tisch und öffnete die Tür. Auch das noch. Er hätte kotzen können.

»Hallo, Herr Doktor Ambach, bitte entschuldigen Sie, dass ich Sie hier einfach ohne Voranmeldung aufsuche, aber ich hätte ein paar Fragen zu ihrem Gutachten für die Riemenschneider-Figuren, die neulich versteigert wurden.«

Vor ihm stand der Enthüllungsreporter, der bereits bei der Auktion Krawall gemacht hatte. Christian Ambach holte tief Luft: »Ja, das kann ich mir schon denken, dass Sie Fragen haben. Aber ich habe keine Antworten. Und jetzt gehen Sie mir nicht auf die Nerven, sondern verschwinden Sie.«

Damit war die Sache für Christian Ambach erledigt. Er schob die Haustür zu. Doch da sprang der drahtige Journalist einen Schritt nach vorn und quetschte die Trekkingsandale an seinem rechten Fuß gerade noch in den Türspalt. Christian hörte ihn durch den Spalt weiterquatschen, als ob nichts passiert wäre: »Das werde ich nicht tun, schließlich weiß ich, dass die Figuren gefälscht sind, und Sie wissen das auch. Und jetzt sagen Sie mir, warum Sie falsche Gutachten erstellen. Wer hat Sie bezahlt? Was haben Sie dafür bekommen?«

Christian Ambach war von der Hartnäckigkeit des Reporters überrascht. Aber jetzt war Schluss mit lustig. Kurz entschlossen zog er einen Golfschläger aus der blauen Golftasche, die neben dem Schirmständer stand, öffnete die Tür wieder und trat drohend nach draußen. Der Hänfling wich zurück, und Christian wurde laut: »Ich sag Ihnen jetzt mal was, Sie Spargel. Sie sind mit Ihren bescheuerten Verschwörungstheorien komplett auf dem Holzweg! An der Richtigkeit meines Gutachtens gibt es nicht den geringsten Zweifel. Ich mache diesen Job ja schon ein bisschen länger. Des Weiteren gibt es ein technisches Gutachten, verfasst von einer unabhängigen Institution. Hätte es Restzweifel gegeben, dann hat dieses Gutachten sie beseitigt. Aber es gab ja nicht den Funken eines Zweifels. Und jetzt sind die Figuren versteigert; derjenige, der den Zuschlag bekommen hat, ist glücklich – und fertig! Hören Sie also auf mit Ihren schwachsinnigen Anschuldigungen. Suchen Sie sich lieber einen vernünftigen Job, Sie Penner!«

Die Wutrede des Kunstexperten beeindruckte Stefan Blank wenig. Dennoch achtete er darauf, ausreichend Abstand zu ihm zu halten, denn der Golfschläger und Dr. Christian Ambachs geschwollene Halsschlagader flößten ihm Respekt ein.

»Ich habe aber eine Theorie – und ich werde alles aufdecken, ich habe jetzt sogar einen Blog. ›die_ SCHEINHEILIGEN‹ heißt der. Da enthülle ich alles. Sie werden schon sehen …«

Nun hatte Christian Ambach genug von dem Geschwätz des selbst ernannten Investigativjournalisten. Er legte auch seine zweite Hand an den Golfschläger, holte aus und schwang ihn in Richtung des Bloggers. Allerdings achtete er darauf, ihn nicht zu treffen. Es ging nur darum, sich Respekt zu verschaffen. Stefan Blank spürte den Windhauch in seinem Gesicht. Mit zusammengepressten Zähnen zischte der groß gewachsene Akademiker mit dem dezenten Bauchansatz: »Wenn Sie jetzt nicht sofort von meinem Grundstück verschwinden, haben Sie auch noch einen gebrochenen Kiefer, Sie Vollpfosten. Ich zähle bis drei!« Dann donnerte Christian Ambach die Tür zu, pfefferte den Golfschläger zurück in die Tasche und widmete sich wieder einem kostbaren Band mit alten Kunstdrucken.

Zur gleichen Zeit pfiff Felix in seiner Werkstatt gut gelaunt eine Melodie, die er irgendwo aufgeschnappt hatte. Vor ihm auf der Werkbank lag das iPad, das ihm

Gabriel geschenkt hatte; daneben ausgebreitet mehrere Skizzen, die er mit leichter Hand auf bestes Zeichenpapier geworfen hatte. Das Papier hatte ihm Gabriel besorgt. »Wir arbeiten ab jetzt nur noch mit Material von feinster Qualität«, hatte der Partner gesagt. »Professionell.«

Alle Zeichnungen zeigten junge Frauen, tanzend und in verschiedenen Posen. Mal wirbelten sie mit ihren Händen um den Kopf, mal streckten sie sie nach unten und spreizten die Finger, mal stützten sie die Hände in die Taille und ließen die Beine fliegen. Felix, der im Stehen gezeichnet hatte, setzte sich nun wieder und wischte sich auf dem Tablet durch diverse Fotos von Holzskulpturen, die Ernst Ludwig Kirchner vor rund hundert Jahren gefertigt hatte. Felix' Zweifel an einer Zusammenarbeit mit Gabriel waren verflogen. Seine Euphorie und Schaffenslust waren zurück. Gefühle, die er in seinem Leben bislang nur einmal, nämlich bei der Fälschung der Riemenschneider-Holzfiguren, verspürt hatte. Gabriel war ein Genie. Die Idee mit Ernst Ludwig Kirchner gefiel Felix. Dem Expressionisten fühlte er sich noch stärker verbunden als Tilman Riemenschneider. Nicht nur, weil Kirchner, der von 1880 bis 1938 gelebt hatte, ihm zeitlich viel näher stand, sondern auch weil Kirchner Autodidakt gewesen war – wie er selbst.

Außerdem fühlte sich Felix durch die Tatsache entlastet, dass er sich ganz auf seine Kunst konzentrieren konnte und de Moño sich um genau jenen Teil der Arbeit kümmerte, der ihm unangenehm war: Der Kunstberater hatte versprochen, Holz zu besorgen, das qualitativ und altersmäßig zu Kirchners Werken passte. Felix fragte sich zwar, woher Gabriel das Holz bekommen wollte, aber allein die Aussicht, nie wieder selbst etwas so

Schreckliches tun zu müssen wie seinerzeit in der Kirche, war ihm eine Erleichterung.

»Wann immer du etwas brauchst, Felix«, hatte Gabriel versichert, »egal ob es Schnitzwerkzeug, Zigaretten oder meinetwegen echte Aktmodelle sind, ich werde mich ab jetzt um alles kümmern. Nur schnitzen, das musst du.«

Felix dachte erst kurz nach, bevor er ungläubig nachfragte, ob Gabriel ihm wirklich ein echtes Modell besorgen würde.

»Na, was denkst denn du?«, hatte jener geantwortet. »Wirst du dadurch besser arbeiten? Dann besorge ich dir eins. Kein Problem.«

Am Tag darauf hatte Gabriel tatsächlich bereits einen Termin mit einer jungen Kunststudentin vereinbart, die in der kommenden Woche für Felix posieren würde. Er konnte sein Glück kaum fassen. Um möglichst gut vorbereitet zu sein, übte er sich, indem er mehrere Skulpturen von Fotos abzeichnete. Auch trainierte er es, Skulpturen aus dem Gedächtnis nachzuzeichnen. Wenn er nicht mehr weiterkam oder das Gefühl hatte zu verkrampfen, prägte er sich für etwa eine Minute die wichtigsten Details einer Skulptur ein, schloss die Augen und skizzierte dann blind aus der Erinnerung. Diese Zeichnungen waren natürlich nicht als ernst zu nehmende Vorarbeiten zu der Kirchner-Skulptur zu gebrauchen, aber sie gefielen ihm. Sie hatten etwas Eigenes. Eine natürliche Beiläufigkeit, die dem Betrachter aber immer noch etwas von Kirchners Witz und Eleganz vermittelte.

Stefan Blank war vom Leben bislang nicht belohnt worden. In der Redaktion der Abendzeitung war er das erste Opfer der Printkrise geworden. Rausgeschmissen hatten sie ihn, einfach so. Der einstige Lokalreporter für Kultur und Wirtschaft war deshalb bereits seit Jahren dazu gezwungen, sich als Freelancer durchzuschlagen und die Ansprüche an seine Lebensführung beträchtlich herunterzuschrauben. Genau genommen hatte Blank keine Bedürfnisse mehr, außer jenem nach der Wahrheit – und nach Sauberkeit und Ordnung. Er konnte einiges aushalten. Die Begegnung mit dem jähzornigen Kunsthistoriker hatte er gut weggesteckt. Kurz nach dem Zusammentreffen mit Dr. Christian Ambach saß er bereits wieder am Steuer seines Kleinwagens. Wenn er ehrlich zu sich selbst war, hatte er nichts anderes erwartet, als dass dieser Schnösel den Betrug abstreiten würde. Alles andere wäre eine unerhörte Überraschung gewesen. Aber dieser Experte und seine Bagage sollten ruhig merken, dass er ihnen auf der Spur war. Ein Stefan Blank ließ sich nicht so leicht abschütteln. Er würde seine Hausaufgaben machen. Und er wusste schon genau, wem er als Nächstes einen Besuch abstatten würde. Gerade von dieser nächsten Recherche versprach er sich sehr viel. Vorher galt es noch, die persönliche Schwachstelle dieses »Kandidaten« zutage zu fördern. Irgendein Geheimnis hütete schließlich jeder, mit Sicherheit auch der gutbürgerliche, scheinbar harmlose kleine Kunsthändler Maximilian Pauli.

Neun

Die Glöckchen klingelten unschuldig, als Stefan Blank die Tür zur Kunsthandlung Pauli öffnete. Max Pauli saß an einem Biedermeiertisch, der in der Mitte des Raums stand. Vor ihm eine Teekanne mit chinesischer Bemalung und ein kleiner Keramikbecher im selben Stil. Aus beiden Gefäßen dampfte es. Es roch nach grünem Tee. Pauli legte die Zeitung beiseite, er hatte eben die Börsenkurse studiert. Eigentlich interessierte ihn Geld nicht. Geld hatte man. Aber die acht Millionen, die er plötzlich mehr besaß, katapultierten sogar seinen ohnehin schon ansehnlichen Wohlstand in eine neue Dimension. Das viele Geld wollte sinnvoll investiert sein. Allerdings erschienen ihm angesichts der niedrigen Zinsen alle Anlagen außer Aktien und Immobilien unsinnig.

Er musterte den Neuankömmling in den Trekkingschuhen mit freundlichem Blick. Obwohl der Mann einen Rucksack trug, sah er für einen der typischen Touristen, die die Kleinstadt zu Tagesausflügen oder nach einer Wanderung besuchten, eine Nuance zu verlottert aus. »Grüß Gott, was kann ich für Sie tun?«

»Guten Tag, Blank, ich hätte da ein paar Fragen an Sie.«

»Wollen Sie sich nicht erst einmal umsehen, was wir so alles haben?«

»Nein, es geht um die Riemenschneider-Skulpturen.« Blank hatte sich vorgenommen, direkt zur Sache zu kommen.

Max Pauli hob die Augenbrauen. »Aha? Die sind leider schon versteigert.«

»Weiß ich. Wo haben Sie die her?« Blank stellte seinen Rucksack auf den Boden, nestelte ihn auf und zog ein Notizbuch sowie einen Kugelschreiber heraus.

»Darf ich fragen, warum Sie das interessiert?« Pauli bemühte sich um Freundlichkeit, tat sich aber sichtlich schwer damit. Er empfand den Ton des Mannes als unangemessen, ja sogar unhöflich.

Blank stand jetzt – den Stift gezückt – wieder aufrecht. »Weil ich an einer größeren Geschichte darüber arbeite.«

»Darf ich erfahren, für welches Medium?«

»Blog. Ich schreibe das für meinen Blog im Internet – ›die_ SCHEINHEILIGEN‹. Ist noch nicht so bekannt, aber das kommt schon …« Sein Blick glitt ins Leere. Die Fragen nach seinem Blog brachten ihn noch immer aus dem Konzept. Im Herzen war er ein Zeitungsschreiber geblieben. Das mit dem Blog war eine Notlösung. Aber jetzt hatte er seine Gedanken wieder im Griff. »Also, wo haben Sie die Skulpturen her?«

Ohne mit der Wimper zu zucken, sagte Pauli: »Ich habe sie rechtmäßig erworben. Sie wurden in einem geheimen Keller unter der Marienkapelle von Beutelsbrunn gefunden.« Blank wandte seinen Blick dem Notizbuch zu und schrieb etwas auf. Mit gesenktem Kopf fragte er weiter. »Warum hat die Kirche diese wertvollen Skulpturen verkauft?«

»Die Kapelle ist meines Wissens nicht im Besitz der Kirche, sie ist in Privatbesitz.«

»Aha, wem gehört sie denn?«

»Herr Blank …«, erwiderte Pauli, seine Stimme war nun nicht mehr ganz so geduldig, »… ich denke … es ist hier eine Frage der Diskretion … Ich meine … Sie wissen nun genug für Ihren Blog.« Er bemühte sich um einen wieder freundlicheren Tonfall. »Wenden Sie sich doch bitte für weitere Auskünfte an das Auktionshaus Stettner in München.«

»Da war ich schon, die sagen nichts.« Blanks knappe Antwort hatte etwas Trotziges. Max Pauli sah plötzlich den Journalisten als kleinen Jungen vor sich.

»Nun, das tut mir leid.« Pauli versuchte Blickkontakt mit dem seltsamen Blogger herzustellen, aber der wich aus. Der Kunsthändler überlegte, ob der Mann womöglich eine Kommunikationsstörung hatte. Dann sagte er: »Aber ist es nicht auch irgendwo verständlich? Sehen Sie: Ein Kunsthändler wie ich lebt von der Diskretion. Die Menschen, die mir ihre Schätze anvertrauen, wollen nicht gerne an die Öffentlichkeit gezerrt werden.«

Unvermittelt schaute Blank seinem Gesprächspartner wieder ins Gesicht und fragte bissig: »Was sagen Sie zu dem Vorwurf, dass es sich bei den Riemenschneider-Skulpturen um Fälschungen handelt?«

»Nichts, Herr Blank, dazu sage ich gar nichts. Und ich bitte Sie jetzt höflich, meinen Laden zu verlassen. Die einzig Zuständigen in diesem Fall sind die Damen und Herren vom Auktionshaus Stettner. Ich bin nur ein kleiner Kunsthändler.« Pauli trat einen Schritt nach vorn. Blank wich ihm aus. Pauli bückte sich, hob den Rucksack des Journalisten auf und hielt ihn ihm hin.

»Pah, ›kleiner Kunsthändler‹! Millionär sind Sie geworden durch diesen skandalösen Betrug! Ich gehe nicht, bevor Sie mir sagen, wo die Dinger wirklich herkommen.«

Pauli schüttelte den Kopf, wandte sich ab und ging hinter den Ladentresen. »Dann sehe ich mich gezwungen, die Polizei zu rufen.« Der Satz hörte sich durch und durch glaubwürdig an. Aber natürlich war er die reine Show. Niemals hätte Pauli die Ordnungshüter verständigt. Er konnte alles gebrauchen, nur kein Aufsehen in oder um sein Geschäft herum. Das schreckte die Kundschaft ab und brachte Gerede unter den Geschäftsleuten in der kleinen, hübsch gepflasterten Fußgängerzone. Doch die Drohung zeigte Wirkung: Blank schnaufte zwar empört, kniete sich aber nieder, steckte Kugelschreiber und Bleistift wieder in den Rucksack, stand auf und trottete zur Tür. Ins Klingeln der Ladenglocke hinein knurrte er: »Sie krieg ich schon noch, Sie Millionenbetrüger.« Maximilian Pauli sah ihm nachdenklich hinterher.

Auf dem Weg zu seinem Auto, das er direkt um die Ecke am Rand der Fußgängerzone geparkt hatte, ging Blank in einen Supermarkt und kaufte sich zwei Bananen und eine Flasche Multivitaminsaft. Damit setzte er sich in seinen Wagen, aß die kleine Mahlzeit und überlegte. Für ihn war dieser Kunsthändler der Knackpunkt in dem ganzen Skandal. Denn zweifellos war er es, der die Skulpturen in den offiziellen Kunstmarkt geschleust hatte. Die Kirche in Beutelsbrunn hatte Blank längst überprüft. Es konnte schon sein, dass da ein geheimer Keller war. Aber war es nicht vollkommen unwahrscheinlich, dass dort derart wertvolle Figuren herumlagen, die über Jahrhunderte hinweg von niemandem erkannt wurden und dann plötzlich in bestem Zustand auftauchten und Millionen einbrachten? Schaute denn niemand außer ihm genauer hin? Dachte denn niemand außer ihm nach? Blank war sich hundertprozentig sicher, dass an dieser Provenienzlegende etwas faul war, das verriet ihm sein journalistischer Instinkt. Aber ohne diesen Kunsthändler mit den Sommersprossen kam er nicht weiter. Der arrogante Dr. Ambach und die ganze Mischpoke vom Auktionshaus Stettner waren einfach zu professionell, zu geschickt im Abwimmeln. Dieser Pauli wirkte weniger skrupellos. Und mit seinem Laden in der Kleinstadt, wo jeder jeden kannte, war er wesentlich angreifbarer. Eigentlich hatte Blank beschlossen, nach seinem Besuch in der Kunsthandlung Pauli wieder zurück nach München zu fahren. Doch jetzt änderte er seinen Plan. Für einen wie ihn, der Spontaneität hasste, war das revolutionär. Zwar verursachte es ihm innerlich Schmerzen. Aber da musste er durch.

Nachdem er die zweite Banane verzehrt und sich die Hände mit Sagrotantüchern gereinigt hatte – natürlich nur behelfsmäßig und aus hygienischen Gesichtspunkten unvertretbar schlecht –, verließ er seinen Wagen erneut, kaufte sich in einem Kiosk ein Exemplar der Süddeutschen Zeitung und setzte sich auf eine Bank gegenüber von Paulis Geschäft. Kaum hatte er sich niedergelassen, schlug er die Zeitung auf und hielt sie sich vors Gesicht. Der Kunsthändler durfte ihn nicht sehen, aber er wollte den Kunsthändler sehen. Observieren. Er musste irgendetwas finden, was diesen mit seinen engelsblonden Locken so unschuldig wirkenden Verbrecher gesprächig machen würde. Jeder Mensch hatte einen wunden Punkt.

Allein – der Tag zog sich in die Länge. Außer einigen Touristen, die sich in den Laden verirrten, war nichts zu verzeichnen. Einmal trat Pauli vor das Geschäft und blickte die Fußgängerzone hinunter. Blank fürchtete kurz, erwischt zu werden, aber Pauli schien ganz mit sich selbst beschäftigt zu sein. Am Abend sperrte der Kunsthändler den Laden zu und ging zu einem silbernen A5, der – da hatte Blank Glück – nur zwei Autos hinter dem Fahrzeug des Bloggers abgestellt war. So unauffällig wie möglich hetzte Blank hinterher, warf sich in sein eigenes Auto und nahm die Verfolgung auf. In einer Wohnsiedlung mit vornehmlich villenartigen Häusern verschwand Paulis Auto hinter einem hölzernen Gartentor, das sich bei seiner Ankunft automatisch geöffnet hatte. Blank stellte seinen Wagen in etwa zwanzig Metern Entfernung ab und wartete. Sobald es dunkel wäre, würde er in den Garten einsteigen und nachsehen, was man in der feinen Kunsthändlerfamilie abends so trieb. Vielleicht stritt man sich, schrie herum und verriet dabei interessante Details? Für Blank war es vollkommen unerklärlich, wie man sich ein Leben mit einem anderen Menschen teilen konnte. Zwei Menschen – das bedeutete unweigerlich, dass auch zwei Leute Schmutz und Unordnung verbreiteten. Eine Horrorvorstellung.

Um es bequemer zu haben, zog er die Trekkingschuhe und auch die Socken aus. Die Schuhe stellte er parallel zueinander in den Fußraum des Beifahrersitzes. Die Socken legte er sorgfältig auf den Sitz, nachdem er kurz an ihnen gerochen hatte. Alles im grünen Bereich. Was die geometrische Lage der Socken anging, musste er nur einmal ein wenig nachjustieren, schon herrschte wieder Symmetrie. Obwohl er müde war, gönnte er sich nicht einmal ein Nickerchen. »Arbeit ist Arbeit und Schnaps ist Schnaps.« Diesen Spruch hatte einmal sein Biologielehrer im Unterricht geäußert, und Blank fand, dass da etwas Wahres dran war. Wobei er Schnaps lediglich insofern schätzte, als dass man ihn in Ausnahmesituationen als Desinfektionsmittel verwenden konnte.

Blank war sofort hellwach, als sich völlig unerwartet das hölzerne Gartentor wieder öffnete und Paulis Audi rückwärts aus der Einfahrt rollte. Der Journalist folgte ihm unauffällig. Pauli verließ die Kleinstadt, passierte die Bundesstraße, und etwa zehn Minuten später hatte Blank Probleme, dem schnittigen Sportwagen auf der Autobahn zu folgen. Aber weil er bereit war, nicht nur sich selbst zu quälen, sondern auch seinen alten Wagen, blieb er dran. Auch später, als Pauli ins Münchner Nightlife eintauchte, ließ Blank sich nicht abschütteln. Er folgte ihm den ganzen Abend und die halbe Nacht, bis es schon fast wieder dämmerte. Der Kunsthändler strotzte anscheinend vor Energie. Erst als er München in den frühen Morgenstunden wieder verließ, fuhr auch Blank nach Hause. Er war zufrieden. Er hatte gegen Pauli genug in der Tasche.

Zehn

Felix sah sich in dem hellen und geräumigen Raum um. Der Boden war mit dunklen Dielen belegt. In der Mitte des Mietateliers stand eine etwa dreißig Zentimeter hohe Holzbühne, die etwa zwei mal zwei Meter groß war. Darauf stand ein schlichter Holzstuhl. Die Sonne schien durch zwei quadratische Oberlichter in der Decke und sorgte für eine sanfte Lichtstimmung. Felix legte Skizzenblöcke und Stifte ab, stieg auf die Bühne, nahm den Stuhl und stellte ihn unten neben mehrere Zeichentische. Den Stuhl brauchte er nicht, er wollte ausschließlich an stehenden Posen arbeiten.

Seit Gabriel ihn vor einer Viertelstunde in dem Münchner Hinterhofatelier abgesetzt hatte, schlich er nervös herum und versuchte, sich mit dem Raum vertraut zu machen. Felix hatte noch nie mit einem Aktmodell gearbeitet. Wie sollte er sie ansprechen? Zog sie sich wirklich komplett aus? Natürlich war er Gabriel dankbar dafür, dass er ihm wirklich jeden künstlerischen Wunsch ermöglichen wollte. Aber im Moment fühlte er sich wie damals als Viertklässler, als er im Schwimmbad das erste Mal auf dem Dreimeterbrett gestanden hatte. Selbstverständlich hatte er seinerzeit gewusst, dass so ein Sprung kein Ding der Unmöglichkeit war: Arme nach vorn, Kopf nach unten, abspringen. Im schlimmsten Fall wäre das Ergebnis ein Bauchplatscher, der kurz wehtat. Aber damals war er – trotz dieses Wissens – doch nicht gesprungen. Zu groß war die Angst gewesen, sich vor der ganzen Klasse zu blamieren. Ausgelacht hatten sie ihn trotzdem. Gabriel konnte ihn heute nicht auslachen, denn er war schon wieder weg. Nachdem er ihn mit einem Obstkorb, einem Kasten Wasser und fünfzig Euro für das Modell im Atelier abgesetzt hatte, war er mit der Ankündigung, in zweieinhalb Stunden wiederzukommen, verschwunden. »Bin schon gespannt auf deine Skizzen. Und sei nett zu Dana, die wird dir gefallen. Sie studiert Tanz. Ach ja – und im Kühlschrank ist Sushi.«

Felix hatte gerade im Kühlschrank nach dem Sushi gesehen, da quietschte die große Holztür. Er drehte sich um.

»Hallo.« Dana war ungeschminkt, ihre Haare waren braun, glatt und lang, und sie ging zielstrebig auf ihn zu. Felix schätzte sie auf Mitte zwanzig. Mit ihren mandelförmigen Augen und dem dunkleren Teint wirkten ihre Gesichtszüge exotisch, aber er konnte sie nicht eindeutig zuordnen. Sie trug schwarze Leggins und einen viel zu großen grauen Kapuzenpullover. Um ihren Hals hingen große weiße Kopfhörer, und über ihrer Schulter baumelte lässig ein Rucksack. Sie streckte ihm ihre Hand zur Begrüßung entgegen und sagte mit einer weichen, freundlichen Stimme: »Hi, ich bin Dana.«

Felix war sprachlos. Unbeholfen stand er vor ihr, seine Hände umklammerten die Pappschachtel mit dem Sushi.

»Ah, cool, Sushi!« Ohne Zögern stibitzte sie sich frech eine Rolle, verschlang sie und erklärte mit vollem Mund: »Die Nigiri mag ich am liebsten. Maguro ist hammerlecker.«

Felix hatte keine Ahnung, was das genau bedeutete, aber Danas offene Art und ihre aparte Erscheinung gefielen ihm. Er räusperte sich und meinte dann hölzern: »Ich bin Felix, äh … angenehm. Da hinten gibt's noch Getränke, also Wasser.«

»Cool. Willst du gleich loslegen mit Zeichnen oder kann ich noch kurz was essen? Ich komm nämlich direkt vom Tanzen und hab noch nicht zu Mittag gegessen.« Sie sah ihn mit großen Augen an.

»Klar, essen ist fein«, erwiderte Felix, »dann bereite ich schon mal meine Zeichensachen vor.«

Während Dana sich der Box mit Sushi widmete, ging Felix zu einem der Zeichentische, öffnete einen Skizzenblock, spitzte sein Sortiment an Bleistiften und beobachtete die Studentin beim Essen. Sie musste wirklich hungrig sein, denn nach einigen Minuten hatte sie den Inhalt der Box verschlungen. Als sie aufblickte und zu ihm hinübersah, fühlte Felix sich ertappt. Aber Dana rief: »'Tschuldige, ich hoffe, du wolltest nichts, jetzt hab ich alles aufgegessen!«

»Nein, nein«, beeilte sich Felix zu antworten, »es gibt außerdem noch mehr im Kühlschrank.«

»Prima«, sagte sie und begann sich ohne Vorwarnung vor ihm auszuziehen. Verlegen fixierte Felix seine Fußspitzen. Da hörte er Dana fröhlich lachen.

»Du bist ja süß! Was schaust du denn weg? Du willst mich doch gleich nackt zeichnen!«

Felix' Wangen röteten sich. Da hatte Dana recht. Trotzdem drehte er sich erst um, als sie sagte: »So, fertig.«

Vorsichtig sah er zu ihr, so vorsichtig, als hätte ein zu schneller Blick von ihm sie einfach entmaterialisiert. Dana stand bereits nackt auf der kleinen Bühne. Sie war schlank, aber nicht dürr. Ihre Brüste waren wohlgeformt, das sanfte Licht umspielte die zarte Bräune ihrer Haut. Ihre Hände – sie hatte ihre Finger entspannt ineinander verhakt – hielt sie sich wie zufällig vor die Scham, und mit einem Lächeln fragte sie: »Und nun, Felix: Wie fangen wir an?«

Während Felix seinem Modell unbeholfen die ersten Anweisungen gab, betrat Stefan Blank erneut den Laden von Maximilian Pauli. Der Journalist hätte für seinen zweiten Besuch keinen günstigeren Zeitpunkt wählen können: Paulis Kinder saßen an dem Biedermeiertisch in der Kunsthandlung und machten Hausaufgaben. Das Mädchen, Carina, war neun, ihr Bruder Leo zehn. Die Kinder kamen mindestens einmal pro Woche direkt nach der Schule in den Laden, um dort ihre Hausaufgaben zu erledigen. In dieser Zeit machte Paulis Frau Gitte Besorgungen, so hieß es jedenfalls. Das Ehepaar Pauli hatte sich stillschweigend darauf geeinigt, einander nicht zu viele Fragen zu stellen. Pauli genoss diese Nachmittage mit den Kindern im Laden, denn im Grunde war er ein Familienmensch. Doch diese genussvolle Laune wurde jäh zerstört, als der Kunsthändler sah, wer der Grund für das Klingeln der Türglöckchen war. Er warf dem Journalisten einen für seine sonst so höfliche Art feindlichen Blick zu und meinte: »Ah, Sie schon wieder.«

»Ja, ja, ja, ja«, haspelte Blank vor sich hin, »ich schon wieder, guten Tag.« Und mit einer Kopfbewegung in Richtung der Kinder meinte er: »Oh, wie schön, die lieben Kleinen.«

Pauli brummelte etwas Zustimmendes und wartete ab. Was wollte dieser Typ denn noch? Pauli hätten schwören können, dass Blank dieselben Kleider wie vor zwei Tagen trug. Der Journalist knallte den Rucksack auf den Boden, atmete hörbar aus und blickte auf. »Ich wollte noch einmal auf unser Gespräch von neulich zurückkommen.«

Pauli sah zu seinen Kindern hinüber und antwortete dann kurz angebunden: »Da gibt es auf nichts zurückzukommen. Es ist alles gesagt.«

»Mit dieser Antwort hatte ich schon gerechnet«, erwiderte Blank mit einer Fröhlichkeit, die zum Himmel stank. »Aber …«, er bückte sich zu seinem Rucksack und zog eine Klarsichthülle heraus. »Ich habe ja etwas für Sie dabei. Schauen Sie mal.« Er zog mehrere Ausdrucke aus der Hülle hervor und reichte einen davon dem Kunsthändler. Der nahm das Blatt ohne jedes Interesse, doch das änderte sich schlagartig, als er die beiden Fotos sah, die darauf abgebildet waren. Es war nicht so, dass Max Paulis Gesichtszüge entgleist wären, aber ein gewisses Staunen, gepaart mit einer unterschwelligen Empörung, vielleicht sogar Wut, hätte ein aufmerksamer Dritter durchaus aus ihnen herauslesen können. Er starrte auf die Fotos, dann starrte er zu Blank. Der sagte: »Und ich habe noch mehr.« Der Blogger reichte ihm ein weiteres Foto.

»Papa, ich kapier das nicht mit der Rechnung – was ist ein Zehnersprung?«, meldete sich nun Paulis Sohn zu Wort. »Kannst du mal schauen?«

»Ja, gleich, Leo. Es ist nur …«

Pauli liebte das leichte Leben. Situationen wie diese, in der er sich nun gerade wiederfand, waren ihm zutiefst verhasst.

»Und hier noch beim Küssen«, erläuterte Blank. Die Glückseligkeit in seiner Stimme war unüberhörbar. »Und schauen Sie mal hier, Herr Pauli …«

Jetzt stand – warum auch immer – Paulis Tochter Carina auf, kam zu ihnen herüber und fragte: »Darf ich auch mal sehen, Papa?«

Schnell zog Pauli die Blätter weg. »Das ist nichts …«, begann er einen orientierungslosen Satz, aber wie sollte der weitergehen? »Das ist nichts …«, wiederholte er, um dann mit »… für Kinder« zu enden.

»Soso, das ist also nichts für Kinder, was der Papa nachts macht? Aber vielleicht ist das ja was für Ihre Frau?«, fragte Blank, nun schon mit unverhohlenem Hohn in der Stimme.

»Der Papa schläft nachts!«, belehrte Paulis Sohn den Journalisten.

»Ja, mit fremden Damen schläft er …«

Weiter kam Blank nicht, denn Pauli hatte laut und deutlich »Stopp« gerufen. »Hören Sie auf mit diesem Mist!« Der Kunsthändler zerknüllte die Fotos und stopfte sie zurück in den Rucksack. »Packen Sie das alles ein und verschwinden Sie!«

»Ich verschwinde, sobald Sie mir gesagt haben, von wem Sie die vierzehn Nothelfer-Skulpturen bekommen haben. Ansonsten schicke ich die Bilder nämlich Ihrer Frau Gattin.«

»Das habe ich Ihnen bereits erklärt!«

»Jetzt kommen Sie mir nicht wieder mit der Kapelle in Beutelsbrunn. Ich bin Journalist! Ich brauche Namen!«

»Sie können mich mal.« Pauli sah kurz zu seinen Kindern, die das Geschehen wie gebannt verfolgten. So hatten sie den Vater noch nie erlebt. »Wenn Sie jetzt nicht verschwinden, rufe ich die Polizei.«

»Und Sie wollen wirklich, dass ich den Polizisten diese Bilder zeige? Wie Sie in einem Hotel in München einem Escortmädchen an die Wäsche gehen, der Kleinen zwischen den Beinen und an den Titten herumfummeln wie ein geiler Bock? Herr Pauli! Die Polizisten in dieser kleinen Stadt kennen Sie doch sicher. Wenn die jetzt wirklich kommen – das spricht sich doch herum wie ein Lauffeuer ... dass der Pauli nachts seine Frau betrügt – mit Münchner Edelnutten ...«

Handgreiflichkeiten waren noch nie Paulis Art gewesen. Wenn es in der Schule Stress gegeben hatte, dann war sein Freund Christian der Mann fürs Grobe gewesen. Aber in diesem Fall sah der Kunsthändler keine andere Möglichkeit. Angst machte ihm dieser Erpresser keine. Er packte den Rucksack mit der einen, den Hemdkragen des Journalisten mit der anderen Hand und zog den lästigen Schnüffler zur Tür, öffnete diese unter Gebimmel und warf ihn in hohem Bogen hinaus, sodass Blank einige Schritte weiterstolperte. Dann rief er noch, ja er schrie beinahe, dass er sich nicht erpressen lasse. »Von niemandem! Und meiner Frau können Sie die Bilder wegen mir ruhig schicken, die weiß Bescheid!«

Dann ging Max wieder zurück in den Laden, strich sich die blonden Locken aus dem Gesicht, schloss die Tür und atmete auf.

»Was wollte der Mann, Papa?«, fragte die Tochter.

»Warum hast du ihn verhauen?«, fragte der Sohn.

»Was ist ein Eskomädchen?«, fragte noch einmal die Tochter.

»Das ist jetzt nicht so wichtig, Kinder. Die Hauptsache ist, ich habe euch lieb. Und zwar sehr, sehr lieb.« Er ging zu den beiden und gab erst dem Jungen, dann dem Mädchen einen Kuss auf die Stirn.

»Und der Mann?«

»Der Wichser kann uns den Buckel runterrutschen.«

»Sagt man nicht«, mahnte Carina.

»Wenn es einer ist, sagt man es schon.«

Dann schwiegen alle drei eine Weile, bis das Mädchen meinte: »Gell, der Mama erzählen wir nichts von dem Mann, Papa?«

»Vielleicht lieber nicht, ja, ja, hast schon recht.«

Felix durchlebte unterdessen ein Wechselbad der Gefühle. Ganz gleich, wie selbstverständlich Dana mit ihrer Nacktheit umging, er fühlte sich gehemmt. Und so arbeitete er zunächst viel zu technisch. Die ersten Skizzen, die er anfertigte, misslangen allesamt. Die körperlichen Proportionen der nackten Frauen, die er aufs Blatt warf, stimmten nicht; die Posen, in denen er sie darstellte, hatten nichts von der verspielten Leichtigkeit eines Ernst Ludwig Kirchner, was er zeichnete, war stümperhaft.

Erst nachdem er Dana gebeten hatte, ihr Haar zu einem Dutt zusammenzustecken, damit er mehr von ihrem Gesicht sehen konnte, kam er besser in Schwung. Allmählich gelang es ihm auch, aus dem Körper seines Modells die Konturen der beiden Kirchner-Skulpturen, die ja beide einen Pagenkopf trugen, herauszulesen. Die Zeit verging nun, ohne dass er es bemerkte, plötzlich ergaben seine Anweisungen Sinn und Dana strahlte eine Anmut aus, die sie anfangs nicht offenbart hatte. Felix zeichnete jetzt immer schneller, sein Blick verharrte fast nur noch auf dem Modell, und er kontrollierte nicht mehr jeden Strich, den er aufs Papier brachte. Seine Skizzen wurden besser. Und ohne dass er es merkte, passierte noch etwas: Felix fiel beim Betrachten ihres Körper geradezu in dessen Bann. Je länger er arbeitete, umso stärker fühlte er sich zu seinem Modell hingezogen. Die ideale Pose, die als Vorlage für eine Skulptur dienen konnte, hatte Felix allerdings noch nicht gefunden. Doch da geschah etwas Wunderbares: In dem Moment, in dem Dana kurz ihr linkes Bein entlasten wollte, weil es sie vom langen Stehen schmerzte, wechselte sie auf das rechte als Standbein und griff sich mit dem linken Arm stützend an die Hüfte. Ihr rechter Arm verharrte währenddessen mit neckisch abgeknicktem Handgelenk an ihrer rechten Schläfe. Ihr Geschlecht war dem Betrachter auf kokette Weise zugewandt. Sofort war Felix klar: Das war die perfekte Pose. Genau so, wie sie gerade dastand. Das sah kraftvoll, anmutig, ja verführerisch aus – und war doch gleichzeitig von genau jener Ungewöhnlichkeit, die die Holzskulpturen des großen Künstlers auszeichnete.

»Ja!«, schrie Felix deshalb. »Bleib genau so!« Und mit einem Mal fiel ihm das Zeichnen noch viel leichter. Seine Hand glitt, den weichen Bleistift im lockeren Griff, über das Papier des Skizzenblocks. Jetzt hielt ihn nichts mehr an seinem Platz: Nachdem er die Skizze vollendet hatte, sprang er vom Stuhl auf, bewegte sich ein Stück nach links und warf eine Seitenansicht derselben Pose aufs Papier. In der folgenden Viertelstunde umrundete Felix Dana einmal komplett und brachte acht Ansichten seines Modells zu Papier.

Mit einem lauten Stöhnen löste Dana sich schließlich aus der für sie anstrengenden Pose und schüttelte

Arme und Beine aus. Sie sah Felix entschuldigend an: »Sorry, aber ich brauche eine kurze Pause, mir tut alles weh.«

Sie dehnte ausgiebig ihre Handgelenke, die so lange in der für Kirchners Skulpturen charakteristischen abgeknickten Haltung ausgeharrt hatten.

»Alles gut«, entgegnete Felix. »Vielen Dank, ich glaube, wir machen Schluss für heute.«

Beide strahlten sich für einen Moment an. Felix war glücklich.

»Darf ich mal sehen?«, fragte Dana, während sie sich ihr Oberteil wieder anzog. Ihre Scham war noch unbedeckt. Doch sie tat so, als bemerkte sie es nicht.

»An was genau arbeitest du eigentlich?«

Felix befiel auf einen Schlag große Unsicherheit. Was sollte er antworten? Die Wahrheit konnte er ihr nicht erzählen.

»Es ist … es sind … also Vorstudien für was … anderes …«, erwiderte er einsilbig und klappte hastig den Skizzenblock zu.

Irritiert von seiner schroffen Reaktion wandte sich die Studentin von ihm ab. »Dann halt nicht.«

Felix hätte sich ohrfeigen können, er fand Dana sympathisch. Allein: Er hatte sich einfach keine gute, glaubwürdige Geschichte zurechtgelegt, die er ihr hätte erzählen können. Und dass er an einer Fälschung arbeitete, die Millionen einbringen sollte, konnte er ihr schlecht anvertrauen. So war er erleichtert, dass just in diesem Moment Gabriel de Moño das Atelier betrat. Mit seiner freundlichen, weltmännischen Art heiterte er gleich die Stimmung wieder auf.

»Und? Seid ihr gut zurechtgekommen? Nur, dass du Bescheid weißt, Dana: Mein Freund Felix hier hat nie studiert, er ist eigentlich Schreiner. Aber wenn du mich fragst, hat er Talent. Hat nur gerade so ein bisschen eine Schaffenskrise … Muss mit der Trennung klarkommen … Deshalb habe ich das hier arrangiert. Felix braucht Impulse.« De Moño lächelte vielsagend.

Auch auf Danas Lippen tauchte ein Lächeln auf, sie sah sich den hageren Künstler noch einmal genauer an. Felix war gerade dabei, sich eine Zigarette anzuzünden.

»Hast du für mich auch eine?« Felix warf ihr einen schüchternen Blick zu, bot ihr dann aber wortlos die geöffnete Schachtel an. In seinem Kopf arbeitete es: Was für einen Unsinn erzählte Gabriel? Was meinte er mit Trennung? »Hast du Dana schon ihr Geld gegeben?« Gabriels Frage riss ihn aus den Überlegungen.

»Äh, nein, so weit waren wir noch nicht.« Felix kramte den Fünfzig-Euro-Schein aus der Hemdtasche. Zehn Minuten später war Dana weg. Sie hatte sich mit zwei Wangenküsschen von Felix verabschiedet.

Nachdem Gabriel gemeinsam mit Felix die Skizzen durchgesehen hatte, nickte er. »Da sind wir doch auf einem ganz guten Weg. Hat es sich doch gelohnt, eine echte Tänzerin als Modell zu engagieren.« Gabriel betrachtete den neben ihm stehenden Felix nachdenklich. Dann griff er unvermittelt nach dessen Hand – doch Felix riss sich los, wie ein bockiges Kind.

»Was ist denn los mit dir? Das ist doch ein ganz guter Anfang! Die letzte Pose gefällt mir gut. Damit kann man doch arbeiten.«

»Was soll denn jetzt das heißen?«, platzte es aus Felix heraus. »›Auf einem ganz guten Weg‹?« Er starrte de Moño wütend an. »Die Skizzen sind super – ich fange morgen mit dem Schnitzen an!«

Da nun beide schwiegen, entstand eine unangenehme

Pause. Gabriel überlegte, ob er sich doch in Felix getäuscht hatte. Schließlich brauchte man keinen allzu großen Kunstsachverstand, um zu erkennen, dass diese Skizzen noch längst nicht dazu ausreichten, als Grundlage für erstklassige Fälschungen zu dienen. Aber er wollte den jungen Künstler nicht vor den Kopf stoßen. Deshalb sagte er scheinbar nachdenklich: »Gut, wenn du das so siehst, Felix, du bist der Künstler. Dann bringe ich dich jetzt nach Hause und morgen bekommst du das Holz für die ersten Versuche.« Er zögerte, dachte nach. »Vielleicht besser noch kein altes. Das ist verdammt teuer, damit müssen wir haushalten ... Und falls du dann vielleicht doch noch einmal ein Modell brauchst, sagst du einfach Bescheid. Ich kann dir auch eine andere Frau besorgen, kein Problem.«

Wenig später saßen die beiden schweigend im Jaguar. Felix blickte während der gesamten Fahrt nach Hinteröx zum Seitenfenster hinaus. Die Planken, die die Autobahn begrenzten, die Landschaft, die vorbeizog, alles verschwamm vor seinen Augen zu farbigen Schlieren und Streifen. Unterschätzte ihn dieser Gabriel am Ende auch – wie sein Bruder und all die anderen? Die Skizzen waren doch gut, dass musste doch sogar ein Blinder erkennen! Oh ja, er würde Gabriel zeigen, wie gut er war. Der würde sich wundern, wie schnell er so eine Skulptur schnitzen konnte, die keiner als Fälschung erkennen würde. So schwer war der Stil eines Ernst Ludwig Kirchner nun wirklich nicht zu imitieren. Einfach war das. Geradezu lächerlich einfach.

Elf

Er fuhr nicht los. Noch Minuten nach dem Rauswurf aus Paulis Kunsthandlung saß Stefan Blank in seinem Auto. Hierhin hatte er sich nach der Attacke geflüchtet. Der Blogger atmete schwer, sein Herz raste. Nie hätte er es für möglich gehalten, dass ihn sein Beruf jemals in eine derart gefährliche Situation bringen könnte. Aber bei aller Angst, die er vor dem rabiaten Kunsthändler gehabt hatte, mischte sich jetzt auch Triumph in seine Gefühle: Zeigte die extreme Reaktion seines Hauptverdächtigen nicht einmal mehr, dass er, Blank, auf der richtigen Spur war?

Er startete den Wagen und fuhr los. Erst einmal galt es, diesen gefährlichen Ort hinter sich zu lassen. Doch kaum hatte er die Ortsgrenze passiert, spürte er, wie der Adrenalinspiegel in seinem Körper absackte. Als er den Wagen auf der Landstraße auf knapp hundert Kilometer pro Stunde beschleunigte, war von seiner Siegesgewissheit nicht mehr viel vorhanden – das Dilemma des Einzelkämpfers: Niemand half einem dabei, die Zweifel an der eigenen Story zu zerstreuen. Was hatte er denn schon in der Hand? Klar war dieser verdammte Pauli der Schlüssel zu dem ganzen Fall. Aber der mauerte nicht nur, sondern wurde auch noch gewalttätig. Würde es überhaupt etwas bringen, seine Frau mit den Fotos zu konfrontieren? Was, wenn Pauli dann noch einmal auf ihn losging? Der Typ stand mit dem Rücken zur Wand. Außerdem traute Blank diesem gewissenlosen Millionenbetrüger alles zu. Was, wenn er wirklich mit seiner Frau eine Abmachung geschlossen hatte? Am Ende war sie wirklich einverstanden mit seinen außerehelichen Eskapaden? Unglaublich, was Frauen für verderbte Wesen sein konnten! Vielleicht vögelte die Frau ja *auch* kreuz und quer! Je mehr Blank nachdachte, umso mieser fühlte er sich. Früher, als er noch für die Abendzeitung gearbeitet hatte, war alles leichter gewesen. Morgens nach der Konferenz war man hinausgezogen in die Welt und hatte spannende Geschichten gesammelt. Am Nachmittag war man zurückgekehrt und hatte diese Geschichten aufgeschrieben. Am Abend war Redaktionsschluss. Und während man das, was die anderen tagsüber geschrieben hatten, Korrektur gelesen hatte, hatte man sich schon einmal ein Bier aufgemacht. Ein Bier. Blank sah auf die Uhr. Kurz nach fünf. Das konnte man machen. Kurz entschlossen bog er nicht in Richtung Autobahn ab, sondern lenkte den Wagen wieder zurück in Richtung in den Ort. Hier gab es sicher eine Wirtschaft, in der man ein kühles Bier bekam.

Zwar entsprach weder der Name des Etablissements noch dessen geschmacklose Einrichtung Blanks Vorstellung von einem Wirtshaus mit Wohlfühlatmosphäre, aber nachdem er zweimal durch Waldham gefahren war, wusste er, dass es hier nichts anderes gab als eine Kneipe namens Boxenstopp. Und auch nicht in zentraler Lage, sondern mitten im Gewerbegebiet. Der Laden war das Gegenteil von Formel 1. Es war ein schummriger Schuppen mit einer stillstehenden Diskokugel an der Decke, die Barfrau wirkte auf ihn ebenso betrunken wie die beiden einzigen Gäste, die auf eine Art miteinander knutschten, dass Blank gerne mit etwas Desinfektionsmittel dazwischengegangen wäre. Aber er hatte die Sagrotantücher, die er sich für den heutigen Tag eingeteilt hatte, leider bereits verbraucht – auch um die Stellen an seinen Händen und Armen zu reinigen, die mit diesem brutalen Kunsthändler in Berührung gekommen waren. Für einen Moment zog es Blank wieder nach draußen, denn genau genommen war dieser Laden für jemanden wie ihn, der Ordnung und Sauberkeit brauchte wie andere den Sauerstoff, die Hölle. Auch liefen leider keine Songs von Andreas Gabalier oder Truck Stop, die er wirklich schätzte, sondern irgendwelcher Krach. Und zwar aus gefühlten hundert Lautsprecherboxen, die eine komplette Wand einnahmen und vermutlich Pate für den Namen des Ladens gestanden hatten. Aber dann erinnerte sich der Journalist wieder an die alten Zeiten, an das Feierabendbier in der Redaktion und wie erfrischend es gewesen war, und er kletterte auf einen der beiden freien Barhocker an der Theke. Es roch nach Vanille. Vermutlich kam das von der Tussi, die einen Stuhl weiter mit einem Typ knutschte, dessen Gesicht er nicht genau sehen konnte. Erst als Blank »Ein Bier, bitte« zu der Bedienung gesagt hatte, hörte das Paar auf, aneinander herumzunuckeln, und wandte sich ihm zu. Die Frau hatte Brüste, die ihn an Orangen erinnerten, aber natürlich mit Nippeln vorn dran. Die konnte er – durch ihr Oberteil hindurch – deutlich sehen. Ihre Haare waren lang und ordentlich geschnitten, er fand aber, dass sie unecht aussahen. Der Mann war ihm noch unsympathischer. Zwar war er halbwegs normal gekleidet – hellblaues Hemd, Jeans, schwarze Schuhe –, aber irgendwie machte er einen gefährlichen Eindruck. Wahrscheinlich ein Exknasti. Blank bereute es jetzt, nicht direkt nach Hause gefahren zu sein. Mit einem gepflegten Feierabendbier in der Redaktion hatte dies hier nichts gemein. Nachdem die Bedienung ihm sein Bier hingeknallt hatte, prostete der Mann ihm überheblich grinsend zu. Widerwillig prostete Blank zurück, sah dem Unbekannten aber nicht in die Augen. Bloß nicht provozieren. Er hatte heute schon genug erlebt. Aber da rief die Frau, die näher bei ihm saß als ihr Partner, schon schrill gegen die Musik an: »Dich hab ich hier noch nie gesehen!« Blank wurde es mulmig, die Frau musterte ihn. Er senkte seinen Kopf und konzentrierte sich auf die Flasche Bier vor ihm. Solche Leute konnten ihm nun wirklich gestohlen bleiben. Aber die Frau mit den Orangenbrüsten ließ nicht locker: »Beruflich hier?« Er nickte. »Lass mich raten …« Er verzog das Gesicht. Die Frau studierte ihn genau. Er fühlte sich unwohl. Der Mann legte der Frau von hinten seinen rechten Arm um die Taille und kniff ihr in die Hüfte. Sie kiekste »Lass das, Bikini!« und kicherte. Bikini? Was für ein bescheuerter Spitzname, dachte Blank, den in der Redaktion früher alle »Steffi« genannt hatten. Dann sagte sie: »Vertreter bist du mal nicht.« Der Journalist nahm einen Schluck Bier. Ihm gefiel das alles gar nicht. Hoffentlich bekam er keinen Herpes von den ganzen Keimen hier. »Lastwagenfahrer?«

Blank schüttelte den Kopf. Seine Angst wandelte sich langsam in Verachtung. Verachtung für diese Unterschichtsleute! Er beschloss, dem dümmlichen Ratespiel ein Ende zu setzen: »Ich bin Journalist.« Das »J« sprach er wie »Dsch«, das hatte er sich bei diesem Fernsehjournalisten abgeschaut, der so einfühlsame Fragen stellte.

»Echt? Beim Tagblatt, oder was?«

Was denn für ein Tagblatt?, dachte sich Blank. In München gab es doch kein Tagblatt, sondern nur große, namhafte Zeitungen, leider jetzt ohne ihn. Er antwortete: »Nein, bei einem Blog. Ich bin Blogger.« Die Frau mit ihrem süßlichen Nuttenparfüm widerte ihn an.

»Echt? Internet also. Und davon kann man leben?«

»Man muss die richtigen Geschichten schreiben, große Geschichten – dann ja«, log Blank ohne jedes schlechte Gewissen.

»Große Geschichten?«, fragte die Frau. »Über was schreibst du denn gerade so?«

Blank hatte nicht vor, sich noch länger mit diesen ungebildeten Kreaturen zu unterhalten, die ihn ohne zu fragen duzten, sie waren ihm zu dumm und triebgesteuert. Er wollte das Gespräch ein für alle Mal beenden. Für Kunst interessierte sich solches Gesocks ganz sicher nicht. Deshalb sagte er: »Kunst. Alte Kunst. Sehr, sehr alte Kunst. Ist eher was Spezielles.«

»Und was ist da dran groß?« Blank sah die Frau jetzt das erste Mal direkt an und meinte bestimmt: »Das verstehen Sie nicht.«

»Alte Kunst«, sagte die Frau in einem extrem dämlichen Tonfall. »Was ist an Alter Kunst denn bitte schön so groß?« Der Mann, der hinter ihr saß, ließ jetzt ihre Orangenbrüste rauf- und runterwippen. Er war offensichtlich genauso gelangweilt von dem Gespräch wie Stefan Blank. Kaum zu glauben, aber in diesem Moment hatten sie sogar etwas gemeinsam. Blank trank einen Schluck aus der Flasche und sagte: »Es geht um viel Geld. Deshalb.«

»Jetzt hör auf mit dem Gefummel, Bikini, wir können nachher ficken. Lass mich mal reden. Das ist ein interessanter Mann.« Blank war es unangenehm, sich dies einzugestehen, aber er fühlte sich durch dieses Prädikat, das die Nutte ihm hatte angedeihen lassen, geschmeichelt. Die Frau fragte: »Um Millionen, oder was?«

»Ja«, sagte Blank. »Auch um Millionen.« Es fühlte sich gut an, dies zu sagen. Er wagte einen Blick auf die Silikonbrüste unter dem engen Top. Wie die sich wohl anfühlten? Er hatte noch nie mit einer Frau geschlafen, nur einmal fast. Aber das war schon lange her und eher keine so rühmliche Geschichte.

»Also alte Bilder, oder was?«

»Sie meinen vermutlich Gemälde. Aber – in diesem Fall: nein. In diesem Fall geht es um Holzschnitzereien. Ich bin einem Millionenbetrug auf der Spur. So ist das.« Er erntete einen staunenden Blick. Jetzt war auch Bikini ganz Ohr.

Eine Stunde später waren die Exprostituierte Kelly Christ und ihr Lover Bikini um einhundertfünfzig Euro reicher – das Geld hatte Blank bei der Sparkassenfiliale im Gewerbegebiet abgehoben –, und er, der bloggende Journalist, stand vor der Wohnungstür des geistig zurückgebliebenen Georg Seefellner, den man in der Gegend nur als »Deppenschorsch« kannte. Manchmal lohnte es sich eben doch, von den gewohnten Pfaden abzuweichen und sich in die Wildnis des Proletariats zu schlagen, dachte sich Blank gerade, da öffnete Seefellner die Tür.

Acht Stunden später, also gegen vier Uhr morgens, ging ein neuer Blogbeitrag online und ein erschöpfter Investigativreporter zu Bett. Es würde nicht mehr allzu lange dauern, bis der Text sein schleichendes Gift entfalten würde. Aber noch wusste niemand davon.

Dreizehn Stunden später legte Kriminalkommissar Toni Glaser seiner Vorgesetzten Ute Dukaz eine einhundertdreizehn Kfz-Kennzeichen umfassende Liste vor. Es handelte sich hierbei um eine Aufzählung, die ausschließlich Fahrzeuge der Modelle Dacia Logan, Fiat Multipla, Fiat Punto, Fiat Grande Punto und Audi A1 enthielt. Gemeinsam war all diesen Autos, dass sie in einem Umkreis von fünfzig Kilometern um den kleinen Ort Ebratting gemeldet waren und zumindest die Möglichkeit bestand, dass ihr Reifenprofil mit demjenigen übereinstimmte, das man vor der Kirche gesichert hatte, nachdem ein Fremder dort beinahe den Pfarrer totgeschlagen hatte. Ute Dukaz hatte genau so reagiert, wie es Vorgesetzte meist bei unliebsamen Aufgaben tun. Sie hatte erst anerkennend genickt und dann Toni Glaser mit der Überprüfung der Fahrzeuge beauftragt. Der hasste derartige Überprüfungsaufträge, es gab nichts Langweiligeres, als übers Land zu gurken und Autohalter für Autohalter abzuklappern. Aber nach wie vor war der Reifenabdruck der einzige Strohhalm, an den sich die beiden Ermittler klammern konnten, wollten sie den Kirchenbrandstifter und Beinahemörder dingfest machen. Auch das Motiv des oder der Täter lag noch vollkommen im Dunkeln: Was war so besonders an dieser Kirche?

Zwölf

Vergleichbare Aufmerksamkeit hatte das Museum am Dom zu Würzburg zuletzt bei seiner Eröffnung erzielt. Nicht nur der ansässige Bischof hatte sich die Ehre gegeben, sondern auch die Kollegen aus München, Regensburg und Passau. Endlich einmal wieder gab es in der von Austritten und Missbrauchsfällen gebeutelten katholischen Kirche etwas zu feiern. Sogar der bayerische Ministerpräsident und der Finanzminister waren anwesend, als der Kunsthistoriker Dr. Christian Ambach gemeinsam mit dem Würzburger Bischof und mithilfe einer überdimensionalen Schere das rote Band zu einem neu gestalteten Ausstellungsraum durchtrennte. In diesem Raum standen auf einzelnen Säulen, prächtig in Szene gesetzt, die lange verschollenen vierzehn Nothelfer und warteten auf Publikum.

Nach einem ausgiebigen Applaus und der namentlichen Begrüßung der anwesenden Ehrengäste wandte sich der Bischof von Würzburg Riemenschneiders Werken zu: »›Kunst‹ kommt ja von ›künden‹«, erläuterte er. »Im Vordergrund einer jeden künstlerischen Betätigung muss also die frohe Botschaft der Christenheit stehen. Eine christliche Botschaft, die bei kirchlicher Kunst nur in einer akribischen, kritischen, ja betenden Suche nach den Antworten auf die grundsätzlichen Fragen des Menschseins zu finden sein kann …«, er sah auf, um die Wirkung seiner Worte zu überprüfen und ließ einen stolzen Blick über die Anwesenden schweifen, »… die da wären: Wer bin ich? Woher komme ich? Und: Aus welchen Quellen lebe ich und wohin …?« Der Bischof betupfte sich mit einem Taschentuch die Stirn. »Diese Sammlung in unserem prachtvollen Museum am Dom, das wir erst vor wenigen Jahren fertiggestellt haben, beschäftigt sich ganz besonders intensiv mit derartigen existenziellen Fragestellungen. Ihre Exponate bezeugen den unbedingten Willen, sich der Zeitsituation zu stellen …«

»Die sollen sich mal lieber der Tatsache stellen, dass diese tollen Nothelfer vermutlich Fälschungen sind«, flüsterte in diesem Moment der Feuilletonredakteur der Frankfurter Allgemeinen Zeitung seinem Kollegen von der Mainpost ins Ohr. Die beiden standen links vom Rednerpult.

»Was?«, fragte der Mainpost-Redakteur zurück.

»Das sind wahrscheinlich Fälschungen«, erklärte der Mann von der FAZ, einen zuckerfreien Kaugummi kauend. »Lest ihr eigentlich keine Blogs?«

»Doch, schon … also auch.« Der Mainpost-Reporter fühlte sich in die Enge gedrängt. Die Journalisten aus den Redaktionen der großen Tageszeitungen hatten keine Ahnung, unter welchen Umständen man bei kleineren Blättern arbeitete. Da war keine Zeit, sich auf irgendwelchen Blogs im Internet herumzutreiben.

Der Feuilletonredakteur schüttelte missbilligend den Kopf und schwieg. Aber der Mann von der Mainpost war jetzt doch interessiert und fragte deshalb ungeduldig: »Ja, was jetzt?«

»Da gibt es einen Blogger, der behauptet, dass die vierzehn Dinger gefälscht sind.«

»Ach was! Und das steht im Internet?«

»Ja, klar steht das im Internet! Sogar in der Huffington Post. Dass ihr das nicht wisst …« Erneut schüttelte der Kulturmann von der FAZ den Kopf.

Der Regionalzeitungsreporter beschloss, seinen gekränkten Stolz der Sache wegen zurückzudrängen. »Seid ihr damit schon raus?«

»Nein.«

»Warum nicht? Das wäre doch eine Sensation! Die Kirche kauft für dreizehn Millionen Riemenschneiders – und die sind gefälscht!« Der Lokalreporter war während des Sprechens unversehens lauter geworden. »Das ist doch eine Riesengeschichte!«

»Pst!«, zischte der FAZ-Mann.

Die beiden spürten den strafenden Blick des Bischofs. »… die Frage nach dem ›Wohin‹ beantworten diese vierzehn Heiligen jeder auf seine Weise. Sie geben dem Betrachter Halt in einer scheinbar haltlosen Zeit. Jeder einzelne unter ihnen – ganz gleich, ob es Erasmus oder Barbara, Georg oder Christophorus ist – beschützt und behütet uns in der Not …«

»Ja, und was macht ihr jetzt?«, nahm der Mainpost-Autor das Gespräch wieder auf.

Der FAZ-Kulturredakteur zuckte mit den Schultern. »So groß ist die Sache auch wieder nicht. Die Huffington übertreibt ja gerne mal. Die hat das Gerücht auf einem unbedeutenden Blog aufgeschnappt und aufgeblasen. Sommerloch halt. Irgendein Typ, der sich wichtigmacht.«

»Was ist das für ein Typ?«

»Ursprünglich ein Kollege, war früher bei der Münchner Abendzeitung.«

»Aber dann ist der doch einer von uns!«

»Von euch vielleicht schon«, näselte der Feuilletonist und verzog seine Lippen etwas abschätzig. »Also ich wäre da vorsichtig, mit solchen Gerüchten.« Er zog sein Smartphone heraus und widmete diesem fortan seine ganze Aufmerksamkeit. Der Redakteur der Mainpost dagegen folgte konzentriert dem restlichen Vortrag des Bischofs. Im Gegensatz zu den Feuilletonisten des Landes ging es bei seiner Art von Journalismus noch immer darum, zu schreiben, was er gesehen und erlebt hatte, und nicht darum, seinen eigenen Gedankenreichtum auszubreiten.

Bemerkenswert war, dass keiner der beiden so unterschiedlichen Journalisten den Mann mit dem rabenschwarzen Topfschnitt wahrgenommen hatte, der ihr Gespräch belauscht hatte. Bemerkenswert deshalb, weil Heribert Kranich an die zwei Meter groß war. In jeder anderen Gruppe wäre er schon allein wegen seiner beeindruckenden Körpergröße hervorgestochen. Doch hier konnte er untertauchen. Dies lag vermutlich daran, dass er wie ein Priester gekleidet war – die schwarze Hose und das schwarze Hemd mit Kollar machten ihn auf dieser von Geistlichen dominierten Heiligen-Vernissage zu einem unter vielen und sorgten dafür, dass er trotz seiner Größe gewissermaßen unauffällig blieb. Auch wenn er schon lange nicht mehr an Gott glaubte, war der Achtundvierzigjährige ein loyaler Manager im Dienste des kircheneigenen »Instituts für Kunst und Kultur«, einer relativ unbekannten Organisation, die sich um den Erhalt der Schätze der katholischen Kirche kümmerte – und zwar weltweit. Als solcher schrillten bei ihm sofort alle Alarmglocken, als er von den Fälschungsgerüchten hörte. Sollten die Gerüchte wahr sein, dann wäre das eine Katastrophe – für die Kirche, aber vor allem auch für ihn persönlich. Denn Kranichs Institut hatte sich maßgeblich für den Ankauf der vierzehn Nothelfer von Riemenschneider eingesetzt. Sollte die Kirche bei diesem Deal dreizehn Millionen Euro in wertlose Fälschungen investiert haben, dann konnte ihn dies den Kopf kosten. Denn natürlich wusste jeder halbwegs informierte Idiot, dass es in der katholischen Kirche nur vordergründig um Glauben und diesen ganzen Krempel ging. Letztlich war man der erfolgreichste Wirtschaftskonzern der Welt. Seit Jahrhunderten. Und das sollte bitte auch so bleiben, ganz gleich, welcher Papst gerade am Ruder war.

Die feierliche Präsentation der vierzehn Nothelfer im Museum am Dom hatte Felix nur am Rande wahrgenommen, Gabriel hatte ihm davon berichtet. Aber jetzt gerade hatte Felix andere Probleme: Er stand in der Werkstatt und versuchte sich als Ernst-Ludwig-Kirchner-Fälscher. Doch diese Tänzerin im expressionistischen Stil zu schnitzen, war weit schwieriger, als er es sich ausgemalt hatte. Zwar hatte ihm de Moño zu Trainingszwecken ausreichend Pappelholz gebracht, aber die beiden Rohlinge, die Felix bislang angefertigt hatte, waren missraten. Ihm war die Leichtigkeit abhandengekommen. Zudem verstand er Kirchners Arbeitsweise nicht: Hatte der große Künstler tatsächlich in traditioneller Weise zunächst ein Gipsmodell – und auf dieser Grundlage dann die Holzskulptur gefertigt? Felix hatte dies versucht, aber der Gipsfigur, die er geformt hatte, fehlten Schwung und jegliche Leichtigkeit. Wütend griff er direkt zum Holz. Zunächst trug er die groben Formen ab. Schon flogen die Späne. Doch seine Arbeitsweise war roh, unüberlegt und fahrig. Wenig später hatte er ein viel zu großes Stück Holz weggehauen, aus dem eigentlich der rechte Arm der Tänzerin hätte werden sollen. Das Holzstück war versaut. Er warf es in die Ecke der Werkstatt, ging zu dem beim Waschbecken stehenden Kasten und öffnete sich eine Flasche Mineralwasser, die er in gierigen Schlucken leerte. Dann zündete er sich eine Zigarette an, ließ sich auf den Stuhl fallen und studierte noch einmal die Aktzeichnungen, die er in der Sitzung mit Dana angefertigt hatte. Warum war er nur so großkotzig gegenüber Gabriel aufgetreten? Mit einem Mal kamen ihm seine eigenen Skizzen stümperhaft vor. Wie den Skulpturen, so fehlte auch seinen Zeichnungen der Schwung, das Subtile, das Natürliche. Das, was er da skizziert hatte, war flach und uninspiriert, entbehrte jeglicher Spontaneität, Anmut, Frische. Felix erkannte nichts von der Koketterie und Verführungskraft, die ihm das Aktmodell Dana auf der Bühne offenbart hatte, in seinen Studien wieder. Wie hatte er sich einbilden können, einen Meister wie Kirchner einfach so fälschen zu können? Ja, Riemenschneider zu fälschen, das war ihm gelungen. Aber die Formensprache des Meisters aus Würzburg war ja auch jahrhundertealt. Solche Figuren hatte Felix bereits als Kind zu schnitzen geübt. Und vielleicht war es auch einfach nur Anfängerglück gewesen.

Aber dieser Kirchner war ein moderner Künstler, einer der bedeutendsten Expressionisten. Sein Blick auf die Frau hatte nichts von Riemenschneiders spätgotischer Keuschheit. Es war ein wilder Blick, ein beschwingter und verspielter. Kirchners Skulpturen dagegen waren reduziert und teilweise nur roh behauen. Felix drückte die Zigarette aus und verließ die Werkstatt. Nach einem kurzen Blick in die Küche schleppte er sich nach oben in sein Schlafzimmer, legte sich ins Bett und zog die Decke über den Kopf. Er fühlte sich klein, schwach und einsam. Er konnte Kirchner nicht fälschen. Er versuchte einzuschlafen, aber es gelang ihm nicht. In seiner Hosentasche klingelte das Handy. Felix blieb reglos unter der Decke liegen. Er war sich sicher, dass es Gabriel war. Er hatte keine Lust, mit ihm zu sprechen. Konnte er ihm nicht einfach absagen? Das Klingeln erstarb. Unter der Decke wurde es warm. Felix warf sie von sich, setzte sich auf die Bettkante, zog auf der Suche nach etwas, von dem er nicht wusste, was es war, die oberste Schublade seines Nachtkästchens auf. Die Pistole. Gabriels Pistole. Da lag Gabriels Pistole. Felix war verstört. Weshalb lag die Pistole hier? Hatte er sie nicht in der Werkstatt verstaut? Verlor er allmählich die Kontrolle über sein Leben? Felix nahm die Pistole heraus, zielte mit ihr auf die Marienfigur an der Wand. Dann hielt er sie sich an die Schläfe. Schloss die Augen. Nahm die Pistole wieder herunter und setzte sie sich auf die Brust.

Genau so hatte sich Ernst Ludwig Kirchner erschossen, mit zwei Schüssen ins Herz, auf dem Wildboden bei Davos im Jahr 1938. Mit einer Browning, zufällig fast die gleiche Waffe wie die, die Felix sich gerade aufs Herz drückte. Und warum? Wohl aus Verzweiflung über den Umgang der Nationalsozialisten mit seinen Werken. Sie hatten Kirchner aus der Preußischen Akademie der Bildenden Künste ausgeschlossen, sie hatten seine Bilder beschlagnahmt, und sie hatten zweiunddreißig seiner Werke in der verabscheuungswürdigen Ausstellung »Entartete Kunst« gezeigt. Vermutlich hatte Kirchners Morphiumsucht bei seinem Tod auch eine Rolle gespielt. Aber er, Felix, trank nicht einmal Alkohol. Felix nahm die Pistole wieder von der Brust. Er war nicht Kirchner. Er wollte leben. Doch allein auf der Grundlage der ersten Aktzeichnungen seines Lebens konnte er Kirchner nicht fälschen. Die Skizzen waren dafür nicht geeignet. Er musste Dana noch einmal sehen, die Formen, Kurven und Dynamik ihres Körpers noch einmal genauer studieren. Am liebsten wäre es ihm, wenn er das Holz direkt bearbeiten könnte, während sie ihm Modell stand. Aber das war bei seinem Projekt natürlich viel zu riskant. Je länger Felix nachdachte, umso mehr gelangte er zu der Überzeugung, dass ein zweiter Termin mit Dana notwendig war. Es würde ihn zwar einige Überwindung kosten, dies Gabriel gegenüber einzugestehen, aber anders würde es nicht funktionieren. Zum Glück reagierte Gabriel vollkommen sachlich, er schien sich über den Anruf zu freuen. Eine Viertelstunde später jedenfalls stand der Termin für eine erneute Aktsitzung. Felix steckte das Handy in die Hosentasche, wickelte die Pistole, die er während des Telefonats auf das Nachtkästchen gelegt hatte, in einen alten Putzlappen und stieg die Treppe hinunter. Er öffnete die Haustür und blinzelte, die Sonne schien ihm direkt in die Augen. Er hob die Hand mit der Pistole schützend vors Gesicht. Dann wollte er die paar Schritte zur Werkstatt nehmen – doch er erschrak: Er war nicht allein. »Grüß dich, Felix.« Die Stimme gehörte Hubert Novak. Er wirkte gut gelaunt.

»Grüß dich, Hubert.« Felix schluckte. Seit ihrem letzten Aufeinandertreffen war einige Zeit vergangen. Immerhin hatte Novak dieses Mal keine Doppelläufige im Anschlag, soweit Felix das im Gegenlicht erkennen konnte, vielmehr hielt er ein etwa dreißig Zentimeter langes Stück Holz in der Hand.

»Stör ich dich grad? Soll ich später noch einmal kommen?«

Novak schien zu spüren, dass Felix sich nicht über seinen Besuch freute.

»Nein, passt schon. Was gibt's?«, entgegnete Felix nach einer Pause, in der ihm bewusst geworden war, dass er gerade eine Pistole in der Hand hielt; zwar versteckt unter einem dreckigen Putzlumpen, aber reichte das aus, um sie vor Novak zu verbergen?

Novak ergriff das Wort. »Folgendes: Ich hab hier ein Problem mit einem der Stühle aus dem Esszimmer. Das Problem siehst' wahrscheinlich selbst.« Novak hielt Felix das Stuhlbein vors Gesicht. Endlich stand der bärtige Mann nicht mehr in der Sonne und Felix sah deutlicher.

»Ja, abgebrochen, Splitterbruch, morsch. Klassischer Holzwurm. Ist ja auch schon alt, der Stuhl.« Felix' Diagnose klang lustlos.

»Magst dich drum kümmern? Da wären auch hundert Euro drin – also, wenn du dich um die anderen Stühle auch noch ein bisschen kümmerst.« Novaks Tonfall missfiel Felix. Die Stimme des Älteren hatte etwas Gönnerhaftes. Was dachte der, wer er ist? Er, Felix, war kein armer Schlucker mehr. Er erschuf jetzt Kunst, die Millionen wert war. »Ehrlich gesagt, nettes Angebot, aber ich habe gerade viel um die Ohren.«

Novak wunderte sich: Noch vor ein paar Wochen hatte ihm dieser Tagelöhner Geld aus dem Haus gestohlen – und jetzt wollte der auf einmal viel um die Ohren haben?

»Aha, soso, um die Ohren? Ja, gut. Es eilt nicht. Kannst dich ja melden, wenn's dir reinpasst.«

»Ja, mach ich. Aber ich muss dann auch weitermachen«, bemühte sich Felix, das Gespräch zu beenden. Hubert Novak schüttelte verständnislos den Kopf. Was war mit dem jungen Ambach nur los? Da wollte man ihm einen Gefallen tun und ein bisschen unter die Arme greifen, und dann wurde man einfach so abgefertigt. Respektlos war das. Novak war schon am Weggehen, da beschlich ihn eine Ahnung. Im Dorf wurde seit einiger Zeit über einen Fremden geredet, der angeblich »beim Ambach ein und aus ging«. Also wandte er sich noch einmal um und fragte: »Hat das was mit dem Jaguar zu tun, der hier in letzter Zeit immer mal umeinanderkurvt? Kommt daher die viele Arbeit, die du jetzt hast, oder was?«

Felix schaute den Mann in der blauen Arbeiterhose irritiert an. Also hatte das Dorf doch bereits etwas mitbekommen. Das war es, was ihn schon immer gestört hatte: dass man nichts tun konnte, ohne dass gleich Gerüchte aufkamen. Nach kurzem Zögern sagte er: »Ganz ehrlich, Hubert, das geht dich einen Scheißdreck an.«

Der Satz stand einige Sekunden in der Luft, dann konterte Novak mit einem rätselhaften »Nichts im Leben ist umsonst« und schenkte Felix einen grimmigen Blick. »... wirst schon wissen, was du tust.« Dann verließ er das Grundstück. Das abgebrochene Stuhlbein hielt er dabei wie einen Schlagstock in der Hand.

Dreizehn

Neues im Skandalfall: Nach lebensgefährlicher Recherche im Umfeld des zweifelhaften Auktionshauses Stettner konnte ich heute eine Schlüsselfigur entlarven. Nicht ohne Genugtuung sage ich deshalb: »Ich hatte recht.« Die vierzehn Nothelfer-Skulpturen wurden natürlich nicht in einem geheimen Keller unter der Marienkapelle von Beutelsbrunn entdeckt. Woher ich das weiß? Nun, mir ist es höchstpersönlich gelungen, den Zwischenhändler, der die Skulpturen in den Kunstmarkt eingeschleust hat, als verdeckten Informanten zu gewinnen. Noch muss ich seine Identität geheim halten. Aber eines steht für mich fest: Wenn bereits die Legende über die Herkunft der Figuren derart erstunken und erlogen ist, dann muss eine Frage mehr als gestattet sein: Sind diese Figuren überhaupt echt? So zu denken ist keine Ketzerei, sondern einfach nur die Pflicht eines Mannes, der sowohl für den Journalismus als auch für die Kunst eine Lanze bricht. Seien Sie unbesorgt: Stefan Blank bleibt dran.

Stefan Blanks Herz klopfte heftig vor Begeisterung. Seit sein neuester Blogeintrag online gegangen war, hatte er tausend Follower hinzugewonnen. Seine Unterstützer wurden immer mehr. Ganze dreißig Mal war der Beitrag geteilt worden. Und sogar die Huffington Post hatte ihn in einer Story auf der Startseite zitiert – namentlich! Auch wenn ihm das Onlinemagazin grundsätzlich zu reißerisch war, empfand er diese Tatsache als Ritterschlag für sein Blog. Wie nur wenige kämpfte er an vorderster Front. Und wurde wahrgenommen. Er würde nicht ruhen, bis die Öffentlichkeit vom ganzen Ausmaß dieses gigantischen Betrugs erfahren haben würde.

Aber es kam noch besser: Unter den vielen E-Mails, die ihm Respekt für seinen Mut zollten, sich mit einigen mächtigen Protagonisten der Kunstszene anzulegen, fand sich sogar das Jobangebot der Redaktion einer kleinen Zeitung. Auch weitere Medien sprangen auf den Zug auf: Mit der Mainpost hatte sogar die erste gedruckte Zeitung über den Fall berichtet und dabei seine Thesen beinahe wortwörtlich übernommen. So viel Bestätigung hatte er schon lange nicht mehr bekommen. Ganz offensichtlich zahlte sich seine Hartnäckigkeit aus. Wenn er erst einmal alle Hintermänner entlarvt, alle Zusammenhänge aufgedeckt und die Bedeutung des gesamten Skandals eingeordnet hätte, würde er die Story exklusiv an die Zeitung verkaufen, die ihm am meisten Geld bot. Man würde noch mit ihm zu rechnen haben. In jeder Hinsicht.

Georg Seefellner zitterte am ganzen Leib. Panische Angst hatte von ihm Besitz ergriffen. Was wollten nur plötzlich all diese Fremden von ihm? Der ältere Mann mit dem Zopf und dem verrückten Ohrring war ja noch gegangen. Der war ein guter Kerl, da gab es nichts zu deuteln. Der hatte ihm ganz sicher nichts Böses gewollt. Sogar umarmt hatte er ihn. Nur weil dieser Mann so freundlich gewesen war, hatte er die Geschichte mit den heiligen Holzfiguren erzählt. Und vielleicht auch, weil der Mann seine Radiomusik gut gefunden hatte. So ein gemeinsamer Musikgeschmack war etwas, das Menschen verbinden konnte.

Aber der zweite Mann, wegen dem er jetzt so zitterte, der war böse gewesen. Durch und durch böse. Wie ein Dieb hatte der sich in seine Wohnung geschlichen und ihn bedroht. Mager und klein war der gewesen, ein Frettchen in Sandalen. Und gemein. Hundsgemein! Hatte gesagt, dass er ihn ins Gefängnis bringen werde, wenn er ihm nicht die Wahrheit über diese saudummen Holzfiguren vom Felix verrate. Auf jeden Fall zehn Jahre Knast, hatte der Typ gesagt, das sei sicher. Gefängnis – das wäre ja furchtbar! Über das Gefängnis wusste er Bescheid. Im Fernsehen war einmal eine Sendung darüber gekommen. Im Gefängnis, da musste man alles machen, was die einem sagten, auch wenn man es nicht verstand. Und selber entscheiden durfte man auch nichts. Und gute Musik gab es auch keine – und Bananen. Ob das jetzt blöd war, dass er diesem gemeinen Mann die Geschichte mit den Figuren erzählt hatte? Eigentlich hatte er ja nichts sagen wollen, der Felix hatte es ihm ja verboten. Und der Felix war ein Guter; einer, den er mochte und der zu ihm hielt. Aber dann hatte dieses Frettchen mit seinen spitzen Fingern ihm immer wieder auf die

Brust getippt. Und mit dieser abgrundtief bösen Stimme »Gefängnis« gesagt. »Gefängnis, Gefängnis, Gefängnis.« Und: »Zehn Jahre oder sogar lebenslang.« Und da hatte er irgendwann nicht mehr weitergewusst. Und dem bösen Mann alles erzählt. Bloß, damit der endlich abhaute und ihn in Ruhe ließ. Und das hatte funktioniert: Der gemeine Hund ist ja dann auch irgendwann gegangen. Aber wie fies der gelächelt hatte, als er alles wusste. Richtig fies.

Der Frettchen-Mann war zwar weg, aber das schlechte Gewissen war da. Und das Zittern. Warum zitterte er denn jetzt nur so? Es war doch überhaupt nicht kalt! Irgendwas war hier gefährlich. Er wusste nicht genau was, aber gefährlich war etwas. Und deshalb musste er den Felix warnen. Weil der ein Guter war. Aber wo war der Felix? Und wie hieß der überhaupt, also mit Nachnamen? Er wusste ja nichts außer »Felix«. Und dass er irgendwo in der Nähe wohnte. Aber wo genau? Er musste den Felix warnen. Der musste das wissen mit dem Frettchen. Der Felix hatte ihm die Figuren gegeben. Nur deswegen hatte er das viele Geld bekommen. Und der hatte fast gar kein bisschen geschimpft, als das Geld weg war. Und geholfen hatte er ihm ja auch, auf dem Parkplatz, als die Idioten ihn mit Eiern beworfen hatten. Ja, der Felix. Wo der jetzt wohl war?

Felix war schweißgebadet. Das Thermometer in dem Atelier in der Münchner Innenstadt zeigte vierzig Grad Celsius. Trotz geöffneter Türen und Fenster stand die Luft still. Es war der heißeste Tag des Jahres, das hatten sie im Radio durchgesagt. Auch Dana machte die Hitze zu schaffen. Obwohl sie nackt war. Aber sie war professionell und hielt durch. Alle fünfzehn Minuten bat sie um eine Pause, nahm einige Schlucke aus der Wasserflasche und fächelte sich Luft zu. Dass sie sich in diesen Pausen über Themen unterhielten, die nichts mit Aktmalerei zu tun hatten, machte Felix nach und nach souveräner. Zwar nahm er Danas Schönheit noch immer deutlich wahr, aber sie verunsicherte ihn nicht mehr. Er vermied es nicht mehr, ihren Körper anzusehen. Er blickte ihr offen ins Gesicht, und beim Zeichnen betrachtete er ihren Körper so genau, wie es eben notwendig war, um seine Arbeit zu tun. Auch ihre intimsten Stellen.

Gleich am Anfang hatte er Dana gebeten, die Pose einzunehmen, die sie am Ende der letzten Aktsitzung gefunden hatten. Er hielt sie noch immer für die richtige Position. Aber durch die erfolglosen Schnitzversuche in seiner Werkstatt zu Hause wusste er nun wesentlich genauer, nach was er suchte. Auf seine Bitte hin hatte Gabriel zudem eine Perücke mit Pagenkopffrisur organisiert, die Dana nun trug. Auch beschränkte er sich dieses Mal nicht nur aufs Zeichnen, sondern er schoss auch Fotos von Dana: aus allen möglichen Perspektiven, von Details wie ihrem abgeknickten Handgelenk, das leicht den Wangenknochen berührte, und von ihrer Silhouette als Ganzes. Ihre nackten Brüste fotografierte er besonders häufig. Sie waren perfekt.

Außerdem hatte Felix eine Plastiktüte mit brauner Kinderknete mitgenommen. Damit modellierte er kleine Skulpturen aus Knetmasse. Diese Methode half ihm dabei, ein besseres Gefühl für die Räumlichkeit der Figur zu entwickeln.

In einer ihrer Pausen standen Felix und Dana plötzlich dicht nebeneinander vor dem offenen Kühlschrank. Die Kälte war angenehm. Dana roch nach Urlaub. Irgendetwas an ihrem milden Parfüm erinnerte Felix an die Zeit, als er noch ein Kind gewesen war und mit seiner Familie die Ferien am Attersee verbracht hatte. Sie war noch immer nackt. Auch Felix hatte während des Arbeitens sein Oberteil ausgezogen. Als Dana die Flasche ansetzte, hielt sie sich wie beiläufig an Felix' Schulter fest. Nachdem sie getrunken hatte, lächelte sie ihn an. Felix spürte einen starken Drang, sie zu umarmen. Aber durfte er dies überhaupt? Er war sich nicht sicher, was Danas Hand auf seiner Schulter bedeutete: Dass sie ihn mochte? Von ihm angefasst werden wollte? Oder bedeutete es einfach gar nichts? Ehe Felix irgendetwas tun konnte, hatte Dana ihre Hand wieder zurückgezogen. Sie stellte die Flasche wieder in den Kühlschrank und machte einige Schritte in Richtung des Podests. Er sah ihr nach. Sein Blick blieb an den zwei entzückenden Grübchen über ihrem Po hängen. Ihr ganzer Körper war eine Versuchung. Wie gerne hätte er mit ihr geschlafen. Felix riss seinen Blick los und schaute zu den sechs kleinen Skulpturen aus Kinderknete, die er – neben einem Dutzend Skizzen und rund fünfzig Fotografien – in den letzten fünf Stunden angefertigt hatte. Dann glitten seine Augen weiter, hinüber zur offenen Ateliertür. Ganz am Ende des Hofs sah er das Einfahrtstor zum Hinterhof und die Hauptstraße. Gerade passierte die Silhouette eines Mannes die Einfahrt.

Der Mann war Stefan Blank. Sein Gesicht zierte ein Grinsen. Er fühlte sich gut. Er hatte Erfolg. Seine Strategien gingen auf Dauer immer auf – in allen Lebensbereichen. Jetzt zum Beispiel hielt er sich konsequent auf der im Schatten liegenden Straßenseite. Damit schlug er der Hitze ein Schnippchen. Das Leben bestand aus einer nie endenden Aneinanderreihung von Entscheidungen. Man musste nur die richtigen treffen.

Blank näherte sich dem Eingang zu dem Mietshaus, in dem er lebte. Davor stand ein sehr großer Mann in schwarzer Hose und schwarzem Hemd. Das Hemd hatte einen Stehkragen, wie ihn Pfarrer zu tragen pflegten. Blank hatte den Mann noch nie gesehen. Aber dies hatte in einer Millionenstadt wie München nichts zu bedeuten. Viel beachtenswerter war die Riesenhaftigkeit des Mannes, er musste fast so groß sein wie Dirk Nowitzki! Als Blank sich der Haustür näherte und sich sein Blick und der des Pfarrers trafen, nickte der Mann ihm zu. Wartete der Fremde etwa auf ihn?

In dem Moment, in dem der Journalist seinen Schlüsselbund aus der Hosentasche zog, sprach der Geistliche ihn an: »Entschuldigen Sie bitte, ich suche jemanden, der in diesem Haus wohnt. Sie wohnen nicht zufällig hier?«

»Doch, wen suchen Sie denn?«

»Stefan Blank«, erwiderte der Priester. »Ich suche Stefan Blank.« Der Journalist betrachtete den Pfarrer misstrauisch. Was wollte der Typ von ihm? War es klug, sich zu erkennen zu geben? Binnen Sekundenbruchteilen traf er eine Entscheidung: »Kenn ich nicht.« »Schade, steht hier auf der Klingel.« Der Fremde deutete mit dem Finger auf Blanks Namensschild. »Dritter Stock.«

»Ja, kann sein, aber ich kenne hier leider nicht alle im Haus. Die ständigen Mieterwechsel …« Blank steckte den Schlüssel ins Schlüsselloch, betrat den Hausflur, tat einige Schritte und hörte, wie die Tür wieder zufiel. Dass der mysteriöse Geistliche ihm gefolgt war, bemerkte er jedoch nicht.

Erst, als er die Tür zu seiner eigenen Wohnung im dritten Stock zudrücken wollte, erschrak er: Der große Pfarrer hatte sich so im Türrahmen positioniert, dass ein Schließen der Tür unmöglich war.

»Dritter Stock«, sagte der Mann. »Was für ein Zufall.«

Die Autobahn war leer. Der Jaguar glitt durch die Abendsonne. Felix genoss nach der Hitze im Atelier die achtzehn Grad, auf die die Klimaanlage den Innenraum hinunterkühlte. Seine Skizzen und Vorstudien lagen im Kofferraum. Er war erschöpft, aber guter Dinge.

»Wie gesagt, Felix, mach dir keinen Stress. Wir machen das Schritt für Schritt. Als Nächstes gehst du wieder in die Werkstatt und experimentierst. Und wenn du so weit bist, dann bringe ich dir das alte Pappelholz vorbei. Besorgt hab ich es schon.«

»Echt, woher?«, wollte Felix wissen.

»Nicht so wichtig. Je weniger du weißt, umso weniger angreifbar bist du. Lass es mich so sagen: Ich habe ganz gute Kontakte nach Osteuropa.«

Felix war sich unschlüssig, was er davon halten sollte. Aber dann dachte er daran, wie sein Partner ihn eben gelobt hatte, als er die Zeichnungen und plastischen Entwürfe des heutigen Tags gesehen hatte. Gabriel riss ihn aus seinen Gedanken. »Du scheinst dich mit Dana ganz gut zu verstehen.«

Felix nickte, er dachte an die glatten Beine der Sechsundzwanzigjährigen, an ihren anmutigen Nacken, er rang um einen neutralen Gesichtsausdruck. »Schon. Sie macht aber auch wirklich einen guten Job.«

»Jaja. Stimmt«, antwortete Gabriel. Er zögerte. »Nur – wenn ich dir einen Rat geben darf – belass es bei einer beruflichen Beziehung. Wir brauchen keine Mitwisser, auch nicht Dana. Du findest sie süß, was?« Ohne eine

Antwort abzuwarten, fügte er noch an: »Aber, Felix, es gibt viele solcher Frauen ... Außerdem ...«, er legte Felix seine Hand auf den Oberschenkel, »... das, was wir beide machen, geht nur uns was an«.

Felix lief es eiskalt den Rücken hinunter. Gabriel war ein seltsamer Mensch. War er im einen Augenblick noch warmherzig und sanft, so konnte er im nächsten Moment unheimlich und gefährlich wirken; und das, ohne die Stimme auch nur um einen Halbton zu heben.

»Was soll das? Was wollen Sie von mir?« Stefan Blank blickte den Fremden in der Pfarrersrobe entsetzt an.

»Entschuldigen Sie die Störung.« Störung! Blank wäre am liebsten ausgeflippt. Der Typ war widerrechtlich in seine Wohnung eingebrochen. Der Fremde sprach ruhig weiter. »Mein Name ist Heribert Kranich. Ich gehöre zum Stab des Instituts für Kunst und Kultur.« Stefan Blank war überrascht. Den Namen des Mannes kannte er bereits von seiner Informantin im Auktionshaus Stettner, aber er hatte sich den Fremden, der Figuren für einen zweistelligen Millionenbetrag ersteigert hatte, irgendwie anders vorgestellt. Kranich griff in die rechte vordere Tasche seiner Hose und holte eine seltsamerweise völlig unversehrte Visitenkarte heraus. Wie frisch aus der Druckerei. Blank warf einen Blick darauf:

Institut für Kunst und Kultur
Dr. Heribert Kranich
Sekretär für besondere Angelegenheiten
am Heiligen Stuhl
00120 Status Civitatis Vaticanæ
Vatikanstaat

Blank fiel sofort auf, dass weder eine Telefonnummer noch eine E-Mail-Adresse vermerkt waren. »Institut für Kunst und Kultur. Noch nie gehört …«

»Wir operieren im Auftrag der Kirche, vorwiegend hinter den Kulissen.«

Blank war unkonzentriert. Seine Gedanken schweiften ab: Wie konnte man als erwachsener Mann nur so eine komische Frisur tragen? Das dichte schwarze Haar des Mannes fiel ihm im Pony bis knapp über die buschigen Augenbrauen. Ein Haarschnitt, wie ihn früher Mütter ihren Kindern mithilfe eines Topfes verpasst hatten.

»Ich mag Ihre Methoden nicht, Herr Dr. Kranich. Verlassen Sie sofort meine Wohnung!« Blank hatte den Satz leise ausgesprochen, aber durchaus selbstbewusst. In seinem Kopf arbeitete es fieberhaft: »Heiliger Stuhl« – das war doch der Papst! Was wollte ein Mitarbeiter des Papstes von ihm? Kranich wirkte nicht unfreundlich, aber er war riesig groß und auf seinem schwarzen Hemd war ein dunkler Fleck, vermutlich von einer kürzlich eingenommenen Mahlzeit; ekelhaft. Und wie er sich Eintritt in die Wohnung verschafft hatte, war kriminell.

Seit Jahren war kein Fremder mehr in Blanks Wohnung eingedrungen. Nicht einmal, als der Siphon im Bad kaputtgegangen war. Blank hatte das Ding sicherheitshalber selbst repariert. Eine Riesensauerei. Aber er konnte es nicht leiden, wenn fremde Leute in sein Reich eindrangen. Sie brachten die mühevoll erarbeitete Ordnung durcheinander, schnüffelten herum und stellten Fragen, deren Antworten sie nichts, aber auch rein gar nichts angingen.

»Bitte verzeihen Sie mir die unlautere Art und Weise, wie ich zu Ihnen gefunden habe. Aber es ist dringend. Ich komme von höchster Stelle. Wir sind besorgt.«

»Ja, das bin ich auch.« Die Ironie in Blanks Stimme war nicht zu überhören. »Wenn Sie nicht sofort verschwinden, rufe ich die Polizei.«

»Tun Sie das bitte nicht.«

»Hausfriedensbruch. Das ist Hausfriedensbruch …« Blank war empört. Aber plötzlich geschah etwas mit ihm. Er spürte, wie sein Widerstand schwächer wurde, obwohl er dies gar nicht wollte. Er hob den Kopf und sah dem Fremden ins Gesicht. Hatte ihn dieser komische Kirchenmann etwa hypnotisiert? Er hätte sich ohrfeigen können, denn mit einem Mal hörte er sich selbst stammeln, geradezu so, als wäre er es, der sich zu rechtfertigen hatte: »Ich bin gar nicht in der Kirche, ich glaube nicht an Gott … ähm … ich wüsste nicht, was wir zu bereden hätten.«

»Lassen wir den Glauben mal beiseite.« Blank, der den Blick während des Sprechens gesenkt hatte, schaute überrascht auf. War es möglich, dass ein Mann des Papstes so sprach? »Ich bin wegen Ihres Blogs hier.«

Ah, daher wehte der Wind. Blank begriff, er streckte sich. Kranich fuhr fort: »Was Sie da schreiben, macht uns sehr unglücklich.«

»Ich bin nicht für das Glück der Kirche zuständig.« Blank war etwas erleichtert. Er hatte wieder zu der Schroffheit gefunden, die er angemessen hielt für diese Situation. »In meinem Blog geht es um Aufklärung, um Wahrheit, Herr Kranich. Da gibt es nichts zu diskutieren. Ich bin einem Skandal auf der Spur, und den decke ich auf. Fertig.« Er tat einen Schritt auf Kranich zu und sagte: »Und Sie gehen jetzt, sonst rufe ich wirklich die Polizei.«

Aber Kranich wich keinen Millimeter von der Stelle. Vielmehr sagte er – nun keineswegs mehr in freundlichem Tonfall: »Passen Sie auf, mein Lieber, ich mache Ihnen jetzt zwei Angebote. Angebot eins …« Er griff in seine rechte Gesäßtasche und holte ein Bündel Hundert-Euro-Scheine hervor. »Hier sind tausend Euro. Damit kaufe ich Ihnen die Rechte an Ihrem Blog ›die_SCHEINHEILIGEN‹ ab, und Sie beschäftigen sich fortan mit anderen Dingen.«

Jetzt lachte Blank, der eigentlich nie lachte, laut auf. »Tausend Euro? Ich glaube, Ihnen ist nicht klar, wie viel Geld meine Recherchen bis heute gekostet haben und wie viel die ganze Story jetzt schon wert ist! Ich habe bald zweitausend Follower.« Jetzt mischten sich Stolz und eine Prise Überheblichkeit in seine Worte. »Und es werden täglich mehr. Meine Berichte über den größten Kunstbetrug der jüngsten Geschichte interessieren die Welt. Das werde ich doch nicht für lächerliche tausend Euro verkaufen!«

Kranich schluckte, blieb aber gelassen. »Gut, wie viel fordern Sie?«

»Wie viel ich fordere? Gar nichts. Mir geht es nämlich nicht um Geld. Mir geht es um die Wahrheit. Und die ist unverkäuflich.«

»Okay, fünftausend«, erhöhte Kranich sein Angebot.

Blank lachte höhnisch auf, schüttelte den Kopf, dachte kurz nach. Er schien hier am längeren Hebel zu sitzen. Wusste Kranich von den Fälschungen und wollte ihn so zum Schweigen bringen? »Was wollen Sie eigentlich mit meinem Blog?«, fragte Blank scheinheilig.

Kranich antwortete nicht sofort. Dem Journalisten kam es so vor, als würde der Kirchenmann überlegen, wie viel Wahrheit er in seine dreiste Lügenmixtur mischen sollte, damit er, der Investigativreporter, sie gerade noch zu schlucken bereit war. »Wir wollen, dass diese Fälschungsgerüchte nicht weiterverbreitet werden. Nicht von Ihnen und von keinem anderen. Sie schaden dem Ansehen der Kirche. Die Figuren sind echt und damit basta.«

»Aber was, wenn nicht? Was schadet es Ihnen denn, wenn ich aufdecke, wer Ihren Verein um Millionen betrogen hat? Dreizehn Millionen für Fälschungen! Das Geld können Sie sich doch zurückholen und damit was Vernünftiges anfangen!«

»Wie gesagt: Wir vom Institut arbeiten vornehmlich hinter den Kulissen. Ich verstehe, dass Sie unseren Wunsch nicht nachvollziehen können. Aber glauben Sie mir: Wir haben gute Gründe, an Sie heranzutreten. Also, noch einmal: Mein erstes Angebot an Sie wären fünftausend Euro, jetzt sofort, bar auf die Hand.« Blank schüttelte verächtlich den Kopf. Der Kirchenmann studierte die Wirkung seiner eindringlich gesprochenen Worte. Als er feststellte, dass der Gesichtsausdruck des Journalisten ablehnend blieb, fuhr er langsam und in überdeutlicher Diktion fort: »Mein zweites Angebot ist nicht so verlockend, Herr Blank. Unsere Arbeitsweise ist nämlich dergestalt, dass unser Werkzeugkasten auch noch andere Mittel vorsieht.«

»Was wollen Sie damit sagen? Wollen Sie mir etwa drohen?« Blank atmete heftiger, er war empört. Wie konnte er dieses Arschloch von der Kirche nur aus der Wohnung kriegen?

»Nicht drohen«, sagte Kranich, als gälte es, sein Gegenüber zu besänftigen. »Locken.«

»Locken!« Jetzt schrie Blank. »Wissen Sie was, Herr Kranich? Wenn Sie jetzt nicht sofort meine Wohnung verlassen, dann rufe ich die Polizei.« Er griff in die Hosentasche und fischte sein Mobiltelefon heraus. Während er einige Tasten drückte, knurrte er: »Die Zeiten, in denen die Kirche mit Verbrechermethoden ehrliche Leute daran hindern durfte, die Wahrheit zu verbreiten, sind nämlich Gott sei Dank vorbei.«

»Stopp!«, befahl der Kirchenriese und legte seine Hand auf Blanks Hand mit dem Telefon. »Ich gehe. Aber ich warne Sie ein letztes Mal: Hören Sie auf, Unwahrheiten über die vierzehn Nothelfer zu verbreiten, oder alles wird für sie ein schreckliches Ende nehmen. Ein sehr schreckliches ...« Dann drehte er sich um, öffnete die Wohnungstür und verschwand im Flur.

Blank knallte die Tür zu, ging in die Küche, nahm einen Putzlappen und wischte mit fanatischer Emsigkeit die Arbeitsfläche, die bereits vor dieser Aktion so keimfrei gewesen war, dass man darauf ohne Risiko Menschen hätte operieren können. Während des Wischens suchte er nach einer Antwort auf die Frage, warum die Kirche die Fälschungen unter den Tisch kehren wollte. Was hatte das für einen Sinn? Warum gaben sie nicht einfach die vierzehn Skulpturen zurück und verlangten die Herausgabe der dreizehn Millionen? Warum erstattete die Kirche nicht Strafanzeige wegen Betrugs? Blank fand zu keiner ihm vernünftig erscheinenden Antwort. Sicher war nur eines: Wenn sich sogar der Vatikan so brennend für seine Arbeit interessierte, dann war er einer richtig großen Sache auf der Spur.

Vierzehn

Felix war gerade dabei, mit einem Achter-Geißfuß die leicht angewinkelten Kniekehlen seiner Tänzerin zu glätten, als Gabriel ihn anrief und vorschlug, gemeinsam eine Kunstperformance im Münchner Viehhof zu besuchen. Felix verspürte gerade keine besondere Lust auf einen gemeinsamen Abend mit Gabriel, er wollte hier vorankommen. So schlicht und primitiv Kirchners Skulpturen auf den ersten Blick aussahen, so schwer fiel es ihm, den Stil nachzuempfinden. Die Proportionen der Figur mussten stimmen, aber zu viele Details wirkten kontraproduktiv.

Doch dann deutete sein Partner am Telefon an, dass Dana womöglich auch zu der Performance kommen würde. Und das stimmte Felix um: »Dana kommt auch?«

»Ich denke schon. Ich kann sie ja anrufen, wenn du möchtest. Sie macht das mit den Aktmodell-Jobs ja nicht nur, weil sie das Geld braucht. Im Gegensatz zu dir interessiert sich Dana für Kunst.«

Felix überhörte die Spitze, blickte auf die vor ihm eingespannte Holzskulptur und dachte nach: Konnte er sich eine Pause leisten? Er hatte Kirchner nicht so im Griff, wie er sich das vorgestellt hatte. Aber die Aussicht, Dana zu treffen, war verlockend. Er sagte zu.

Bereits von Weitem hörte Felix aggressive Bässe, die durch die Mauern des alten Backsteingebäudes auf die Straße wummerten. Die Musik erinnerte ihn an Industrielärm. Stanzen, Metall, Druckluft. Keine erkennbare Melodie, sondern aneinandergereihte, monotone maschinelle Klänge.

Dieser Sound beunruhigte ihn. Beklommen betrat er das alte Viehhofgebäude. Die Halle, in der bis vor einigen Jahren noch Rinder aus halb Bayern auf ihre Schlachtung gewartet hatten, platzte schier aus allen Nähten. Mindestens sechshundert Gäste, schätzte Felix. Nur in der Mitte war eine mit weißen Leintüchern bedeckte Fläche frei geblieben. Sie wurde von leistungsstarken Scheinwerfern, die eigens für die Performance an den hohen Decken angebracht worden waren, erleuchtet. In der Mitte dieser Fläche, die Felix an eine Zirkusarena erinnerte, stand ein schweres Metallgestell, an dessen Längsseite mittig ein Schild mit dem Schriftzug »Mary und John van God – Performance« angebracht war. Das Gestell bestand aus einer Treppe, die zu zwei Eisenbahnschienen in etwa drei Metern Höhe hinaufführten. Felix fragte sich, was daran Kunst sein sollte. Aber eigentlich war er ja wegen Dana hier. Er quetschte sich durch die Menge. Aufdringliche Parfümschwaden und Zigarettenrauch schlugen ihm ins Gesicht, obwohl das Rauchen an öffentlichen Orten schon seit Jahren verboten war. Die Kunstszene machte sich ihre eigenen Regeln. Felix brauchte einige Minuten, um sich daran zu gewöhnen, dass ihn hier niemand wegen einer brennenden Zigarette rausschmeißen würde. Es fühlte sich trotz der offensichtlichen Raucherlaubnis ein kleines bisschen verboten an.

Die Leute tranken Bier aus kleinen Flaschen und Prosecco aus Sektgläsern. Das Publikum war bunt gemischt. Anzugträger, tätowierte Hipster und durchgeknallte Typen. Einer trug den Brustharnisch einer Ritterrüstung, ein anderer sah mit seinem beigefarbenen Hut mit der breiten Krempe, dem gepflegten Vollbart und seinem uniformartigen Kaki-Outfit aus, als käme er frisch von einer Safari. Der Indiana-Jones-Typ öffnete gerade einen kleinen Ukulelekasten und holte eine Pfeife und Tabak heraus. Allen gemeinsam war, dass sie in lautem Palaver relativ erfolglos gegen die Beats anschrien. Obwohl Felix Durst hatte, umrundete er den Raum zweimal. Er wollte erst Dana finden. Wegen ihr war er hier. Aber er fand weder sie noch Gabriel. Waren sie doch nicht gekommen? Schon ärgerte er sich, dass er wegen einer idiotischen Kunstaktion mit Schienen auf Leintüchern eine Stunde Autofahrt in seinem altersschwachen Multipla auf sich genommen hatte, da stoppte die Musik und das grelle Licht wurde gedimmt. Zunächst redeten die Leute unbeeindruckt weiter. Doch dann wurde der Raum immer dunkler, bis nur noch hinter der Bar einige schwache Funzeln leuchteten. Die letzten Gespräche verstummten, als mit einem Mal Marschmusik den Raum erfüllte und ein langhaariger Mann in die Arena marschierte. Er war nackt und trug ein Headset in seinen blonden Locken. Auf seinem Rücken prangte ein Tattoo: »John van God loves Mary«. Er baute sich unter den Schienen auf und forderte die Gäste dazu auf, im Rhythmus der Marschmusik zu klatschen. Felix fand das albern. Er blickte sich um und stellte fest, dass nur ein Teil der Besucher der Aufforderung folgte. So ließ auch er es lieber bleiben. »Heil Hasen!«, schrie jetzt der Mann und machte den Hitlergruß nacheinander in alle vier Himmelsrichtungen. »Heute ist ein besonderer Tag: der Hasentag!« Einige lachten. Wütend warf der Künstler daraufhin sein langes Haar nach hinten und rief, sich im Kreis drehend: »Lacht nicht oder ihr werdet gestraft. Heute ist ein großer Tag. Heute werden geboren … die … Helden des Blutes!« Sein Tonfall wurde immer fanatischer. Er bewegte derart heftig den Oberkörper, dass sein

Penis, um den jegliches Schamhaar wegrasiert war, hin und her schlenkerte.

Felix fühlte sich unwohl, er blickte sich um.

»Helden des Blutes!«, geiferte der Mann weiter. »Ja, Helden des Blutes! – Und deshalb beklatschen wir, das Volk, jetzt alle zum Lieblingslied des Führers den Einmarsch der Göttin der Hasen und des Blutes. Los, klatscht! Klatscht, klatscht, klatscht – und begrüßt mit mir die Göttin!« Tatsächlich klatschten jetzt fast alle im Rhythmus des »Badenweiler Marschs« mit, und eine nackte Frau, auch sie blondgelockt, marschierte in die Arena. Sie hatte buschiges Schamhaar, und auf ihrem Rücken war das Tattoo »Mary van God loves John« zu lesen. In der Hand hielt sie einen großen Korb aus dunklen Zweigen, der mit einem weißen Tuch ausgekleidet war. Allerdings blieb Mary van God nicht wie ihr Partner unten stehen, sondern stieg im Rhythmus des Klatschens die eiserne Treppe hinauf und stellte sich mit gespreizten Beinen auf die beiden Schienen. Gebannt folgte Felix ihrem Auftritt, bis ein Raunen im Publikum ihn darauf aufmerksam machte, dass John van God einen Feuerwehrschlauch ergriffen hatte. Diesen hielt er wie einen gigantischen Schwanz zwischen seine Beine, richtete ihn auf die oben stehende Frau, schrie: »Heil dir, Häsin. Gebäre uns Helden des Blutes!«, und schon spritzte ein starker Strahl roter Flüssigkeit hervor, der die Frau mit voller Wucht traf. Sie konnte sich kaum mehr auf den Schienen halten und kreischte schrill auf, was trotz der ohrenbetäubenden Marschmusik gut zu hören war, weil auch sie ein Ohrbügel-Mikrofon trug. Dann nahm sie aus dem Korb, den sie direkt vor sich an einen offensichtlich hierfür angebrachten Haken gehängt hatte, etwas, das im schummrigen Licht und von Felix' Position aus wie ein braunes Hühnerei aussah. Sie zeigte das Ei herum und schob es sich mit einer ausladenden Armbewegung in die Vagina. Erneut kreischte die Frau schrill, sie schien einen Geburtsvorgang zu imitieren, und drückte schließlich das Ei, das sie sich eben eingeführt hatte, wieder aus ihrem Unterleib heraus. Das Ei fiel nach unten und zerschellte auf dem weißen Leintuch. Der Mann, der während dieser Zeremonie geschwiegen und nicht weiter rote Farbe verspritzt hatte, bellte hierauf erneut etwas von »Helden des Blutes« und »Heil, Häsin«, und die Frau steckte sich das nächste Ei in die Vagina, um es nach einiger Zeit wieder hinauszuschießen. So ging das weiter. Nachdem Felix die »Geburt« des dritten Eis verfolgt hatte, wandte er sich ab und drängelte sich zur Bar durch. Auf dem Weg hörte er, wie ein erboster Zuschauer »Das ist doch alles nur geklaut! Scheißperformance!« schrie. Felix schüttelte den Kopf. Das war ihm alles zu blöd. Dort, am provisorischen Tresen, der aus leeren Getränkekisten und einer Pressspanplatte bestand, wartete er eine Weile und versuchte, auf sich aufmerksam zu machen. Aber es war merkwürdig: Neben ihm wurden ständig andere Gäste bedient, doch von ihm nahm keiner der Barkeeper Notiz. Just in dem Moment, in dem er für sich beschlossen hatte, nie wieder eine Performance zu besuchen, spürte er eine Hand auf seiner Schulter. Kurz freute sich Felix, sicher war es Dana. Doch als er sich umdrehte, erkannte er Gabriel. Der schrie gegen die Marschmusik an: »Grüß dich, mein Freund. Toll, dich zu sehen, geniale Nazi-Scheiße, was?«

Felix zuckte mit den Schultern, Gabriel war offensichtlich besoffen oder er hatte zu viel Koks abbekommen. »Wo ist Dana?«

»Dana? Weiß nicht. Ist sie nicht da?«

»Du wolltest sie doch anrufen!« Felix musste sich sehr anstrengen, um gehört zu werden.

»Ich habe sie angerufen! Aber ... ist doch egal. Wie gefällt dir die Van-God-Performance? Mystisch, oder? Das mit dem Blut und der Häsin und der Nazi-Scheiße ... Diese ganzen Querverbindungen und Verweise, das ist total philosophisch ... der transzendentale Subtext, den die aufmachen. Da gehen die Lichter aus. Ich finde das total brillant: Blut und Boden, Lebensborn, Sex und Jungfräulichkeit, Sadomaso, da ist echt alles drin, Wahnsinn. Und dabei ist das Ganze brandaktuell und hochpolitisch. Was für ein Glück, dass wir heute Abend hier sein können!«

Felix verstand gar nichts. Da stand eine nicht besonders ansehnliche nackte Frau auf einer nichtssagenden Stallkonstruktion und drückte sich zu unerträglicher Musik Eier aus der Muschi – wie flach, primitiv und blutrünstig war denn das? Und außerdem wollte er nach Hause. Er beschloss zu gehen, aber da drückte ihm Gabriel ein Sektglas mit einer dicken roten Flüssigkeit in die Hand.

»Ich trinke doch keinen Alkohol!«, schrie er Gabriel ins Ohr.

»Ist keiner, probier!« Felix roch erst und probierte dann vorsichtig. Es schmeckte tatsächlich nicht alkoholisch, außerdem süß und salzig zugleich. »Was ist das?«

»Ochsenblut mit viel Zucker – und zu wenig Koks!« Gabriel lachte, und Felix war sich nicht sicher, ob er das ernst meinte. Aber es dauerte nur wenige Minuten und seine Verunsicherung wich einem Gefühl der Stärke und der Souveränität. Auch seine Außenwahrnehmung änderte sich: Der Lärm, den er gerade noch als schrecklich und brutal empfunden hatte, störte ihn nicht mehr. Stattdessen hörte er plötzlich wesentlich differenzierter. Ja, es fühlte sich geradezu so an, als könnte er in seinem Ohr verschiedene Sensoren einzeln ansteuern: Es war kein Problem für ihn, sich ganz auf Gabriels Worte zu konzentrieren oder auf das, was der Nackte in der Arena gerade brüllte, oder auf die Musik oder ein Gespräch, das Menschen einige Meter von ihm entfernt führten – und alles Restliche auszublenden.

Nach einem weiteren Drink, den ihm auch wieder Gabriel besorgte, wäre Felix, hätte man es von ihm verlangt, bereit gewesen, selbst nackt auf die Treppe zu steigen, sich mit Blut bespritzen zu lassen und Helden zu gebären. Doch dann ging schlagartig die Musik aus und die Scheinwerfer, die während der Performance warmes Dämmerlicht verbreitet hatten, überfluteten die Halle mit grell gleißendem Licht.

Felix hielt sich schützend die Hand vor die Augen und beobachtete staunend, wie sich zwanzig uniformierte Polizisten vom Eingang aus einen Weg in die Mitte der Arena bahnten. Fünf von ihnen packten John van God und legten ihm Handschellen an, fünf weitere stiegen die Treppe nach oben, nahmen dessen Frau fest und führten sie unter Geschrei nach unten. Die van Gods strampelten wild und kreischten bei der ganzen Aktion, als würden sie abgestochen. War das auch noch Teil der Performance? Einer der Polizisten hatte ein Megafon in der Hand und erhob das Wort: »Guten Abend, meine sehr geehrten Damen und Herren, mein Name ist Bierschneider. Ich bin der Leiter der Inspektion Spezialeinheiten Südbayern. Wir haben die Weisung, hier einzuschreiten, weil im Rahmen dieses Happenings mutmaßlich verfassungsfeindliche Kennzeichnen zum Einsatz gekommen sind …« Der Rest seiner Erklärung ging in den Buhrufen, dem Gejohle und den schrillen Pfiffen des Kunstpublikums unter. Felix drängelte sich nach draußen und zündete sich auf dem Bürgersteig vor der Halle eine Zigarette an. Während er rauchte, beobachtete er, wie die Künstler Mary und John van God, mittlerweile eingewickelt in graue Decken mit Polizeiaufdruck, voneinander getrennt in zwei grüne Polizeibusse gesetzt wurden. Wo war er nur gelandet?

»Hi, Hase!«

Felix blickte nach links, und da stand Dana. Er starrte sie staunend an. »Hallo, Häsin«, antwortete er schmunzelnd. »Mit dir habe ich jetzt gar nicht mehr gerechnet.«

»Wie? Ich habe dich die ganze Zeit gesucht!« Natürlich hörte er, dass der anklagende Ton in Danas Stimme gespielt war.

»Wieso, bist du schon länger da?«

»Ja«, sagte sie wunderbar frech.

Felix spürte, dass er sie sehr mochte. Aber durfte er ihr das einfach so sagen? Und war es überhaupt schlau, angesichts des Rats, den Gabriel ihm gegeben hatte?

»Trinken wir was?«

Wenig später standen sie an der Theke, wo jetzt wesentlich mehr Platz war. Viele Gäste hatten im Zuge der Polizeiaktion den Viehhof zugunsten der nächsten In-Location verlassen. Aber die sich leerende Halle nahm Felix gar nicht wahr. Er hatte nur Augen für Dana. Das Gespräch führte sich wie von selbst. Die beiden kamen von einem Thema zum nächsten. Und trotz der spielerischen Leichtigkeit redeten sie über die wirklich wichtigen Dinge des Lebens – Liebe und Tod, Vertrauen und Freundschaft, Kunst und Musik, Treue und Partnerschaft, sexuelle Vorlieben und Kunst. Als ob sie sich schon ewig kennen würden. Sie holten sich noch mehrmals neue Getränke, und Felix bemerkte gar nicht, wie die Zeit verging. Wenn es nach ihm gegangen wäre, hätte dieses Gespräch ein Leben lang andauern können. Er liebte es, wie Danas Lippen sich bewegten, wenn sie Worte ganz bewusst aussprach. Sie hatte so etwas Durchdachtes. Besonders charmant fand er die Grübchen, die auf ihren Wangen entstanden, wenn sie für einen Moment verlegen wurde. Doch dann sagte Dana plötzlich: »Du, ich glaube, ich muss mal ganz dringend aufs Klo.«

Ohne nachzudenken, sagte Felix schnell: »Ich auch.« Er unterdrückte schon seit einer halben Stunde seinen Harndrang, weil er das Gespräch nicht unterbrechen wollte. Sie lächelten einander an und gingen in Richtung der Toiletten. Felix stieß die schwarz lackierte Tür zur Herrentoilette auf und trat erst einmal zum Waschbecken, um sich das Gesicht und die Haare nass zu machen. Der Raum war in kaltes blaues Neonlicht gehüllt. Eine Röhre flackerte in unregelmäßigen Abständen.

Er sah in den Spiegel. Mit seinen langen nassen Haaren sah er doch eigentlich gar nicht so schlecht aus. Beschwingt ging er zu den Pissoirs und ließ es laufen. Links von ihm zog ein Mann gerade den Reißverschluss seiner Hose hoch und verließ den Raum. Nachdem die Tür zugefallen war, hörte Felix, wie es in einer der Kabinen rumpelte – so, als wäre ein schwerer Körper gegen die Seitenwand gefallen. Dann vernahm er weitere unerwartete Geräusche: sich öffnende Gürtelschnallen, zu Boden klimperndes Münzgeld, ein Klatschen und schließlich Stöhnen. Felix hielt die Luft an und näherte sich leise den Kabinen. Poltern, Stöhnen, Poltern. Dann wieder ein Klatschen, als bekäme jemand mehrere heftige Ohrfeigen. Dann Ächzen und ein wilder Schrei. Felix knöpfte die Hose zu, wandte sich der Kabine zu und klopfte. »Hallo? Alles okay da drin?« Anstatt einer Antwort wurde es plötzlich still. Felix schüttelte ratlos den Kopf und ging in Richtung Vorraum. Beim Händewaschen hörte er, wie jemand »Au, ah – ah – ah – aaahh« schrie. Es klang nach Angst, Gewalt und Schmerzen und fuhr ihm durch Mark und Bein. Er ging zurück zu der Kabine und klopfte noch einmal. »Alles okay da drin? Brauchen Sie Hilfe?«

»Fuck you, hau ab«, presste eine rauchige Stimme hervor.

Felix fühlte sich unwohl. Wurde in der Kabine jemand vergewaltigt? Er dachte kurz nach, trat dann in die Nebenkabine, schloss den Klodeckel, stieg drauf und streckte sich, um über die Seitenwand der Kabine schauen zu können. Felix' Schuhe waren rutschig, sein Stand wackelig. Aber es gelang ihm, einen kurzen Blick in die Nachbarkabine zu werfen, bevor er abrutschte. Hatte er richtig gesehen? Hatte da gerade ein Mann im weißen Hemd einer Frau ins Gesicht geschlagen?

Felix fluchte leise, stieg aber erneut auf den Klodeckel und zog sich mit beiden Händen nach oben. Jetzt sah er mehr. Der Mann mit dem weißen Hemd beschäftigte sich gar nicht mit einer Frau. Es war ein Typ, der hier offensichtlich von hinten gerammelt wurde. Es sah schmerzhaft und brutal aus. Aber anscheinend keine Vergewaltigung. Im kalten flackernden Licht der Toilette wirkte die Szene surreal und bedrohlich. Plötzlich blickte der Mann im weißen Hemd nach oben. Sein Kopf war kahl rasiert, nur ein dünner Zündschnurzopf schlängelte sich über seinen Oberkörper. Felix starrte in das pockennarbige und – wie er fand – primitive Gesicht eines Latinos.

»Was glotzt du, hijo de puta? Soll ich dich auch ficken?«, bellte der Mann nach oben. Felix tauchte hinter der Kabinenwand ab.

Dann ächzte der andere Mann: »Was ist los, Hugo? Mach weiter! Schenk mir deinen mächtigen carajo!«

Als Felix die bekannte Stimme hörte, verließ er fluchtartig die Toilette. Er hätte kotzen können.

Draußen wartete bereits Dana. »Alles okay? Was hast du so lange gemacht? Wieso bist du so blass?«

»Ach ... ähm ...« Felix wusste nicht, ob er Dana von seinen Beobachtungen erzählen sollte. »Mir geht's nicht gut.«

»Möchtest du nach Hause gehen?«

Felix sah sie an. »Ehrlich gesagt ... am liebsten schon.« Er nahm wahr, wie sie den Blick senkte. »Aber ...« Er dachte fieberhaft nach. »Aber ... du kannst ja ...« Er sah sie an. Sie war so unglaublich hübsch. Gabriel hatte kein bisschen recht, wenn er sagte, es gebe viele solcher Frauen.

»... mitkommen?«, vollendete sie seinen angefangenen Satz.

Und er brauchte nur noch »Ja« zu sagen.

Auf der Fahrt durch die Nacht hatte Felix überlegt, ob es ihm Dana gegenüber peinlich sein musste, wie er lebte. Das Haus seiner Eltern war eine Bruchbude. Seit Jahren hatte er weder aufgeräumt noch geputzt. Aber als er mit dem Fiat zwischen dem Werkstattgebäude und dem Haus anhielt, sagte Dana einfach nur: »Cool hier.«

Sie kochten sich in der Küche eine Brühe, und Dana trank einen Schluck von dem Wein, der seit Gabriels letztem Besuch im Kühlschrank stand. Dann, am Küchentisch sitzend, küsste sie ihn das erste Mal. Sie riecht nach Blumen, dachte Felix. Ihre Lippen fühlten sich fest und weich zugleich an. Felix hielt die Augen geschlossen. Er spürte sein Glück am ganzen Körper. Sie küssten sich nicht die ganze Zeit. Zwischendurch redeten sie einfach nur. Felix erzählte von seinen Eltern. Den Bruder sparte er, soweit es ging, aus. Auch, weil er es vermeiden wollte, über Gabriel und die Fälscherei zu sprechen. Er war sich nicht sicher, wie viel er Dana verraten durfte.

Dana sprach ebenfalls von ihrer Familie. Dass sie sechsundzwanzig Jahre alt und ihr Vater Franzose, ihre Mutter Deutsche sei. Dass sie zweisprachig aufgewachsen sei und nach dem Abitur ein Kunstgeschichtsstudium angefangen habe, Nebenfächer Sozialpädagogik und Bioenergie. Als sie das mit der Bioenergie erwähnte, hatte Felix gelacht. »Und warum hast du nicht fertig studiert?«

»Weil ich einen Ausbildungsplatz an der Schule für zeitgenössischen Tanz bekommen habe.« Er hob fragend die Augenbrauen. »Das ist ganz schön schwer, die nehmen da nicht jeden!«

»Aber wenn dein Vater Franzose und deine Mutter Deutsche ist …«, setzte Felix an, doch Dana unterbrach ihn: »… wieso sehe ich dann so anders aus?«

»Äh. Genau.« Felix war die Frage plötzlich unangenehm. Es wirkte jetzt so, als störte er sich an Danas exotischem Aussehen, dabei war er gerade davon fasziniert – von ihrer dunklen Haut, ihren dunkelbraunen Augen und der Tatsache, dass sie trotzdem kein ganz dunkles Haar hatte.

»Mein Vater ist kein gebürtiger Franzose. Er kam als

Flüchtling nach Europa. Aber das war vor meiner Geburt. Wegen ihm sehe ich ein bisschen anders aus. Ich hoffe, das ist okay für dich?« Felix war dankbar, dass das Gespräch nicht ganz verebbt war.

»Absolut, ja auch, weil –« Weiter kam er nicht, denn jetzt schubste ihn Dana liebevoll von sich weg. Dann nahm sie seine Hand und blickte ihm direkt in die Augen. Sie küssten sich. Für Felix fühlte es sich an, als wäre es schon immer so gewesen. Dana und er, er und Dana. Nur für einen einzigen Moment hatte er an Gabriel gedacht und seinen Spruch, dass es viele Mädchen wie Dana gebe. Was für ein Schwachsinn! Dazu noch von einem, der es sich auf einer schmutzigen Toilette von einem Stricher besorgen ließ. Aber sofort verdrängte Felix die schlechten Gedanken an Gabriel und bewunderte lieber die glatte Haut von Danas Händen, ihre Fingernägel, die trotz ihrer Gepflegtheit kein bisschen künstlich wirkten.

Irgendwann gähnte Dana. Und sagte dann auf die süßeste Weise der Welt: »Komm, wir gehen nach oben.« So landeten sie im Schlafzimmer. Felix war noch nie so selbstverständlich und unkompliziert mit einer Frau ins Bett gegangen. Weil es heiß war, zog Dana sich ihr Sommerkleid aus, warf es über den Stuhl und schlüpfte unter die Decke, als wäre es schon immer ihre gewesen.

»Mir kommt es vor, als würde ich dich schon ewig kennen.« Das war es, was sie sagte. Felix nickte und legte sich zu ihr. Die Unterhose behielt er an. Intuitiv. Er wollte nicht falsch verstanden werden. Dana war ihm kostbar. Sie sahen sich eine ganze Weile schweigend an, die Gesichter einander zugewandt. Felix studierte Danas Nase. Ganz vorn ging sie ein klein wenig nach oben. Ihre Lippen waren voll und geschwungen, ihre Augen von einem warmen Dunkelbraun. Dana kam ihm mit ihrem Gesicht entgegen, küsste ihn. Ihre Zunge glitt in seinen Mund. Seine Zunge blieb eher vorsichtig, zurückhaltend. Es war schön. Ihre Lippen lösten sich wieder voneinander. »Was ist eigentlich mit deiner Zunge?«, fragte Felix. »Irgendetwas kitzelt mich da.« Lächelnd streckte Dana ihm die Zunge heraus. Felix sah vorne einen winzigen Schlitz. »Was ist das?«

»Ein Schlitz, habe ich schon immer.« Ihr Gesichtsausdruck verfinsterte sich spielerisch. »Stört dich das etwa?«

»Nein.«

»Dann mach das Licht aus.«

Felix knipste die Lampe aus, neben der die heilige Barbara stand, die er vor vielen Monaten geschnitzt hatte. Als sie sein Zimmer betreten hatten, war Danas Blick kurz an der Holzfigur hängen geblieben. »Hast du die gemacht?« Felix hatte verlegen genickt.

Fünfzehn

Erschöpft, aber glücklich wie seit Langem nicht mehr, wachte Felix auf. Hatte er geträumt oder hatte er gestern Nacht endlich wieder mit einer Frau geschlafen? Schlaftrunken sah er sich im Zimmer um, es war alles ein bisschen verschwommen. Aber über dem Stuhl hing noch immer Danas Kleid, das konnte er erkennen. Felix lächelte. Langsam drehte er sich zu ihr hinüber. Mit einem Mal war er hellwach. Wo war sie? Besorgt richtete Felix sich auf. Im Schlafzimmer war sie jedenfalls nicht. Er stand auf, bückte sich und hob seine zusammengerollte

Unterhose vom Boden auf. Hastig schlüpfte er hinein und rief: »Dana?«

Keine Antwort. Er blickte aus dem Fenster, aber auch draußen im Garten war keine Spur von ihr. Hektisch nahm er die Treppe nach unten. In der Küche roch es nach frischem Kaffee, ein beruhigender Duft. Sie war also nicht einfach verschwunden. Felix sah, dass die Haustür offen stand, er war erleichtert. Wahrscheinlich hatte sie sich einen Kaffee gemacht und war bei dem schönen Wetter draußen im Garten. Wahrscheinlich auf dem Bänkchen vor der Werkstatt. Doch nach einem Blick aus dem Küchenfenster schlug Felix' Stimmung schlagartig um. Er eilte nach draußen, gerade noch rechtzeitig, denn Dana näherte sich in diesem Moment neugierig der Eingangstür seiner Fälscherwerkstatt.

»Halt!«, schrie Felix. Seine Stimme überschlug sich fast, so panisch war er. »Komm sofort her, Dana!«

Irritiert blickte sie sich zu ihm um. »Wunderschönen guten Morgen.« Der Sarkasmus in ihrer Stimme fühlte sich für Felix nicht gut an, aber es war nun einmal so, dass sie auf keinen Fall in die Werkstatt durfte. Dass sein »Komm her!« wie ein Kommando geklungen hatte und vielleicht für einen schlecht erzogenen Hund angemessen war, aber nicht für Dana, bemerkte er leider zu spät. Nachdem er damit jedoch ihre Aufmerksamkeit gewonnen hatte, beruhigte er sich und atmete einige Male tief durch. Erst jetzt sah er, dass Danas Interesse nicht der Werkstatt, sondern der Nachbarskatze zwischen ihren Beinen gegolten hatte. Sie hob das schnurrende Tier sanft hoch und ging, mit der getigerten Katze auf dem Arm, langsam auf Felix zu.

»Hör mal gut zu, mein Lieber«, zischte sie ernst, »das sag ich dir jetzt genau einmal: Noch einmal so ein Ton mir gegenüber und du hast mich das letzte Mal gesehen!«

Die Katze schnurrte. Dana gab erst ihr, dann, nach kurzem Zögern, auch Felix einen Kuss. Er fühlte sich schäbig.

»Entschuldige bitte, ich dachte ...«, begann Felix den Versuch einer Erklärung, aber da wurde ihm klar, dass er Dana nicht die Wahrheit sagen konnte. Er hielt inne. Die Katze spielte mit Danas Haaren.

»Ich dachte, du wärst abgehauen oder dir wäre was passiert, und da hab ich mir halt Sorgen gemacht«, log er.

»Was soll mir denn hier draußen passieren? Gibt's hier wilde Tiere, oder was?«, scherzte sie und kraulte die Katze unter dem Kinn. Doch über ihre Fröhlichkeit hatte sich ein Schatten gelegt.

Nach einem ausgiebigen Frühstück, bei dem beide kaum etwas sprachen, packte Dana ihren Rucksack und stieg zu Felix ins Auto. Er würde sie zurück nach München bringen. Auf der Fahrt verflüchtigte sich die eben noch unangenehme Stimmung. Felix war erleichtert. Dana hatte im Radio einen Oldie-Sender gefunden und sang einen alten Beatles-Song mit. Sie sang nicht perfekt, aber gerade das gefiel Felix. Irgendwann fragte sie: »Woher kennst du eigentlich Gabriel?«

Felix hasste es zu lügen, doch hier blieb ihm keine Wahl. Und waren nicht die besten Lügen diejenigen, bei denen man nahe an der Wahrheit blieb? Ohne lange nachzudenken, antwortete er: »Lange Geschichte. Aber mein Bruder ist ja Kunstsachverständiger und arbeitet viel für Auktionshäuser. Und auf irgend so einer Vernissage hat er uns dann einander vorgestellt. Ich glaube, Gabriel hat mich irgendwie interessant gefunden, weil ich so überhaupt nicht zu den anderen Leuten auf der

Party gepasst habe; und dann hab ich ihm erzählt, dass ich als Kind immer gern gezeichnet habe und eigentlich auf die Akademie wollte und so …«

Felix zündete sich eine Zigarette an. War das glaubwürdig gewesen?

»Ich dachte am Anfang schon, du bist sein neuer Liebhaber.« Dana grinste ihn an. »Ach so, nein, nein«, winkte Felix ab.

»Aber wir haben dann halt Nummern ausgetauscht. Und als er mir dann angeboten hat, mal eine Aktzeichenstunde zu organisieren, da hab ich natürlich dankend angenommen. – Gott sei Dank«, schob er nach, beugte sich zu Dana und gab ihr einen Kuss.

»Und du, woher kennt ihr euch?«

»Ähnlich wie bei dir. Ich habe mal auf einer Performance getanzt, und danach sind wir ins Gespräch gekommen.«

»Warst du da auch nackt?«, fragte Felix eher im Scherz.

»Logisch. Das bin ich da meistens. Gibt am meisten Kohle, und mir ist es ehrlich gesagt egal.«

»Na, solange du dir keine Hühnereier reinschiebst …«

»Nein, aber komisch ist das manchmal schon. Beim letzten Mal musste ich regungslos in einem Glaskubus stehen, und von oben tropfte zwei Stunden lang Kerzenwachs auf mich.« Felix lachte.

Nachdem sie von der Autobahn abgefahren waren, und nachdem Dana ihn durch die verwinkelten Seitenstraßen Untergiesings gelotst hatte, standen sie schließlich vor ihrer Wohnung.

»Schön war's. Sollten wir bald mal wieder machen«, sagte sie. Dann küssten sie sich. In diesem Moment war Felix ganz bei ihr. Alles um ihn herum wurde bedeutungslos. Hupende Autos, ein alter Mann mit Krückstock, der einen Radler anschrie, weil dieser auf dem Gehweg fuhr – nichts davon bekam Felix mit. Sie lösten sich voneinander, Dana stieg aus und machte ein trauriges Gesicht. »Ich bin nächste Woche leider nicht in München. Ich muss nach London zu einem Workshop. Aber wenn ich wieder da bin, melde ich mich, versprochen!«

Felix gelang es nicht, seine Enttäuschung zu verbergen.

»Nicht traurig sein«, sagte sie sanft und beugte sich durch das offene Beifahrerfenster zu ihm hinein. Es folgte ein weiterer langer Kuss. Dana zog sich wieder auf die Straße zurück, aber Felix hielt ihre Hand fest.

»Ich werde auf dich warten«, versprach er gespielt pathetisch.

»Und du, pass auf dich auf, während ich weg bin«, sagte Dana. Felix glaubte herauszuhören, dass sie dies ernst meinte. »Und pass ein bisschen auf mit diesem Gabriel.«

»Wieso?«, fragte Felix verwundert.

»Ich will jetzt nicht schlecht über ihn reden, aber der kennt ein paar Typen, die gefährlich sind. Pass einfach auf dich auf, ja?«

Gabriel de Moño warf nochmals einen prüfenden Blick auf die Scheine in dem Umschlag. Zehntausend Euro, wie abgemacht. Dann kann es ja losgehen, dachte er. Er schob sich die getönte Sonnenbrille zurecht und betätigte die Messingklingel. Das Schild daneben war leer, keine Gravur, kein Name stand drauf. Nach einem kurzen Moment öffnete sich das mannshohe Rolltor aus grauem Stahl. Gabriel trat ein. Keine zehn Minuten später öffnete sich das Tor erneut, auch dieses Mal fast lautlos. Nur das Plätschern eines Springbrunnens war zu hören, sowie Gabriels Schritte auf dem Kies. Mit einem Päckchen Koks in der Herrenhandtasche ging er zurück zu seinem Jaguar und fuhr davon.

Als Felix, zwei Stunden nach seiner Rückkehr aus München, wieder in der Werkstatt stand, gingen ihm einige Dinge durch den Kopf. Zum Schnitzen war er bislang nicht gekommen. Die Vorstellung, dass Dana seine Fälschereien eines Tages entdecken könnte, ließ ihm keine Ruhe. Er musste seine Werkstatt so präparieren, dass sie vollkommen unverdächtig aussah. Er wollte Dana unbedingt wieder zu sich nach Hause mitnehmen. Aber natürlich hatte Gabriel recht, wenn er sagte, dass es nicht besonders schlau war, Außenstehende mit hierherzubringen. Doch dazu war es jetzt zu spät. Was konnte er also tun? Die robuste Eingangstür zur Werkstatt war von außen mit einem massiven Vorhängeschloss gesichert. Innen hatte er zusätzlich ein Panzerriegelschloss montiert. Zusammen mit dem Türschloss sollte das ausreichen. Die Tür war nicht das Problem. Auch nicht die beiden Fenster an der Längswand, sie konnten mit Jalousien von innen verdunkelt werden, und Dana würde sicher nicht eine Scheibe einschmeißen, nur um in die Werkstatt zu kommen. Nur das morsche alte Fenster, hinten bei der Toilette, war eine Schwachstelle. Wenn man wusste, wie, konnte man es auch von außen leicht öffnen. Dieses Fenster musste er in den nächsten Wochen erneuern, dann würde kein Mensch so ohne Weiteres einbrechen können. Und im Inneren der Werkstatt? Hier musste er einfach etwas aufräumen – vor allem die Skizzen zu den Figuren. Das aktuelle Arbeitsstück würde er mit einem Laken abhängen und in dem Raum mit dem alten Holz verstauen. Zusätzlich würde er alibimäßig ein paar alte Werkstücke im Raum verteilen, damit alles glaubwürdig aussah. Ja, so würde es funktionieren. Wenn dann Dana einmal hier drin gewesen war, würde sie schon merken, dass es hier nichts zu sehen gab, und sich lieber dem Garten widmen oder mit der Nachbarskatze spielen. So würde er es machen, denn er wollte auf keinen Fall diese so frische Beziehung aufs Spiel setzen, schon gar nicht aus Angst, Dana könnte seinem Geheimnis auf die Schliche kommen. Genau in diesem Moment klingelte das Telefon. Felix erkannte am Display, dass es Gabriel war. Er dachte an die Toilette im Schlachthof, es ekelte ihn, aber dann fischte er sich doch eine Kippe aus der Schachtel und ging ran.

»Und? Kommst du gut voran, Felix, mein Freund?« Gabriel schien im Auto zu sitzen, die miese Tonqualität klang nach Freisprechanlage.

»Ja, ja. Es wird langsam«, heuchelte Felix Zuversicht.

»Super. Wann soll ich dir denn die alten Balken vorbeibringen? Würde dir morgen gut passen?«

»Klar, morgen ist gut.« In Felix keimte die Hoffnung, dass er sich vielleicht völlig umsonst Gedanken über die Werkstatt gemacht hatte. Wenn er es schaffen würde, die Figur fertigzustellen, während Dana in London war, dann brauchte es gar keine Lügen und kein Versteckspiel. »Je früher, desto besser«, sagte Felix.

»Wunderbar. Ich bin gerade auf dem Weg zu meinem Lieferanten. Muss vorher noch was erledigen, aber wenn du willst, bring ich dir das Holz gleich heute Abend.«

»Gut.« Für einen kurzen Moment hörte Felix nur Fahrgeräusche.

»Und, wie war's gestern noch mit Dana?«

»Dana?« Felix zögerte. Was wusste Gabriel?

»Ja, Dana! Ich habe euch doch noch gesehen an der Bar, aber da wollte ich nicht stören. Und später wart ihr dann weg …«

»Ach so, ja, wir sind dann noch woandershin«, erwiderte Felix kleinlaut.

»Da musst du dich doch nicht schämen, Felix. Ich freue mich für dich, echt! Nur schade, dass ihr so früh weg seid. Ich wollte dir nämlich noch meinen Freund Hugo vorstellen.«

»Aha.« Mehr brachte Felix nicht heraus. Wenn du wüsstest, dachte er sich. Deinen Freund, den pockennarbigen Unsympathen, kenne ich bereits. Es schüttelte ihn.

»Ich hoffe nur, dass du Dana nichts von unserem kleinen Geschäft erzählt hast?«, durchbrach Gabriels Stimme wieder das Rauschen der Freisprechanlage.

»Natürlich nicht«, platzte es aus Felix heraus.

»Solange du sie nicht zu dir nach Hause gebracht und in der Werkstatt gebumst hast, ist ja alles in Ordnung.«

Nach diesem schlechten Witz war es mit einem Mal still in der Leitung. Felix war sich nicht sicher, ob die Verbindung zusammengebrochen war, aber jedenfalls war Gabriel weg und das Rauschen auch.

»Hallo?«

Dann hörte er Gabriels lautes Lachen am Telefon. Die Leitung schien wieder zu funktionieren.

»Nein, nein, Gabriel, mach dir keine Sorgen, ich bin doch nicht bescheuert«, sagte Felix.

Sechs Stunden später hatte Gabriel den Jaguar vor Felix' Haus geparkt und den Kofferraum geöffnet. Gemeinsam trugen sie die vier knapp hundert Jahre alten Balken zügig in die Werkstatt. Felix wunderte sich, wie kräftig der ältere Mann doch war. Ein Balken wog locker über dreißig Kilo, aber Gabriel schnaufte nicht einmal. Nachdem sie die Balken abgedeckt hatten und Gabriel die jüngsten Arbeitsproben der »Tänzerin Dana« begutachtet hatte, nickte er zufrieden. Wenig später saßen die beiden so unterschiedlichen Männer nebeneinander auf der alten Holzbank vor der Werkstatt und rauchten. Gabriel nahm einen tiefen Zug und schob sich die langen grauen Haare hinters Ohr. Er sah Felix ernst an. »Wie gut kommst du mit Druck klar, Felix?«

»Druck? Wieso?« Felix wurde nervös.

»Nun, ich wollte dir nur Bescheid sagen, dass ab jetzt äußerste Vorsicht geboten ist. Es gibt da einen aufdringlichen Journalisten, der überall herumläuft und unangenehme Fragen zu den Riemenschneider-Nothelfern stellt.«

»Ja und? Die sind doch längst verkauft?«

Ohne auf die Frage einzugehen, wandte sich Gabriel ihm mit ernstem Blick zu und sagte: »Also, pass auf: Falls der Typ hier auftaucht und blöde Fragen stellt, dann rufst du mich an. Aber dem sagst du gar nichts, verstanden? Rein gar nichts!«

Felix beschlich ein ungutes Gefühl. Die gefälschten Riemenschneider-Figuren hatte er doch schon lange abgehakt! Außerdem wusste ja auch niemand, dass die von ihm waren. Selbst sein Bruder war darauf reingefallen. »Wieso soll der denn hier auftauchen? Dass ich die Figuren gefälscht habe, das weiß doch niemand!«

Gabriel räusperte sich. »Ich habe das leider auch rausgefunden, Felix, schon vergessen?« Gabriel zögerte. »Und dann gibt es da leider noch diese kleine Schwachstelle …«

Sechzehn

Georg Seefellner war bereit. Er hatte zwei Bananen in seinen Rucksack gepackt und eine Tüte Milch. Er hatte beschlossen, diesen Felix, dessen Nachnamen er nicht kannte, zu warnen. Das war er dem Mann schuldig. Aufgeregt schob er das Bonanza-Rad auf die Straße und fuhr los. Aber wohin? Das war das Problem. Er wusste ja auch nicht, wo er wohnte.

Zunächst fuhr Seefellner deshalb planlos in Richtung der Dorfmitte von Waldham. Wie konnte er den Mann finden? Ein älterer Nachbar mit Rauhaardackel winkte ihm freundlich zu. »Servus, Schorsch!«

»Servus«, grüßte Seefellner zurück. Und plötzlich hatte er eine Idee: Er musste einfach nur die Leute fragen! Irgendeiner musste diesen Felix doch kennen! Schnell drehte er um, holte den Hundebesitzer ein und fragte ihn. Doch der Befragte winkte ab: Der einzige Felix, den er kenne, sei sein Enkel in Ostfriesland. Seefellner bedankte sich und radelte ziellos weiter. Der Mann blickte ihm kopfschüttelnd nach und sagte mehr zu sich selbst: »Der Deppenschorsch ist wieder auf Mission.«

Nach zwei Stunden hatte Seefellner fast die ganze Gemeinde abgeklappert, seine Milch war leer und er war so schlau wie vorher. Keiner hatte ihm helfen können. Keiner kannte den Felix. Aber so leicht würde er sich nicht aus der Bahn werfen lassen. Im Gegenteil: Wenn er etwas war, dann hartnäckig. Wenn er sich etwas in den Kopf gesetzt hatte, dann blieb er dran. Und gerade jetzt hatte er eine neue Idee. Er blieb stehen, drehte die Kassette in dem alten batteriebetriebenen Rekorder um, der mit einem Gummiexpander an seinem Lenkrad befestigt war, und drückte auf Play. Zu den Klängen von »Problem Child« von ACDC trat er in die Pedale. Sein Oberkörper wippte im Takt mit, bis er auf dem Supermarktparkplatz im Waldhamer Gewerbegebiet angekommen war. Hier war er dem Felix das erste Mal begegnet. Vielleicht ging der ja auch heute einkaufen. Er musste nur auf ihn warten. Warum sonst sollte der Felix damals hier gewesen sein, als er ihn vor den Jugendlichen beschützt hatte? Na klar würde der wieder zum Supermarkt gehen. Und er, Georg Seefellner, würde einfach so lange warten und die gute Kassette mit der guten Rockmusik hören. Mitten auf dem Parkplatz, gleich neben dem Stand, wo es Brathähnchen gab. Einem Stand, der interessant war, weil er aussah wie ein riesiges gebratenes Hähnchen.

Der Deppenschorsch klappte den Fahrradständer aus und setzte sich auf den Randstein. Jedes Auto, das fortan auf den Parkplatz fuhr, verfolgte er mit Adleraugen, und manchmal rannte er sogar dem Wagen hinterher, um zu beobachten, wer am Steuer saß. Er erntete einige irritierte Blicke. Aber das war ihm egal. Und wenn gerade kein Auto kam, dann schaute er auch hinüber zu dem Hähnchengrill. Vielleicht mochte der Felix ja Hähnchen und würde sich eins kaufen. Nach einer Stunde begann die Kassette zu leiern. Bei dem Gitarrensolo von »Detroit Rock City« von Kiss war endgültig Schluss. Die Batterien waren zu schwach. Dass die Musik plötzlich weg war, warf Seefellner aus der Bahn. Er schälte seine letzte Banane und ging dann hinüber zum Hähnchenstand. Unter den Sonnenschirmen saßen einige Gäste. Seefellner baute sich vor dem schwitzenden Verkäufer auf, der gerade dabei war, die bereits durchgegarten Brathähnchen auf den Drehstangen umzuschichten. Als er damit fertig war, blickte er zu seinem Gast:

»Was willst, Deppenschorsch? Ein Hendl?«

»Nein, ich hab die Banane. Ich such den F... F... Felix.« Zum Glück hatte er sein Stottern heute einigermaßen im Griff. »Ein guter Freund. Aber i... i... ich weiß nicht, w... w... wo der wohnt. Kennst du ihn?«

»Meinst den Felix Aschenbrenner von der Sparkasse? Oder den Metzger Felix, aber der ist schon über vierzig. Das sind die zwei Felixe, die ich kenn.« Seefellner schüttelte den Kopf. Das waren nicht die Felixe, die er suchte, aber dann fiel dem Verkäufer noch etwas ein: »Oder der Jugo-Felix. Den kenn ich auch noch. Ein ganz ein netter Bursch ist das. Felix Raicikc heißt der, glaub ich.«

Der kann es sein, dachte sich Seefellner. »Was m... macht der ... so?«

»Schreiner. Der ist Schreiner, glaub ich.« Seefellner riss die Augen auf, doch der Hähnchenbrater war noch nicht fertig: »Weißt schon, das ist der mit dem schweren Unfall, dem hat's doch letztes Jahr die rechte Hand weggerissen. Komplett weg! Üble Nummer war das.« Enttäuscht drehte sich Seefellner weg. Sein Felix hatte noch alle Hände dran.

Blank verachtete Gewalt. Für ihn war das Wort immer noch die stärkste und wirksamste Waffe. Trotzdem hatte er zu seiner eigenen Sicherheit in einem Onlineshop für Selbstverteidigung den Elektroschocker »Power« mit 500000 Volt Leistung bestellt. Die hundert Euro, die das Gerät gekostet hatte, taten weh. Aber nach seinen Erfahrungen mit dem hünenhaften Pfarrer, der einfach in seine Wohnung eingedrungen war, und der Schlägerei mit dem aggressiven Kunsthändler ging Blank auf Nummer sicher. Ab jetzt würde er bei seinen Recherchen immer den Power-Schocker am Gürtel tragen. Praktischerweise war ein Gürtelclip im Preis inbegriffen gewesen. Und so fühlte sich Blank ziemlich unangreifbar, als er die Dorfstraße von Hinteröx entlangschritt. Aber klar: Erfüllt hatte er seine Mission natürlich längst nicht. Denn der armselige Behinderte hatte ihm den Nachnamen des Fälschers nicht genannt. Zunächst hatte Blank gedacht, dass ihn hier ein weiterer Informant an der Nase herumführen wollte. Auch hatte er bereits überlegt, ob er den Elektroschocker bei Herrn Seefellner einsetzen sollte, um ihn zum Reden zu bringen. Aber erstens war er Blogger und kein russischer Schutzgelderpresser. Solche Verhörmethoden waren nicht sein Stil, jedenfalls noch nicht. Und zweitens hatte sein messerscharfer Verstand schon sehr bald durchschaut, dass dieser Seefellner tatsächlich vollkommen verblödet war und den Familiennamen des Mannes, der vermutlich Blanks wichtigste Zielperson in dem Kunstfälschungsfall war, wirklich nicht kannte. Immerhin hatte ihm der stotternde Trottel verraten, dass der Gesuchte mit Vornamen Felix hieß – und dass dieser dreiste Millionenbetrüger wohl irgendwo hier in der Gegend wohnte. Ob das wirklich stimmte, war fraglich; jedenfalls stand Blank nun vor dem Hinteröxer Kramerladen, starrte auf das Schild an dem großen Fenster der Auslage und las:

Unsere Öffnungszeiten:
Montag, Dienstag, Donnerstag, Freitag, 7.00 – 12.30 Uhr, 16.00 – 18.00 Uhr. Samstag 7.00 – 12.00 Uhr.

Heute war Mittwoch. Der Laden war geschlossen. Blank seufzte resigniert. Wo war er hier eigentlich gelandet?

Was waren denn das für Öffnungszeiten? Er drehte sich um und blickte erst die Straße hinauf, dann hinunter. Ein niederschmetternder Anblick für jemanden wie ihn, der auf Informationen angewiesen war: Es war keine Menschenseele in Sicht.

Als er die Stufen von der verschlossenen Ladentür zum Gehweg genommen hatte, gewann Blank aber gleich wieder ein wenig Zuversicht: Da kam ein Radfahrer. Blank winkte dem vielleicht dreizehnjährigen Jungen schon von Weitem selbstbewusst zu. Doch der verringerte keineswegs wie erhofft das Tempo, sondern winkte zurück und fuhr feixend in großem Bogen um Blank herum. Blank sah ihm erst verblüfft hinterher und blickte dann kurz an sich selbst herunter. Bis hinab zu den Trekkingsandalen war alles in bester Ordnung. An seinem Äußeren konnte es nicht gelegen haben, dass dieser Lümmel nicht angehalten, sondern nur dämlich gewunken hatte. War das Landvolk derart degeneriert? Wind kam auf. Blank roch Kuhmist. Er hielt sich die Nase zu, aber das half natürlich nichts. Es ekelte ihn. Aber er riss sich zusammen und beschloss, in Richtung der Kirche zu gehen. Es musste in diesem Kaff doch jemanden geben, der ihm Rede und Antwort stehen konnte! Auf einem Stromkasten, den er passierte, lag ein achtlos weggeworfener Eisbecher. Blank war schon daran vorbeigegangen, da drehte er noch einmal um, nahm den Pappbecher und steckte ihn in den Müllbeutel in seiner Tasche. Wenn er etwas nicht leiden konnte, dann waren es derartige Nachlässigkeiten. Und als wäre das Schicksal gerecht, hörte er mit einem Mal ein Geräusch, das von menschlichem Leben zeugte. Vermutlich Holzhacken. Das Geräusch kam von der Hinterseite eines Nachkriegshauses, das einen Anstrich hätte vertragen können. Blank nickte siegesgewiss, trat in die geteerte Einfahrt und umrundete das Haus. Tatsächlich lag dort ein großer Haufen Holz, und daneben betätigte sich ein Mann mit einer Axt.

»Guten Tag, mein Herr«, sagte Blank schon aus sicherer Entfernung, um den anderen, den er ja nur von hinten sah, nicht über die Maßen zu überraschen. Der beste Zeuge war jener, der seine Aussage angstfrei machte. Alte Journalistenregel.

Der Mann mit der Axt hielt inne, hob seinen massigen Oberkörper, den er während des Hackens leicht über den Hackstock gebeugt hatte, und wandte sich um. Da erkannte Blank seinen Irrtum. Die Person hatte zwar einen Schnurrbart, war aber eine Frau, groß und mit einem Kreuz wie ein Bodybuilder.

Sie sah ihn feindselig an, bellte »Grüß Gott« und nickte auffordernd.

»Ich hätte da eine Frage«, stammelte Blank. Die Situation verunsicherte ihn, obwohl er sich des Power-Schockers an seinem Gürtel bewusst war.

Als hätte die Frau mit dem Beil ihn nicht gehört, wiederholte sie: »Grüß Gott!«, und nickte erneut auffordernd mit dem Kopf. Jetzt hob sie mit leichter Hand die Axt, als wäre sie aus Styropor, und machte auch damit eine auffordernde Bewegung.

Blank verstand nicht. »Was?«, fragte er verunsichert.

Die Frau schüttelte verächtlich den Kopf und meinte: »Grüß Gott heißt das. Guten Tag ist für Arschlöcher.«

Blank spürte, dass sein rechtes Augenlid zu zucken begann. Eine Fliege summte. Ein Wecker klingelte. Eine Ziege meckerte. Alles weit entfernt und doch nah. Nur eine Sekunde lang schoss ihm durch den Kopf, dass der Teufel von allen Tieren bevorzugt in den Körper des

Ziegenbocks schlüpfte. Aber das war Mythologie. Trotzdem wurde er das unangenehme Gefühl nicht los, welches ihn in dem Moment befallen hatte, als er erkannt hatte, dass dieser große Mann eine Frau war. Und so gelang ihm nur ein Stottern, das fast so dämlich klang wie jenes von diesem Behinderten, der sich keine Namen merken konnte: »Gu… Grüß Gott … dann … also.« Er fasste das einmalige, schwerfällige Nicken der Weibsperson mit der gefährlichen Axt als Aufforderung zum Weitersprechen auf und sagte: »Mein Name ist Stefan Blank, Blogger und Journalist, und ich hätte da eine Frage an Sie: Kennen Sie einen Felix, der hier in diesem Dorf wohnt?«

Die Mannfrau starrte ihn weiter so an, als hätte er nichts gesagt.

»Hallo?«, fragte Blank deshalb. »Ich meine, ob Sie jemanden namens Felix kennen?«

»Felix?«, fragte die Frau jetzt immerhin zurück. Aber dann schüttelte sie langsam den Kopf, brummelte etwas Unverständliches in höchst unflätigem Tonfall; eine Aussage, die Blank dahingehend interpretierte, dass sie nicht heiraten wolle, und zwar unter keinen Umständen. Dann drehte sie sich um und hackte unverdrossen weiter. Blank sah der schwer arbeitenden Naturerscheinung noch etwa eine halbe Minute zu, entnahm dann seiner Handtasche ein Sagrotantuch und reinigte sich die Hände. In seinen Bewegungen lag eine hühnerhafte Hektik, die auch Heribert Kranich nicht entgangen war.

Aus sicherer Entfernung und ohne jede Gefühlsregung hatte der Kirchenmann Blanks hilflose Recherchebemühungen beobachtet. Jetzt nahm Kranich eilig den Feldstecher von den Augen und trat unter eine Fichte, sodass seine schwarze Kleidung beinahe eins wurde mit dem

Schatten des Baums. Aus der Deckung sah er, wie Blank zurück zur Straße ging. Ein schwerer Traktor donnerte vorbei. Blank warf noch einmal Blicke in alle Richtungen. Doch den Sekretär für besondere Angelegenheiten am Institut für Kunst und Kultur sah er nicht. Blank kratzte sich kurz am Kopf und beschloss, dass er keine andere Wahl hatte. In diesem gottverlassenen Kaff war sonst niemand. Der Traktor war vermutlich für eine Weile seine letzte Chance. Er musste schnell handeln. Das Internetzeitalter war ein flüchtiges. Ein guter Blogger musste vorn dran sein, immer. Also machte Blank einige Schritte auf die Straße und stellte sich dem Traktor in den Weg. Vor seinem inneren Auge sah er für einen Moment das berühmte Foto von dem unbewaffneten Mann, der sich auf dem Platz des Himmlischen Friedens in Peking 1989 einem Panzer entgegengestellt hatte. Der Traktor stoppte mit Getöse und Gequietsche. Blank umrundete ihn und wartete, bis der Bauer die Seitentür öffnete. Der Motor ratterte weiter.

»Grüß Gott!«, rief Blank. Er war zwar Atheist, aber durchaus lernfähig. »Ich suche einen Mann namens Felix, der in diesem Dorf wohnt und vermutlich etwas mit Holz macht.«

»Du bist nicht von da, gell«, rief der Bauer belustigt. Sein Schnurrbart war dunkelblond, er schnippte einen glimmenden Zigarillostumpen knapp über Blanks Kopf hinweg auf den Gehweg.

»Bitte helfen Sie mir! Sie kennen doch sicher die Leute hier!«

Jetzt beugte sich der Mann etwas von seinem Sitz herunter in Blanks Richtung – er thronte trotzdem noch mindestens eineinhalb Meter über dem Blogger – und schrie: »Was willst' denn vom Felix?«

»Ich bin Journalist. Ich möchte ihn interviewen.« Das war zwar eine kleine Unehrlichkeit, aber Blank fühlte sich im Recht.

»Ach so«, meinte der Bauer schlagartig desinteressiert, zog die Seitentür wieder zu, legte den Gang ein und fuhr kopfschüttelnd weiter. Was Blank blieb, war der Gestank des Zigarillos am Boden. Er trat das qualmende Ding aus und kramte nach seinem Butterbrot.

Georg Seefellner wollte sich gerade von dem Mann am Hähnchengrill abwenden, weil die ganzen Felixe, die dieser kannte, garantiert nicht die richtigen waren, da sagte jemand hinter ihm: »Hallo.« Seefellner drehte sich um und stand einer Frau gegenüber, die er kannte. »G… g… grüß dich, Kati«, sagte er.

»Kelly«, korrigierte die Frau.

»Ja, stimmt.« Seefellner war verlegen. »Du hast jetzt aber andere Haare.«

Kelly Christ hatte Seefellners Gespräch mit dem Hähnchenverkäufer mitgehört. Sie wusste, wo dieser Felix wohnte, und sie wusste auch, dass er dem »Spasti« schon einmal sehr viel Geld gegeben hatte – schließlich hatte sie es ihm seinerzeit im »Boxenstopp« mithilfe einiger sexueller Versprechungen und K.o.-Tropfen abgenommen. Wenn der »Spasti« jetzt nach Felix fragte, dann bedeutete das womöglich, dass er wieder Geld von ihm bekommen würde. Derartige Finanzmittel würde Kelly ihm liebend gerne erneut abluchsen. Denn in ihrer Kasse herrschte gerade die schlimmste Ebbe seit Monaten. Der so simple wie geniale Plan, den ihr Lover Bikini sich ausgedacht hatte – über das Internet große Villen, die fremden Leuten gehörten, an arabische Krankenhaustouristen zu vermieten –, war gleich beim ersten Mal schiefgelaufen, weil die interessierten Mieter Jussuf und Zuleika Al-Tahtawi sich als Kriminalbeamte des Kommissariats 77 der Münchner Polizei entpuppt hatten, spezialisiert auf Betrug, Untreue, E-Commerce und besondere Erscheinungsformen des Betrugs. Bikini saß in Untersuchungshaft, und es war unklar, wie lange er dort noch bleiben würde. Wo Bikini ihr gemeinsames Erspartes versteckt hatte, hatte er ihr nie verraten – »Ich werde doch einer Nutte nicht sagen, wo ich meine Kohle bunkere!«, hatte er getönt –, und so war Kelly schon vor Tagen das Geld ausgegangen. Der Kühlschrank war leer bis auf eine Tube Mayonnaise, Prostitution war für sie keine Option mehr und eines ihrer drei iPhones, alle drei geklaut, hatte sie bereits schweren Herzens über Ebay verkauft; aber jetzt schöpfte sie mit einem Mal wieder Hoffnung. Sie sagte: »Meine Haare sind doch nicht echt, Süßer.«

»Nicht echt, s… s… sondern?«

»Perücke, Süßer. Aber sag mal, ich habe eben gehört, dass du jemanden suchst. Vielleicht kann ich dir ja helfen? Ich bin 'ne Supersuchmaus.«

»F… Felix, den such ich.« Seefellner konnte ihr nicht ins Gesicht sehen. Er starrte wie gebannt auf die künstlichen Brüste.

Natürlich nahm Kelly dies wahr und so griff sie mit beiden Händen an das Dekolleté ihres engen Tops, zog den Stoff etwas weg und pustete sich zwischen die Implantate. Dann sagte sie: »Puh, ganz schön heiß heute … Warum suchst du den Felix denn?«

»I… ich«, fing Seefellner an, aber dann besann er sich und sagte schnell: »Kann ich dir nicht sagen. Ich m… muss ihn warnen. Aber d… d… das ist geheim.«

»Wow, warnen … und geheim auch noch.« Kelly

machte große Augen. »Das ist ja voll agentenmäßig.« Sie beschloss, dem Idioten die Adresse zu verraten. Wenn er dann das Geld hatte, brauchte sie es ihm nur noch abzunehmen. Wenn es wieder tausendfünfhundert Euro wären, dann hätte sie ihr Geldproblem vorerst gelöst. Und vielleicht konnte sie nebenbei noch herausfinden, was der Dorftrottel und dieser Schreiner für lukrative Geschäfte miteinander machten. Wer wusste schon, wie lange Bikini noch im Knast bleiben würde. Wenn die Polizei erst einmal herausfand, welche Geschäftsmodelle er in den vergangenen Jahren praktiziert hatte, dann Gute Nacht.

Nachdem ihm Kelly Christ den Weg erklärt hatte, schwang sich Seefellner sofort auf sein Bonanza-Fahrrad und raste in einem irrsinnigen Tempo in Richtung Hinteröx, sodass Kelly mit ihrem alten Damenrad kaum mithalten konnte. Natürlich war sie keineswegs freiwillig auf dieses Gefährt umgestiegen, aber sie hatte einfach kein Geld mehr für Sprit. Und so gammelte Bikinis schwarzes Daimler Coupé in der Garage vor sich hin.

Während Stefan Blank missmutig auf seinem Butterkäsebrot herumkaute, das er in weiser Voraussicht mit genau einer zentrierten Gurkenscheibe zu Hause vorbereitet hatte, kreuzten zunächst ein Hahn mit zwei Hennen und dann noch eine schwarze Katze die Straße. Doch Blank war nicht abergläubisch, und so nahm er keine Notiz von dem Getier. Was ihn beschäftigte, war einzig und allein die Frage, wie er der Schlüsselfigur in diesem Fall habhaft werden konnte. Würde dieser Felix eine Aussage machen, dann war er in der Lage, das komplette Fälschernetzwerk auffliegen zu lassen. Und dann würde er bei Markus Lanz sitzen und seine Geschichte erzählen. Vielleicht würde er sogar ein Buch über den Fall schreiben. Dies alles wäre auf einmal möglich. Und noch viel mehr. Merkwürdig war nur, dass in diesem Provinzkaff keiner mit ihm sprechen wollte. War womöglich das ganze Dorf in den Skandal verwickelt? Falls dem so sein sollte, dann musste er das schwarze Schaf in diesem Lämmerhaufen ausfindig machen und es zum Plaudern bringen. Aber wie fand man ein schwarzes Schaf, wenn man nicht einmal einen einzigen normalen Menschen auf der Straße antraf? Nun, wenn die Leute nicht auf die Straße herauskamen, dann musste eben er zu den Leuten in die Häuser gehen. Das mochte gefährlich sein, aber war nicht das ganze Leben gefährlich? Konnte man nicht jeden Moment sterben, weil einen ein Lkw erfasste oder ein Flugzeug auf einen stürzte? Blank warf einen Blick zum Himmel, schluckte den letzten Bissen herunter, faltete das Butterbrotpapier viermal und steckte es in den Rucksack. Das konnte man noch gut verwenden. Dann stand er auf, querte die Straße und betrat den Vorgarten des gegenüberliegenden Hauses. Neben der Tür standen mehrere Blumentöpfe mit Geranien und anderen bunten Gewächsen sowie ein schwerer verwitterter Holzblock; auf dem Klingelschild stand »Novak«. Blank klingelte zweimal kurz. Drinnen hörte er erst einen Stuhl rücken, dann schwere Schritte, er zog sich das Hemd zurecht und tastete nach dem Power-Schocker, dann ging die Tür auf. Immerhin sah der Mann mit dem leicht angegrauten Vollbart und der blauen Arbeitshose nicht gefährlich aus. Aber er musterte seinen Besucher misstrauisch.

»Guten Tag«, sagte Blank. Nach der Erfahrung mit dem Bauern auf dem Traktor war er zu der Erkenntnis gelangt, dass es in diesem Dorf anscheinend vollkommen egal war, wie man grüßte. »Mein Name ist …« Weiter kam er nicht, denn Hubert Novak sagte: »Wir kaufen nix und verkaufen nix. Haben'S das Hausiererschild vorn an der Straße nicht gesehen?« Er deutete in Richtung Straße.

Blank wandte sich instinktiv um, sagte »Nein« und meinte: »Ich bin aber auch kein Hausierer. Sondern ich suche jemanden. Und da bräuchte ich Ihre Hilfe.«

»Und wen suchen Sie dann da?« Die Stimme des Mannes klang feindselig.

»Er heißt Felix«, erwiderte Blank. Er war jetzt hellwach. Jeder Muskel an seinem Körper war angespannt. Jagdmodus. Wenn der Mann zuschlug, würde er sich zu wehren wissen. Oder die Flucht ergreifen. »Ich habe eine wichtige Nachricht für ihn, es ist privat.« Das war seine neue Taktik. Blank hoffte, durch den Hinweis auf das Private das Herz seines Gegenübers zu erweichen. Denn mittlerweile war er sich sicher, dass alle hier im Dorf wussten, wo dieser Felix wohnte, nur wollte es keiner sagen; aus welchem Grund auch immer.

Der Mann in der Tür sah ihn lange und durchdringend an, kniff dabei die Augen ein wenig zusammen, es schien Blank, als denke er nach – das war ein gutes Zeichen. Doch dann sagte der Bärtige: »Einen Felix kenne ich nicht.« Das war natürlich gelogen. Aber Novak hatte sich diese Lüge gut überlegt. Zwar war er noch immer verärgert über den Diebstahl und Felix' anschließendes hochnäsiges Verhalten. Und vielleicht hatte der junge Ambach ja noch weit Schlimmeres auf dem Kerbholz. Aber dieser Hänfling in Trekkingsandalen war nicht von hier. Falls Felix gegen Gesetze verstoßen hatte, dann würde man das zunächst einmal im Dorf zu regeln versuchen. Da konnte man auf die Unterstützung irgendwelcher fremder Hanswurste, die Hausierern gleich ohne Vorankündigung an Haustüren klingelten, gut verzichten.

Missmutig sagte Blank »Danke« und »Auf Wiedersehen« und trottete zur Straße zurück. Heute war nicht sein Tag.

Novak blieb noch eine Weile im Türrahmen stehen. Und wenn es doch etwas Privates war? Vielleicht sogar eine Erbschaft von entfernten Verwandten? Der Felix war ein armer Hund. Kurz entschlossen machte er einige rasche Schritte zur Straße hin und rief dem Fremden hinterher. Zwei Minuten später wusste Blank, wo die Zielperson wohnte. Der Millionenbetrug stand kurz vor der Aufklärung. Mit dieser Story würde Stefan Blank der endgültige Durchbruch gelingen, sie würde ihn endgültig in das aufregende Geschäft des ernsthaften, investigativen Journalisten katapultieren. Da würden sie alle Augen machen, die alten Kollegen bei der Abendzeitung. Jetzt war er, Blank, dran, das spürte er am ganzen Körper. Er beschleunigte seinen Schritt. Dass er sich gerade im Wettlauf mit einem Dorftrottel auf seinem Bonanza-Rad befand, ahnte er nicht.

Siebzehn

Die Zigarette, die auf Felix' Unterlippe klebte, war fast heruntergebrannt. Wie ein welkes Blatt hing sie an seinem vor Konzentration halb geöffnetem Mund. Der Rauch stieg ihm in die Augen und brannte, aber Felix war gerade so fokussiert auf den letzten Schliff an der Nackenpartie der Tänzerin, dass er den Stummel nicht aus dem Mund nehmen konnte. Seit er mit Dana geschlafen hatte, fiel ihm die Arbeit an der Figur leichter. Er musste nur hin und wieder aufpassen, dass ihre Formen und körperlichen Eigenschaften nicht zu konkret wurden. Am liebsten hätte er Danas perfektes Ebenbild geschnitzt, aber das würde niemals als Kirchner-Original durchgehen. Etwas Abstraktion und Rohheit mussten schon sein. Erst jetzt, als bereits der Filter der Zigarette glomm, hielt er inne und entfernte ihn schnell, ohne jedoch das Werkzeug aus der Hand zu legen.

Felix drehte die Skulptur um die eigene Achse und betrachtete sie prüfend. Er vermisste Dana, obwohl sie erst seit drei Tagen weg war. Die Frontseite der Figur war jetzt nahezu perfekt, nur an den Übergängen vom Hals zur Schulterpartie und von den Beinen zu den Füßen musste er noch feilen. Felix war gespannt auf Gabriels Reaktion. Ob die Tänzerin seinen Erwartungen entsprechen würde? Vermutlich würde ihm die Skulptur mehr zusagen als Felix' neuer Plan: Seit er sich in Dana verliebt hatte, war er fest entschlossen, nach dieser Fälschung auszusteigen. Gabriel würde ihm für den falschen Kirchner ausreichend Geld geben, dass er es sich würde leisten können, in eine gemeinsame Zukunft mit ihr zu starten. Gut, vielleicht war es naiv, nach so kurzer Zeit bereits gemeinsame Pläne zu schmieden, aber Felix konnte sich mit Dana einfach alles vorstellen. Ein Tanzstudio auf Ibiza eröffnen? Kein Problem. Schafe züchten in Island? Warum nicht? Sogar nach München würde er ihr zuliebe ziehen. Seit Maria hatte er sich keiner Frau mehr so verbunden gefühlt wie Dana.

Die Kette von Georg Seefellners Bonanza-Rad surrte auf Hochtouren, der Hebel der Knüppelschaltung stand auf dem dritten Gang. Seine kurzen Beine kurbelten derart schnell auf und ab, dass man meinen konnte, seine

Schuhe seien mit Klebeband an den Pedalen fixiert worden. Schwitzend flog er die Hauptstraße entlang. Da es leicht bergab ging, beschleunigte er noch mehr. Seine Lunge brannte, sein Mund stand längst offen, als er das gelbe Ortsschild von Hinteröx passierte. Aber die Beine hatten noch Kraft. Normalerweise trieb die Musik aus seinem Kassettendeck ihn an, aber an diesem Tag war er ganz ohne Rockmusik schneller unterwegs als jemals zuvor. Euphorisiert von den durch die Anstrengung freigesetzten Glückshormonen, überholte er sogar einen Mann auf einem Mofa. Womöglich hing Seefellners Überlegenheit in diesem Moment auch damit zusammen, dass der Mann plötzlich abbremste: Die Ampel, die wegen einer vorübergehenden Baustelle aufgestellt worden war, hatte eben auf Rot geschaltet. Seefellner bremste nicht, sondern gab Stoff. Beinahe hätte er einen Fußgänger mit Trekkingsandalen über den Haufen gefahren, aber für so etwas wie rote Ampeln hatte er jetzt, da er wusste, wo Felix wohnte, keine Zeit. Wie ein Besessener rauschte er auf die scharfe Linkskurve zu. Gleich würde er Felix warnen, gleich konnte er, den alle für einen Trottel hielten, endlich einmal etwas Bedeutendes tun. Dieser Felix würde Augen machen.

Der Fußgänger, der ihm gerade noch hatte ausweichen können, blickte Seefellner fassungslos hinterher. Er war sich jetzt ganz sicher, dass auf dem Land nur Idioten lebten. Was für ein irrer Radler war das denn eben gewesen? Wollte der Wahnsinnige ihn umbringen? Nachdem Stefan Blank sich von dem ersten Schreck erholt hatte, überlegte er, warum ihm der Kamikaze-Radler so bekannt vorgekommen war, aber er kam nicht drauf. Egal. Er musste nur noch einige Meter geradeaus gehen, dann würde er in die Seitenstraße wechseln, die links von der Hauptstraße abzweigte. Und dann würde er diesen Felix Ambach in die Mangel nehmen. Sicher war der ein Verwandter von Christian Ambach, mit dem er sich fast geschlägert hatte. In dieser Kunstmafia schienen alle unter einer Decke zu stecken.

Sein Instinkt meldete Seefellner bereits in der Kurve, dass er zu früh abgebogen war, denn das hier war kein kleiner Feldweg. Hier war er falsch, ganz sicher. Aber er war auch schnell. Weit und breit war kein Gegenverkehr zu sehen. Also entschloss er sich zu einem waghalsigen Manöver. Wozu hatte man schließlich Rücktritt? Ohne sich nach hinten umzublicken, trat er voll auf die Bremse. Das Hinterrad blockierte sofort. Seefellner riss schlitternd den Lenker nach links. Doch der tollkühne U-Turn erwies sich als fataler Fehler. Das Letzte, was Seefellner aus dem Augenwinkel noch sah, war der Kühlergrill eines gigantischen Lastwagens. Dann wurde es schwarz um ihn.

Kelly Christ war zu weit weg, um den Unfall sehen zu können. Aber sie hörte ihn. Zuerst ein lauter Aufprall, Scheppern, dann das Quietschen von Bremsen, ein lang gezogenes Schleifgeräusch und schließlich das Zischen der Druckluftbremsen eines schweren Fahrzeugs. Als sie an der Kreuzung anlangte, an der Seefellner links abgebogen war, erkannte sie zunächst nur einen mit Holzstämmen beladenen Laster, der mitten auf der Straße stand. Aber diese Straße führte nicht zu Ambachs Grundstück. Kurz keimte Hoffnung auf in Kelly Christ – vielleicht hatte der Deppenschorsch gar nichts mit dem Unfall zu tun? Ohne Zögern radelte sie zu dem stehenden Lkw. Dicke schwarze Reifenspuren markierten seine Bremsversuche auf dem hellen Asphalt. Als sie das schwere Gefährt seitlich passierte, sah sie es: Unter dem Radkasten hingen die Überreste eines Bonanza-Rads. Die Felgen waren völlig verbogen, der Bananensattel lag Meter weiter auf der Straße. Kelly warf sofort ihr Rad zu Boden und rannte zu der Stelle, wo das Fahrrad lag. Unter dem Radkasten sickerte ein kleines rotes Rinnsal hervor. Dann sah sie Seefellner, oder was von ihm noch übrig war. Sein Körper war verdreht, sein Fahrrad Schrott. Er rührte sich nicht. Und er war eingeklemmt. Geistesgegenwärtig sprang Kelly wieder auf und riss die Fahrertür des Lastwagens auf. Der Fahrer verharrte regungslos hinter dem Steuer. Sein Blick ging ins Leere.

»Rufen Sie sofort einen Krankenwagen!« Kellys Stimme überschlug sich.

»Der ist einfach abgebogen, ohne sich umzuschauen«, stammelte der dicke Mann. »Ohne sich umzuschauen.« Auf seinem Trägerhemd bildete sich in Brusthöhe ein großer dunkler Schweißfleck. Erst als Kelly ihn erneut anschrie, kam er zu sich und blickte sie an.

»Krankenwagen – sofort!« Kelly spürte Tränen in den Augen. Aber endlich griff der Fahrer nach seinem Handy und wählte die 110. Kelly krabbelte auf allen vieren unter den Laster.

»Hallo, Schorsch«, sagte sie sanft, aber von Seefellner kam keine Reaktion. Der Anblick erschütterte sie: Sehr viel Blut auf dem Boden, an einem von Seefellners Oberarmen ragte ein Knochen aus der Haut. Da war erst einmal nichts mit stabiler Seitenlage. Gerne hätte sie Seefellner unter dem Radkasten herausgezogen, aber das war ohne Diagnose viel zu gefährlich. Was, wenn seine Wirbelsäule verletzt war? Da mussten die Profis von der

Rettung ran. Doch weil sie nicht untätig bleiben wollte, legte sich Kelly direkt neben Seefellner und sprach ihn an: »Georg, du musst jetzt ganz ruhig bleiben. Hilfe ist auf dem Weg, alles wird gut …« Auch wenn Seefellner sie vermutlich nicht hören konnte, beruhigten ihre eigenen Worte sie selbst. Und noch mehr beruhigte sie, dass da noch ein Puls an Seefellners Hals zu spüren war. Während sie auf das Eintreffen des Notarztes warteten, traten Schaulustige neben den Lastwagen. Der Fahrer war in der Zwischenzeit ausgestiegen und stammelte, heftig an einer Zigarette ziehend, immer wieder denselben Satz in Variationen: »Der ist verrückt, der ist einfach so umgedreht, zehn Meter vor mir, mit einem Bonanza-Rad, ohne sich umzudrehen.« Nach Minuten, die Kelly endlos erschienen, erklangen die nahenden Sirenen des Martinshorns.

Blank hatte den brutalen Aufprall auch gehört, aber das war jetzt nicht wichtig. Er hatte eine Mission und keine Zeit, sich um irgendwelche Blechschäden zu kümmern. Vermutlich war dem Lastwagen eine Katze oder ein anderes dummes Tier vor die Haube gelaufen. Hier in diesem schmutzigen Dorf wimmelte es ja nur so vor animalischen Kreaturen.

Das hier musste die Straße sein, die zu Felix Ambachs Haus führte. Blank löste sicherheitshalber den Elektroschocker vom Gürtel. Wenn der Fälscher genauso gefährlich war wie sein cholerischer Klugscheißer-Bruder, dann musste er auf alles gefasst sein. Um sicherzugehen, dass das Gerät einsatzbereit war, drückte Blank den Abzug. Beinahe hätte er den Schocker vor Schreck fallen gelassen, so laut brizzelten die Volts zwischen den beiden Kontakten. Blank erkannte jetzt den Schatten eines

Hauses kurz vor dem Waldrand. Als er näher kam, stellte er fest, dass es eine Bruchbude war. Wohnte hier wirklich ein Millionenfälscher? Die Sirenen der Ambulanz heulten durch das Dorf.

Felix befand sich in Alarmbereitschaft. Vor wenigen Minuten hatte er einen lauten Knall gehört. Und jetzt die Sirene. Natürlich ereigneten sich auch in Hinteröx gelegentlich Unfälle. Aber die Sirene deutete darauf hin, dass wirklich etwas Ernstes passiert war. Kurz befiel ihn eine diffuse Angst, der Einsatz könnte ihm gelten. Aber das war doch keine Polizeisirene – oder doch?

Sicherheitshalber riss er die Schublade auf, in der er die Pistole nach der letzten Begegnung mit Novak hatte verschwinden lassen, und deponierte sie griffbereit unter einem alten Leintuch auf der Werkbank. Dann, nach Minuten, verstummten die Sirenen und Felix entspannte sich. Er fummelte die letzte Zigarette aus der Packung, doch das Feuerzeug streikte. Mit der unangezündeten Kippe im Mund trat er nach draußen. Er wollte hinüber ins Haus, um sich ein neues Feuerzeug zu holen – doch plötzlich stand ihm ein fremder Mann gegenüber. Wegen seines Rucksacks und der Trekkingsandalen hätte man den Fremden auch für einen Wanderer halten können. Aber etwas am Blick und an der Körperhaltung des Mannes stimmte nicht. Auch kam es Felix so vor, als hielte er einen Gegenstand in den Händen, den er zu verbergen versuchte.

»Grüß Gott. Was wollen Sie?«, fragte Felix und überlegte, ob es sein konnte, dass Zivilpolizisten derart merkwürdig gekleidet ihrer Arbeit nachgingen.

»Stefan Blank, mein Name. Ich bin Blogger und Journalist und interessiere mich für Holzskulpturen …«

Sofort verdoppelte sich die ohnehin schon erhöhte Frequenz von Felix' Herzschlag. Tausend Bilder schossen ihm durch den Kopf: Dana und die Tänzerinnenskulptur, die Versteigerung der Riemenschneider-Figuren im Auktionshaus Stettner; sein Bruder im Fernsehen, seine Mutter im Bikini, die Leiche des Vaters am Balken des Schuppens, weißgesichtig und mit eingenässtem Schritt … Felix musste wie weggetreten gewirkt haben, denn jetzt fragte Blank: »Herr Ambach? Entschuldigen Sie, Herr Ambach – komme ich ungelegen? Es geht mir lediglich um ein …« Er räusperte sich scheinbar verlegen. »… ein Interview.«

»Nein, nein, ja, ja«, stotterte Felix. Aber gleich hatte er sich wieder im Griff. »Sie … kommen Sie doch herein, ich mache uns einen Kaffee.« Er deutete in Richtung des Wohnhauses. Er musste diesen Typen um jeden Preis von der Werkstatt weglotsen. Das war das Einzige, was jetzt zählte. Obwohl der Eindringling sich so harmlos gab. Der war doch hier, um ihn auszuspionieren! Was, wenn das der Typ war, vor dem ihn Gabriel eindringlich gewarnt hatte? Vollkommen auf den einen unerwarteten Besucher konzentriert, konnte Felix nicht sehen, dass sich noch ein weiterer, sehr großer Mann auf dem Grundstück aufhielt. Heribert Kranich stand kerzengerade zwischen einem Zwetschgen- und einem Kastanienbaum am Rande des verwilderten Gartens, er faltete gerade die Hände zum Gebet und schloss die Augen. Doch Felix und Blank hatten andere Probleme.

Blank blickte lustlos zum Haus, dann zur Werkstatt. »Ihre Werkstatt?« Er nickte in Richtung des Ateliers, als spürte er, dass dort die nächste Fälschung auf ihn wartete, aufrecht auf der Werkbank stehend, quasi wie auf dem Präsentierteller.

»Ja, ja, die Werkstatt …« Felix biss sich auf die Lippen. Verdammt, das hatte er viel zu hektisch, zu auffällig gesagt. Er versuchte zu erkennen, was der Mann in der Hand hielt. War es ein Aufnahmegerät? Oder sogar eine Waffe? »Aber in der Werkstatt … da habe ich keine Kaffeemaschine. Lassen Sie uns doch ins Haus gehen. Die Werkstatt kann ich Ihnen dann ja … später noch … zeigen.« Er machte Anstalten, zum Haus zu gehen, weil er hoffte, das würde den Fremden dazu bewegen, ihm zu folgen.

Aber aus dem Augenwinkel sah er, dass dieser Blank einfach stehen blieb. Also hielt auch Felix inne und drehte sich wieder um. Ihre Blicke trafen sich. Felix kam es so vor, als hätten Blanks Gesichtszüge mit einem Mal etwas Raubtierhaftes angenommen. Blank sagte: »Ich möchte bitte erst da rein, in die Werkstatt, interessiert mich einfach.« Um den Worten Nachdruck zu verleihen, fuchtelte er drohend mit einem ausgestreckten Zeigefinger in der Luft herum.

Felix wusste nicht, wie er mit diesem Wunsch umgehen sollte: Widersprach er, gab er dem Schnüffler noch mehr Anlass, in die Werkstatt zu wollen. Kam er dessen Anliegen nach, war er sowieso schon aufgeflogen. Deshalb sagte er: »Was ist so interessant an meiner Werkstatt?«

»Nun – ja …«, druckste Blank herum. »Mir geht es ja vor allem um diese Riemenschneider-Figuren … ähm … Gehe ich recht in der Annahme, dass Sie in die Versteigerung dieser Riemenschneider-Skulpturen – um es präzise zu formulieren: der vierzehn Nothelfer – involviert waren?«

Felix schüttelte energisch den Kopf und presste schwerfällig hervor: »Was denn für eine … Versteigerung? Von was sprechen Sie? Ich glaube, Sie verwechseln mich – ich bin *Felix* Ambach«, seinen Vornamen betonte er, »nicht Christian. Christian ist mein Bruder, der ist Kunstsachverständiger. Der kann Ihnen ganze Vorträge über Riemenschneider halten, sicher auch was über Versteigerungen und so …« Das Sprechen tat ihm gut, die Worte gingen ihm immer lockerer über die Lippen.

Aber Blank schüttelte den Kopf. »Erzählen Sie mir nichts. Ich weiß Bescheid.« Felix fühlte, dass ihm mit der wachsenden Angst die Röte ins Gesicht stieg. Blank zögerte. Dann wandte er sich dem Eingang zur Werkstatt zu. » Ist ja zunächst auch egal … aber – wie Sie so bildhauern – das würde mich schon interessieren.« Er machte einige Schritte in Richtung Werkstatt, schon stand er in der Tür. Sofort war Felix bei ihm, packte ihn von hinten am Rucksack, riss ihn zurück.

»Sie!«, schrie er ihn an. »Sie, das ist Hausfriedensbruch, was Sie da machen! Ohne meine Genehmigung machen Sie auf diesem Grundstück keinen einzigen Schritt mehr.«

Felix zog Blank am Rucksack von der Werkstatt weg. Panik stieg in ihm auf. Er war sich unsicher, was Blank mit dem einen Blick, den er vermutlich in die Werkstatt hatte werfen können, gesehen hatte – die beinahe fertiggestellte Tänzerin auf dem Werktisch? Wenn der Typ sich nur einigermaßen mit Kunst auskannte, dann wusste er jetzt, dass hier gerade ein falscher Kirchner entstand.

Blank ruderte wütend mit den Armen, es gelang ihm, sich aus Felix' Griff zu befreien. Schwer atmend starrten sie einander an.

»Sie sind ja …«, stammelte Blank einen unvollendeten Satz. Er wirkte aufgeregt.

»Hausfriedensbruch ist das, das ist Hausfriedensbruch«, fuhr Felix ihn an. »Wissen Sie was, ich rufe jetzt die Polizei!«

»Na, dann machen Sie doch! Das möchte ich doch mal sehen, was die zu Ihren Machenschaften sagen. Ich weiß doch, was hier gespielt wird, Sie … Sie … Betrüger!«

Hastig riss Felix das Handy aus der Hosentasche und wählte Gabriels Nummer. Er war es, der ihn in diese ausweglose Situation gebracht hatte, jetzt sollte er ihn gefälligst auch wieder herausholen. Während er das Handy ans Ohr drückte und auf das Freizeichen wartete, wechselte er seinen Platz und schob sich zwischen Blank und die Werkstatttür. Noch einmal würde er nicht zulassen, dass dieser aufdringliche Schnüffler dort herumspionierte. Doch je mehr Sekunden vergingen, ohne dass Gabriel abnahm, umso bewusster wurde ihm die Ausweglosigkeit seiner Situation. Der Typ wusste anscheinend genau, was er suchte und mit wem er es zu tun hatte. »Tuut … tuut … tuut.« Wenn Gabriel jetzt nicht noch ein Wunder auf Lager hatte, dann … Felix schluckte. Das Freizeichen war in Gabriels Mailboxansage übergegangen. Er wartete den Schleimerspruch seines Partners ab und sagte: »Felix Ambach hier, rufen Sie mich sofort an, ich werde bedroht!«

»Ha, und das soll die Polizei gewesen sein?«, höhnte Blank. »Ich glaube, es ist in Ihrem ureigensten Interesse, hier jetzt nicht die Polizei zu rufen. Da wandern Sie doch gleich ins Gefängnis!« Er sah weg, überlegte, sagte dann: »Aber so verstehen Sie doch: Mir geht es nur um die Story. Ich bin Journalist. Ich will die Wahrheit. Jetzt lassen Sie mich doch in Ihre Werkstatt.« Er hatte nun einen freundlicheren Tonfall angeschlagen. Aber als Felix keine Anstalten machte, zur Seite zu treten, schob Blank noch ziemlich böse hinterher: »Vermutlich arbeiten Sie doch eh bereits an einem neuen Riemenschneider!« Felix spürte, wie der Kerl die Wirkung seiner Worte genau studierte. »Ist es denn so, dass Sie an einem neuen Riemenschneider arbeiten?«

Was Felix dann tat, war unüberlegt. Aber er fühlte sich in die Ecke gedrängt. Er hob beide Hände, stieß sie mit einer schnellen Bewegung gegen Blanks Brust und gab dem nicht sehr kräftigen Mann so einen heftigen Schubs. Blank strauchelte. Aber er schien mit einer körperlichen Attacke gerechnet zu haben, denn er fing sich sofort wieder und riss jetzt, während er vor Felix umhertänzelte, als wäre der eine gefährliche Klapperschlange, seine rechte Hand nach oben und schrie: »Vorsicht, Mann! Nicht handgreiflich werden!« Die Panik in seiner Stimme war nicht zu überhören. »Ich bin bewaffnet! Ganz ruhig!« Felix betrachtete das unförmige Gerät in Blanks Hand. Eine Pistole war es nicht, auch kein Messer. Blank schrie: »Nehmen Sie die Hände hoch!«

Übermannt von Angst, hob Felix die Hände. Blank zielte mit dem Ding auf ihn, aber Felix konnte die Gefährlichkeit dieser Waffe nicht genau einschätzen. Eingeschüchtert schrie er: »Was haben Sie da?«

Den Elektroschocker von sich gestreckt, ging Blank mit kleinen, bedachten Schritten auf Felix zu. Unwillkürlich rückte Felix zurück. Noch immer war ihm unklar, wie gefährlich die Waffe in der Hand seines Gegners wirklich war. Plötzlich verfing sich sein Fuß im Rückwärtsgehen an der Schwelle zur Werkstatt, Felix stolperte und fiel hin. Jetzt saß er schon halb in der Werkstatt. Blank stand vor ihm, ja über ihm, er blickte über ihn hinweg. Wenn es nicht schon vorher geschehen war, dann musste er jetzt sehen, was auf dem Ateliertisch stand: die Tänzerin Dana, eine Holzskulptur im Stile Ernst Ludwig Kirchners. Felix zitterte. Er saß in der Falle.

Blank aber hatte plötzlich nur noch Augen für die Figur. Felix nutzte die Unaufmerksamkeit des Eindringlings und robbte sich rückwärts auf dem Po noch weiter in die Werkstatt hinein. Blank schien wie gebannt vom Anblick der Tänzerin. »Kein Riemenschneider«, murmelte er. »Das ist kein Riemenschneider. Was ist das denn? Was ist das denn?« Er wirkte wie ein Leopard vor dem Sprung auf die Antilope. Als Felix genügend Abstand zwischen sich und den Journalisten gebracht hatte, rappelte er sich auf, umkreiste den Ateliertisch und griff nach dem Tuch, unter dem die Pistole lag. Diese Bewegung durchbrach Blanks Konzentration. Er richtete seinen Blick auf Felix' Hände. Der zog das Tuch von der Waffe und schaute sie selbst etwas überrascht an. In was für einer Situation war er hier nur gelandet? Er stand mit einer geladenen Pistole in der Hand in seiner Werkstatt und irgendein Typ, den er nicht einmal kannte, bedrohte ihn.

Felix schüttelte den Kopf, ihn schwindelte. Dann hob er den Blick und sagte, ohne die Waffe auf Blank zu richten: »Raus jetzt mit Ihnen, raus, raus, raus!«

Blank rührte sich nicht, schüttelte nur ganz langsam den Kopf. Felix war verzweifelt. Er wollte nicht mit der Pistole drohen, das war wirklich das allerletzte Mittel. Die Sache mit dem Pfarrer war schlimm genug gewesen. Dieser Idiot sollte verschwinden. Und die Klappe halten. »Verschwinden Sie!« Erneut schüttelte Blank den Kopf und blickte dann auf den Elektroschocker, den er immer noch in der Hand hielt. Da riss Felix in einer plötzlichen

Intuition die Pistole hoch und legte sie sich an die Schläfe. »Wenn Sie jetzt nicht sofort abhauen, erschieße ich mich. Dann sind Sie schuld! Wollen Sie das, dass Sie schuld sind? Wollen Sie das?«

Blank reagierte sofort. Er senkte die Hand mit dem Elektroschocker und sagte besänftigend, eindringlich, ja fast wie ein Hypnotiseur: »Ruhig, Herr Ambach, ruhig, ganz ruhig. Wir ... wir ... wollen jetzt doch keine Fehler machen. Ich ...« Er war Journalist. Er konnte hier und jetzt doch keine Leiche brauchen!

In Felix' Hosentasche klingelte das Handy. Das brachte ihn völlig aus dem Konzept. Er wechselte die Pistole von der rechten in die linke Hand, drückte sie sich aber gleich wieder an den Kopf, griff mit der Rechten in die Hosentasche, zog das Handy heraus: Dana, ja, das war Danas Nummer auf dem Display. Blank nutzte diesen kurzen Moment der Unachtsamkeit, um einen Schritt auf Felix zuzumachen. Er wollte ihm die Pistole aus der Hand reißen. Er war Journalist. Er wollte die Wahrheit. Er wollte zu Markus Lanz. Aber ohne Leiche im Gepäck.

Als der Schuss ertönte, brachten sich die Spatzen, die auf dem Werkstattdach gerade Rast gemacht hatten, hektisch flatternd in Sicherheit, und Kranich öffnete die Augen.

Dann war alles wieder still. Totenstill.

DANK

Unsere AMBACH-Krimiserie wäre nicht geworden, wie sie ist, hätten uns nicht viele liebenswerte und kluge Menschen geholfen. Wir danken allen, die uns unterstützten, vor allem aber:

Daniela Brandl (Ärztin), Bernd Degner (Kunstauktionshaus Neumeister), Julia Eisele (ehemalige Programmchefin), Matthias Falk (unser Erstlektor), Marcel Hartges (ehemaliger Verleger), Robert Heimberger (Polizeipräsident), Caro Kania (Lektorin), Andreas Kräftner (Schreiner und Holzexperte), Felicitas von Lovenberg (Verlegerin), Tina Rausch (Beraterin), Dirk Rumberg (Agent), Florian Stückl (ehemaliger Leiter der Oberammergauer Schule für Holzbildhauer), Johannes Volkmann (Künstler), Ludwig Waldinger (Bayerisches Landeskriminalamt).

Matthias Edlinger und Jörg Steinleitner